Bibliografische Information der Deutschen Nationalbibliothek:
Die Deutsche Nationalbibliothek verzeichnet diese Publikation
in der Deutschen Nationalbibliografie; detaillierte bibliografische
Daten sind im Internet über http:// dnb.dnb.de abrufbar.

© 2019 Sabine Kalkowski
Herstellung und Verlag:
BoD-Books on Demand, Norderstedt

ISBN: 9783748191384

Sabine Kalkowski

Licht

für

Vertara

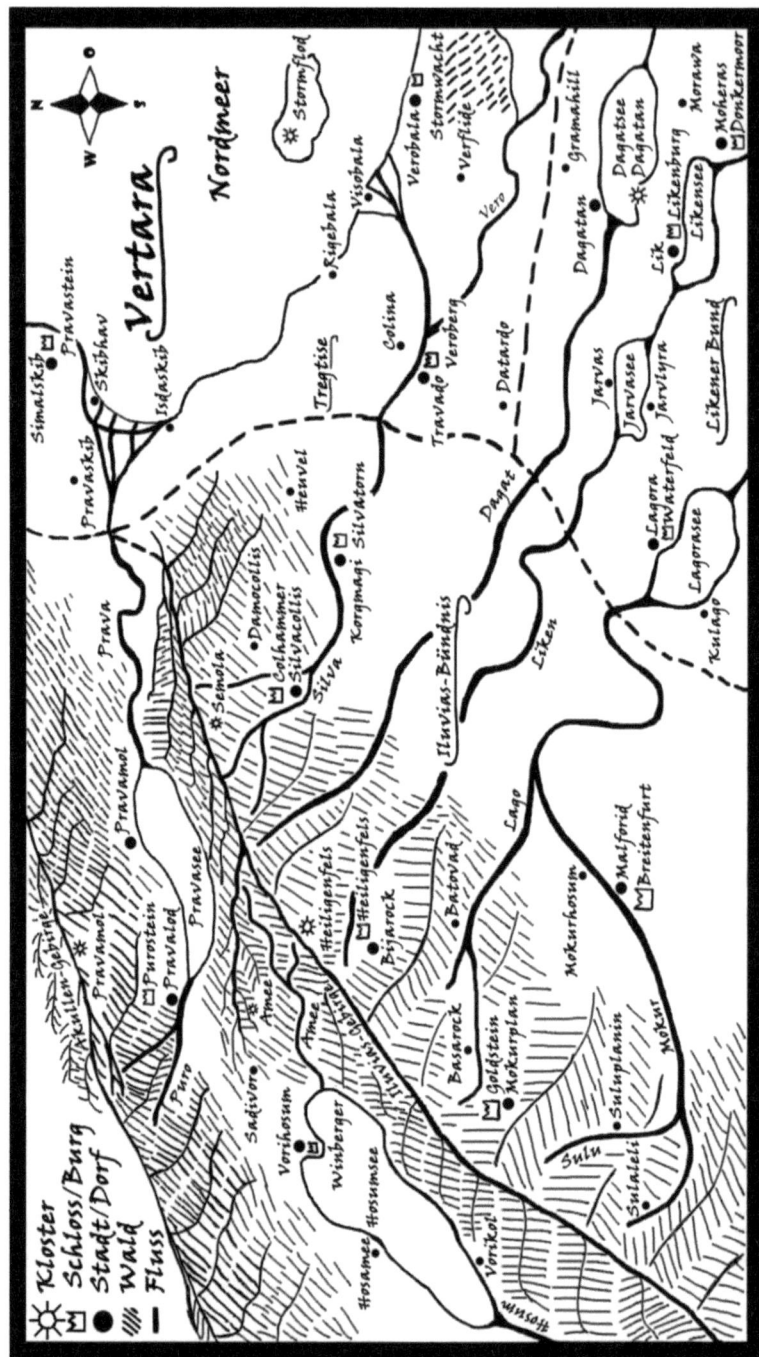

Licht für Vertara

Kattera empfängt das Licht

Mit ausgebreiteten Armen und geschlossenen Augen stand Kattera im Licht der aufgehenden Sonne am Rand der Klippe. Der kräftige, kalte Wind zerzauste ihr langes, dunkelblondes Haar und ließ ihren Rock flattern. Doch Kattera spürte weder die Kälte, die ihre Haut rötete, noch die Feuchtigkeit in der Luft, die ihre Kleidung klamm und schwer werden ließ. Die Kraft der Sonne durchströmte sie und wärmte sie von innen. Noch immer hörte sie in sich den Ruf, dem sie bis zur Klippe gefolgt war. Lange hatte sie ihm widerstanden, doch heute war er übermächtig geworden und sie hatte ihm nachgegeben. Erst jetzt verstand sie, was er bedeutete. Surija, Gott des Lichtes, hatte Großes mit ihr vor. Schon ihr ganzes Leben lang hatte er nach ihr gerufen und heute war die Zeit der Vereinigung gekommen. Seine Kraft verschmolz mit ihrem Körper. Sein Geist vereinigte sich mit dem ihren. Sie nahm das Licht in sich auf und wurde eins mit ihm.

„Kattera!"

Kattera hörte den Ruf ihrer Mutter, doch beachtete ihn nicht. Alles, was Katterein ihr zu sagen hatte, war unwichtig geworden, ebenso wie ihre eigenen Ängste und Sorgen.

„Kattera!" In der Stimme ihrer Mutter schwang kein Groll oder Vorwurf mit, sondern Sorge. Doch Kattera wandte sich nicht um. Noch immer hielt das Sonnenlicht sie in seinem Bann.

Schwer atmend blieb Katterein Norvarv in einiger Entfernung von der Klippe stehen, an welche die Felder und Wiesen des Norvarv-Gutes grenzten. Kattera stand so dicht am Abgrund, dass Katterein befürchtete, ihre Tochter wolle sich ins Meer stürzen. Sie starrte einen Moment lang auf Kattera, die von einem Kranz aus Licht umgeben war.

„Kattera!" Ein drittes Mal rief Katterein ihre Tochter und diesmal reagierte Kattera auf die Stimme ihrer Mutter. Sie senkte die Arme, trat einen Schritt von den steil abfallenden Felsen zurück und drehte sich zu ihr um. Katterein atmete auf und lief weiter auf ihre Tochter zu, nur um nach einigen Metern erneut innezuhalten. Die Sonne verschwand hinter einer Wolke, doch der Lichtkranz umgab Kattera nach wie vor. Sie strahlte von innen heraus.

„Beim heiligen Ekarius, was …?!" Katterein blieben die Worte im Hals stecken. Sie wusste, was sie vor sich sah. Die Legende vom heiligen Ekarius war jedem Bewohner von Vertara bekannt. Surija, Gott des Lichtes, hatte sich mit Ekarius vereint, damit er in dieser Gestalt den Kampf gegen das Böse aufnehmen konnte. Die Legende besagte, dass auch Ekarius immer von Licht umgeben war. Doch das war viele Jahrhunderte her, das Böse, der Gott Adholoka, längst besiegt. Wieso sollte sich Surija erneut nach Vertara begeben? Katterein fing zu zittern an und sank auf die Knie.

Kattera sah ihre Mutter schwanken. Rasch überwand sie die wenigen Meter, die sie noch trennten. Sanft nahm sie ihre Mutter bei den Händen und zog sie hoch. Sie sah das Staunen und die unausgesprochene Frage in ihrem Gesicht. Langsam fand Katterein ihre Stimme wieder. Sie strich ihrer Tochter über das Haar und nahm sie dann in den Arm. „Ich dachte, du tust dir etwas an. Ich weiß doch, wie sehr du dich vor Kilian fürchtest. Aber …"

Kattera löste sich aus ihrer Umarmung und Katterein verstummte. Katteras Gesichtszüge strahlten eine Kraft und Würde aus, die nicht zu ihrem Alter von fünfzehn Jahren passte. Irgendetwas war mit ihr geschehen. Das scheue, sanfte Mädchen schien seine Angst an der Klippe zurückgelassen zu haben.

„Ich habe keine Angst mehr, Mutter." Kattera lächelte geheimnisvoll. „Surija ist bei mir."

Katterein nickte stumm. Unzählige Fragen schwirrten ihr durch den Kopf, doch keine wollte über ihre Lippen kommen. Sie schluckte. „Bruder Nickell und die Södervarvs sind bereits eingetroffen. Wir müssen dich noch für die Zeremonie vorbereiten. Du möchtest doch schön aussehen. ...“ Erneut versagte Kattereins Stimme bei dem unergründlichen Blick, mit dem ihre Tochter sie bedachte.

„Ich werde niemanden heiraten.“ Katteras Stimme war ruhig und von Gewissheit erfüllt. Sie ließ ihre Mutter stehen und ging langsam zum Hof zurück.

Die unwillige Braut

Katterein holte ihre Tochter kurz vor dem Gutshof ein. Auf dem Innenhof, der von dem zweistöckigen Wohnhaus, der Scheune, dem Stall und der Werkstatt begrenzt war, herrschte emsiges Treiben. Hühner wurden für das Fest gerupft, Wasser für die Suppe aus dem Brunnen geschöpft und Gemüse aus dem Garten hinter dem Wohnhaus in die Küche gebracht. Jeder, auch die Kinder, war mit den Vorbereitungen für die Verlobungsfeier beschäftigt. Katterein legte einen Arm um die Schultern ihrer Tochter und führte sie über den Hof. Sie achtete nicht auf die neugierigen Blicke und das Getuschel des Gesindes. Ihre Gedanken waren bereits bei ihrem Mann und seiner Reaktion auf das eben Geschehene. Durch seine große, kräftig gebaute Gestalt wirkte er schon von vornherein einschüchternd auf andere, aber wenn er in Rage geriet, war er regelrecht furchteinflößend. Und über das Verhalten seiner Tochter war er bereits schon seit längerem sehr ungehalten. Kattera sollte heute mit Kilian Södervarv verlobt werden. Honn Norvarv hatte große Pläne mit seinen Töchtern. Da Katterein ihm noch immer keinen Sohn und Erben geboren hatte, sollte das Gut über die Heirat der Töchter wachsen. Mit den Södervarvs waren die Norvarvs schon lange in Freundschaft verbunden, die heute mit der Verlobung von Kattera mit Kilian besiegelt werden sollte.

Katterein warf einen Seitenblick auf ihre Tochter, als sie das Wohnhaus betraten. Die strengen Ansichten ihres Gatten hatten ihr das Leben nicht leicht gemacht. Er war unnachgiebig und fordernd den Untergebenen gegenüber und verhielt sich in seiner aufbrausenden Art oft ungerecht. Doch so war er nun einmal. Katterein hatte gelernt, mit seiner Sturheit umzugehen, doch Honn hatte seine älteste Tochter Kattera nie verstanden. Mit ihrem sanften, verletzlichen Wesen war sie einfach nicht für das harte Leben auf dem Gutshof gemacht. Sie lebte auf, wenn sie lernen durfte. Kattera sog alles Wissen in sich auf, das Bruder Nickell zu vermitteln vermochte. Durch ihren freundlichen Umgang mit den Knechten und Mägden, selbst den Leibeigenen, die auf dem Hof arbeiteten, war sie beim Gesinde beliebt. Ihr Vater Honn Norvarv legte dies als Schwäche aus und ließ sie seine Verachtung regelmäßig spüren. Doch niemals kam ihr eine Klage über die ungerechte Behandlung oder ein böses Wort über die Lippen. Dies machte ihren Vater nur noch ungehaltener und stärkte seinen Entschluss, sie zu einem Leben zu zwingen, wie es sich, seiner Meinung nach, für eine Norvarv-Frau gehörte. Er duldete in dieser Hinsicht keinen Widerspruch und verschloss seine Augen vor dem stillen Leiden seiner ältesten Tochter. Sie schrumpfte regelrecht, wenn sie sich in der Gesellschaft von Kilian Södervarv, ihrem zukünftigen Verlobten, befand. Seine laute, grobe Umgangsform ängstigte sie und es war auch offensichtlich, dass er mit ihr nicht viel anzufangen wusste. Er überspielte seine Unsicherheit mit Gemeinheiten und Aggressivität. Wie sehr hatte Katterein ihren Mann angefleht, Kattera in ein Kloster zu geben, doch er war hart geblieben. Er würde vor Wut platzen, wenn er merkte, dass Kattera ihm nicht gehorchen würde.

Sie seufzte, schob Kattera in die gute Stube, in der Bruder Nickell wartete, und machte sich auf die Suche nach Honn.

Bruder Nickell drehte sich um, als sich hinter ihm die Tür öffnete. Als er auf dem Norvarv-Hof eintraf, war er von einem wütenden Honn Norvarv ohne große Worte in die gute Stube geleitet worden. Den wenigen Worten, die er noch hörte, bevor sich die Tür schloss, konnte er entnehmen, dass die zukünftige Braut verschwunden war. Er lächelte Kattera nun aufmunternd zu und streckte ihr die Hand entgegen. Er kannte sie schon viele Jahre, denn er kam einmal in der Woche auf den Norvarv-Hof, um alle Kinder des Guts zu unterrichten. Sein Heimatkloster Pravamol unterhielt in einigen Dörfern und Städten kleine Außenstationen mit einer Kirche und einer Krankenstation. Die dort lebenden Brüder kümmerten sich um das Seelenheil, die Gesundheit und die Bildung der einfachen Bevölkerung, die sich teure Ärzte und studierte Lehrer nicht leisten konnte. Sein Abt hatte ihn vor beinahe zehn Jahren nach Isdaskib geschickt und seitdem unterrichtete er die Kinder in den umliegenden Gutshöfen in Schreiben, Rechnen und Religion. Den besonders wissbegierigen Schülern beantwortete er auch gerne Fragen, die außerhalb dieser Fächer lagen, sofern es ihm möglich war. Kattera kam lächelnd zu ihm und als er sie näher betrachtete, fiel ihm die Veränderung auf. Die Sonne war hinter den Wolken hervorgekommen und durchflutete die gute Stube mit Licht, aber dennoch war das Leuchten wahrnehmbar, das Kattera umgab. Bruder Nickell hielt den Atem an, als er nach den passenden Worten suchte. Ihm entging der amüsierte Blick nicht, den Kattera ihm zuwarf, als sie auf der Sofaecke Platz nahm. Er schüttelte verwirrt den Kopf und strich sich mit der Hand über den geschorenen Schädel.

„Du hast dich verändert", begann er vorsichtig und setzte sich neben sie.

Kattera lächelte nur und erwiderte ruhig seinen Blick.

Bruder Nickell rutschte ein wenig näher zu ihr heran. „Du bist Surija begegnet, nicht wahr? Du …"

Kattera legte ihre Hand auf die seine und drückte sanft zu. „Ich bin Surijas Werkzeug."

Langsam sickerten Katteras Worte in Bruder Nickells Bewusstsein. Surija war wieder in Vertara erschienen. Was bedeutete das? Als dies das letzte Mal geschehen war, hatten schwere Zeiten bevorgestanden.

„Kattera, sag mir, was bedeutet das? Warum …?"

Bevor Bruder Nickell seine Frage formulieren und eine Antwort darauf erhalten konnte, ertönten laute Stimmen vor der Tür.

„Wo ist sie?!"

„Honn, ich bitte dich …"

Honn Norvarv stieß die Tür auf und baute sich mit vor Zorn gerötetem Gesicht vor seiner Tochter auf. Er wischte die Hand seiner Frau zur Seite, die diese ihm beschwichtigend auf den Arm gelegt hatte. Hinter ihm betrat nicht weniger aufgebracht Krist Södervarv den Raum.

„Wie kannst du es wagen, mich derart bloß zu stellen, du undankbare Göre?!" Du lässt dich sofort von deiner Mutter für die Zeremonie herrichten, sonst bekommst du eine Tracht Prügel, die du nie vergessen wirst!"

Zur Bekräftigung seiner Worte hob er drohend die Hand. Katterein klammerte sich verzweifelt an ihn. „Honn, bitte, so hör mir doch zu!"

Ihr Mann schüttelte sie so heftig ab, dass sie in Krist Södervarvs Arme stolperte. Bruder Nickell stellte sich dem fast zwei Köpfe größeren und doppelt so breiten Honn Norvarv in den Weg.

„Aus dem Weg, Bruder", knurrte Katteras Vater und machte Anstalten, Bruder Nickell einfach zur Seite zu schieben. Doch der bewegte sich nicht.

„Beruhigt Euch, Honn. Seht sie Euch an. Seht genau hin!" Die Sonne verschwand hinter den Wolken und Katteras Erleuchtung wurde für alle deutlich.

Honn ließ den Arm sinken. „Was, zum Teufel ..."

Bruder Nickell zuckte bei diesen Worten zusammen, trat dann zur Seite, damit auch Krist Södervarv einen freien Blick auf Kattera hatte. „Surija hat sie für sich beansprucht. Sie gehört ihm."

Bruder Nickells Worte dröhnten in Honns Ohren, als er seine Tochter anstarrte, die seinen Blick ruhig erwiderte. Er konnte sehen, dass Bruder Nickell Recht hatte. Sie hatte sich verändert. Sie war nicht mehr das sanfte, schwache Mädchen. Eine Stärke, die vorher nicht da gewesen war, sprach aus ihrem Blick und erstickte jede heftige Erwiderung, die ihm auf der Zunge lag.

Krist Södervarv schob Katterein zu Seite und baute sich neben Honn auf. Er war zwar nicht ganz so groß und kräftig wie Honn Norvarv, aber seine kantigen Gesichtszüge und die in der Jugend gebrochene und schief zusammengewachsene Nase ließen ihn nicht weniger respekteinflößend erscheinen. „Das ist ein Trick. Honn, ich warne dich. Wir haben einen

Vertrag geschlossen. Deine Älteste mit meinem Ältesten. Und der Zusammenschluss der Güter!"

„Es sei denn, meine Frau gebiert mir noch einen männlichen Erben!" Honn sah Krist kampfbereit an.

Der warf Katterein einen entschuldigenden Blick zu. „Ich bezweifle, dass es noch dazu kommt, du wartest schließlich seit über zehn Jahren darauf!"

„Du …!" Honn wollte auf Krist losgehen, seinen Zorn über die Situation an ihm auslassen, aber Bruder Nickell ging dazwischen.

„Bitte, meine Herren, bewahrt Ruhe. Es gibt sicher eine Lösung."

„Sicher gibt es eine Lösung! Kattera heiratet Kilian, wie es besiegelt ist!" Krist Södervarv verschränkte die Arme vor der Brust und warf einen finsteren Blick in die Runde.

„Kilian könnte Kirstan heiraten. Sie verstehen sich auch viel besser!", warf Katterein ein und erntete von Krist Södervarv nur einen bösen Blick.

„Und dann verheiratet ihr eure Älteste mit jemand anderem und bringt meinen Jungen um sein Erbe. Nein, da mache ich nicht mit. Ich lasse mich nicht von euch hintergehen. Wir haben einen Vertrag. Du willst doch nicht, dass ich ihn einklagen muss?!" Krist sah Honn auffordernd an und der nickte zustimmend.

„Ich habe mit Kirstan andere Pläne. Nein, Kattera wird Kilian heiraten und Schluss mit der Diskussion!" Er sah seine Tochter finster an. „Du wirst mit deiner Mutter sofort auf dein Zimmer gehen und dich herrichten!"

„Ich werde niemanden heiraten!" Obwohl Kattera sehr leise gesprochen hatte, waren ihre Worte deutlich zu hören. Krist Södervarv schnappte nach Luft, doch die Autorität in Katteras Blick ließ ihn stumm bleiben.

Bruder Nickell räusperte sich. „Nach Abschluss der Zeremonie plane ich einen Besuch in meinem Heimatkloster Pravamol. Ich kann Kattera mitnehmen und sie nach Amee bringen. Den Vertrag können wir ändern und die Klausel aufnehmen, dass Kattera unverheiratet bleibt. Wenn ich das bezeuge, ist es vor dem Gesetz gültig." Bruder Nickell sah die beiden Männer mit festem Blick an.

„Ich …" Honn warf Krist Södervarv einen Blick zu. „Wir müssen das besprechen!"

„Ich packe ein paar Sachen zusammen." Kattera erhob sich und lächelte Bruder Nickell an.

„Du wirst gar nichts tun. Du wirst hier warten, bis wir entschieden haben!", brauste Honn auf, packte sie am Arm und wollte sie zurück auf das Sofa drücken. Doch Kattera sah ihn nur an und wie unter Zwang ließ er sie los.

„Es ist entschieden, Vater. Es gibt nichts, was du tun kannst. Ich werde gehen." Damit verließ Kattera den Raum. Honn starrte ihr mit offenem Mund hinterher.

„Willst du dir das gefallen lassen, Honn?" Krist Södervarv war mitnichten besänftigt.

Honn Norvarv knurrte verärgert. „Was soll ich tun? Auch wenn ich es manchmal gerne täte, schlage ich keine Frauen. So tief werde ich nicht sinken. Sag mir, wie ich sie dazu zwingen soll, deinem Sohn eine gute Ehefrau zu sein. Soll er sie vielleicht solange schlagen, bis sie nachgibt?"

„Honn!" Katterein warf ihrem Mann einen entrüsteten Blick zu.

„Ist ein Weib störrisch, gibt es kaum etwas, was man dagegen tun kann, wenn man nicht seine Ehre verlieren will. Also, was schlägst du vor, alter Freund?"

Krist Södervarv erwiderte finster Honns Blick. „Du bist einfach zu weich mit deinen Frauen. Aber du hast Recht. Es gibt nichts Schlimmeres für einen Hof als eine unwillige Hausherrin. Dennoch bin ich zutiefst enttäuscht von dir, dass du nicht in der Lage bist, deiner Tochter den Kopf zurecht-zurücken. Wäre es meine, würde sie mir nicht so auf der Nase herumtanzen!"

Honn trat ganz dicht an Krist heran, bis sich ihre Nasen fast berührten. „Ach ja?" Seine Stimme war gefährlich leise.

„Honn, bitte …!", flehte Katterein.

„Sei still, Weib!", fauchte Honn seine Frau an, ohne sie anzusehen. „Woher willst du das denn wissen, mit nur einem

Sohn? Oder bist du etwa ein schwächlicher Feigling, der Frauen schlägt?"

Krist Södervarv lief dunkelrot an.

Auch Bruder Nickell sah, dass die Situation zu eskalieren drohte, und schob entschieden die beiden Männer auseinander. „Seid doch vernünftig, meine Herren. Ihr seid beide geachtete Gutsherren und keiner von Euch ist schwach oder feige. Gegen einen Gott kann niemand antreten, auch Ihr nicht. Warum betrachten wir das Ganze nicht als eine göttliche Fügung und machen das Beste daraus?"

Die beiden Männer starrten sich noch eine Weile an.

„Bitte, Honn. Bruder Nickell hat doch Recht. Es wäre …"

„Katterein, halt doch einfach den Mund. Ich habe verstanden, was der Bruder gesagt hat. Und in diesem Haus treffe ich die Entscheidungen!" Honns Stimme klang gequält und entlockte Krist ein müdes Lächeln.

„Vielleicht tue ich dir Unrecht, alter Freund. Ich musste mich nie mit drei Weibern auf einmal rumschlagen. Die eine hat mir gereicht."

Honn entspannte sich und verzog resigniert das Gesicht, dann grinste er seinen Freund an. „Aber du vermisst sie doch, oder? Gib es zu!"

Krist lachte und schlug Honn auf die Schulter. „Das tue ich in der Tat. Auch wenn sie genauso widerspenstig wie die deine war …", er zwinkerte Katterein zu, die empört das Gesicht verzog, „… war sie mir doch eine gute Frau. Ein Jammer, dass sie das Fieber vor zwei Wintern geholt hat." Er wandte sich an Bruder Nickell. „Also, Bruder Nickell. Wenn ein Gott im Spiel ist, werde ich mich wohl Eurem Vorschlag beugen müssen."

Bruder Nickell nickte erleichtert und sah Honn fragend an. Der knurrte nur unwillig. „Na schön. Der Vertrag ist in meinem Arbeitszimmer." Er wandte sich an seine Frau. „Du bereitest jetzt am besten deine Tochter auf die Zeremonie vor. Und keine Widerworte!"

Er sah sie streng an, doch sie lachte nur leise und drückte ihm rasch einen Kuss auf die Wange. „Das mache ich, mein Lieber!"

Honn wurde rot und warnte den breit grinsenden Krist Södervarv: „Kein Wort!", während er mit Schwung die Tür aufriss und geradeso seine Tochter Kirstan am Arm packte, bevor diese zu Boden stürzte. Hinter ihr stand ein errötender Kilian Södervarv.

„Was, zum Teufel, tut ihr hier? Habt ihr etwa gelauscht?"

„Äh … nein. Wir sind nur zufällig hier vorbeigekommen und Kirstan ist gestolpert und hat sich an der Tür abgestützt, als Ihr sie geöffnet habt." Kilian wich dem strengen Blick von Honn Norvarv aus und wurde noch röter.

Kirstan hingegen schämte sich nicht im Geringsten. „Ist es wahr? Kattera geht ins Kloster und ich darf Kilian heiraten?" Atemlos starrte sie die Männer an.

Krist Södervarv legte Honn eine Hand auf die Schulter und drückte mit einem Blick sein Mitgefühl für die schwere Bürde aus, die er mit drei Frauen im Haus trug.

„Deine Ohren sind sehr gut, Kirstan. Ja, so wie es aussieht, wirst du meine Schwiegertochter werden. Ich schlage vor, dass du dich bereit machst, während wir den Vertrag ändern."

Kirstan jauchzte, umarmte erst stürmisch ihren Vater, der sie verlegen von sich schob, dann knickste sie kichernd vor Krist Södervarv und lief dann die Treppe hinauf. Über die Schulter rief sie ihrer Mutter zu: „Das hellgrüne Kleid ist das Schönste, das ich habe. Das will ich anziehen!"

Honn Norvarv sah seine Frau gequält an. „Das habe ich gemeint! Sie ist noch nicht soweit. Bei ihren Puppen ist sie weitaus besser aufgehoben!"

Katterein lachte leise und schob ihren Mann in Richtung Arbeitszimmer. „Glaube mir, ihre Puppen hat sie schon eine ganze Weile nicht mehr im Kopf. Sie ist soweit. Mehr als Kattera es je sein wird. Es ist die richtige Entscheidung." Damit stieg sie ebenfalls die Treppe hinauf.

„Und mit dir muss ich noch ein ernstes Wörtchen reden! An der Tür zu lauschen ist schlechtes Benehmen." Krist Södervarv sah seinen Sohn streng an.

Kattera saß auf ihrem Bett und sah aus dem Fenster. Das kleine Bündel mit den wenigen Sachen, die sie brauchte, lag neben ihr. Sie spürte keine Angst, obwohl große Veränderungen auf sie zukamen. Sie würde der Beengtheit des Gutshofes entfliehen und einer Zukunft entgegen gehen, die wichtigeres als Hausarbeit und Kinder bekommen bereithielt. Es fühlte sich richtig an, als ob ein verzerrtes Bild geradegerückt worden war und nun seine Bedeutung offenbarte.

Hinter ihr öffnete sich leise die Tür zu der kleinen Kammer, die sie sich mit ihrer Schwester teilte. Ihre Schwester setzte sich zu ihr und schmiegte sich an sie. Kattera legte einen Arm um sie und ihre Wange an ihre bereits hochgesteckten Locken. Wie unterschiedlich sie doch waren. Kirstan war die pure Lebensfreude, aufgeschlossen und immer fröhlich. Im Gegensatz zu Kattera packte sie gerne auf dem Hof mit an und war ihrer Mutter bereits eine große Hilfe im Haushalt. Sie träumte von einem eigenen Hof mit großer Kinderschar. Auch wenn ihr Vater in ihr immer noch ein kleines Mädchen sah, zeichneten sich mit ihren vierzehn Jahren unter dem Kleid doch schon deutlich frauliche Rundungen ab. In ihrer Statur kam sie mehr nach ihrem Vater. Kattera war schlank wie ihre Mutter. Was sie jedoch gemeinsam hatten, war die Lockenmähne, die kaum zu bändigen war.

Kirstan blickte zu ihrer Schwester auf. „Wirst du noch zur Zeremonie bleiben?" Sorgenfalten verunstalteten ihre sonst glatte Stirn.

„Natürlich, du Dummerchen. Bruder Nickell hält doch die Zeremonie ab. Ich gehe erst, wenn er geht."

Kirstan lächelte traurig und ihre Mundwinkel zuckten. „Du bist nicht böse?"

Kattera lachte leise und drückte sie an sich. „Nein, bin ich nicht. Ihr beide werdet glücklich miteinander sein, das weiß ich, und das alleine zählt."

„Und was ist mit dir? Wirst du auch glücklich sein?"

Kattera sah in die fragenden Augen ihrer Schwester und nickte dann langsam. „Ja, das werde ich. Ich weiß zwar nicht, was auf mich zukommt, aber es fühlt sich richtig an."

„Kirstan!" Die Stimme ihrer Mutter drang durch die offene Tür.

„Es geht los." Kirstan schniefte und drückte ihrer Schwester dann einen Kuss auf die Wange. „Ich hab dich lieb, Teri." Dann huschte sie zur Tür hinaus. „Ich komme, Mutter!", hörte Kattera sie noch rufen. Dann nahm sie ihr Bündel und folgte ihr langsam.

Es waren schon alle in der guten Stube versammelt, als Kattera die Tür leise hinter sich schloss. Bruder Nickell nickte ihr zu und richtete dann seine ganze Aufmerksamkeit auf das Paar.

Während sich Kattera von ihren Eltern verabschiedete, wartete Bruder Nickell auf sie. Er hatte Honn noch das Aufnahmegeld abgerungen, das dieser ihm zähneknirschend gegeben hatte, mit der Beschuldigung ihn ruinieren zu wollen. Doch so waren die Regeln. Um in ein Kloster eintreten zu können, musste man etwas zum Unterhalt des Klosters beitragen. Entweder man stiftete eine entsprechende Geldsumme oder man konnte durch einen bereits erlernten Beruf das Kloster unterstützen. Bruder Nickell wurde unruhig, denn die Reisegruppe, der er sich anschließen wollte, würde nicht auf sie warten. Honn und Katterein Norvarv brachten ihre Tochter zu ihrem Pony, das geduldig neben Bruder Nickell wartete.

Katterein umarmte ihre Tochter ein letztes Mal, mit Tränen in den Augen. „Du denkst an das, was ich dir gesagt habe, ja?"

Kattera machte sich los. „Ja, Mutter, mach dir keine Sorgen. Mir wird es gut gehen!" Sie kletterte auf ihr Pony.

„Passt gut auf mein Mädchen auf, Bruder!", schniefte Katterein und zog ein Taschentuch aus dem Ärmel.

„Das werde ich!" Bruder Nickell neigte den Kopf und nickte auch Honn Norvarv noch einmal zu, bevor er und Kattera sich in Bewegung setzten.

„Und dass das Geld ja an der richtigen Stelle ankommt!", rief Honn ihm noch hinterher, doch Bruder Nickell zog es vor nicht darauf zu reagieren.

„Honn!"

„Was willst du? Das hat mich ein Vermögen gekostet! Was heulst du überhaupt? Es war doch deine Idee."

Die Stimmen ihrer Eltern wurden leiser und schließlich hörte Kattera sie nicht mehr. Erleichtert atmete sie auf.

Ein neuer Prior für Stormflod

Thomen Verflide sah erneut von dem Buch auf, in dem er gerade las. Er hatte dies in der vergangenen Stunde schon oft getan. Sein Blick blieb noch einen Moment an der Bibliothekstür hängen, durch die nun jeden Augenblick ein Mönch kommen musste, um ihn zum neuen Abt Pesolt zu rufen. Thomen zweifelte nicht daran, wer zum neuen Prior ernannt werden würde. Während seiner ganzen Zeit im Kloster hatte er darauf hingearbeitet, die Hierarchieleiter nach oben zu steigen. Mit der Ernennung zum Bibliothekar vor drei Jahren war er den ersten Schritt aus der breiten Masse der Mönche herausgetreten und übte sich seitdem in Geduld. Was wäre ihm auch übriggeblieben? Als dritter Sohn der Verflides war ihm der Zugang zum Familienvermögen verwehrt. Mit kaufmännischem Talent, so wie sein mittlerer Bruder es besaß, war er nicht gesegnet. Für eine Laufbahn an der Universität, die seinen Wissensdurst gestillt und seinem Lebensstil entsprochen hätte, wollten seine Eltern nicht aufkommen. Sie hatten ihn gegen seinen Willen in das Kloster Stormflod gegeben, ihn in dieses enge Gefängnis gesperrt, in dem er seine Zeit mit Beten und Arbeiten vergeuden musste. Doch er verbarg seinen Zorn und seinen Unwillen hinter einer Maske aus Höflichkeit, Bescheidenheit und Religiosität und spielte seine Rolle gut.

In der kurzen Zeit, die jeder Mönch zum Studium in der Bibliothek verbringen musste, tat er sich durch seine saubere Schrift hervor und war bald von der Feldarbeit in das Skriptorium versetzt worden. Zumindest seinen Wissensdurst konnte er stillen und setzte das erworbene Wissen geschickt ein, sodass seine Ernennung zum Bibliothekar unvermeidlich war. Niemand schöpfte Verdacht bei der plötzlichen Erkrankung des alten Bibliothekars, denn in den feuchten, kalten Gemäuern waren Krankheiten keine Seltenheit und Bruder Ewalt hatte schon einige Jahre kommen und gehen sehen. Er war in den letzten Jahren seines Lebens häufig erkrankt.

Thomen senkte den Blick und versteckte sein Lächeln, das ihm unwillkürlich bei dieser Erinnerung über die Lippen glitt. Es war so einfach gewesen. Bücher über Heilkunde waren in den Bibliotheken aller Klöster zu finden, denn die Heilkunst war deren größte Einnahmequelle. Thomen lernte schnell, dass Kräuter, die heilen, auch töten können, und so war es kein Problem gewesen, Bruder Ewalts schon geschwächtes Herz ein wenig mehr anzuregen, als es verkraftete. Ein Tee, von einem mitfühlenden Bruder gebracht. Bruder Ewalt hatte ihm noch mit einem breiten Lächeln gedankt, denn Thomen hatte ihm etwas von dem Kräuterschnaps hineingetan, den er so liebte. Dann musste er nur warten. Das Amt des Bibliothekars war nur der erste Schritt auf dem Weg zu seinem Ziel. Er wollte Abt des Klosters werden und damit die Freiheit gewinnen, nach der ihm verlangte. Es war nur eine Frage der Zeit gewesen, bis der alte Abt Ullin seinen Ahnen begegnen würde und sich die nächste Möglichkeit zu einem weiteren Aufstieg bot. Thomen nutzte die Zeit geschickt, um mit scheinbar uneigennützigen, gut gemeinten, aber in unaufdringlicher Weise vorgebrachten Ratschlägen Verbündete im Kloster zu gewinnen. In letzter Zeit war er bereits ohne eigenes Zutun um Rat gefragt worden. Das war eine gute Voraussetzung.

Die Tür zur Bibliothek wurde leise geöffnet, ein Mönch betrat den Raum und schaute sich suchend um. Thomen erkannte Bestlin. Er schrieb das Protokoll bei den täglichen Versammlungen im Kapitelsaal. Thomen hatte ihm diese Aufgabe vor zwei Jahren übertragen.

Bestlin kam nun zu ihm an den Tisch. „Bruder Thomen. Der Abt wünscht Eure Anwesenheit."

Thomen senkte bescheiden den Kopf, aber nicht ohne vorher Bruder Bestlin einen scharfen Blick zuzuwerfen. Dessen Gesicht war gerötet und er versuchte mit großer Mühe, ein breites Lächeln zu unterdrücken und Würde auszustrahlen. Thomen hatte genug gesehen. Er konnte in Bruder Bestlin lesen wie in einem Buch, weswegen er ihm die Aufgabe des Protokollanten zugewiesen hatte. Auch ohne

Worte bekam er immer aus ihm heraus, welche Entscheidungen der Abt außerhalb des Kapitels traf.

„Dann bringt mich zu ihm." Thomen schlug das Buch zu und erhob sich. Bruder Bestlin eilte ihm voraus.

Thomen betrat nach Bestlin den Kapitelsaal. Abt Pesolt saß auf seinem Stuhl und neben ihm der Cellerar, der für die wirtschaftlichen Belange des Klosters zuständig war, und der Camerarius, der sich um die Finanzen kümmerte. Hinter ihren ernsten Mienen konnte Thomen Wohlwollen erkennen. Er unterdrückte ein Lächeln und stellte sich wartend vor sie, den Kopf bescheiden gesenkt.

„Ihr habt nach mir geschickt, ehrwürdiger Abt?"

Abt Pesolt ließ seine ernste Miene fallen. „Ja, Bruder Thomen, das habe ich. Ich habe mich mit Bruder Willin und Bruder Paulin beraten und sie haben meine Entscheidung bestätigt, Euch zum Prior zu ernennen. Euer großes Wissen wird mir eine Hilfe bei meinen Entscheidungen sein und Euch zu einem guten Vertreter machen. Darum verleihe ich Euch das Amt des Priors. Ich werde morgen auf der Kapitelversammlung meine Entscheidung unseren Mitbrüdern mitteilen. Euch möchte ich nun bitten, mir einen Vorschlag für Euren Nachfolger zu unterbreiten."

Thomen gelang es, seinem Gesicht einen überraschten Ausdruck zu verleihen und den Triumph, den er empfand, nicht zu zeigen. „Ich danke Euch für Euer Vertrauen, ehrwürdiger Abt. Doch bitte ich Euch, mir für meine Entscheidung bis morgen Zeit zu geben. Ich habe mit meiner Ernennung nicht gerechnet und muss darüber nachdenken, wen ich mit meiner Nachfolge betrauen kann."

Abt Pesolt erhob sich, kam auf Thomen zu und fasste ihn an den Schultern. „Eure Bescheidenheit steht Euch gut, Bruder Thomen. Ihr werdet ein guter Prior sein. Ich erwarte Euren Vorschlag morgen vor dem Kapitel."

Abt Pesolt verließ den Saal. Thomen war nicht entgangen, dass er seiner Entscheidung nicht blind vertrauen würde und sie vor der Verkündung mit ihm besprechen wollte. Nun gut, mit der Zeit würde er sein Vertrauen gewinnen und dann stand ihm der Weg zum Amt des Abtes offen. Bruder Willin, der Cellerar, und Bruder Paulus, der Camerarius, verließen ebenfalls den Saal, nicht ohne Thomen mit einer kurzen Umarmung zu seinem Aufstieg zu beglückwünschen.

Allein zurückgelassen gönnte sich Thomen einen Moment des Triumphes und ließ sich auf dem Stuhl des Priors nieder. Das Kloster Stormflod war das älteste und größte und damit das mächtigste Kloster in Vertara. Knapp einhundert Mönche lebten auf der umstürmten Insel vor der Küste Vertaras und übten sich in Enthaltsamkeit und Gottesfürchtigkeit. Der jeweilige Abt von Stormflod war von Anfang an ein bei den Königen von Vertara geachteter Ratgeber. Thomen stellte sich vor, wie er morgen den Mönchen gegenübersitzen würde, nicht mehr einer von ihnen, sondern über sie erhöht. Er schloss die Augen, lehnte sich zurück und atmete tief ein. Noch war er nicht frei. Abt Ullin hatte Pesolt, als dieser Prior war, in seinen letzten Jahren stellvertretend zu seinen Terminen außerhalb des Klosters geschickt. Aber Pesolt war noch lange nicht so alt, um diese Aufgaben an Thomen abzugeben. Thomen lächelte böse, stand auf und verließ ebenfalls den Saal. Er hatte nicht vor abzuwarten, bis Abt Pesolt eines natürlichen Todes starb. Ein paar Jahre würde er sich gedulden, der Abt würde immer wieder krank werden und letztendlich seiner Krankheit erliegen.

Thomen erreichte einen viel benutzen Gang und setzte seine übliche bescheidene Miene auf. Das Warten hatte sich gelohnt. Selbstverständlich hatte er seinen Nachfolger bereits gewählt und sich auch die passenden Argumente zurechtgelegt, die Abt Pesolt keine Alternative zu dessen Ernennung ließen.

Geheime Mysterien

Neben dem Abt betrat Thomen den Kapitelsaal. Er achtete nicht auf die Blicke der Mitbrüder. Seine Miene verriet keinen seiner Gedanken. Das leise Getuschel verstummte rasch, als sich Abt Pesolt auf seinen Stuhl setzte.

Während der Predigt und der anschließenden Lesung aus den Ordensregeln schweiften Thomens Gedanken wie so oft ab. Diesmal drehten sie sich um seine morgige Einführung in die geheimen Mysterien. Er hatte in der Bibliothek nur vage Hinweise darauf gefunden, was ihn erwarten würde. Sie hatten seine Neugier nur angefacht.

Er schüttelte die Gedanken daran ab, als Abt Pesolt das Wort erhob. „Mitbrüder, bevor ich zu meinen Auslegungen der Regeln komme, will ich einige Ankündigungen machen. Wie ihr bereits gesehen habt, wird Bruder Thomen von nun an das Amt des Priors einnehmen. Morgen wird seine Einführung in die Mysterien stattfinden und danach wird er mir ein wertvoller Stellvertreter sein."

Thomen schaute in die Gesichter seiner Mitbrüder und erkannte bei den meisten von ihnen Zustimmung. Nur wenige ältere Brüder schienen dem Entschluss des Abtes nicht zugetan zu sein, doch Thomen beachtete dies nicht weiter. Er war sich bewusst, dass er für dieses Amt mit seinen dreißig Jahren recht jung war. Aber auf die Meinung einiger älterer Mitbrüder kam es nicht an.

„Die Nachfolge als Bibliothekar wird Bruder Ottin antreten. Bruder Thomen hat mir versichert, dass er seine Pflichten genau kennt und sein Amt würdig erfüllen wird."

Thomen beobachtete Ottin ganz genau, während die weiteren Worte von Abt Pesolt über ihn hinwegschwappten. Ottin bemühte sich, seine Freude zu verbergen und Haltung zu bewahren. Doch Thomen war sich sicher, einen treuen Verbündeten gewonnen zu haben. Er hatte mit seiner Aussage, dass Ottin seine Pflichten ganz genau kannte, nicht übertrieben. Für seinen Geschmack kannte er sie zu genau, was ihn bei seinen Mitbrüdern nicht gerade beliebt machte, denn für viele der angezeigten Verfehlungen war Bruder Ottin verantwortlich. Doch durch ihn war Thomen immer im Bilde, was im Kloster vor sich ging, und er war sich sicher, dass Ottin ihm seine Ernennung gewinnbringend vergelten würde. Er war es auch gewesen, der ihm berichtet hatte, dass sein Vorgänger Bruder Ewalt dem Kräuterschnaps sehr zugetan war.

Am nächsten Morgen, mit Anbruch der Dämmerung machte sich Thomen auf den Weg in die Klosterkirche. Ihm voran ging der Sakristan Wentzel. Begleitet wurde er nur noch vom Abt und zwei Mönchen, die dem Sakristan diese Woche zugeteilt waren. Schweigend schritten sie auf die runde Kirche zu, deren mit Gold überzogene Kuppel bald in der Sonne erstrahlen würde. Die Kirche stand am höchsten Punkt des Klostergeländes nahe der westlichen Klostermauer. Sie ragte hoch über diese und die anderen Gebäude hinaus, sodass die Sonne in ihrem Verlauf durch jedes der großen Fenster scheinen und den Altarraum erhellen würde. Thomen sollte von Sonnenaufgang bis Sonnenuntergang vor dem Altar knien und in der Vereinigung mit Surija, dem Gott des Lichtes, verweilen. Bei Sonnenuntergang würde er dann in die Krypta hinuntersteigen und dort bis Sonnenaufgang den Versuchungen Adholokas, dem Gott der Dunkelheit, widerstehen. Soweit die Theorie. Thomen konnte seine Ungeduld kaum verbergen, als er gemessenen Schrittes dem Sakristan folgte. Würde Surija ihn tatsächlich mit seiner Gegenwart beehren? Oder war das Ganze nur Gerede? Allerdings hieß es, dass manche der Brüder nach der Einführung in die Mysterien nicht mehr dieselben waren. Und mit welchen Versuchungen würde Adholoka seine Standhaftigkeit prüfen? Thomen hoffte, endlich eine Antwort auf die Frage zu finden, ob die Legenden um Ekarius nur spannende Märchen waren oder ob in ihnen ein Körnchen Wahrheit steckte.

Sie betraten den runden Raum, der von reichverzierten Leuchtern erhellt wurde. Verschiedenste Darstellungen der Sonne bedeckten die Wände und auf den breiten

Fensterbänken standen unzählige, mit funkelnden Edelsteinen geschmückte Schalen und Pokale. Geschenke von reichen Bürgern an das Kloster, mit dem Auftrag, für ihre Seelen zu beten. Bruder Wentzel löschte die Kerzen, damit die aufgehende Sonne ihre volle Wirkung entfalten konnte. Abt Pesolt segnete Thomen, bevor dieser vor dem Altar niederkniete. Dann ließen sie Thomen allein. Er musste diesen Tag ohne Essen und Trinken überstehen und hoffte, dass sich das Opfer lohnen würde. Die Sonne ging auf und in ihren Strahlen glitzerte und funkelte der ganze Altarraum. Thomen kniete und betete zu Surija um ein Zeichen seiner Anerkennung.

Die Vertarer hatten nicht immer zu Surija gebetet. Bevor die Götter Surija und Adholoka um die Seelen der Vertarer gerungen hatten, baten die Menschen von Vertara Mutter Erde um Fruchtbarkeit, Gesundheit und eine gute Ernte. Manchmal konnte man noch die Überreste der aus Feldsteinen errichteten Altäre finden, auf denen mehrmals im Jahr eine Ziege oder eine Kuh geopfert wurde. Doch das war so lange her, dass sich kaum noch jemand daran erinnerte. Mit Ekarius, seiner Vereinigung mit Surija und dem siegreichen Kampf gegen Adholoka war ein neues Zeitalter angebrochen und der alte Glaube in Vergessenheit geraten.

Die Stunden vergingen. Schon bald nach Sonnenaufgang zogen Wolken auf und verdeckten erst kurz, dann immer länger die Sonne. Thomens Konzentration schwand, je höher die Sonne stieg. Durst und Hunger machten sich bemerkbar und seine Knie schmerzten, trotz des Polsters auf der Bank. Durch die bodentiefen Fenster konnte er die Mönche in den Kapitelsaal streben sehen, in dem die Messen abgehalten wurden, wenn in der Kirche eine Einführung in die Mysterien stattfand. Thomen begann sich zu langweilen und starrte auf das Klostergelände, das sich vor der Kirche ausbreitete. Direkt südlich zwischen der Kirche und der Pforte befand sich der kleine Friedhof, auf dem die verstorbenen Mönche begraben wurden. Duftende Blumen und einige Schatten spendende Bäume wuchsen dort. Vom neben dem Friedhof liegenden

Pförtnerhäuschen führte ein breiter Weg zur Anlegestelle, an der zweimal am Tag eine Fähre Besucher und Waren brachte. Im Kloster wurde nicht alles hergestellt und angebaut, was zur Verpflegung der Brüder notwendig war und so waren sie auf die täglichen Lieferungen angewiesen. An der südlichen Mauer lagen das Dormitorium, in dem die Mönche schliefen, die Waschküche und das Badehaus. Direkt daneben befand sich das Refektorium, in dem die Mönche ihre Mahlzeiten zu sich nahmen, sowie die Küche und die Vorratskammern. Die Küche hatte einen kleinen Durchgang durch die Klostermauer und direkt hinter ihr, von der Mauer vor dem kalten Wind geschützt, lag der Klostergarten, in dem Kräuter und Gemüse wuchsen. Die Ställe für die drei Pferde des Abtes und seine Begleiter, wenn er auf Reisen ging, und das Vieh, das die Brüder mit Fleisch, Eiern und Milch versorgte, befanden sich ebenfalls vor der Südmauer, direkt neben dem Garten. Auf den Weidewiesen, die sich bis zum Ufer erstreckten, konnte Thomen die Apfelbäume erkennen, an denen kleine, saure Äpfel wuchsen und die er überhaupt nicht mochte. Leider gab es sie viel zu oft als Nachtisch zum Mittag.

Der Kirche gegenüber lag der Kapitelsaal und über ihm im ersten Stock das Skriptorium und die Bibliothek. An der Nordmauer, getrennt von den anderen Gebäuden, residierte der Abt in einem vornehmen Haus, das neben seinen Gemächern einige Räume für gehobenere Gäste bot. Dort würde Thomen eines Tages einziehen, der stickigen Enge des Dormitoriums entkommen und einen großzügigen Rückzugsort für sich allein haben. Immerhin stand ihm als Prior ein kleines Arbeitszimmer im Hause des Abtes zur Verfügung, und wenn der Abt auf Reisen war, durfte er dessen Arbeits- und Esszimmer nutzen. Neben dem Haus des Abtes schmiegten sich das Gästehaus und das Infirmarium, in dem die Kranken des Klosters gepflegt wurden, an die Nordmauer. Im Moment ging eine Erkältungswelle durch das Kloster und das Infirmarium war gut gefüllt. Thomen unterdrückte ein Gähnen. Er würde noch anfangen, die Hühner zu zählen, wenn nicht bald etwas geschah.

Immer wieder kämpften sich einige Sonnenstrahlen durch die dichter werdenden Wolken, doch außer der Wärme, die sie brachten, spürte Thomen nichts. Ihm wurde klar, dass er von Surija kein Zeichen erhalten würde. Hatte das etwas zu bedeuten? Hatte sich Surija von ihm abgewandt? Oder waren die Mysterien doch nur das Geschwätz alter Mönche? Thomen hatte Pesolt mit einem verklärten Gesichtsausdruck nach seiner Einführung aus der Kirche kommen sehen. Dies zu imitieren sollte kein Problem sein. Thomen kam zu dem Schluss, dass wahrscheinlich keiner je eine Erscheinung von Surija erlebt hatte und die mageren Informationen daher rührten, dass es nichts zu berichten gab. Er erhob sich und rieb sich die schmerzenden Knie. Was für eine Zeitverschwendung! Seine Neugier hatte einen deutlichen Dämpfer erhalten und ihm graute vor der Nacht, die er in der feuchten, kalten Krypta verbringen musste.

Der Sakristan kam zurück, als die Sonne unterging. Thomen hatte sich kurz zuvor wieder hingekniet. Er erhob sich jetzt langsam und richtete einen entrückten Blick auf Bruder Wentzel, der dies mit einem erleichterten Lächeln zur Kenntnis nahm. Thomen atmete auf. Er hatte anscheinend das richtige Maß an Ergriffenheit gezeigt. Nun konnte der Sakristan dem Abt berichten, dass Thomen von Surija mit seiner Gegenwart beehrt worden war. Thomen folgte Wentzel die Treppe zur Krypta hinunter. Hier schmückte keine einzige Verzierung die steinernen Wände. Nur die Fackel, die Bruder Wentzel in der Hand trug, erhellte den Raum. Wentzel steckte sie in einen Halter und fing dann an, den eisernen Deckel zur Seite zu ziehen, der sich auf dem Boden in der Mitte des Raumes befand. Er schnaufte und ächzte, schaute mehrmals zu Thomen hinüber in der Hoffnung, dass dieser mit anfassen würde. Doch Thomen starrte wie gebannt auf die freigelegte Öffnung, durch die ein kräftiger Mann geradeso hindurchpasste. Ein übler, modriger Gestank drang aus dem Loch und mit ihm ein leises Flüstern. Der Sakristan schien nichts zu hören. Er rümpfte nur angewidert die Nase und rollte geschäftig eine Strickleiter in den Schacht hinunter. Dann trat er zur Seite und bedeutete Thomen, dass er da hinunterklettern sollte. Das hatte Thomen nicht erwartet. Er wusste wohl, dass unter jeder Kirche eine dieser Gruben war, in die man die schlimmsten Verbrecher gesperrt hatte. Manche von ihnen hatten die Gruben nie verlassen. Doch diese Zeiten waren längst vorbei. Nirgendwo wurde erwähnt, dass man sie für die Einführung in die Mysterien nutzte. Er spürte Wentzels Blick auf sich und straffte die Schultern. Um sein Ziel zu erreichen, musste er jetzt da durch. Aber er würde es seinen Eltern heimzahlen, dass er wegen ihnen Stunden in diesem engen, stinkenden Loch verbringen musste, um seine Freiheit wiederzuerlangen. Er unterdrückte einen Würgereiz, als er an den Rand des Loches trat und einen Fuß auf die erste Sprosse setzte. Wentzel nickte ihm zu und nahm die Fackel zur Hand, um ihm den Weg zu leuchten. Thomen stieg langsam in die Tiefe hinab. Der Schacht verbreiterte sich mit zunehmender Tiefe auf die Größe einer kleinen Kammer. Als er unten angekommen war, konnte er im Schein der Fackel einige Skelette von ehemaligen Gefangenen erkennen, dann zog Bruder Wentzel die Strickleiter hoch und mit dem Klicken des Türschlosses ließ er Thomen in der Dunkelheit zurück.

Thomen lehnte sich mit dem Rücken an die raue, gemauerte Wand, schob mit dem Fuß den Unrat am Boden zur Seite und ließ sich nach unten gleiten. Die Luft am Boden des Schachts war stickig und machte ihn benommen. Kurz kam ihm der Gedanke, ob er hier unten in den Ausdünstungen der menschlichen Überreste ersticken würde, als ihn ein rotes Glühen ablenkte, das von der Mitte des Bodens kam. Das Flüstern, dass er beim Öffnen des Schachtes vernommen hatte, wurde lauter. Er hörte genau hin, um die Worte zu verstehen, doch sie waren zu undeutlich. Langsam näherte er sich dem roten Licht. Das Flüstern wurde lauter. Gebannt kroch Thomen immer dichter heran, bis sein Gesicht in rotes Licht getaucht war. Langsam formten sich aus dem Wispern Worte. Sie versprachen ihm, was er sich sehnlichst wünschte. Rache an seinen Eltern, die ihn zu diesem beengten Leben verdammt hatten. Die Freiheit, diese tristen Mauern endlich zu verlassen und sein Leben nach seinen Vorstellungen zu gestalten. Langsam formte sich die Frage in Thomen, was er tun musste, um all dies zu erreichen. Das Flüstern verstummte und das Leuchten ließ nach.

„Geh nicht!", flüsterte Thomen verzweifelt. War alles nur Einbildung gewesen, hervorgerufen durch den Gestank, der hier unten herrschte? Ihm war bis jetzt nicht bewusst gewesen, wie weit er gehen würde, um seine Ziele zu erreichen. Er würde nicht nur dafür töten und andere ins Unglück stürzen, er würde Adholoka selbst dienen, wenn es nötig wäre. „Komm zurück!", flehte er, und das Leuchten nahm wieder zu. Es wurde stärker und langsam formte sich eine Gestalt aus rotem Licht. Dort wo die Augen waren, saßen schwarze Löcher. Wie unter Zwang stand Thomen auf und starrte in die Schwärze, die sich vor ihm auftat, ihn umgab und durchdrang. Die Worte, die vorher nur ein Wispern waren, dröhnten nun in seinem Kopf. Er würde die Kraft besitzen, alles tun zu können, was er wollte, wenn er Adholoka diente und ihm zur Herrschaft über Vertara verhalf. Seine Seele und die Seelen aller Menschen in Vertara waren der Preis für ein Leben in Macht und Freiheit. Für Thomen gab es kein Zögern. All sein unterdrückter Zorn brach auf wie eine eiternde Wunde und vergiftete, was noch Gutes in ihm gewesen war. Er war bereit für Adholoka. Nie gekannte Schmerzen durchfuhren ihn, als sich der Gott der Dunkelheit mit ihm vereinte. Seine verkümmerte Seele schrumpfte weiter und machte Adholoka Platz. Thomen hatte das Gefühl zu verbrennen. In glühender Qual wälzte er sich auf dem Boden. Seine spitzen Schreie verhallten ungehört. Als er glaubte, es nicht mehr ertragen zu können, ließen die Schmerzen nach. Zitternd blieb er liegen. Das rote Licht war erloschen, doch Thomen spürte die Veränderung, die in ihm vorgegangen war. Adholoka war in ihm. Er konnte seine Kraft und seine Präsenz in seinen Gedanken spüren. Langsam schleppte sich Thomen zur Wand, lehnte sich dagegen und lauschte für den Rest der Nacht Adholokas Worten, die von nun an sein Leben bestimmen würden.

Bruder Wentzel betrat am nächsten Morgen die Krypta und leuchtete in den Schacht hinunter. Thomen war aufgestanden und sah zu ihm hinauf. Wentzel atmete auf. Es war schon einige Male vorgekommen, dass die Kandidaten in dem Schacht ohnmächtig geworden waren und der Sakristan hinuntersteigen musste, um sie zu holen. Bis jetzt war ihm das erspart geblieben und auch heute war das Glück ihm hold. Thomen war stark und hatte, wie es aussah, Adholoka widerstanden. Für Wentzel gab es keine Zweifel an der Existenz der Götter. Er ließ die Strickleiter hinab und sah gespannt zu, wie Thomen sie emporkletterte.

Die Nacht hatte ihre Spuren hinterlassen. Sein eh schon schmales Gesicht wirkte nahezu eingefallen und seine ohnehin blasse Haut beinahe durchscheinend. Sein schwarzer Bart war voller Schmutz, ebenso die braune Kutte, die jeder Mönch trug, als ob er sich auf dem Boden gewälzt hatte. Der Widerstand gegen Adholokas Versuchungen musste ein harter Kampf gewesen sein. Dicke Augenringe zeigten seine Erschöpfung, doch er ergriff nicht die Hand, die Bruder Wentzel ihm helfend hinhielt. Eigenständig kletterte er aus dem Loch, wankte zur Wand und lehnte mit geschlossenen Augen dagegen, während Wentzel schnaufend den Deckel über das Loch schob. Mit einem letzten Ächzer richtete sich Bruder Wentzel auf, nahm die Fackel zur Hand und trat auf Thomen zu, um ihm voran aus der Krypta zu gehen. In dem Moment öffnete Thomen die Augen und Wentzel sah deutlich das rote Leuchten in seinen Pupillen. Vor Überraschung blieb ihm der Mund offenstehen und er schüttelte unwillkürlich den Kopf. Das konnte nicht sein. Er hatte dem Abt berichtet, dass Bruder Thomen von Surija gesegnet worden war. Sein Gesichtsausdruck hatte das deutlich gesagt. Mit klopfenden Herzen trat er näher an Thomen heran, hob die Fackel, um besser sehen zu können, doch das Leuchten war verschwunden. Bruder Wentzel legte die Hand auf sein rasendes Herz. Er hatte sich getäuscht.

„Kommt, Bruder Thomen. Der ehrwürdige Abt wartet vor dem Altar auf Euch, um Euch zu segnen." Mit einem letzten scharfen Blick auf Thomen ging er die Treppe nach oben voran.

Thomen war Wentzels Blick nicht entgangen. Er fragte sich, was dieser gesehen hatte. Hatte die Vereinigung mit Adholoka Spuren hinterlassen? Sie traten in den Altarraum, der vom Licht der aufgehenden Sonne durchflutet wurde. Widerstandslos ließ sich Thomen vom Abt umarmen und segnen, darauf bedacht, den Blick gesenkt zu halten. Doch dem Abt schien nichts aufzufallen.

„Bruder Thomen, ich sehe, dass Ihr die Mysterien erlebt habt."

Thomen nickte und zwang einen leicht entrückten Ausdruck auf sein Gesicht, als er es der Sonne entgegen hob. „Ja, ehrwürdiger Abt, das habe ich. Surija hat mich mit seiner Gegenwart beehrt und mir so die Kraft gegeben, Adholokas Versuchungen zu widerstehen."

„Nichts anderes habe ich erwartet." Abt Pesolt lächelte wohlwollend. „Bitte wascht Euch den Schmutz der Toten ab und feiert mit uns die Messe."

Thomen senkte gehorsam den Kopf und eilte dann aus der Kirche. Er spürte erneut den scharfen Blick von Bruder Wentzel auf sich, vermied es jedoch, ihn anzusehen. Er ging in die Kleiderstube und ließ sich eine saubere Kutte geben, hastete dann weiter in das Badehaus, zog seine verschmutzte Kleidung aus, wusch sich das Gesicht und spülte den Dreck aus seinem Bart. Mit einem Leinentuch trocknete er sich ab und schaute dann in das glatte Wasser in der Schüssel. Nur der Abt hatte einen Spiegel in seinem Raum. Die Mönche brauchten keinen. Die Haare wurden regelmäßig von Mitbrüdern geschoren, den Bart ließ man wachsen. Ein Spiegel würde nur persönliche Eitelkeiten schüren. Doch Wasser in der Schüssel tat es auch. Was Thomen nun in der spiegelnden Wasseroberfläche sah, erschreckte ihn zutiefst. Seine Pupillen glommen rot und seine Wangen waren eingefallen. Er sah aus wie der lebendige Tod. So konnte er unmöglich unter die Leute gehen. Jeder würde die Veränderung an ihm erkennen. Wie konnte er so seine und Adholokas Ziele erreichen? Bruder

Wentzel kam ihm in den Sinn. Zuerst war er erschrocken gewesen, sicher hatte er das rote Glühen wahrgenommen. Doch dann hatte sich Erleichterung auf seinem Gesicht breit gemacht. Was war geschehen? Thomen überlegte, dann nahm er eine Fackel aus der Halterung und hielt sie neben sich, sodass sie sein Gesicht in warmes Licht tauchte. Das rote Leuchten aus seinen Augen verschwand. Thomen atmete erleichtert auf. Er musste Dunkelheit meiden, um sich nicht zu verraten. Er steckte die Fackel an ihren Platz und zog sich kopfschüttelnd die frische Kutte an. Nur das Böse konnte auf den Gedanken kommen, sich mit Licht zu tarnen. Nun gut. Er musste ein Auge auf Wentzel haben und dessen Bedenken zerstreuen. Adholoka hatte es nicht eilig, er konnte sich Zeit lassen.

Während des Gottesdienstes behielt Bruder Wentzel den Prior im Auge, doch so genau er auch hinsah, seine Augen zeigten nur ihre normale braune Farbe, keine Spur von Rot. Bruder Thomen stand die ganze Messe über im Sonnenlicht, ohne dass es ihn störte. Wentzel war sich sicher, dass dem nicht so wäre, hätte er Adholoka nachgegeben. Denn wie konnte der Gott der Dunkelheit das Licht ohne Schmerzen ertragen? Er musste sich in der Krypta im flackernden Schein der Fackel getäuscht haben. Es gab keinen Grund, dem Abt davon zu berichten. Und dennoch lief ihm ein Schauer den Rücken herunter, als Bruder Thomen ihn direkt ansah.

Reise ins Unbekannte

Bruder Nickell zog am Zügel und sein Pferd blieb stehen. Er wartete, bis Kattera neben ihm war, und lächelte sie nachdenklich an.

„Was ist, Bruder Nickell?" Kattera sah ihn fragend an, hatte er ihr doch gesagt, dass sie sich beeilen müssten, da die Karawane sonst ohne sie loszöge. Bruder Nickell erwiderte verlegen ihren Blick. „Kattera, ich weiß nicht, wie ich es sagen soll. Kannst du nicht etwas gegen das Leuchten tun? Es ist sehr auffällig und ..." Er brach ab und zog bedeutungsvoll die Augenbrauen hoch. Kattera sah an sich herunter. Das Leuchten umgab ihren ganzen Körper. Sie schüttelte mit dem Kopf und zuckte hilflos mit den Schultern.

„Der Umhang vielleicht?"

Skeptisch zog Kattera ihren Umhang aus dem Bündel. Sie verstand nicht ganz, warum sie Surijas Gegenwart verstecken sollte, aber wenn es Bruder Nickell glücklich machte, wollte sie es zumindest versuchen. Sie warf sich den Umhang um die Schultern und zog sich die Kapuze über den Kopf. Bruder Nickell betrachtete sie zufrieden.

„Ja, so ist es gut, jetzt ist es kaum merklich." Auf Katteras fragenden Blick meinte er: „Wir reisen mit Kaufleuten, mein Kind. Die versuchen aus allem, Profit zu schlagen. Es ist besser, unangenehme Fragen zu umgehen, und die Tage sind mittlerweile recht kühl, sodass dein Umhang nicht auffällt." Er drückte seinem Pferd die Fersen in die Flanken und es setzte sich in Bewegung. Kattera lächelte in sich hinein. Als ob es Surija scherte, was über ihn geredet wurde, und benutzen ließ er sich auch nicht.

Sie erreichten die Karawane gerade noch rechtzeitig. Sie befand sich bereits im Aufbruch, die ersten Tiere liefen schon los und Bruder Nickell und Kattera reihten sich einfach ein. Während Bruder Nickell mit ihren Mitreisenden plauderte, achtete Kattera nicht auf die neugierigen Blicke, die sie streiften. Sie schaute sich die Gegend an, die langsam an ihnen vorbeizog. Sie sah die Burg Pravastein in der Ferne. Von der Klippe vor dem Hof ihres Vaters konnte man sie bei klarer Luft sehen. Um sie herum überzogen Felder und Wiesen die flachen Hügel, die sich wie die Wellen des Nordmeeres aneinanderreihten. Die Prava wandt sich zwischen ihnen hindurch, bis sie sich kurz vor der Küste in mehrere Arme aufspaltete, die als tosende Wasserfälle ins Meer stürzten. Wie es wohl in den Bergen war, die sich am Horizont auftürmten? Sie hatte den Hof und seine nähere Umgebung nur einmal verlassen, als sie zur Beerdigung von Krist Södervarvs Frau eingeladen waren. Es waren einige Leute aus Skibhav und sogar aus Simalskib gekommen. Die Art und Weise, wie sie sich die Mäuler über die Adligen zerrissen, obwohl deren Angelegenheiten sie überhaupt nichts angingen, hatte Kattera zutiefst angewidert. Trotzdem fand sie es erstaunlich, wie schnell sich Neuigkeiten verbreiteten. Das Thema des Tages war König Clewin Stormwacht aus dem fernen Verobala gewesen, der seine langjährige Mätresse samt seinem unehelichen Sohn von seinem Hof verbannt hatte, nachdem seine zweite Frau ihm monatelang mit Klagen in den Ohren lag. In erster Ehe war er kinderlos geblieben und seine zweite Frau konnte ihn davon überzeugen, dass von seiner Mätresse und ihrem Sohn eine Gefahr für den noch ungeborenen Thronerben ausging. Das war nur wenige Tage vor der Beerdigung geschehen und für die Leute stand fest, dass sie Recht hatte, denn Femeke Verflide galt als durchtrieben. Und doch spekulierten die Leute bereits, wie lange es wohl dauern würde, bis sie und ihr Sohn Francken an den Hof zurückkehren durften. Denn es war ein ebenso offenes Geheimnis, dass König Stormwacht ihr verfallen war und nur auf Drängen seiner Berater von einer Hochzeit mit ihr abgesehen hatte. Ihre Schwester Kirstan hatte dem Ganzen aufgeregt gelauscht und sich immer wieder die prächtigen Kleider der Damen beschreiben lassen. Kattera ertrug das Geschwätz nicht lange und zog sich in eine Ecke zurück, um für die Seele der Toten zu beten.

Abgesehen vom Södervarv-Hof kannte sie nur den Hof ihrer Familie, die angrenzenden Felder und die Klippen. Wenn der Wind günstig stand, konnte sie das Rauschen der Wasserfälle hören. Sie hatte sie nie gesehen, nur in Bruder Nickells Unterricht von ihnen gehört. Das Wasser fraß das Gestein regelrecht auf und irgendwann würde die Prava Isdaskib verschlingen. Kattera konnte sich das kaum vorstellen, wo doch die Prava so ruhig dahinfloss. Von der Straße aus war der Fluss hin und wieder zu sehen. Ihre Freude über das neue Leben, das vor ihr lag, durchdrang Surijas Ruhe und färbte Katteras Wangen rosa. Das weltliche Leben mit all seinen unwichtigen Skandalen und dem wichtigtuerischen Geschwätz lag nun bald hinter ihr. Bruder Nickell lenkte sein Pferd dicht an das ihre. „Die Reise scheint dir gut zu bekommen."

Kattera lachte leise. „Ja, ich muss zugeben, dass mir der Hof überhaupt nicht fehlt. Ich freue mich auf Amee. Ich bin noch nie in den Bergen gewesen und schon ganz gespannt." Zu beiden Seiten der Straße erhoben sich hohe Gebirgszüge. Die Straße folgte der Prava, die durch das tiefe, breite Tal zwischen ihnen floss. Der Wald, der die Berghänge bedeckte, reichte an einigen Stellen bis zur Straße.

Bruder Nickell nickte. „Ja, sowohl die Akullen, als auch der Iluvias sind sehr beeindruckend. Allerdings würde ich lieber den Umweg über die Küste nehmen, als den Iluvias zu überqueren. Seine Berggipfel sind deutlich schroffer als die der Akullen. Der Aufstieg nach Amee wird anstrengend werden."

Kattera winkte sorglos ab und atmete tief ein. „Wir schaffen das schon, Bruder. Die Luft ist herrlich, so anders als zu Hause."

Bruder Nickell schmunzelte über ihre Begeisterung. „Ja, das ist sie." Er wurde ernst. „Heute Nacht werden wir unter freiem Himmel übernachten. Ich hoffe es macht dir nichts aus, ein Zelt mit mir zu teilen?" Bruder Nickell sah sie besorgt an, denn Honn Norvarv war nicht dazu zu überreden gewesen, seiner Tochter mehr als nur eine warme Decke für die kalten Nächte mitzugeben. Vielleicht tat es ihm mittlerweile leid, wie so oft, wenn er in seiner aufbrausenden Art anderen Unrecht tat, aber das half jetzt auch nicht. Kattera sein Zelt zu überlassen, würde für Bruder Nickell eine feuchte Nacht bedeuten, worauf er überhaupt keine Lust hatte.

Doch Kattera schüttelte nur den Kopf und meinte: „Dann könnt Ihr mir noch etwas über Amee erzählen, Bruder. Ich will alles erfahren, was Ihr wisst."

Bruder Nickell lächelte erleichtert. „Du weißt bereits alles, was ich weiß. Aber der Kaufmann, mit dem ich mich vorhin unterhalten habe, hat eine Tochter in Amee, die er regelmäßig besucht. Ich kenne ihn gut, er ist ein frommer Mann und kommt jeden Sonntag in die Kirche in Isdaskib. Er hat uns zum Abendbrot eingeladen und wird dir mit Freuden vom Kloster berichten. Du solltest dich nur in der Nähe des Feuers aufhalten, damit, du weißt schon, dein Leuchten nicht so offensichtlich ist."

Kattera verdrehte die Augen, nickte dann aber unter Bruder Nickells strengem Blick. „Ja, Bruder, ich werde mich vorsehen, wenn Ihr es wünscht."

Nach weiteren fünf Tagen erreichten sie Pravamol, ein kleines Fischerdorf mit einigen reetgedeckten Häusern am Ufer des Pravasees. Dort verließen sie die Karawane, die weiter zur Stadt Pravalod zog. Nach einer ruhigen Nacht in dem kleinen Gasthaus des Dorfes brachen sie früh auf, um den anstrengenden Aufstieg zum Kloster Pravamol, Bruder Nickells Heimatkloster, in Angriff zu nehmen. Er musste erst um Erlaubnis bitten, Kattera weiter begleiten zu dürfen.

Das Kloster schmiegte sich an den harten Felsen der Akullen. Nur die strahlenförmige Spitze seiner Kirche überragte die Baumwipfel und glänzte in der aufgehenden Sonne. Am frühen Abend erreichten sie müde und erschöpft das Tor und wurden freundlich vom Pförtner begrüßt: „Ah, Bruder Nickell, schön dass Ihr wieder da seid. Wir hatten Euch schon etwas eher erwartet, aber ich glaube in der Küche wartet noch eine warme Mahlzeit auf Euch, damit Ihr Euch nach der anstrengenden Reise etwas aufwärmen könnt."

Bruder Nickell freute sich über die freundliche Begrüßung und umarmte seinen Mitbruder, der aus dem Pförtnerhäuschen gekommen war. „Ich fürchte das Essen muss noch eine Weile warten, mein Lieber. Ist der ehrwürdige Abt da? Ich muss ihn in einer dringenden Angelegenheit sprechen."

Der Pförtner beäugte Kattera neugierig, welche die Kapuze vom Kopf geschoben hatte und die mächtige, das Kloster umlaufende Mauer bestaunte. Sie verschmolz mit dem Felsen, auch Teile der Klostergebäude waren direkt in den Felsen gehauen. Der Innenhof war schmal und langgezogen, die Gebäude drängten sich dicht aneinander. Beim Aufstieg hatte Kattera einige Terrassen unterhalb der Klostermauern entdeckt, auf denen Gemüse angebaut wurde. Aber es sah nicht so aus, als ob die Pflanzen besonders gut wuchsen. Das, was die Mönche zum Leben brauchten, musste wohl mühsam mit Esel und Maultier den Berg heraufgeschafft werden. Allerdings schien Bruder Nickells Heimatkloster nicht allzu groß zu sein, sodass dies wohl gut zu schaffen war. Der Pförtner öffnete die Schranke und empfahl Bruder Nickell zuerst das Gästehaus aufzusuchen, damit sich jemand um die Pferde kümmern würde. Im Gästehaus wurden sie ebenso freudig empfangen und Bruder Conz, der Hospitarius, ließ es sich nicht nehmen, sie persönlich zum Abt zu bringen. Das Haus des Abtes war geheizt und aufatmend nahm Kattera ihren Umhang ab. Sie legte ihn über einen Stuhl und bevor Bruder Nickell sie davon abhalten konnte, ging sie in das Zimmer hinein, stellte sich vor den Kamin und hielt die Hände an das wärmende Feuer, ohne auf den hageren, vom Alter gebeugten Mann zu achten, der gerade den Raum betrat und mit breitem Lächeln auf Bruder Nickell zuging.

„Mein lieber Bruder Nickell, wie ich sehe, habt Ihr Eure Reise gut überstanden. Wir haben aus Isdaskib nur Gutes gehört und großes Bedauern, dass Ihr nun wieder eine Zeit lang im Kloster verweilen werdet."

Bruder Nickells Ohren wurden bei diesem Lob durch den Abt rot und er meinte verlegen: „Bruder Burkart wird diese Aufgabe ebenso gut meistern, da bin ich mir sicher. Doch ich brauche Eure Erlaubnis, um für eine weitere, kurze Zeit das

Kloster zu verlassen und meinen Schützling nach Amee zu bringen."

Bruder Nickell wies auf Kattera. Sie wandte sich um, kam zu ihnen und knickste höflich vor dem Abt. Nun, da sie ihren Umhang abgelegt hatte, war das Licht, das sie umgab, wieder deutlicher zu erkennen und der Abt konnte sein Staunen kaum verbergen, als er sich Bruder Nickell zuwandte und dieser bedeutungsvoll nickte.

„Wie ich sehe, mein Kind, bist du von Surija gesegnet." Der Abt wies Kattera und Nickell an, sich zu setzen. Kattera begegnete ruhig seinem scharfen Blick, sagte jedoch nichts, so wie sie es den ganzen Weg über gehandhabt hatte, wenn jemand doch auf ihr Leuchten aufmerksam geworden war. Sie kannte die Antwort auf die unausgesprochenen Fragen nicht und gab sich damit zufrieden, dass sie es erfahren würde, wenn es soweit war. Was auch immer Surija mit ihr vorhatte, sie war bereit. Der Abt warf Bruder Nickell einen fragenden Blick zu, doch der zuckte nur hilflos mit den Schultern.

„Diese Nacht wirst du im Gästehaus schlafen, mein Kind. Bruder Conz wird sich um dich kümmern." Der Abt wies auf den Bruder, der sie zu ihm gebracht hatte. „Und Ihr, mein lieber Bruder Nickell, werdet sicher gerne wieder in Eurem Bett schlafen wollen, das auf Euch wartet. Morgen könnt Ihr dann Euren Schützling nach Amee bringen. Ich werde Euch ein Begleitschreiben mitgeben. Ihr habt außerdem meine Erlaubnis Euch mit Proviant und allem was Ihr braucht zu versorgen."

Bruder Conz hielt Kattera auffordernd ihren Umhang hin, den sie sich von ihm umlegen ließ. Sie folgte ihm dann, nicht ohne noch einmal Bruder Nickell einen Blick zuzuwerfen, den dieser mit einem aufmunternden Nicken beantwortete.

„Bruder Nickell, was hat das zu bedeuten?"

Nickell sah seinen Abt nachdenklich an und seufzte dann. „Ich weiß es nicht und soweit, wie ich es aus ihr herausbekommen habe, weiß sie es auch nicht. An dem Morgen vor ihrer Verlobung ist die Vereinigung mit Surija geschehen. Das ist das Einzige, was sicher ist. Es hat mich und ihre Mutter all unsere Überredungskunst gekostet, dass ihr Vater sie ziehen ließ."

„Weiß sie, was mit ihr geschehen ist?"

„Oh ja, sie ist sich dessen bewusst. Ich kenne sie seit vielen Jahren und die Veränderung ist offensichtlich. Und ich meine nicht das Leuchten. Sie ist ein anderer Mensch." Der Abt stand auf und ging mit besorgter Miene im Zimmer auf und ab. „Surija wird nicht grundlos erschienen sein. Uns stehen schwere Zeiten bevor, soviel ist sicher." Er blieb vor Nickell stehen. „Ich gebe Euch noch zwei weitere Brüder mit, nur zu Eurer Sicherheit."

Bruder Nickell schüttelte den Kopf. „Mit Verlaub, ehrwürdiger Abt, würde das nicht zu viel Aufsehen erregen? Noch sind die Zeiten friedlich. Es wäre doch besser, wenn wir unauffällig reisen. Uns wird nichts geschehen."

Der Abt lächelte. „Ihr habt Recht. Es ist schon ungewöhnlich genug, wenn ein Mönch eine Anwärterin begleitet, da das doch normalerweise Aufgabe der Familie ist. Ich würde mich trotzdem wohler fühlen, wenn Ihr nicht alleine reisen würdet."

Bruder Nickell winkte ab. „Das wird kein Problem sein. Auf dem Weg nach Pravalod und weiter nach Vorihosum werden wir sicher jemanden finden, dem wir uns anschließen können."

„Nun gut, Bruder Nickell, ich lege es in Eure Hände. Bringt das Kind sicher nach Amee."

Bruder Nickell verbeugte sich und ließ den Abt allein zurück.

Am nächsten Morgen brachen Bruder Nickell und Kattera nach einer erholsamen Nacht und einem üppigen Frühstück gestärkt auf. Auf dem Weg nach Pravalod kamen sie an einem Bauernhof vorbei, von dem sich gerade eine kleine Reisegruppe aufmachte. Bruder Nickell bat Kattera zu warten und ritt auf die Reisegruppe zu, die aus zwei Frauen und einem Mann bestand.

„Seid gegrüßt! Wohin des Weges?"

Der Mann lenkte sein Pferd zu Bruder Nickell, der ihm freundlich zulächelte. „Wir wollen nach Amee, Bruder. Meine

Nichte ist für das Kloster bestimmt und ich begleite sie und ihre Mutter dorthin. Wohin führt Euch der Weg?"

„Auch wir wollen nach Amee. Mein Schützling kommt aus der Nähe von Isdaskib und ihre Eltern haben mich gebeten sie ins Kloster zu bringen. Können wir uns Euch vielleicht anschließen? Der Weg ist lang und nur wenige Dörfer liegen am Wegesrand. Wir würden etwas Gesellschaft begrüßen."

Die zwei Frauen näherten sich Bruder Nickell und die Ältere zog ihre Kapuze herunter. „Seid willkommen, Bruder. Ich halte das für einen guten Vorschlag. So können sich die zwei Mädchen kennenlernen. Dann sind sie im Kloster für den Anfang nicht so allein."

Sie nickte ihrem Bruder zu, der gleichmütig mit den Schultern zuckte. Bruder Nickell winkte Kattera zu, sich ihnen anzuschließen, und gemeinsam setzten sie ihren Weg fort.

Das Mädchen gesellte sich zu Kattera, während Bruder Nickell ihnen vorausritt. Eine Weile ritten sie schweigend nebeneinander her und das Mädchen warf Kattera immer wieder neugierige Blicke zu, in der Hoffnung, dass sie etwas sagen würde. Doch Kattera lächelte nur zurückhaltend. Sie war nicht sehr geübt im Freundschaften schließen.

Schließlich hielt das Mädchen es nicht mehr aus. „Ich bin Neleke Domstol", stellte sie sich vor und hielt Kattera ihre Hand hin. Kattera nahm diese zögernd und bevor sie es sich versah, fasste Neleke fest zu und schüttelte sie. Es war ein warmer, angenehmer Händedruck, der ein offenes, selbstbewusstes Wesen vermuten ließ. Ihre mollige Figur und das runde Gesicht verrieten, dass sie wohl gerne naschte und sich vor körperlich anstrengenden Arbeiten wie der Feldarbeit drückte. Letzteres konnte Kattera nur zu gut verstehen, was ihr Neleke sehr sympathisch machte.

„Ich bin Kattera Norvarv", sagte Kattera, als Neleke ihre Hand losließ und sie breit angrinste. Grübchen bildeten sich auf ihren runden Wangen und Schalk blitzte aus ihren Augen. Gegen ihren Willen musste Kattera zurücklächeln.

„Ich bin die vierte von sechs. Ich habe noch drei Schwestern und zwei Brüder. Der kleinste ist erst zwei. Er hat ganz schön gebrüllt, als Mutter ihn bei der Kinderfrau gelassen hat, als wir losgezogen sind. Ich kann gut schreiben und zeichnen, darum soll ich ins Kloster und dann dort für meine Familie beten", erzählte Neleke bereitwillig.

Kattera runzelte die Stirn. „Willst du denn überhaupt dahin?"

„Oh ja! Ist auf jeden Fall besser, als jeden Tag auf dem Feld zu schuften und alle ein, zwei Jahre ein weiteres Kind in die Welt zu setzen. Das Geschrei verdirbt einem die gute Laune. Ich verstehe nicht, wieso meine Schwestern so wild darauf sind. Meinen Eltern war es recht. Der Eintritt ins Kloster kostet weniger, als es meine Mitgift getan hätte. Und wahrscheinlich hat ihnen auch der Mann leidgetan, der mich sonst hätte ertragen müssen." Neleke lachte herzhaft, hörte aber schnell auf, als sich ihre Mutter mit einem vorwurfsvollen Kopfschütteln umdrehte. „Ich glaube, die Nonnen tun meiner Mutter auch leid, aber ich bin nun mal so, wie ich bin."

Kattera war ein wenig geschockt, hatte sie doch geglaubt, dass jeder, der in ein Kloster ging, tief gläubig war. Doch Neleke belehrte sie gerade eines Besseren.

„Glaubst du denn gar nicht an Surija und die Lehre des Lichts?", fragte sie dennoch ungläubig.

Neleke winkte ab und lachte. „Doch, natürlich. Sonst wäre ich in einem Kloster völlig fehl am Platz. Aber mir liegt eher das Praktische. Und du?"

Kattera zog die Kapuze ab und zeigte Neleke ihren Glanz, den diese mit hochgezogenen Augenbrauen quittierte. „Ich bin Surija begegnet."

„Das ist nicht zu übersehen", meinte Neleke trocken.

Bruder Nickell drehte sich bei diesen Worten erschrocken um, doch Kattera achtete nicht auf ihn. Sie wollte sich nicht für den Rest ihres Lebens in mehrere Schichten Stoff hüllen, allmählich wurde es zu warm dafür. Sie öffnete ihren Umhang.

„Aber ich möchte auch lernen", fuhr sie fort. „Alles über Heilkunde und alles andere auch!"

„Na besser du als ich, mein Kopf ist dafür zu klein", erklärte Neleke und schüttelte dabei heftig den Kopf, dass ihre dunklen Locken nur so flogen. Sie sahen sich an und brachen in prustendes Gelächter aus.

Am Abend durfte Kattera mit Neleke in einem Zelt schlafen, während Bruder Nickell sich seins mit Nelekes Onkel teilte. Er war nicht glücklich darüber gewesen, war der Meinung, dass Kattera zu offen mit ihrem Geheimnis umging, und gab erst nach, als sie ihm erklärte, dass es für sie kein Geheimnis war. Warum auch sollte Surija sich verstecken?

Sie hatte noch eine Weile mit Neleke geplaudert, bis Nelekes Mutter energisch gegen die Zeltplane geschlagen hatte und sie aufforderte, endlich still zu sein. Kattera fiel in einen unruhigen Schlaf. Sie wälzte sich hin und her, immer wieder durchfluteten sie Wellen von Zorn und Wut, begleitet von einem leisen Flüstern. Plötzlich durchfuhr sie ein brennender Schmerz. Unwillkürlich entfuhr ihr ein lauter Schrei und sie krümmte sich unter der Qual zusammen. Neleke schreckte hoch, beugte sich über Kattera, schüttelte sie, konnte sie aber nicht aus der Starre wecken.

„Bruder Nickell!"

Sie schlug die Zeltplane zurück, um ihn zu holen, doch er war bereits da. In dem Moment hörte Kattera zu schreien auf und ihr Körper entspannte sich. Neleke zog sie hoch und gemeinsam krochen sie aus dem Zelt, wo sich Kattera schwankend aufrichtete. Pater Nickell fing sie auf, bevor sie wieder zusammensank.

„Er ist da", flüsterte Kattera, während sie sich von Bruder Nickell losmachte.

„Wer ist da?", fragte Nickell, obwohl er die Antwort ahnte.

„Adholoka hat eine kranke Seele gefunden und sich mit ihr vereint."

Bruder Nickell stockte der Atem. Es war geschehen. Nun war auch das Böse nach Vertara gekommen.

„Wo? Und wer ist es?" Nelekes Onkel hatte diese Frage an Kattera gerichtet.

„Ich weiß es nicht. Das Böse kann sich gut verstecken und aus dem Verborgenen heraus handeln."

„Aber du musst doch etwas tun können! Ich meine, du bist doch …" Bruder Nickell verstummte unter Katteras starrem Blick.

„Ich bin kein Krieger, der den Kampf sucht, Bruder." Sie ging zurück ins Zelt. Neleke warf den Erwachsenen einen unsicheren Blick zu und folgte ihr dann.

„Was hat das zu bedeuten?", fragte Nelekes Mutter mit dünner Stimme. „Heißt das, dass wir dem Bösen alleine gegenübertreten müssen und Surija nur zusieht?" Ihre Stimme nahm einen schrillen Unterton an. Ihr Bruder legte seinen Arm um ihre Schultern.

„Nein, das heißt nur, dass jetzt noch nicht die Zeit zum Kampf gekommen ist. Surija wird zur rechten Zeit eingreifen, so wie letztes Mal. Habe ich Recht, Bruder?" Er sah Bruder Nickell nach Zustimmung heischend an und der nickte, auch wenn er nicht ganz davon überzeugt war. Vor vielen hundert Jahren hatte einer der Könige von Vertara unter Adholokas Einfluss das Land schon fast komplett mit Krieg und Elend überzogen, bevor ihm Surija in Gestalt des heiligen Ekarius entgegengetreten war und Adholoka zurück in die Hölle geschickt hatte. Damals hatte Adholoka danach getrachtet, die Seelen aller Vertarer zu verschlingen. Unter seiner grausamen Herrschaft sollten sie in Qualen leben und ihre Seelen sollten ihm bei ihrem Tod als Nahrung dienen. Wie hatten sie nur glauben können, dass er nach seiner Niederlage für immer in der Hölle bleiben würde? Und nun versuchte er offenbar erneut Vertara zu unterjochen. Was wäre, wenn dieses Mal die Dunkelheit stärker war als das Licht? Kattera war noch so jung und so zerbrechlich. Warum hatte Surija nicht jemand anderen erwählt? Jemanden, der stärker war.

Neue Heimat

Je weiter sie nach Süden kamen, desto wärmer wurde es. Auch Neleke war noch nie im Land der Winberger gewesen, wusste aber aus den Erzählungen der Händler, von denen ihr Vater Wein kaufte, dass dort ein wunderbar mildes Klima herrschte, in dem die Reben prächtig gediehen. Selbst im Winter war es kaum kälter als in Katteras Heimat im späten Frühling. Nun erblickte sie die Weinberge mit eigenen Augen. Soweit das Auge sah, reihten sich die Rebstöcke in schnurgraden Linien aneinander. Ein süßer Duft lag in der Luft, so ganz anders als der salzige, frische Geruch des Meeres. Trotz Bruder Nickells Protest hatte Kattera den Umhang abgelegt. Schnell zeigte es sich, dass ihr Leuchten von Vorteil war, vor allem wenn es darum ging, noch Zimmer in den Gasthäusern zu ergattern. Den Menschen schien ihr Leuchten, im Gegensatz zu Bruder Nickell, weniger Sorgen zu bereiten. Sie hielten es eher für einen Segen, der nun auch ihnen zuteilwurde. Kattera nahm es hin und schüttelte die Hände, die ihr gereicht wurden. Es schien den Menschen Zuversicht zu geben, warum sollte sie es ihnen verweigern?

Der Aufstieg zum Kloster war nicht so schlimm wie von Bruder Nickell vorausgesagt. Es lag nicht so hoch in den Bergen wie Kloster Pravamol. Für Amee hatte man drei breite Terrassen in das Gestein und das Erdreich getrieben, die durch Treppen verbunden waren. Die Gebäude waren direkt an die Stützmauern der Terrassen gebaut. Die Kirche und der Kapitelsaal thronten auf der obersten Terrasse. Der Garten und einige kleine Felder befanden sich auf der untersten Terrasse, die zugleich auch die größte war. Die Pforte öffnete den Weg zur mittleren Terrasse. Auch Amee war von einer Mauer umgeben, die stufenförmig das Gelände umschloss. Amee war nach Stormwacht und Dagatan das drittgrößte Kloster in Vertara und das einzige Frauenkloster.
Im Kloster angekommen, wurden sie von der Pförtnerin freundlich empfangen. Sie wies ihnen den Weg zum

Gästehaus, wo man sich um ihre Pferde kümmerte und sie sich den Schmutz der Straße abwuschen, bevor sie ihr Anliegen der Äbtissin vorbrachten.

„Ob sie wohl streng ist?", fragte Neleke, während sie sich den Staub aus dem Rock klopfte. Sie schien ein wenig von ihrem Selbstbewusstsein im Angesicht der mächtigen Mauern verloren zu haben.

Kattera fuhr sich ein letztes Mal mit dem Kamm durch das Haar, bevor sie es zu einem Zopf flocht „Bestimmt, sonst wäre sie nicht zur Äbtissin gewählt worden." Kattera wusch sich ihr Gesicht und trocknete sich dann mit einem der bereit liegenden Leinentücher ab.

„Meinst du?" Neleke wrang nervös die Hände und starrte Kattera fragend an.

Kattera schüttelte lächelnd den Kopf, tauchte eine Ecke von dem Leinentuch ins Wasser und wischte Neleke einen Fleck aus dem Gesicht. „Worüber machst du dir Sorgen?"

„Was ist, wenn sie mich ablehnt?"

Kattera zog gespielt streng die Augenbrauen hoch. „Dann, meine Liebe, wirst du wohl oder übel doch Rüben ernten, Unkraut zupfen und jedes Jahr ein Kind bekommen müssen."

Neleke verzog kläglich das Gesicht und Kattera nahm sie schnell in den Arm. „Es gibt keinen Grund, warum sie dich ablehnen sollte. Ich meine, hier scheint nicht gerade Überfüllung zu herrschen, und immerhin hast du eine schöne Schrift und kannst wunderbar zeichnen. Das ist viel wert. Ich habe nichts dergleichen vorzuweisen."

„Außer deiner Beleuchtung", schniefte Neleke. „Ich weiß auch nicht, was mit mir los ist."

Es klopfte an der Tür und eine rundliche, freundlich aussehende Nonne steckte den Kopf in den Raum. „Seid ihr fertig, Mädchen? Die Äbtissin hat nicht viel Zeit. Wir wollen sie doch nicht warten lassen."

Ihr ansteckendes Lächeln hob gleich Nelekes Stimmung und zusammen mit Bruder Nickell und Nelekes Mutter und Onkel folgten sie der Nonne, die sie zur Äbtissin brachte. Mutter Maneth war eine kräftig gebaute, ältere Frau. Die weiße Tracht wölbte sich über den Bauch und den üppigen Busen, doch aus ihrem runden Gesicht sprach weder Freundlichkeit noch Güte. Falten um den Mund und zwischen den Augenbrauen erzählten von Strenge und Pflichtbewusstsein. Kattera fragte sich, ob sie jemals lachte oder auch nur lächelte, als Mutter Maneth mit ernstem Gesicht hinter ihrem Schreibtisch hervorkam. Sie begutachtete beide Mädchen mit strengem Blick, fragte sie nach ihren Fertigkeiten und ließ sich nicht im Geringsten von Katteras Leuchten beeindrucken. Sie befand, dass beide Mädchen geeignet waren und das Eintrittsgeld ausreichend sei. Kattera verabschiedete sich von Bruder Nickell, denn nun würden sich ihre Wege trennen. Er würde am morgigen Tag zusammen mit Nelekes Verwandten die Rückreise antreten.

„Danke für alles", flüsterte sie ihm leise zu, als er sie alle Vorschriften außer Acht lassend umarmte.

„Pass gut auf dich auf. Ich werde eine Nachricht an deine Eltern schicken, dass du gut angekommen bist."

Kattera nickte ihm zu und wartete dann auf Neleke, die gerade von ihrer Mutter mit guten Ratschlägen überschüttet wurde. Die freundliche Nonne, die sie zur Äbtissin gebracht hatte, macht dem kurzentschlossen ein Ende und nahm die beiden Mädchen mit sich, um ihnen ihre Schlafstätten zuzuweisen und ihnen das Kloster zu zeigen.

Äbtissin Maneth legte den Brief auf den Tisch, als es an der Tür klopfte. „Herein!"

Schwester Kethin, die Novizenmeisterin, trat in den Raum. „Ihr habt nach mir geschickt, ehrwürdige Mutter?"

Äbtissin Maneth reichte ihr den Brief, den Bruder Nickell ihr von seinem Abt überbracht hatte. Schwester Kethin nahm ihn, setzte sich auf den Stuhl, den die Äbtissin ihr zuwies, und las. Dabei nickte sie immer wieder. Schließlich schaute sie auf.

„Was haltet Ihr davon, Schwester Kethin?" Äbtissin Maneth teilte die Sorge des Abtes von Pravamol nicht. Sicher, seit Ekarius' Zeiten war niemand mehr von Surija erwählt worden. Aber hieß das denn wirklich gleich, dass die Welt unterging?

Bruder Nickell hatte ihr unter vier Augen noch von Katteras Vision von der Ankunft des Bösen berichtet. Aber wer weiß, was das Mädchen da gesehen hatte. Die Reise war anstrengend gewesen. Vielleicht war ihre Vision nur ein Ausdruck ihrer Erschöpfung.

„Das ist kaum zu glauben." Schwester Kethin legte ihre Hand auf das Papier. „Mir ist ihr Leuchten wohl aufgefallen, aber sie scheint mir ein normales Mädchen zu sein. Etwas zu ernsthaft für ihr Alter vielleicht, aber mit ihrem Wissensdurst ist sie hier genau richtig. Und wenn Surijas Gegenwart ihr hilft, eine gute Heilerin zu werden, ist das doch schön. Ich habe viel Güte in ihr gespürt. Muss denn Surijas Gegenwart tatsächlich heißen, dass schlimme Zeiten bevorstehen?" Sie reichte ihrer Äbtissin den Brief.

„Ich sehe das genauso, Schwester. Wir leben nun schon so lange in Frieden, warum sollte denn plötzlich ein Krieg ausbrechen? Nein, wir behandeln sie wie eine gewöhnliche Novizin. Testet die beiden, ob ihre Fertigkeiten ihren Beschreibungen entsprechen, und weist ihnen ihre Aufgaben zu. Wir werden aus ihnen zwei gute Nonnen machen und wenn wir eine tüchtige Heilerin gewinnen, wäre das eine hervorragende Sache." Sie nickte Schwester Kethin zu, die daraufhin den Raum verließ. Erneut las sie den Brief, der sie vor der Bedeutung von Katteras Leuchten warnte. Sie war sich bewusst, dass sie vielleicht nicht so gut unterrichtet über die Dinge war, die außerhalb des Klosters geschahen, wie andere Klostervorsteher, die regelmäßig auf Reisen gingen. Sie ließ sich aber von den Nonnen, die zeitweilig in den umliegenden Dörfern und auf Burg Winberger Dienst taten, von den Neuigkeiten aus Vertara berichten. Nichts deutete auf dunkle Zeiten hin. Wovor hatte der Abt von Pravamol solche Angst? Schien ihm nie in den Sinn gekommen zu sein, dass Surija nach Vertara gekommen sein könnte, um den Bund zwischen ihm und den Menschen zu erneuern? Äbtissin Maneth war von dieser Möglichkeit überzeugt. Entschlossen faltete sie den Brief zusammen und stopfte ihn in die unterste Schublade ihres Schreibtisches.

Unmut auf Schloss Stormwacht

„In welchem Jahr wütete das große Feuer auf Schloss Stormwacht und welche Gebäude sind ihm zum Opfer gefallen? Francken!"

Francken Stormwacht schreckte mit einem Ruck aus seinem Halbschlaf hoch, in den er immer beim Geschichtsunterricht verfiel. Hinter sich hörte er ein Kichern und eine Stimme flüsterte für alle hörbar: „Man sollte meinen, dass gerade der Bastard froh sein sollte, dass er diesem Unterricht beiwohnen darf. Er sollte so viel Wissen wie möglich anhäufen, bevor man ihn wieder in den stinkenden Schweinestall zurückschickt!"

Francken lief rot an und drehte sich wütend zu dem Sprecher um, eine deftige Antwort auf den Lippen. Fridel Silvatorn grinste ihn hämisch an und Lutzen Pravastein bedachte ihn mit einem Naserümpfen.

„Francken Stormwacht, ich warte auf eine Antwort!", rief der Lehrer scharf. Francken drehte sich ohne ein Wort wieder nach vorn und starrte in das Gesicht des Lehrers. Auch in ihm war nur Missbilligung zu sehen.

Mühsam schluckte er seine Wut hinunter. „Ich weiß es nicht."

Wieder ertönte ein Kichern hinter ihm und Francken presste die Lippen zusammen, bis sie nur noch ein weißer Strich waren.

„Es ist schändlich, wie du dich dem Wissen verweigerst, Francken. Du solltest die Güte des Königs vergelten, indem du fleißig lernst!"

Francken platzte beinahe vor Wut, während von hinten erneut das unterdrückte Gelächter ertönte. Es demütigte ihn, dass er der einzige war, der vom Lehrer geduzt wurde. Den anderen Schülern, Söhne von Adligen und Königen aus Vertara, die einige Zeit auf Stormwacht verbrachten, zollte er den gebührenden Respekt, weil ihre Mütter mit ihren Vätern verheiratet waren. Außerdem zeigte er ihm, ebenso wie die anderen Schüler, wie sehr er ihn verachtete und ihn nicht um sich haben wollte. Francken war selbst zwei Jahre auf Schloss

Veroberg Gast gewesen, bis König Stormwacht seiner Mutter auf Geheiß seiner Frau die Gunst entzogen und sie auf einen kleinen Hof in Rigebala verbannt hatte. Auch auf Veroberg hatten die anderen Kinder ihn immer deutlich spüren lassen, dass er keiner von ihnen war, dass er ein Bastard war, selbst wenn er den Namen seines Vaters trug.

„Es spielt doch keine Rolle, wann das Feuer war, es wurde doch alles wiederaufgebaut. Wozu sollte das irgendjemand auswendig lernen müssen? Das ist vertane Zeit!"

Der Lehrer bekam bei Franckens Worten rote Ohren und seine ohnehin schon teigige Gesichtsfarbe wurde noch bleicher. „Hinaus mit dir, du frecher Lümmel! Du wirst nie die nötigen Manieren lernen, um bei Hofe willkommen zu sein. Geh auf dein Zimmer und warte dort. Ich werde mich bei deinem Vater beschweren!"

Er zeigte mit ausgestrecktem Arm auf die Tür und Francken verließ den Raum fluchtartig, wobei er versuchte, die hämischen Kommentare der anderen zu überhören. Eines Tages würde er es ihnen heimzahlen, doch bis dahin musste er versuchen, ruhig zu bleiben und sich seinen Ärger nicht anmerken zu lassen. Die Gelegenheit würde kommen und dann musste er zuschlagen. Er wusste, dass sein Verhalten noch ein Nachspiel haben würde, doch auch der König mochte Geschichte nicht allzu sehr, sodass es wohl bei einem Tadel bleiben würde. Francken schaute über die Schulter während er den Gang hinunterlief, der auf den Hof führte. Er musste jetzt nicht auch noch dabei erwischt werden, dass er nicht, wie befohlen, gleich auf sein Zimmer ging. Er hatte noch ein wenig Zeit, bis man ihn dort suchen würde. Am liebsten hielt er sich in den Ställen bei den Pferden auf. Auch bei den Soldaten fühlte er sich wohl, denn im Umgang mit dem Schwert stellte er sich geschickt an. Dafür akzeptierten sie ihn so, wie er war. Die tägliche Stunde Training ließ ihn die Herablassungen der anderen vergessen, denn hier landeten meist sie im Dreck. Er traf sich regelmäßig mit seinem Freund Andres Visobala, dessen Vater ihn als Knappe an den Hof von König Stormwacht geschickt hatte. Er half ihm bei der

Stallarbeit und so hatten sie meist noch etwas Zeit für sich. Sie erkundeten dann das Schloss und stibitzten Leckereien aus der Küche. Francken war erst wenige Wochen wieder auf Stormwacht. Sein Vater hatte die Verbannung aufgehoben, nachdem Königin Jonata nicht wieder schwanger geworden war. Er wollte Francken in seiner Nähe haben, wollte ihn als treuen Verbündeten für seinen ehelichen Sohn Closlin erziehen.

Bevor Francken den Schlosshof aus einem Nebeneingang betrat, schaute er sich um, ob ihn jemand beachtete. Es war gerade ein Fuhrwerk angekommen und die Waren wurden vom Gesinde in die Vorratskammern gebracht, während der Verwalter das Ganze streng überwachte. Die Küche mit den Vorratskammern auf der rechten Seite und die Ställe und Unterkünfte der Garde auf der linken Seite bildeten zusammen mit dem eigentlichen Schloss Stormwacht einen U-förmigen Gebäudekomplex. Eine hohe Mauer umgab den Schlosshof. Das Schloss selbst war ein großer, mehrstöckiger Bau mit großen Fenstern und prachtvollen Verzierungen aus Stuck. Von den kleineren Fenstern auf der Rückseite des Schlosses hatte man einen herrlichen Ausblick auf das Meer. Die breite Treppe zum Haupteingang lag direkt dem Torhaus gegenüber. Rechts neben dem Torhaus war an der Mauer ein stufenförmiger Blumengarten angelegt. Königin Jonata Stormwacht hielt sich dort oft auf, also mied Francken ihn. Er schlich an den Soldatenunterkünften vorbei und erreichte unbemerkt die Ställe, doch Andres war nicht da. Er ging zu seinem Pferd und streichelte es, als eine Stimme seinen Namen rief. Er erkannte die Zofe seiner Mutter, überlegte noch, ob er sich besser verstecken sollte, doch sie hatte ihn schon entdeckt. „Ah, da seid Ihr ja, junger Herr. Kommt schnell, Eure Mutter verlangt nach Euch."

„Was ist denn so wichtig, Otilge?"

Francken wünschte, dass seine Mutter ihn mit ihren Intrigen in Ruhe ließe. Sie hatte die Verbannung nicht verziehen und hatte es nicht verkraftet, dass Clewin Stormwacht sie nicht zur Frau genommen hatte. Mit Closlins Geburt waren ihre

Chancen je Königin zu werden nun verschwindend gering und seitdem versuchte sie, Francken davon zu überzeugen, dass er der rechtmäßige Erbe sei und er dafür kämpfen müsse. Doch ihr Verhalten machte alles noch schlimmer, schürte das Misstrauen der anderen und Francken musste darunter leiden. Die Zofe setzte eine strenge Miene auf. „Junger Herr! Es ist schon schlimm genug, dass Ihr aus dem Unterricht geworfen wurdet. Dem König wird das nicht gefallen!" Francken verdrehte die Augen. Otilge hörte sich wie seine Mutter an. „Aber wenigstens Eurer Mutter solltet Ihr Respekt zollen. Sie hat so viel für Euch geopfert." Sie machte ein finsteres Gesicht und Francken gab auf. Er kannte Otilge gut genug, um zu wissen, dass sie nicht nachgeben würde, bis er seine Mutter gesehen hatte. Er folgte ihr mit gesenktem Kopf und versuchte ihre Schimpftirade auszublenden.

„Wo hast du ihn gefunden, Otilge?" Seiner Mutter war der Unmut, dass sie so lange auf sein Erscheinen warten musste, deutlich anzusehen.

„In den Ställen!"

„Bist du schon wieder des Unterrichts verwiesen worden? Wie oft soll ich es dir noch sagen …"

„Bitte, Mutter!", unterbrach Francken ihren Redefluss. „Was ist denn so wichtig? Ich bin mit Andres in den Ställen verabredet."

Seine Mutter schnaubte abwertend durch die Nase. „Andres Visobala ist kein Umgang für dich! Er …"

„Er ist der einzige Umgang für mich!" Francken wurde laut. „Ihm ist es egal, von wem ich abstamme und er kann es genau verstehen, wie es ist, wenn man von anderen abhängig ist!"

Femeke Verflide kniff wütend die Lippen zusammen und starrte ihren jugendlichen Sohn zornig an. Er war hochgewachsen, wie sein Vater. Die glatten, braunen Haare und die braunen Augen hatte er auch von ihm geerbt, doch, Surija sei Dank, besaß er, im Gegensatz zu König Stormwacht, eine athletische Figur. Das tägliche Training mit dem Schwert war sicher nicht ganz unschuldig daran. Die Gesichtszüge hatte er von ihr geerbt, nur das Kinn war kantig, wie das seines Vaters.

Er würde ein gutaussehender Mann werden. Ihr Sohn konnte, wenn er wollte, sehr charmant sein, doch er machte nichts daraus, er nutzte seine Fähigkeiten nicht. Francken senkte zuerst den Blick und schürte damit Femekes Wut umso mehr. Es war bitter, dass sie ihr Ziel so knapp verfehlt hatte. Francken sollte der offizielle Thronfolger sein und nicht Closlin. Wenn Francken doch nur etwas von ihrer Zielstrebigkeit zeigen würde.

„Also was ist denn, Mutter?" Francken beobachtete besorgt, wie sich das Gesicht seiner Mutter noch mehr verfinsterte. Er wusste sehr wohl, dass sie unter der Abhängigkeit genauso litt wie er. Der Zweig der Verflides, aus dem sie stammte, war arm und hatte ihr nicht einmal das Kloster ermöglichen können, in dem sie sich einen gewissen Status hätte erarbeiten können. Sie hatte sich als Zofe von König Clewins erster Frau ihren Lebensunterhalt verdient und die alte Königin war eine launische Frau gewesen, die ihr das Leben zur Hölle gemacht hatte. Umso mehr als der König sie sich als Mätresse nahm und sie ihm einen Sohn gebar.

Femeke Verflides Gesicht entspannte sich wieder ein wenig und sie winkte ihren Sohn zu sich auf das Sofa. „Mein Vetter Thomen ist zum Prior von Stormflod ernannt worden." Ihre Augen leuchteten vor Aufregung, doch Francken verstand nicht, was das mit ihm zu tun hatte. „Verstehst du nicht? Er wird der nächste Abt werden und dann ist er ein wertvoller Verbündeter, wenn du deinen Anspruch auf den Thron geltend machst …"

Francken stand abrupt auf. „Mutter! Closlin ist rechtmäßiger Erbe und wenn du nicht ständig solche Intrigen spinnen würdest, hätten wir es beide einfacher!" Damit stürmte Francken aus dem Zimmer und ließ seine Mutter wütend zurück.

„Er wird es schon noch verstehen, Herrin. Ich mache Euch einen Tee!", versuchte Otilge Femeke zu trösten und Femeke nickte.

„Was soll ich nur machen, Otilge? Meine Schönheit schwindet dahin und mit ihr mein Einfluss auf den König.

Jonata wartet nur auf den Moment, an dem sie mich wieder abschieben kann."

Otilge seufzte, setzte sich zu Femeke und tätschelte ihre Hand. Sie diente Femeke, seit diese des Königs Mätresse wurde, und war ihr treu ergeben. Sie wusste, wie einsam Femeke war und teilte ihren Zorn auf den König, der sie so im Stich ließ.

„Der Junge wird schon noch seine Chance ergreifen. Er braucht nur noch ein wenig Zeit, er hat noch zu viel Flausen im Kopf, um sich über seine Zukunft ernsthafte Gedanken zu machen." Sie drückte noch einmal Femekes Hand und eilte dann aus dem Zimmer. Femeke sah ihr seufzend nach. Otilge meinte es gut und sie würde ihr nie vergessen, dass sie ihr in die Verbannung gefolgt war. Doch sie teilte Otilges Zuversicht nicht. Noch immer war sie eine schöne Frau und ihr wohlgeformter Körper zog nach wie vor die Blicke der Männer auf sich, doch die ersten weißen Strähnen durchzogen ihre blonden Locken. Sie war nicht die erste Mätresse des Königs gewesen und auch nicht die letzte, doch sie war die einzige, die ihm einen Sohn geboren hatte. Sie hatte ihre Abscheu unterdrückt und sich ihm hingegeben. Noch immer schauderte sie bei der Erinnerung, denn obwohl der König schöne Frauen liebte, war er selbst alles andere als wohlgebaut. Er sprach den auserlesenen Speisen übermäßig zu und durch seine Leibesfülle war er ungelenk und tollpatschig. Ein fehlgeleiteter Schwerthieb in der Jugend hatte ihm die Nase gebrochen und nun verunstaltete sie sein Gesicht. Und seine Manieren entsprachen seinem Aussehen. Er spuckte beim Sprechen und schmatzte beim Essen schlimmer als die Schweine im Stall. Sein Umgang mit anderen war herrisch und grob. Er merkte es nicht, wenn er andere verletzte oder sich lächerlich machte. Jeder andere König benahm sich würdiger als König Stormwacht. Und doch war er der mächtigste König in Vertara. Stormwacht war das größte Königreich der Tregtise. Es dominierte seine Bündnispartner und damit den Zugang zum Meer. Femeke hatte Clewin Stormwacht all die Jahre ertragen, in der Hoffnung eines Tages selbst Königin von Stormwacht zu sein und später ihren Sohn auf dem Thron zu sehen. Doch dieser weigerte sich, an seinen Anspruch auch nur zu denken. Was sollte aus ihr werden, wenn ihr Sohn ein Niemand blieb? Sollte ihr Opfer wirklich umsonst gewesen sein?

Abgeschiedenheit im Kloster

„Komm schon, Kattera! Wir haben noch ein wenig Zeit." Kattera stand zögernd am Eingang des Gartens. Die Novizenmeisterin erwartete sie, um mit ihnen den morgigen Tag durchzugehen. „Nein, Neleke, wir kommen sonst zu spät. Schwester Kethin ist zwar sehr großzügig, aber trotzdem sollten wir sie nicht warten lassen." Kattera winkte Neleke energisch zu sich und diese folgte mit einem mürrischen Gesicht. „Du hörst dich wie eine Nonne an!"

Kattera unterdrückte ein Grinsen und meinte mit gespieltem Ernst: „Ich bin eine Nonne. Na ja, fast." Sie sah Neleke von der Seite her an. „Hast du Zweifel?"

Neleke gab ihre missmutige Miene auf und schüttelte heftig den Kopf. „Nein. Mir gefällt es hier. Der Tagesablauf ist zwar recht streng und meinetwegen könnten wir auch weniger beten …" Kattera gab ihr einen entrüsteten Stoß mit dem Ellenbogen in die Seite, den sie mit einem frechen Grinsen quittierte. „Nein im Ernst, ich habe es nie bereut, hierhergekommen zu sein, und werde mit Freuden morgen mein Gelübde ablegen."

Es war jetzt sieben Jahre her, dass Kattera und Neleke in das Kloster Amee aufgenommen wurden. Sie hatten sich gut in den Klosteralltag eingefügt und fleißig gelernt. Seit zwei Jahren besuchten sie nicht mehr die Schule. Neleke arbeitete im Skriptorium, wo sie Bücher kopierte und illustrierte. Ihr Talent war in der Tat sehr nützlich gewesen und sie hatte große Freude an ihrer Arbeit. Manchmal zeigte sie Kattera ihre Werke in der wenigen Freizeit, die sie immer zusammen verbrachten. Kattera arbeitete im Infirmarium, der klostereigenen Krankenstation. Wie Schwester Kethin schon am Anfang bemerkt hatte, war ihr einfühlsames Wesen den Kranken ein Trost. Und das Wissen über die Wirkung der Heilkräuter und die verschiedenen Heilmethoden hatte sie nahezu in sich aufgesogen. Sie stellte sich geschickt bei der Versorgung von Wunden an und ging sogar schon bei Operationen zur Hand. Kattera war bewusst, dass sie mit der

Aufgabe, die sie für sich gewählt hatte, immer wieder das Kloster verlassen musste, um in den umliegenden Dörfern oder auf einem der Höfe oder gar im Schloss Dienst zu tun, während Neleke immer im Kloster bleiben würde. Der Gedanke daran machte sie traurig, aber auch neugierig. Sie wollte raus in die Welt und die Menschen kennenlernen. In Amee lebten die Nonnen abgeschieden von den Geschehnissen um sie herum. Nur vereinzelte Nachrichten drangen bis zu den Novizen vor. Das Wenige aber, das Kattera zu hören bekam, verhieß, dass in Vertara weiterhin Frieden herrschte. Adholoka hatte sein hässliches Angesicht noch nicht gezeigt. Sie fragte sich immer öfter, was Surija von ihr wollte, warum er nach Vertara gekommen war. Die anfängliche Gelassenheit, die sich nach der Vereinigung eingestellt hatte, war einer nagenden Unruhe gewichen. Jeden Abend fragte sie Surija, was seine Anwesenheit in Vertara bedeutete und warum das Böse sich nicht zeigte. Doch Surija schwieg.

Sie hatten den Schulungsraum neben dem Skriptorium erreicht, der jetzt am späten Nachmittag verlassen war. Die Novizinnen halfen im Garten, auf den klostereigenen Feldern oder in der Küche. Schwester Kethin saß an ihrem Pult und blickte auf, als sie den Raum betraten. „Da seid ihr ja. Kommt her zu mir und lasst euch anschauen. Ich bekomme euch ja nicht mehr so häufig zu Gesicht, seit ihr nicht mehr in den Unterricht kommt." Kattera und Neleke ließen sich von ihr umarmen und setzten sich dann in die Bank in der ersten Reihe. Schwester Kethin strahlte sie an. „Morgen ist euer großer Tag. Im Hochamt werdet ihr euer Gelübde ablegen. Ich hoffe ihr seid bereit?" Zufrieden mit ihrem Nicken fuhr sie fort. „Ich habe nichts anderes erwartet. Ihr habt schon oft genug die Weihung einer Novizin zur Nonne miterlebt, sodass ich euch jetzt nicht erklären muss, was euch morgen im Gottesdienst erwartet und was ihr zu antworten habt?" Schwester Kethin nickte zufrieden auf Katteras und Nelekes Kopfschütteln. „Dann bleibt jetzt nur, euch eure Schlafplätze im Dormitorium zu zeigen. Dort gelten die gleichen Regeln wie im Schlafsaal der Novizinnen." Schwester Kethin sah die beiden streng an, denn Kattera und Neleke hatten sich entgegen der Regel oft noch abends leise vor dem Schlafen unterhalten. Die beiden grinsten sich ertappt an. „Eine Stunde vor dem Hochamt findet ihr euch bitte in der Kleiderstube ein. Dort bekommt ihr dann eure Tracht." Sie fuhr sich mit der Hand über den glatten, weißen Stoff, aus dem die Tracht der Nonnen gemacht war. Eine einfache, gerade geschnittene, langärmelige Tunika, die über einem leinenen Unterhemd getragen wurde, um die Hüfte mit einem Hanfseil gehalten. Auf dem Kopf trugen die Nonnen einen Schleier, der Hals und Schultern bedeckte und nur das Gesicht freiließ. Neleke gab ein erleichtertes Seufzen von sich, denn die Novizinnen trugen eine Kutte mit Kapuze aus grobem, grauem Stoff, der an den Armen und vor allem am Hals kratzte.

Sie folgten Schwester Kethin in das Dormitorium, den großen Schlafsaal, in dem die Nonnen gemeinsam schliefen. Es waren einige der etwa fünfzig Betten frei, denn es hielten sich immer Nonnen außerhalb des Klosters auf, um Kinder zu unterrichten, Dienst in den Kirchen der Dörfer und Städte zu verrichten und die Kranken zu versorgen, die sich die teuren, studierten Ärzte nicht leisten konnten. Schwester Kethin wies ihnen zwei Betten nebeneinander zu, aber mit der erneuten Mahnung, sich an die Regel zu halten, dass im Dormitorium nicht gesprochen wurde, sonst würde jede von ihnen in eine der Ecken des Dormitoriums verbannt werden. Kattera und Neleke versprachen es und wurden dann von Schwester Kethin entlassen. Sie hatten noch eine halbe Stunde bis zur Vesper und Kattera folgte Neleke in den kleinen Garten, der den Nonnen zur Entspannung diente, in dem aber auch die Kräuter für die Krankenstation und Obst und Gemüse angebaut wurde.

Sie setzten sich auf eine der Bänke und hielten die Gesichter in die Sonne. Neleke kratzte sich die Arme und seufzte dann. „Das Beste ist, dass wir dann nicht mehr diese Scheußlichkeiten anziehen müssen."

„Lass das bloß nicht Schwester Heske hören. Sie webt den Stoff selbst."

Neleke verzog das Gesicht. Schwester Heske wachte über die Kleiderstube und war immer sehr ungehalten, wenn sie einen Riss in der Kutte flicken musste. Ihren Vortrag, mit der Kleidung pfleglich umzugehen, kannten Neleke und Kattera auswendig. „Ich frage mich nur, wie das mit den weißen Trachten werden soll. Selbst wenn man nicht im Garten helfen muss, ist es unmöglich, sie sauber zu halten."

Kattera zuckte mit den Schultern. „Die Schürzen schützen ein wenig, aber es stimmt schon, bei den meisten sind die Trachten eher grau als weiß."

„Wahrscheinlich hat Schwester Heske dann einen anderen Vortrag zum Thema Schmutz."

Sie kicherten, hörten aber schnell auf, als böse Blicke von ebenfalls Erholung suchenden Mitschwestern sie trafen.

„Wie geht es deiner Familie?" Neleke sah Kattera erwartungsvoll an und Kattera zog einen dicken Brief unter der Kutte hervor. Einmal im Jahr traf ein dicker Umschlag mit mehreren Briefen von ihrer Mutter und ihrer Schwester im Kloster ein. Kirstan hatte gut ein Jahr nach ihrer Abreise geheiratet und erwartete mittlerweile das dritte Kind. Ihren Briefen nach war sie glücklich und zufrieden. Sie lebte mit Kilian auf dem Södervarv-Hof und war dort die Hausherrin. Ihre Mutter besuchte sie oft und die Briefe waren gespickt mit Anekdoten über die Kleinen. Kattera schrieb ebenfalls über das Jahr hinweg auf, wie es ihr ging und was sie erlebte, und schickte es mit dem Boten zurück an ihre Mutter.

Nun holte sie die Zeichnung heraus, die ihr ältester Neffe für sie gemalt hatte. Es zeigte sie im Kloster. „Hier, ich finde, er hat richtig Talent und steht dir in nichts nach!"

Neleke nahm das zerknitterte Blatt Papier und betrachtete es mit ernster Miene. Mit Mühe unterdrückte sie ein Lachen, doch ihre Mundwinkel zuckten verräterisch. „Ähm, ja, er hat dich richtig gut getroffen." Auf dem Blatt war neben einigen braunen, verschmierten Fingerabdrücken ein Strichmännchen zu sehen, das eher an eine Vogelscheuche erinnerte. Es stand neben einem Dreieck, von dessen Spitze ein paar Strahlen abgingen, das sollte die Kirche sein. Kirstan hatte die Erklärung auf das Blatt geschrieben.

Kattera nahm das Papier wieder an sich und betrachtete es mit einem glücklichen Seufzer. „Ein wahrer Künstler!"

Neleke fing gackernd zu lachen an und Kattera stimmte lautstark ein.

„Ruhe!"

Neleke und Kattera verstummten schlagartig und grinsten sich an. „Ich bin froh, dass es ihnen gut geht und vor allem, das Kirstan glücklich ist und alles so verläuft, wie sie sich es gewünscht hat. Ich bin schon gespannt, ob es diesmal ein Mädchen wird."

„Vermisst du sie?"

„Manchmal schon, aber durch die Briefe weiß ich ja, wie es ihnen geht. Irgendwann werde ich sie auch besuchen." Kattera schaute Neleke nachdenklich an. „Meinen Vater vermisse ich allerdings überhaupt nicht."

„Vielleicht ist er ja mit den Jahren milder geworden."

Kattera kicherte spöttisch. „Das bezweifle ich. Warte, ich lese dir vor, was Mutter über ihn geschrieben hat …"

Die Glocke rief sie zur Vesper und sie erhoben sich.

Ewiges Gelübde

„Behandelt die Tracht pfleglich! Es kostet viel Mühe sie von Schmutz zu reinigen, also denkt an eure Schwestern, die diesen Dienst verrichten. Ich würde es ja begrüßen, wenn jede unserer Schwestern regelmäßig dem Waschen der Wäsche zugeteilt würde. Aber leider ist dem nicht so." Schwester Heske bedachte Kattera und Neleke mit einem strengen Blick und händigte ihnen ihre Nonnentracht aus. Während die beiden ihre neue Kleidung anlegten, unterwarf Schwester Heske die beiden abgelegten Kutten einer strengen Prüfung.

Doch bevor sie Kattera und Neleke tadeln konnte, betrat Schwester Kethin die Kleiderkammer. Sie klatschte in die Hände. „Wunderbar seht ihr aus! So, jetzt kommt, gleich läuten die Glocken zur Prim und ihr sollt allen vorangehen." Sie schenkte Schwester Heske ein strahlendes Lächeln, das diese mit säuerlicher Miene quittierte.

Kattera meinte leise zu Neleke: „Ihre Rede für die Tracht ist aber auch nicht spannender!"

Neleke kicherte, hörte aber sofort auf, als die Glocken ertönten und die Nonnen zum Hochamt riefen. Mit ernsten Gesichtern führten Kattera und Neleke die Nonnen zur Kirche. Als sie den runden Bau betraten, brach die Sonne durch die Wolken. Sie erhellte den Altarraum und ließ die vielen, kostbar verzierten Kelche und Schalen auf den Fensterbänken glitzern. Die Nonnen nahmen ihre Plätze ein und das Hochamt begann. Nach der Predigt knieten sich Kattera und Neleke vor den Altar. Die Äbtissin nahm den Sonnenstein zur Hand, um die Nonnen mit Surijas Licht zu segnen. Der Sonnenstein war ein großer, facettenreich geschliffener, durchsichtiger Kristall, der in einen goldenen Strahlenkranz eingefasst war. In ihm bündelte sich das durch die Fenster einfallende Sonnenlicht und wurde vom Priester oder der Priesterin auf die Gläubigen gelenkt. Wenn das Licht auf einen Gläubigen fiel, streckte er ihm die Hände entgegen und empfing den Segen Surijas. Die Segnung war der Höhepunkt jedes Gottesdienstes. Für den Fall, dass die Sonne nicht schien, hatte jede Kirche mehrere stattliche Kerzen-leuchter, die das Licht spendeten. Kattera und Neleke knieten im Licht, das durch den Kristall fiel, streckten ihm die Hände entgegen und sprachen der Äbtissin die Worte des Gelübdes nach.

„… Ich gelobe Surija mit meiner ganzen Seele zu dienen und der Dunkelheit zu widerstehen!" Bei den letzten Worten des Gelübdes flammte der Sonnen-stein auf und hüllte Kattera in ein gleißendes Licht, sodass alle ihre Augen geblendet bedeckten. Das Licht wurde wieder schwächer und die Äbtissin unterbrach den Kontakt zum Sonnenlicht und legte den Sonnenstein zurück in seinen Schrein. Sie bedeutete Kattera und Neleke sich zu erheben und ihre Plätze bei den Nonnen einzunehmen. Einen Moment lang ruhte ihr Blick nachdenklich auf Kattera. Sie hatte ihrer Erleuchtung nie besondere Aufmerksamkeit geschenkt, denn all die Jahre, die Kattera nun schon im Kloster weilte, hatte sich nie gezeigt, dass Surija etwas Bestimmtes mit ihr vorhabe. Sie war wie geschaffen für das Nonnenleben und für die Aufgabe, die sie sich gewählt hatte. Doch heute hatte Surija gezeigt, dass er sie für sich beanspruchte. Was hatte das nur zu bedeuten? Wann würde Surija seine Pläne offenbaren?

Vor der Vesper trafen sich Neleke und Kattera noch im Garten. Eine Zeit lang liefen sie schweigend nebeneinander her. Kattera bemerkte die fragenden Blicke der anderen Nonnen, die wie sie die bunte Vielfalt des Gartens genossen.

„So etwas wie heute haben sie noch nie erlebt", brach Neleke schließlich das Schweigen. Kattera lächelte müde. „Im Skriptorium hat heute kaum jemand gearbeitet. Schwester Grite musste so oft zur Ruhe mahnen wie die ganzen letzten sieben Jahre nicht. Im Hühnerstall war es still dagegen." Neleke warf Kattera einen Blick von der Seite her zu. „Ich vermute, du hast auch diesmal nichts Bestimmtes erfahren, oder?"

Kattera schüttelte den Kopf. „Nein. Jeden Abend frage ich ihn, doch ich erhalte keine Antwort, nicht das kleinste

Zeichen. Ich spüre nur seine Gegenwart, er ist immer noch da." Kattera schluckte und atmete tief ein und aus. Das heutige Ereignis hatte ihr Angst gemacht. War dies das Zeichen, auf das sie gewartet hatte, oder hatte Surija nur seinen Anspruch auf sie erneuert? Wieder fragte sie sich, was der Gott des Lichtes von ihr erwartete. War sie wirklich bereit dafür?

Neleke hatte die Angst auf ihrem Gesicht gesehen und nahm ihre Hand. „Wenn du Hilfe brauchst …!"

Kattera lächelte Neleke liebevoll an. „Danke Nelli, aber ich fürchte, ich muss diese Aufgabe alleine bewältigen."

Ein Auftrag für Francken

In den vergangenen sieben Jahren hatte sich einiges auf Schloss Stormwacht geändert. Entgegen der Forderung von Königin Jonata waren Femeke Verflide und ihr Sohn Francken auf Stormwacht geblieben. Vor fünf Jahren hatte König Stormwacht Francken die erste richtige Aufgabe übertragen und ihm gestattet dem allgemeinen Unterricht, den die Kinder der Adligen erhielten, fern zu bleiben. Er sollte sich um die Verpflegung der Tiere in den Ställen des Schlosses kümmern. Mit dem Verwalter des Schlosses verstand sich Francken gut und sog gelehrig das Wissen auf, das dieser ihm vermitteln konnte. Dies kam auch dem König zu Ohren, sodass er ihm im vor knapp zwei Jahren mehr Verantwortung übertragen hatte. Er war nun nicht nur für die Tiere zuständig, sondern auch für die Ausrüstung der Garnison. Francken war stolz auf diese Beförderung, hatte er es doch aus eigener Kraft geschafft, in der Gunst des Königs zu steigen. Doch seiner Mutter war das nicht genug gewesen. Ihre Verbitterung hatte sich in den letzten Jahren vertieft und sie hatte versucht diesen Schmerz mit Wein zu ertränken. Es stieg immer noch Wut und Enttäuschung in Francken auf, wenn er sich an ihr letztes Gespräch erinnerte.

Er hatte sie aufgesucht, um ihr voller Stolz von seiner Beförderung zu berichten, doch sie hatte nur abfällige Worte für ihn gehabt, aus denen der Wein sprach. „Jetzt darfst du nicht nur die Scheiße der Gäule wegräumen, sondern auch noch die Rüstungen polieren. Da kannst du mit Recht stolz auf dich sein. Was ist dein Ziel? Der fleißigste Knecht aller Zeiten zu werden? Ich kann es immer weniger glauben, dass du mein Sohn bist. Wie kannst du dich nur so erniedrigen? Du bist zu Höherem geboren!"

Bei diesen Worten hatte er ihr Zimmer verlassen und war davongestürmt. Wie er sie in diesem Moment gehasst hatte! Alles machte sie schlecht! Sie war ihm hinterhergetorkelt, hatte ihm hinterhergeschrien, dass er ein Versager sei.

Kurz vor der Treppe hatte er sich umgedreht. „Wir sind nur noch meinetwegen hier, weil meine Arbeit für den König wichtig geworden ist. Schau dich doch an, du alte Säuferin. Er geht dir aus dem Weg, weil er dein Benehmen und deinen Anblick nicht erträgt!", hatte er ihr entgegengeschleudert und war dann die Treppe hinunter in die Küche gelaufen.

Sie hatte ihm noch Flüche hinterhergerufen, dann das Gleichgewicht verloren und war die Treppe hinuntergestürzt. Erst die Rufe der Diener, die das ganze Spektakel mitbekommen hatten, ließen ihn zurückgehen.

Femeke war nun seit fast zwei Jahren unter der Erde und seit ihrem Tod war das Leben für Francken einfacher geworden. Der König hatte ihm weitere Aufgaben übertragen und ihm schon mehrfach sein Vertrauen ausgesprochen. Das wäre zu Lebzeiten seiner Intrigen schmiedenden Mutter, die jede noch so kleine Information versucht hatte, zu ihren Gunsten zu nutzen, undenkbar gewesen.

Rasch schritt Francken den kalten Flur entlang, der ihn zum Speisesaal führte. Der König pflegte sich beim Frühstück mit seinen Beratern zu unterhalten und die Geschäfte seines Landes zu besprechen. Franckens Schritte waren beschwingt, denn er rechnete damit, dass er zum Stellvertreter des Verwalters befördert werden würde. Er wusste, dass er seine Arbeit gut machte und ihm eine weitere Beförderung zustand. Er verfolgte beharrlich seine eigenen Pläne und dazu gehörte, sich auf Stormwacht unentbehrlich zu machen. Er hatte nicht umsonst all die Jahre die stetigen Kränkungen heruntergeschluckt und die Demütigungen ertragen. Nur mit Ruhe und Besonnenheit war er so weit gekommen. Große Sprüche und ein aufbrausendes Wesen waren nur hinderlich, wie ihm seine verstorbene Mutter deutlich gezeigt hatte. In seiner Position hatte er das Vertrauen der Soldaten und des Gesindes gewinnen können. Denen war es egal, ob er ehelich war oder nicht. Sie bemaßen ihn nach seinem Können und nach der Art, wie er mit ihnen umging. Wenn er erst einmal Verwalter war, hatte er Stormwacht in seiner Hand.

Er erreichte die Tür zum Speisesaal und nickte den Wachen zu, die den König vor ungebetenen Besuchern schützten. Sie standen stramm und öffneten Francken die Tür. Das Gespräch verstummte, als Francken den Raum betrat und alle zu ihm aufblickten.

„Ah, da bist du ja. Komm her, Francken, dann muss ich nicht so schreien." Francken ging festen Schrittes auf den König zu und nickte den in kostbare Gewänder gekleideten Anwesenden respektvoll zu. Nur sein zusammengepresster Mund verriet, dass er sehr wohl bemerkte, dass sie die höfliche Geste nicht erwiderten. Im Gegenteil. Francken entging nicht, dass einige ein höhnisches Grinsen zur Schau trugen. Was nur hatten sie besprochen? Sollte er etwa doch nicht befördert werden? Francken versteckte seine aufkommende Verunsicherung hinter einer geschäftigen Miene. „Ihr habt mich gerufen, Vater? Verzeiht, wenn ich in Eile bin, doch Cunrad erwartet mich, um ihn beim Jahresabschluss zu unterstützen."

Während die Berater sich entrüstet wegen dieser Aufmüpfigkeit ansahen, lachte der König herzhaft. „Der gute Cunrad. Ich wette, er kann es kaum erwarten, die Speisekammer zu inspizieren. Er hat dich erst neulich wieder in höchsten Tönen gelobt und mich gebeten dich als seinen Stellvertreter und späteren Nachfolger einzusetzen, da du bessere Arbeit als sein jetziger Vertreter leistest." König Clewin sah Francken berechnend an.

Dieser verneigte sich. „Ich danke, Euch, Vater. Ich …"

„Danke mir noch nicht, ich habe noch nichts entschieden."

Francken verstummte und lief rot an. Es stand ihm zu, wieso zögerte der König und stellte ihn vor allen bloß?

König Clewin nahm Franckens Verärgerung nicht wahr. „Ich sehe mit Wohlwollen deinen Ehrgeiz und deinen Fleiß. Er wird zur rechten Zeit belohnt werden. Doch jetzt habe ich eine andere Aufgabe für dich, die keinen Aufschub verträgt. Cunrad wird sich heute wohl mit seinem Stellvertreter begnügen müssen."

Francken verneigte sich erneut. Er hatte seine Chance mit seinem voreiligen Dank noch nicht vertan. „Wie Ihr wünscht Vater, ich bin Euch stets zu Diensten."

„Ich schicke dich nach Stormflod zu Abt Pesolt. Bitte ihn, nach Veroberg zu reisen und Lenne Veroberg ins Gewissen zu reden. Ihr schwacher Vater ist nicht in der Lage, sie dazu zu bringen, in eine Ehe mit dir einzuwilligen. Den Ehevertrag haben wir bereits vor fünf Jahren geschlossen, doch jetzt ist er unfähig, ein Machtwort zu sprechen. Auf den Abt wird sie hören."

Francken starrte seinen Vater sprachlos an. Er sollte verheiratet werden? Nie war davon die Rede gewesen. Nicht, dass es ihn störte. Eine Frau, zumal eine mit adeliger Abstammung, würde seine Stellung nur festigen. Aber musste sein Vater ihn denn damit so überrumpeln und erneut bloßstellen?

„Nun starr mich nicht so an wie ein Schaf den Schlachter. Du bist alt genug und eine enge Verbindung mit den Verobergern habe ich schon lange angestrebt. König Verobergs Sohn ist ein kränkliches Kind. Die Gefahr, dass er stirbt, bevor er Jutte heiraten kann, ist zu groß. Darum wirst du Lenne Veroberg zur Frau nehmen, damit mein Einfluss auf die Veroberger auf jeden Fall gesichert ist."

Francken schluckte mit Mühe seine aufkommende Wut hinunter. Das war es also. Er diente wieder nur als Lückenfüller. Jutte Stormwacht war erst fünf Jahre alt. Kein Zweifel, dass der König sie gewinnbringend verheiraten würde. Francken hatte gehofft, dass eine Heirat ihn gesellschaftlich weiterbringen würde, aber so wie es aussah, standen ihm bei all seinen Wünschen seine Halbgeschwister im Weg.

„Nun beweg dich schon. Schließlich ist es deine Braut. Also sorge dafür, dass sie gehorcht." König Clewin lachte dröhnend über seine eigenen Worte und seine Berater stimmten ein. Francken verbeugte sich knapp und floh beinahe vor dem höhnischen Gelächter. Er würde es ihnen zeigen. Sie würden es bereuen, ihn ausgelacht zu haben. Auf halbem Weg zu seinem Gemach hielt er inne und legte sein glühendes Gesicht an den kalten Stein des Ganges. Sein Körper bebte vor unterdrückter Wut. Nur langsam beruhigte sich sein Atem. „Hier bist du. Ich habe dich gesucht. Spielst du mit mir?" Francken zwang ein Lächeln auf seine Lippen und drehte sich um. Closlin Stormwacht strahlte ihn erwartungsvoll an und hielt ihm ein Holzschwert entgegen. „Solltest du nicht im Unterricht sein?" Closlin zog einen Schmollmund. „Geschichte ist so langweilig. Wir haben noch etwas Zeit, bis sie nach mir suchen." Er hob auffordernd sein Holzschwert.

„Na schön, aber nur ein paar Augenblicke. Der König hat mir einen wichtigen Auftrag gegeben." Francken parierte einen Angriff von Closlin und bald hallten die Schläge von Holz auf Holz von den Wänden wider. Francken war stets freundlich zu Closlin gewesen und hatte sich um das Vertrauen des schmächtigen, unter der Fuchtel seiner Mutter stehenden Jungen bemüht. Er war sich sicher, dass es ihm eines Tages von Nutzen sein konnte.

„Closlin Stormwacht!" Eine schrille Stimme durchdrang das Geklapper. Closlin ließ das Schwert und die Schultern sinken und verzog mürrisch das Gesicht. Francken zwinkerte ihm zu und gab ihm sein Schwert zurück, während Jonata Stormwacht mit wallenden Röcken auf sie zueilte. Sie besaß nicht Femekes Schönheit, dafür den richtigen Stammbaum. Die Königin stammte aus einem Nebenzweig der Pravasteiner. Jonata war zu ihrem Leidwesen nicht sehr groß. Sie hatte ihre dunkelblonden Haare zu Locken gedreht und auf dem Kopf aufgetürmt, um größer zu wirken. Mit ihrer strengen Miene und ihrem herrischen Gebaren konnte sie sehr respekteinflößend sein. Zumindest beim Gesinde funktionierte es. Sie riss Closlin die Holzschwerter aus der Hand und schickte ihn mit einer Strafandrohung zum Unterricht. Dann wandte sie sich an Francken: „Ich warne dich, halte dich von ihm fern!"

Francken sah sie nur von oben herab an. „Damit würde ich den Wünschen des Königs zuwiderhandeln. Es ist ihm recht, wenn ich eine freundschaftliche Beziehung zu meinem

Halbbruder pflege. Das solltet Ihr akzeptieren." Francken sah mit Befriedigung Wut in Jonatas Augen aufblitzen.

„Das werden wir sehen!" Damit ließ sie ihn stehen.

Der Preis für Thomens Unterstützung

Francken drückte dem Fährmann eine Münze in die Hand und suchte sich einen Platz am Bug. Außer ihm waren nur wenige an Bord, die das Kloster besuchen wollten, doch das Schiff war vollgepackt mit Lebensmitteln und Waren für den alltäglichen Klosterbetrieb. Die wenigen Felder, welche die Mönche auf der stürmischen Insel bestellten, brachten nicht annähernd den Ertrag ein, um die Mönche und die Besucher zu versorgen. Die Fähre setzte sich langsam in Bewegung und nahm Kurs auf das Kloster. Zweimal am Tag setzte sie nach Sturmflod über und wenn Francken nicht im Kloster übernachten wollte, musste seine Unterredung mit dem Abt bis zum späten Nachmittag erfolgt sein. Er hatte sein Kommen angekündigt und der Bote hatte die Antwort gebracht, dass der Abt ihm vor dem Mittag eine Audienz gewähren würde. Langsam näherte sich die Fähre der Insel und Francken konnte bereits die Kirche erkennen, die auf dem höchsten Punkt thronte. Noch immer zürnte er seinem Vater, dass er ihm diese demütigende Aufgabe übertragen hatte. Als ob es nicht schon schlimm genug war, dass seine Braut sich sträubte. Aber dass er nun auch noch persönlich beim Abt um Zuspruch betteln musste, ließ seine Wut fast überkochen. Nur mit Mühe schaffte er es, den Aufruhr, der in ihm herrschte, nicht zu zeigen und ruhig an der Reling zu stehen. Wenn dieser Gang ihn seinem Ziel näherbrachte, dann würde er ihn auch mit Erfolg erledigen. Selbst wenn König Verobergs Sohn keinen frühen Tod sterben und er leer ausgehen sollte, war das Ansehen seiner Frau, das auch ihm nützen würde, die Mühe wert.

Francken ließ sich den frischen Wind in das glühende Gesicht wehen und fand einen Moment Ruhe in der stetigen Auf- und Abbewegung der Fähre auf den Wellen und den regelmäßigen Trommelschlägen, die den Ruderern ihren Takt vorgaben. Schnell wurde die Insel größer und bald legte die Fähre mit einem Ruck am Steg des Klosters an. Francken hatte gehofft, dass man ihn erwarten und unverzüglich zum Abt bringen würde, doch zu seinem Unmut musste er sich beim Pförtner melden.

„Mein Name ist Francken Stormwacht und der ehrwürdige Abt erwartet mich."

Francken sah den kleinen Mönch von oben herab an und anstelle der erwarteten Bestätigung schüttelte der Mönch den Kopf. „Der ehrwürdige Abt ist nicht da. Er ist gestern zum Kloster Dagatan gereist, um den neuen Abt von Dagatan zu weihen. Ihr müsst Euch vertan haben, mein Herr. Aber Ihr könnt im Gästehaus auf die Fähre warten, dort ist es warm." Der Mönch blinzelte ihn entschuldigend an. Francken starrte ihn einen Moment an und drehte sich dann um, als er das Kommando zum Ablegen hörte. Er saß hier für Stunden fest und sollte unverrichteter Dinge wieder heimkehren? Das durfte nicht sein! Er hörte schon die abfälligen Worte seines Vaters. Wie konnte der Abt ihm das nur antun? Er hatte doch extra einen Boten geschickt. Zornesröte stieg Francken ins Gesicht. Doch bevor er den Mönch mit unbedachten Worten bespucken konnte, traf ein großer, dürrer Mönch an der Pforte ein und sprach Francken an: „Verzeiht, mein Herr. Prior Thomen schickt mich. Er nimmt während der Abwesenheit unseres ehrwürdigen Abtes seinen Platz ein und bittet Euch, mit ihm zu Mittag zu speisen. Ihr seid doch Francken Stormwacht, oder?"

Francken sah im Augenwinkel den Pförtner aufatmen und nickte dem Dürren zu. Er wusste zwar nicht, was er beim Prior sollte, aber es schadete nicht, seinen Verwandten zu begrüßen. Francken folgte dem dürren Mönch, nicht ohne dem Pförtner noch einmal einen bösen Blick zuzuwerfen.

Im Haus des Abtes angekommen, legte Francken den Mantel ab und trat durch die Tür, auf die der Mönch wies, bevor er sich zurückzog. Thomen Verflide saß an dem großen Schreibtisch und blickte auf, als Francken den Raum betrat.

„Vetter, sei herzlich willkommen!" Mit einem Lächeln stand Thomen auf, kam auf Francken zu und umarmte ihn kurz. Francken, überrumpelt von Thomens Freundlichkeit, erwiderte die Umarmung und schluckte die unmutigen Worte über die Abwesenheit des Abtes hinunter. Thomen wies auf eine Sitzgruppe vor dem Kamin.

„Ich weiß, du hast den Abt erwartet, aber er war schon abgereist, als dein Bote die Nachricht überbrachte, und solange der Abt nicht da ist, handle ich in seinem Namen. Ich war überzeugt, dass dein Anliegen nicht warten kann." Er setzte sich und bedeutete Francken, das gleiche zu tun.

Francken holte tief Luft. Er wusste zwar nicht, wie Thomen ihm helfen konnte, schließen sollte der Abt seine widerspenstige Braut zur Vernunft bringen und nicht sein Prior. Zähneknirschend ließ er sich auf einem Sessel nieder. „Mein Vater, König Stormwacht, will mich mit Lenne Veroberg verheiraten. Doch sie sträubt sich gegen ihre Pflicht ihrem Geschlecht und ihrem Land gegenüber. Ich wollte den ehrwürdigen Abt bitten, ihr ins Gewissen zu reden." Francken schluckte unbehaglich unter dem aufmerksamen Blick, mit dem Thomen ihn bedachte. „Ich werde ihr ein guter Ehemann sein und sie mit dem Respekt behandeln, den sie verdient. Unsere Verbindung wird für Frieden und Stabilität in beiden Königreichen sorgen." Francken lehnte sich zurück und wartete auf eine Reaktion, doch Thomens Gesichtsausdruck blieb unergründlich. Schließlich zog er die Augenbrauen hoch und suchte offensichtlich nach einer passenden Antwort. Francken spürte, wie ihm die Zornesröte langsam den Nacken hochkroch. Er war sich bewusst, wie armselig seine Bitte auf andere wirken musste, und nochmals verfluchte er seinen Vater insgeheim, dass er ihm diese Schmach aufgebürdet hatte.

Thomen beugte sich vor und klopfte ihm sacht auf den Arm. „Eine ungewöhnliche Bitte, sollte man doch meinen, dass eine Tochter ihrem Vater zu gehorchen hat und nicht noch das Machtwort eines Abtes notwendig ist. Aber sei unbesorgt. Der Abt wird mit Lenne Veroberg sprechen, wenn er aus Dagatan zurückgekehrt ist. In spätestens zehn Tagen solltest Du die gewünschte Antwort erhalten. Das versichere ich dir!" Francken sah Thomen misstrauisch an. Wie konnte ein Prior bestimmen, was der Abt zu tun hatte? Thomen lächelte knapp. „Abt Pesolt verlässt sich immer auf meinen Rat. Und wenn ich ihm rate, unverzüglich mit Lenne Veroberg zu sprechen und sie anzuweisen einer Heirat zuzustimmen, dann wird er das tun."

Francken verstand. Thomen hatte bereits erreicht, was er selbst auf Schloss Stormwacht erreichen wollte. Er lenkte das Kloster aus dem Hintergrund und hielt die wahre Macht in den Händen. Francken lächelte und nickte Thomen zu. Dieser erhob sich. „Und nun komm, lieber Vetter, das Essen müsste auf dem Tisch sein. Es wird gebratene Wachteln geben. Ich hoffe, dass sie dir munden. Wir können uns bei Tisch weiter unterhalten."

Thomen Verflide ließ seinem Vetter den Vortritt, als sie sich in den Nebenraum begaben. Das Essen wurde gerade aufgetragen. Sie setzten sich und warteten schweigend, bis sich der bedienende Mönch entfernte. Thomen betrachtete seinen Vetter nachdenklich. Seine Unzufriedenheit mit seinem Leben war ihm deutlich anzumerken, auch wenn er es zu verbergen versuchte. Sein Ehrgeiz, sich aus seiner Stellung zu befreien, und seine Wut auf die, die ihm nicht den gebührenden Respekt zollten, konnten nützlich für ihn sein. Wenn er es geschickt anstellte, konnte er Francken zu einem Verbündeten für Adholoka machen.

Endlich waren sie allein und sprachen eine Zeitlang den Speisen zu. Francken genoss sichtlich das zarte Fleisch, das weiche, frische Brot und das knackige Gemüse. Derart feines Essen bekam er nicht allzu häufig auf die Gabel, da er nach wie vor mit dem Gesinde und nicht an der Tafel des Königs speiste.

„Wie geht es deiner Mutter?", fragte Thomen lächelnd, als er den Löffel in den Nachtisch aus Sahne und Früchten tauchte.

Francken holte tief Luft und sagte dann knapp: „Sie ist vor fast zwei Jahren gestorben."

Thomen wurde ernst. „Es tut mir leid, das zu hören. Sie war eine schöne, stolze Frau. Es ist schändlich, wie der König sie behandelt hat und wie er dich behandelt."

Francken schluckte und schob dann den Nachtisch von sich. „Er muss auf seinen Stand achten", gab er zur Antwort. Eine Antwort, die er immer auf derartige Fragen und Aussagen gab und die ihm wie Säure in der Kehle brannte.

Thomen schnaubte abfällig. „Mach dich nicht kleiner als du bist. Selbst wenn der Familienzweig verarmt ist, aus dem deine Mutter stammte, so sind die Verflides doch ein altes, ehrbares Geschlecht. Er hätte sie sehr wohl zur Frau nehmen können, ohne Ansehen zu verlieren." Thomen hob die Hand, als Francken zu sprechen ansetzte. „Und ich denke, dass die Liebe so viel wert sein sollte, dass man auf eine üppige Mitgift verzichten kann!"

Francken starrte Thomen einen Moment sprachlos an. „Liebe, das hört sich seltsam aus dem Mund eines Mannes an, der sein Leben Gott gewidmet hat."

Thomen lachte lauthals und trank dann einen Schluck Wein. „Mein lieber Vetter, auch wenn ich in einem Kloster lebe, heißt das noch lange nicht, dass ich aufgehört habe zu denken, zu fühlen, eine Meinung zu haben und ein Mann zu sein. Die Schönheit deiner Mutter war weithin bekannt und das sollte einem Mann Mitgift genug sein, auch einem König. Dein Vater hat dich um dein Erbe betrogen. Vielleicht war die Familie der Verflides ihm zu mächtig, sodass er Angst hatte, mit ihnen eine Verbindung einzugehen und in ihren Einfluss zu geraten."

Thomen beugte sich vor und sah Francken fest in die Augen. „Aber ich sehe den Ehrgeiz der Verflides in dir. Du stellst dich nicht so ungeschickt wie deine Mutter an. Es hat einen Sinn, dass du dir die Rolle des Verwalters ausgesucht hast und all die Demütigungen erträgst, habe ich Recht?"

Thomen lehnte sich zurück und sah gespannt zu, wie es in Francken arbeitete. Der öffnete mehrmals den Mund, setzte zum Sprechen an, doch es kam kein Wort heraus. Schließlich sah er sich um, ob niemand lauschte, und sprach mit gesenkter Stimme. „Der Verwalter ist der wichtigste Mann im Schloss, gleich nach dem König. Ohne ihn läuft nichts und wenn Closlin König ist, werde ich sein Verwalter sein."

„Und die Fäden in der Hand halten." Thomen nickte anerkennend. „Und eine Frau aus adeligem Geschlecht stärkt deinen Status und dein Ansehen. Aber ich wette, du bist auch jetzt schon deinem Vater eine wichtige Stütze."

Francken nickte. „Cunrad will, dass mich der König zu seinem Stellvertreter und damit auch zu seinem Nachfolger macht. Er ist schon alt und will sich bald zur Ruhe setzten."

Thomen nickte und trank einen Schluck Wein. „Damit wärst du schon zu Lebzeiten deines Vaters sein Verwalter und seine rechte Hand."

Francken nickte. Das war sein Ziel und wenn er es erreicht hatte, würde er sich nach und nach Ländereien aneignen, ein eigenes Geschlecht aufbauen und unabhängig werden.

Thomen beugte sich zu ihm. „Kleine Kinder sind so zart und zerbrechlich, eine Krankheit, ein Unfall und schon sind sie dahingeschieden. Und der König ist schon alt. Wer weiß, Vetter, was das Schicksal noch für dich bereithält? Vielleicht bist du ja dazu bestimmt, König von Stormwacht zu sein?"

Francken hielt bei diesen Worten den Atem an. Deutete sein Vetter etwa an, dass er seinen Halbbruder und seinen Vater töten sollte, um an die Macht zu kommen?

Thomen sah, wie Francken seine Worte verarbeitete, wie sich der erste Schock über seine Bemerkung langsam in Berechnung verwandelte. Adholokas Samen war auf guten Nährboden gefallen. Thomen war sich sicher, dass er aufgehen und gedeihen würde. Er nahm sein Weinglas und prostete Francken zu. Der erhob sein Glas ebenfalls, ein unergründliches Lächeln auf den Lippen.

Unruhige Träume

Francken fand König Stormwacht in seinem edel, aber sparsam möblierten Arbeitszimmer, wo er zusammen mit Verwalter Cunrad die Wirtschaftsbücher studierte. Der riesige, mit aufwändigen Schnitzereien versehene Schreibtisch dominierte den großen, mit Holz vertäfelten Raum. Des Königs Stuhl glich mit seiner hohen Rückenlehne eher einem Thron. Ein großer Schrank stand hinter dem Tisch, daneben ein einfacher Stuhl, den er nur besonderen Besuchern anbot. Ansonsten war das Arbeitszimmer leer. Wenn man König Stormwacht hier gegenübertrat, kam es fast einer Audienz im Thronsaal gleich. Er sah es gern, dass andere wie einfaches Volk stehen mussten, während er bequem saß.

Beide blickten auf, als Francken das Zimmer betrat. Auf Cunrads Gesicht machte sich ein Lächeln breit, während der König eher gereizter Stimmung war. „Genug für heute, Cunrad, die Bohnen können auch bis morgen warten." Entschlossen klappte König Stormwacht das schwere Buch zu und schob es Cunrad in die Hände. Der nickte und zog sich rasch zurück, nicht ohne Francken zuzuzwinkern und ihm kurz auf die Schulter zu klopfen. Der König fuhr sich müde mit der Hand über das Gesicht, als Cunrad die Tür hinter sich schloss. „Und was hast du noch so Dringendes, das nicht bis morgen warten kann?", fragte er Francken unfreundlich.

„Ich dachte, dass Ihr sofort erfahren wollt, wie die Antwort von Abt Pesolt ausgefallen ist." Der König wies Francken mit einer gereizten Geste an fortzufahren. „Er wird in den nächsten Tagen Lenne Veroberg aufsuchen und ihr befehlen, einer Heirat zuzustimmen. In spätestens zehn Tagen sollten wir die gewünschte Antwort aus Veroberg erhalten."

Ein Lächeln stahl sich auf König Stormwachts Lippen. „Ausgezeichnet, Sohn. Dann können wir die Hochzeit noch im Sommer abhalten und den Bund besiegeln. Ich bin sehr erfreut." Francken nickte, verbeugte sich und schickte sich an zu gehen, als der König ihn zurückhielt. „Ich habe Cunrads Wunsch entsprochen, dich zu seinem Stellvertreter und seinem Nachfolger zu machen. Im Herbst wird er sein Amt niederlegen und zu seiner Tochter nach Visobala ziehen. Bis dahin solltest du dir einen Stellvertreter suchen."

Francken verbeugte sich erneut. „Ich danke Euch, Vater. Ich werde Euch nicht enttäuschen."

König Stormwacht winkte herablassend. „Das will ich dir auch geraten haben. Nun lass mich allein. Ich brauche meine Ruhe."

Francken zog sich zurück. Der König brauchte seine Ruhe, dass er nicht lachte. Er brauchte einen Krug Wein, um der jungen Zofe seiner Frau gewachsen zu sein, die ohne Zweifel schon darauf wartete, zu ihm vorgelassen zu werden. Beschwingt ging Francken zu seinem Gemach. Ihm war danach, den heutigen Tag ebenfalls mit Wein zu feiern. In seinem Zimmer angekommen legte er den Riegel vor und goss sich Wein in einen Krug. Gut gelaunt prostete er seinem Spiegelbild zu. Hoffentlich hielt Thomen Wort, sonst würde er sich komplett zum Narren machen. Aber irgendwie spürte er eine nie dagewesene Zuversicht, dass sich die Dinge zu seinen Gunsten entwickeln würden. Er leerte den Krug in einem Zug, zog sich Wams, Schuhe und Hose aus, schlüpfte unter die Decke und schlief augenblicklich ein.

„Kleine Kinder sind so zart und zerbrechlich, eine Krankheit, ein Unfall und schon sind sie dahingeschieden. Und der König ist schon alt. Wer weiß, Vetter, was das Schicksal noch für dich bereithält? Vielleicht bist du ja dazu bestimmt, König von Stormwacht zu sein?!" Thomens Worte dröhnten in Franckens Ohren. Unsicher schaute er auf und sah Thomen auf einem Thron sitzen und sich zu ihm herunterbeugen. Ihm wurde erst jetzt bewusst, dass er im Staub zu Thomens Füßen lag. Thomen beugte sich weiter zu ihm hinunter und seine Augen glommen rot, während seine Gesichtszüge sich zu einer Fratze verzogen. „Willst du für den Rest deines Lebens anderen hinterherräumen und dich von ihnen herumkommandieren lassen? Oder willst du lieber herrschen?"

Die Szene änderte sich und Francken fand sich im Thronsaal von Schloss Stormwacht wieder. Er war in kostbare Gewänder gehüllt und Thomen stand vor ihm. Diesmal hielt er eine Krone in der Hand – die Krone des Geschlechtes Stormwacht. „… und damit kröne ich Euch, Francken Stormwacht, zum König über das Königreich Stormwacht. Möge Eure Herrschaft Frieden bringen." Bei dem Wort ‚Frieden' glommen Thomens Augen rot auf und er setzte Francken entschlossen die Krone auf das Haupt. Tosender Beifall erklang und Francken drehte sich um, um der Menge zu begegnen.

„Lang lebe der König!"

Die Menschen jubelten ihm zu. Francken sah nur strahlende Gesichter, selbst die Berater, die ihn bei jeder Gelegenheit verlacht hatten, nickten ihn wohlwollend und mit Ehrerbietung zu. Eine schmale Hand schob sich in die seine und sein Blick begegnete dem von Lenne Veroberg, die ihn hingebungsvoll anlächelte.

„So könnte es sein", hörte Francken Thomens leise Worte. „Du weißt, was zu tun ist."

Mit einem Ruck setzte sich Francken auf. Er war schweißgebadet und zitterte am ganzen Körper. Ja, er wollte König sein! Alle, die ihn bis jetzt verachtet hatten, müssten sich dann vor ihm verneigen und dann würde er sie mit Verachtung strafen, bevor er ihnen alles nahm. Sein Herz schmerzte bei diesen Gedanken, so sehr wünschte er es sich. Die Rache würde so süß sein. Doch war er bereit, das zu tun, was nötig war? Thomens rotglühende Augen tauchten vor seinem inneren Auge auf. Sein Vetter war anscheinend einen Pakt mit dem Teufel eingegangen, um seine Ziele zu erreichen. Er hatte keine Skrupel gehabt. ‚Kleine Kinder sind so zart und zerbrechlich, eine Krankheit, ein Unfall und schon sind sie dahingeschieden.' Er würde zum Mörder werden müssen, um seine Rache zu bekommen. War es das wert? ‚Ja, das ist es!' Francken war sich nicht sicher, ob es seine eigenen Gedanken waren oder die des Teufels. Er ließ sich zurück in das Kissen sinken. Mit dem Gedanken an die jubelnde Menge schlief er wieder ein. Er würde König werden, auch wenn er sich noch gedulden musste, aber er würde sein Ziel erreichen.

Im Kloster Stormflod erhob sich Thomen Verflide zufrieden von seiner Gebetbank. Er hatte Franckens Traum gelauscht und ihn in die richtige Bahn gelenkt. Er hatte sich nicht getäuscht. Franckens Rachegelüste waren zu übermächtig, als dass er ihnen auf ewig standhalten konnte. Schon bald würde auch seine Seele Adholoka gehören.

Verpflichtung einer Königstochter

„Lenne, so mach doch auf!"

Lenne Veroberg stopfte sich die Finger in die Ohren, um das Klopfen an der Tür und die aufgeregten Stimmen vor ihrem Zimmer nicht mehr zu hören, doch es half nicht.

„Lenne, du kommst sofort raus!" Die Stimme ihres Vaters nahm einen schrillen Unterton an, den sie nur zu gut kannte. Es tat ihm nicht gut, wenn er sich so aufregte. Wenn sie nicht nachgab, würde er wieder einen Anfall von Atemnot bekommen, so wie vor ein paar Wochen, als sie sich geweigert hatte, Francken Stormwacht zu heiraten. Sie wusste, dass der Vertrag unterschrieben war und dass sie ihren Vater mit ihrer Weigerung in größte Verlegenheit brachte. Aber Francken Stormwacht? Wie konnte er ihr das nur antun!

„Lenne!" Ihr Vater holte pfeifend Luft, sodass Lenne nun wirklich Angst bekam, den Riegel zurückschob und die Tür öffnete. Die Gesichtsfarbe ihres Vaters hatte bereits eine gefährliche Röte angenommen.

„Beruhige dich, Vater. Ich komme ja."

„Wie kannst du mich nur so blamieren, Kind. Einfach weglaufen und dich in deinem Zimmer einschließen, wie ein kleines Mädchen", schnaufte er.

Lenne widerstand der Versuchung, die Tür einfach wieder zu schließen. Am Morgen war der Abt von Stormflod eingetroffen und nach den ersten Worten, die er an sie gerichtet hatte, war ihr klar gewesen, dass ihr Schicksal besiegelt war. Sie hatte die Tränen zurückgehalten, bis sie ihr Zimmer erreichte. Doch dann gab es kein Halten mehr. Es war ja nicht so, dass sie nicht heiraten wollte. Siman Moschufels hatte ebenfalls um ihre Hand angehalten. Er war ein angenehmer, ruhiger Mann mit guten Manieren. Sie hatte ihn einmal auf einem Ball getroffen. Aber König Veroberg war nach dem Tod seiner Frau zusehends schwächer geworden und nachdem er das Bündnis mit Stormwacht eingegangen war, tanzte er nach dessen Pfeife. Lenne hatte Francken von Anfang an nicht

81

gemocht. Sie konnte sich noch gut an die zwei Jahre erinnern, die er auf Veroberg verbracht hatte. Nach außen hin freundlich und zuvorkommend, doch man hatte ihm die unterdrückte Wut deutlich angemerkt. Es hatte ihr Angst gemacht und sie abgestoßen, auch wenn er ihr leidgetan hatte. Denn nicht nur sie, sondern auch die anderen Pflegekinder ließen ihn deutlich spüren, dass er nicht zu ihnen gehörte. Sie war sich sicher, dass er ihr das heimzahlen würde. Und seine Manieren. Einfach nur rüpelhaft. Auf dem Turnier vergangenes Jahr in Veroberg hatte er sich ihr unziemlich genähert. Sie spürte heute noch seine harten Hände auf ihren Hüften und den nach Wein stinkenden Atem in ihrem Gesicht, als er versucht hatte, sie zu küssen. Dabei lief ihr nach wie vor ein Schauer über den Rücken.

An der Seite ihres Vaters betrat sie den Empfangssaal, in dem der Abt immer noch geduldig wartete. Lenne setzte sich ihm gegenüber und als sie in sein freundliches Gesicht sah, wusste sie, dass sie sich ihm nicht widersetzen würde. Abt Pesolt sah ihren inneren Kampf in ihrem Gesicht und nahm sanft ihre Hand. „Es ist nicht immer leicht, das zu tun, was richtig ist. Und als Tochter eines Königs habt Ihr die Verpflichtung, das zu tun, was das Beste für das Königreich, Eure Untertanen und Eure Familie ist. Eine Verbindung mit der Familie Stormwacht wird das Bündnis zwischen den Königreichen stärken und den Frieden garantieren."

„Es herrscht seit vielen, vielen Jahren Frieden. Eine Hochzeit mit Francken Stormwacht ist nicht nötig, um das zu bestärken. Außerdem soll doch mein Bruder Hein Jutte Stormwacht heiraten, das ist doch ausreichend, um den Bund zu bekräftigen." Lenne versuchte nicht, ihre Verzweiflung zu verbergen.

„Euer Bruder ist krank, das wisst Ihr selbst. Glaubt Ihr, er wird lang genug leben, um Eurem Vater auf den Thron zu folgen?"

Lenne senkte den Blick, um nicht in Abt Pesolts gütige Augen blicken zu müssen. Ja, sie wusste das, auch wenn sie die Augen davor verschloss. Der letzte Fieberanfall hatte Hein so geschwächt, dass er wochenlang das Bett hüten musste. Sie hatte nur gehofft, dass ihr Vater auch Bündnisse mit anderen Königreichen in Betracht ziehen würde.

„Lenne, mein Kind. Denk doch an all die Hilfe, mit der uns König Stormwacht bedacht hat, als zwei Jahre hintereinander die Ernte so schlecht war, weil es erst zu viel geregnet hat und dann zu trocken war. Viele unserer Untertanen hätten Hunger leiden müssen, hätte er uns nicht beigestanden. Wir sind ihm zu Dank verpflichtet." König Veroberg griff nach der Hand seiner Tochter, doch sie entzog sich ihm.

„Francken Stormwacht ist ein ungehobelter, ungebildeter Mann mit schlechtem Benehmen ..."

„Er hat versprochen, Euch ein guter Ehemann zu sein. Mein Prior kann das beschwören", fiel der Abt ihr ins Wort und drückte sanft ihre Hand. „Menschen ändern sich und Francken Stormwacht hat sich zu einem ansehnlichen, verantwortungsvollen Mann entwickelt, der seinem Vater eine große Stütze ist. Ihr solltet froh sein, seine Frau werden zu dürfen. Und wenn Surija auch alles Leid von Eurem Bruder fernhalten möge, ist es doch gewiss, dass Ihr einst als Königin Veroberg hier in Eurer Heimat leben werdet. Bei einer Heirat mit dem Sohn eines anderen Hauses müsstet Ihr Eure Heimat für immer verlassen." Lenne schüttelte langsam den Kopf und entzog dem Abt ihre Hand. „Lenne Veroberg, ich wünsche es ausdrücklich, dass Ihr in diese Heirat einwilligt und Eure Bedürfnisse denen Eurer Familie und ihrer Verbündeten und den Königreichen Stormwacht und Veroberg unterordnet. Es ist Eure Pflicht und Ihr solltet Euch ihr stellen wie eine erwachsene Frau!" Die Güte war aus Abt Pesolts Augen verschwunden und eine Härte an ihre Stelle getreten, die Lenne erahnen ließ, dass ihm sein Amt nicht in den Schoß gefallen war.

Sie schluckte mühsam ein paar Tränen hinunter und nickte langsam. „Dem Befehl eines Vertreters Gottes kann ich mich nicht widersetzten. Ich werde gehorchen und meine Pflicht erfüllen." Sie stand abrupt auf. „Ich möchte mich entfernen."

„Aber natürlich, mein Kind." Der Abt streckte ihr seine Hand entgegen und sie küsste den Ring. Dann floh sie regelrecht aus dem Saal, in dem ihr Vater und der Abt nun endgültig ihren Verkauf besiegelten. Denn nichts anderes war es. Sie war der Preis, den König Stormwacht für seine Hilfe verlangte. Was konnte sie nur tun? Weinend warf sie sich auf ihr Bett und trommelte mit den Fäusten auf die Kissen. Sie konnte es kaum glauben, dass es wirklich geschehen sollte. Nach einer Weile beruhigte sie sich und wischte sich die Tränen ab. Kurzentschlossen nahm sie sich die größte Tasche, die sie besaß, und begann, Kleidungsstücke hineinzustopfen. Die bunten Kleider blieben im Schrank, nur weniger auffällige Röcke und Blusen, ein warmer Mantel und ein paar Tücher, mit denen sie ihren Kopf bedecken konnte, wanderten in die Tasche. Rasch zog sie sich um und schlang ihr langes, dunkelblondes Haar zu einem Knoten. Mit einem letzten Blick in den Spiegel prüfte sie, ob sie unauffällig genug gekleidet war. Sie warf sich einen einfachen Umhang über, der sie fülliger erscheinen ließ, als sie tatsächlich war. Die vergossenen Tränen ließen ihre sonst gleichmäßige, helle Haut fleckig wirken. Ihre grauen Augen starrten sie zornig und ängstlich zugleich an. Sie zog die Kapuze über den Kopf und nickte zufrieden. Auf den ersten Blick sollte sie niemand erkennen. Und falls doch jemand fragte, wohin sie ging, würde sie sagen, dass sie in der Stadt ein paar Dinge einkaufen wollte, und hoffen, dass niemand Verdacht schöpfte, dass sie allein war. Sie steckte ihren Schmuck und eine Handvoll Münzen ebenfalls ein. Etwas zu essen konnte sie sich unterwegs kaufen. Als sie nach der Klinke griff, hielt sie kurz inne und sah sich in ihrem Zimmer um. Sie würde nie wieder zurückkehren, nie wieder in ihrem Bett schlafen oder ihre geliebten Bücher lesen. Sie wollte das Wort brechen, das sie dem Abt gegeben hatte, und weglaufen. Sie unterdrückte ihr schlechtes Gewissen, denn sie konnte das Schicksal nicht ertragen, dass sie erwartete. Lieber würde sie als Magd auf einem Bauernhof arbeiten. Sie griff nach der Klinke, öffnete die Tür und blickte in das Gesicht eines Soldaten.

„Eure Hoheit, ich habe Befehl Euch zu begleiten, wohin Ihr auch geht."

Lenne starrte ihn einen Moment mit offenem Mund an und schloss dann die Tür, ohne ein Wort zu sagen. Sie war eine Gefangene. Es gab kein Entrinnen.

Nervös näherte sich Francken der Tür des Arbeitszimmers von König Stormwacht. Der Bote hatte ihm gesagt, dass der König in schlechter Stimmung sei und er sich besser beeilen solle. Francken holte tief Luft, bevor er klopfte und die Tür öffnete. „Ihr habt nach mir …?"

„Was hast du nur mit dem Abt besprochen? Die zehn Tage sind fast um und noch immer ist die Antwort nicht da!"

Francken schloss rasch die Tür. „Die entsprechende Antwort sollte spätestens in zehn Tagen eintreffen, das hat man mir versichert." Francken lief rot an und verfluchte innerlich seinen Vetter, dass er ihm vertraut hatte.

„Dir kann man nichts Wichtiges anvertrauen!" Francken stockte der Atem. Der König wollte ihn doch nicht etwa seines Amtes entheben! Eine weitere Chance würde er nicht bekommen. „So einen unfähigen Trottel kann ich nicht …"

Es klopfte laut an der Tür.

„Ich will nicht gestört werden!", brüllte König Stormwacht, doch die Tür öffnete sich trotzdem und eine der Wachen steckte den Kopf herein. „Verzeiht, mein König, aber Ihr habt befohlen, dass der Bote von Veroberg unverzüglich zu Euch vorgelassen werden soll."

Der König winkte dem Boten zu und dieser übergab ihm einen Brief. Mit einem Seitenblick auf Francken öffnete König Stormwacht ihn. Francken konnte sehen, wie sich die Stimmung des Königs beim Lesen besserte, und atmete auf.

„Wie du gesagt hast: Nach spätestens zehn Tagen haben wir die entsprechende Antwort. Deine Hochzeit kann in drei Monaten stattfinden. Kümmere dich um alles, Einladung und Unterbringung der Gäste, das Fest, du weißt schon."

Zufrieden legte König Stormwacht den Brief auf den Tisch und winkte Francken, dass er sich entfernen sollte. Er sprach kein wiedergutmachendes Wort wegen der harten, ungerechten Schmähungen, mit denen er Francken bedacht hatte. In diesem Moment wurde Francken bewusst, dass er für den König nur eine Spielfigur war, die er austauschen würde, wenn sie ihm nichts mehr nutzte. Nur mit Mühe unterdrückte Francken seinen Zorn, verbeugte sich und verließ das Arbeitszimmer. Er eilte den Gang entlang zu einer der Nischen und lehnte sich an die kalte Wand. Irgendwann würde er diesem Tyrannen den Hals umdrehen.

Eine Aufgabe für Kattera

„So, Schwester Grite, trinkt den Tee, dann wird es Euch besser gehen." Vorsichtig stützte Kattera die alte Frau und setzte ihr die Tasse an die Lippen.

„Schwester Kattera?" Ein Ruf drang von der Tür her zu Kattera ins Infirmarium.

„Einen Moment!" Kattera ließ sich nicht aus der Ruhe bringen und ermunterte Schwester Grite weiterzutrinken. Schwester Cecilia kam schnaufend zu ihr an das Krankenbett. „Schwester Kattera! Die Äbtissin möchte Euch sofort sehen."

Kattera stellte die leergetrunkene Tasse auf den Rollwagen, zog die Bettdecke glatt und strich der Kranken sanft über das Gesicht, was diese mit einem müden Lächeln quittierte. „Ihr werdet sehen, Schwester Grite, bald werden die Krämpfe aufhören und dann könnt Ihr Euch wieder um die Bücher kümmern."

„Schwester Kattera!" Schwester Cecilias Schnaufen klang eindeutig aufgebracht. Kattera wandte sich ihr zu und betrachtete besorgt ihr rotes, aufgedunsenes Gesicht. Jeder kannte Schwester Cecilias Vorliebe für Kuchen.

„Schwester Cecilia, Ihr seht nicht gut aus. Ihr esst zu viel und bewegt Euch zu wenig. Ich sollte mit der Äbtissin sprechen, dass sie sich eine andere Protokollantin sucht und Euch zur Gartenarbeit einteilt. Die Bewegung wird gut für Euch sein."

Schwester Cecilia wurde noch röter und griff grob nach Katteras Ärmel. „Das ist Sache von Mutter Maneth und nicht Eure, Schwester. Und jetzt kommt endlich. Es ist ein Bote von Schloss Winberger eingetroffen. Wir sollten ihn und Mutter Maneth nicht warten lassen."

Sie machte Anstalten Kattera aus dem Raum zu zerren, doch diese machte sich energisch los. „Schwester Cecilia, reißt Euch zusammen! Ihr seht doch, dass ich allein bin, und die Kranken müssen versorgt werden. Wir müssen warten, bis Schwester Darathee wieder da ist, dann werde ich zu Mutter Maneth kommen. Ihr braucht nicht auf mich zu warten." Damit schob

Kattera Schwester Cecilia zur Seite und rollte den Wagen an das nächste Bett. Das Infirmarium war fast vollständig belegt, da im Moment ein Magen-Darm-Leiden im Kloster sein Unwesen trieb. Kattera und ihre Mitschwester Darathee hatten alle Hände voll zu tun. Da war keine Zeit irgendwelchen Boten aufzuwarten. Bevor Schwester Cecilia erneut ihrem Ärger über Katteras Sturheit Luft machen konnte, ging die Tür zum Infirmarium erneut auf und Schwester Darathee kam herein, im Arm einen Korb voller getrockneter Kräuter. „So, Kattera. Dies sollte für eine Weile reichen." Schwester Darathee stutzte. „Schwester Cecilia. Hat es Euch auch erwischt?" Sie kam auf die kleine, fette Frau zu und legte ihr besorgt das Handgelenk an die Stirn. „Hm. Fieber habt Ihr nicht, aber vielleicht solltet Ihr trotzdem etwas von unserem Magentee trinken."

Schwester Cecilia wischte unwirsch die Hand beiseite. „Die Äbtissin hat Schwester Cecilia geschickt. Ich soll zu ihr kommen. Ich habe nur noch gewartet, bis du da bist. Ich wollte unsere Schwestern nicht allein lassen."

Schwester Darathee nickte Kattera zu. „Das war recht so. Geh nur, ich komme eine Weile allein zurecht."

Kattera legte ihre Schürze ab und folgte Schwester Cecilia, die ungeduldig von einem Fuß auf den anderen trat.

„Ah, da seid Ihr ja endlich!"

Mutter Maneths Stimme klang gereizt und Kattera verbeugte sich vor ihr. „Verzeiht die Verspätung, Mutter. Doch ich wollte unsere Mitschwestern in ihrer Krankheit nicht alleine lassen und habe auf die Rückkehr von Schwester Darathee gewartet. Sie hat frische Kräuter aus der Kräuterkammer geholt."

Die Äbtissin nickte verzeihend und bedeutete Kattera, näher zu kommen. „König Winberger hat um eine Krankenschwester für seine Frau gebeten. Sie erlitt gestern eine Fehlgeburt und ist sehr schwach und untröstlich. Der Hofarzt ist mit der Situation überfordert und der König hofft, dass die mitfühlenden Hände und Gebete einer Schwester hilfreicher sind. Ich möchte, dass Ihr nach Schloss Winberger geht und Euch um Königin Duretta kümmert. Nehmt aus der Kräuterkammer, was Ihr braucht und scheut Euch nicht, einen Boten zu schicken, wenn Ihr mehr braucht. Ihr werdet in einer Stunde aufbrechen."

Sie nickte Kattera zu. Doch Kattera machte keine Anstalten zu gehen. Ihre Gedanken waren bei den kranken Schwestern im Infirmarium. „Mutter Maneth, das Krankenzimmer ist voll und Schwester Darathee …"

„Ich habe bereits Novizin Benusch zu ihr geschickt und werde ihr noch eine weitere Schwester zur Unterstützung zuteilen, bis Novizin Benusch ihre Ausbildung beendet und ihr Gelübde abgelegt hat. Ihr solltet Euch jetzt fertig machen. Eure Ankunft auf Schloss Winberger wird noch heute erwartet."

Die Äbtissin wandte sich dem Boten zu und Kattera sah, dass es zwecklos war zu widersprechen. Sie ging auf kürzestem Weg zur Krankenstation und verabschiedete sich von Darathee. Dann packte sie einige persönliche Dinge in einen Beutel, holte sich eine zweite Tracht von Schwester Heske aus der Kleiderkammer, nicht ohne von ihr ermahnt zu werden, gut auf die Kleidungsstücke achtzugeben. In der Kräuterkammer angekommen überlegte sie kurz, was von Nöten sein könnte und legte dann Kräuter zur Blutstillung, Fiebersenkung und einige Säckchen mit Tee und eine Flasche mit Rosenwurzextrakt zur Stimmungsaufhellung in einen Korb. Alles Weitere sollte in Schloss Winberger zu beschaffen sein. Sie deckte den Korb zu. Jetzt blieb nur noch eins: Sie würde auf gar keinen Fall gehen, ohne sich von Neleke zu verabschieden. Der Bote hatte schon eine Weile gewartet, er würde auch noch etwas länger warten können.

Sie klopfte an die Tür des Skriptoriums und betrat es dann leise. Ihr Blick glitt suchend durch den Raum voller Schreibpulte. Als sie Neleke entdeckte, winkte sie ihr, nach draußen zu kommen.

Draußen umarmte Kattera Neleke fest.

„Was ist denn los?" Stirnrunzelnd machte sich Neleke los und sah dann auf den Korb und den Beutel. „Ich werde nach Schloss Winberger geschickt. Der Königin geht es nicht gut und ich soll sie pflegen. Der Bote wartet schon. Ich wollte mich nur noch von dir verabschieden. Wir werden uns eine Weile nicht mehr sehen."

„Was? So plötzlich?" Neleke schossen Tränen in die Augen und sie nahm Kattera wieder fest in die Arme. „Du wirst mir fehlen!"

„Du mir auch!"

„Lass dir den Reichtum des Königs bloß nicht zu Kopf steigen."

„Und mach du nicht so viele Klekse auf das teure Papier."

Kattera strich Neleke noch einmal über den Rücken und löste sich dann von ihr. Mühsam kämpfte sie ein paar Tränen zurück und lächelte. Auch Neleke wischte sich entschlossen die Tränen aus dem Gesicht. „Du passt auf dich auf, ja?"

Kattera nickte. „Ich werde versuchen, dir zu schreiben."

„Tu das, aber gib dir Mühe, sonst kann ich dein Gekrakel nicht lesen!"

Neleke lächelte, drückte Kattera ein letztes Mal und verschwand wieder im Skriptorium. Einen Moment starrte Kattera wehmütig auf die geschlossene Tür. Doch sie hatten gewusst, dass dieser Moment kommen und ihre Wege sich trennen würden. Jetzt hieß es, nach vorn zu sehen.

Die hellen Stadtmauern von Vorihosum leuchteten in der Abendsonne. Kattera atmete auf, als sie das Stadttor durchquerte. Sie musste nur noch durch die Stadt reiten, dann hatte sie Schloss Winberger erreicht, das auf einer Halbinsel im Hosumsee lag. Vorihosum war eine reiche Stadt. Große Fachwerkhäuser säumten die Straße und die Stadtbewohner trugen feine Kleidung. Der Weinhandel florierte und alle profitierten davon. Die Mauer von Schloss Winberger kam in Sicht. Zur Stadt hin war vom Schloss nur die Außenmauer selbst zu sehen, welche die dahinterliegenden Gebäude verdeckte. Das Tor zum Innenhof des Schlosses war weit geöffnet.

Steifbeinig stieg Kattera vom Pferd und sah sich neugierig im Hof um. Schloss Winberger war ein großer, rechteckiger Bau. Je ein quadratischer Turm überragte links und rechts das Dach. Von dort hatte man sicher einen schönen Ausblick. In dem rechten Turm war wohl die Kapelle untergebracht, denn auf ihm leuchtete der goldene Strahlenkranz in den letzten Sonnenstrahlen. Die Wirtschaftsgebäude, die Ställe und die Unterkünfte der Garde lagen an der Mauer, die das Schloss von der Stadt trennte. Neben dem linken Turm war eine schmale Tür in der Mauer. Bunte Farben leuchteten durch die Gitterstäbe. Dort war vermutlich der Garten. Den musste sie sich unbedingt näher ansehen. Es herrschte immer noch geschäftiges Treiben, obwohl die Sonne bereits so niedrig stand. Mit ihnen war ein Wagen mit Lebensmitteln angekommen und der Koch dirigierte seine Gehilfen beim Entladen. Ein kalter Wind fegte durch das Tor in den Hof und wirbelte Staub auf. Zwei Pferde wurden aus dem Stall geführt. Eins bäumte sich auf und wieherte laut, als einer der Küchengehilfen, beladen mit einer großen Kiste voller Kohlköpfe, es anrempelte.

„Pass doch auf, du Tölpel!", herrschte ihn der Stallknecht an und gab ihm einen Stoß, dass er beinahe samt Kiste in den Staub gefallen wäre. Alles kam Kattera nach der Stille des Klosters sehr laut vor.

„Schwester?" Kattera zuckte zusammen, als sie von hinten angesprochen wurde. Der Bote, der sie nach Schloss Winberger begleitet hatte, reichte ihr ihren Korb und den Beutel. „König Winberger wartet auf uns, wir sollten uns beeilen."

Kattera nickte ihm zu und folgte ihm dann die Treppe zum Haupteingang hinauf. Die Gänge, die sie entlanggingen, waren hell erleuchtet. Kattera wunderte sich über diese Verschwendung von Öl und Kerzen, aber entschied, dass es nicht ihr Problem war. Sie blieben schließlich vor einer Tür stehen, vor der ein Soldat Wache stand. Der öffnete ihnen die Tür und sie traten in den mit Kerzen erhellten Raum. Das Arbeitszimmer des Königs war nicht sehr groß und der Ruß der Kerzen hatte über die Jahre hinweg Wände und Decke geschwärzt. Die Wände des Raums waren dicht mit Schränken verstellt. Aus einigen halb geöffneten Schubladen quollen Papiere hervor. Auf einem Teil der Besucherstühle stapelten sich Bücher. Kattera musste lächeln. Sympathisches Chaos nannte sie das. Nelekes Schreibtisch sah auch immer so aus. Ein schlanker Mann mittleren Alters mit sonnengebräuntem Gesicht saß an dem Schreibtisch, auf dem sich ebenfalls Papiere und Bücher den Platz streitig machten. Die dunklen, kinnlangen Haare waren hinter die Ohren geklemmt, der Bart sorgfältig gestutzt. Falten an den Augen verrieten, dass er häufig lachte. Doch im Moment hingen seine Schultern sorgenvoll herunter. König Winberger sah von den Papieren auf seinem Schreibtisch auf und runzelte die Stirn.

„Mein König, das ist Schwester Kattera aus Amee." Der Bote verbeugte sich und Kattera machte einen Knicks und senkte den Kopf.

Der König stand auf, ging auf sie zu und nahm kurz ihre Hand in die seine. „Seid willkommen, Schwester Kattera. Ich bin froh, dass Ihr da seid. Doch verzeiht, wenn ich ein wenig verwirrt bin. Ich hatte Äbtissin Maneth um ihre beste Krankenpflegerin gebeten und Ihr scheint mir doch ein wenig zu jung dafür!"

Kattera schluckte die scharfe Antwort hinunter, die ihr auf der Zunge lag, und blickte dem König direkt in die Augen. „Lasst Euch von meinem Alter nicht täuschen. Ich bin die beste Pflegerin, die Mutter Maneth Euch schicken konnte!"

Ein Lächeln stahl sich auf des Königs Gesicht. „Wenn das so ist, dann habe ich nichts gesagt."

Die Tür öffnete sich wieder und eine rundliche, alte Frau betrat das königliche Arbeitszimmer.

„Ah, Grede, endlich. Das ist Schwester Kattera. Zeige ihr ihr Zimmer und bring sie dann zu meiner Frau."

Grede warf Kattera einen misstrauischen Blick zu und wandte sich ohne ein weiteres Wort zum Gehen. Kattera folgte ihr dichtauf, ohne sich von ihrem Unmut einschüchtern zu lassen.

„Erst macht der verfluchte Arzt mein Mädchen verrückt und jetzt schicken sie so ein junges Ding. Was soll die schon ausrichten?", grummelte die Alte vor sich hin.

„Ihr kennt die Königin schon lange?", fragte Kattera.

„Ich habe sie auf die Welt geholt und großgezogen. Ich weiß am besten, was sie braucht, und das ist Ruhe! Ruhe vor diesem nutzlosen Arzt und vor geschwätzigen, jungen Dingern."

Kattera beschloss, letzteres nicht auf sich zu beziehen. „Das heißt wohl, dass sie im Moment nicht von ihren Zofen und Hofdamen umgeben ist."

Grede warf ihr einen Blick zu, der besagte, dass Kattera ebenfalls zu viel redete. Abrupt blieb sie vor einer Tür stehen und stieß sie auf. „Euer Zimmer, Schwester."

Kattera betrat das kleine, aber edel eingerichtet Zimmer. Sie stellte Korb und Beutel neben dem kleinen Tisch ab, auf dem eine Schüssel und ein mit Wasser gefüllter Krug standen, und setzte sich einen Moment auf das weiche Bett. Ihr Blick fiel auf das schmale Fenster, durch dass die letzten Sonnenstrahlen drangen. Auf der Fensterbank stand eine Schüssel mit Brot, einem Stück getrockneter Wurst, gelbem Käse und zwei Äpfeln. Man hatte an alles gedacht, was sie brauchte.

„Ihr habt hier einen schönen Blick auf den See, Schwester. Das Gemach der Königin ist zwei Türen weiter. Wenn Ihr nun kommen wollt."

Kattera lächelte ihr zu und unwillkürlich entspannten sich Gredes Züge. Kattera nahm ihren Umhang ab und deckte den Korb ab. „Können wir vorher noch in die Kräuterkammer gehen? Diese Kräuter sollten kühl gelagert werden."

Grede kam näher und warf schnaubend einen Blick hinein. „Das haben wir alles da, die Mühe hättet Ihr Euch sparen können." Dann stutzte sie und nahm eines der Säckchen in die Hand und roch daran. „Das kenne ich aber nicht. Was soll das sein?"

Kattera nahm es ihr sanft aus der Hand. „Das ist Tee aus Johanniskraut, Baldrian und Melisse. Zusammen mit ein paar

Tropfen Rosenwurzextrakt", Kattera deute auf die Flasche, „wirkt er beruhigend und stimmungsaufhellend. Wir trinken diesen Tee in den dunklen Wintertagen und nach langer Krankheit."

Grede wiegte nachdenklich den Kopf und meinte dann mit widerwilliger Anerkennung: „Ihr scheint ja doch etwas von Eurem Fach zu verstehen. Also gehen wir erst in die Kräuterkammer. Es wäre schade, wenn das Zeug seine Wirkung verliert. Und von dem Tee nehmen wir gleich etwas mit."

In der Kräuterkammer angekommen machte Grede Licht und Kattera schaute sich beeindruckt um. Sie war beinahe so gut ausgestattet wie die im Kloster.

Grede bemerkte ihr Erstaunen und erklärte stolz: „Das meiste habe ich gesammelt. Vieles davon wächst auf den Wiesen um Schloss Winberger und in den Wäldern am See. Und auch bei der Herstellung der Salben bin ich Meister Diether zur Hand gegangen. Von Wundheilung versteht er ja was, der hochverehrte Arzt, aber von Menschen hat er keine Ahnung."

Grede zog ein Gesicht, als ob sie zur Bekräftigung auf den Boden spucken wollte, unterließ das aber dann.

„Habt Ihr hier eine Salbe zur Wundheilung?"

„Was wollt Ihr damit, Schwester? Die Königin ist nicht wundgelegen, dafür habe ich gesorgt!" Grede klang entrüstet.

„Nein, für mich. In der Eile habe ich nur an Medikamente für die Königin gedacht und nicht daran, dass ich das Reiten nicht gewohnt bin und nun …"

Kattera zog ein unglückliches Gesicht und Grede musste lachen. Die Verwandlung, die das in ihrem Gesicht auslöste, war erstaunlich.

„Und nun ist Euer heiliger Hintern wund," prustete Grede, holte einen kleinen Tiegel vom Regal und drückte ihn Kattera in die Hand.

„Danke, Grede. Ein wunder Hintern macht schlechte Laune und das kann ich der Königin nun wahrlich nicht zumuten!"

Grede kicherte erneut. „Ich mag Euch, Schwester." Damit löschte sie das Licht und für einen Moment war Katteras

Strahlen sichtbar, bis sie auf den hell erleuchteten Flur traten. Grede blinzelte sie verblüfft an. „Und es scheint mir, als ob Ihr nicht nur mit Kräutern heilt. Ich denke, meine Königin ist bei Euch in guten Händen."

„Ich danke Euch für Euer Vertrauen, Grede. Doch nun sollten wir die Königin nicht länger warten lassen."

Duretta Winberger lag regungslos im Bett. Jetzt, wo die Sonne ganz untergegangen war, erhellte die Lampe auf dem Nachttisch das Zimmer nur schwach. Grede entzündete die Lampen an den Wänden und hängte dann einen Kessel mit Wasser über das Feuer, das im Kamin prasselte. Kattera setzte sich zu Duretta Winberger auf das Bett und legte vorsichtig ihre Hand auf die Stirn der Königin. „Ich bin Schwester Kattera, meine Königin. Wie geht es Euch?"

Tränen quollen aus Durettas Augenwinkeln. „Mein armes kleines Mädchen. Sie war so perfekt. Warum ist sie nicht bei mir geblieben?" Sie schluchzte gequält auf und begann sich an den Haaren zu ziehen. Rasch hielt Kattera ihre Hände fest und nahm sie in den Arm. Sie wiegte Duretta sanft hin und her und summte dazu die Melodie des Schlafliedes, dass ihre Mutter ihr immer vorgesungen hatte. Langsam beruhigte sich die Königin und ihr Schluchzen ließ nach. Kattera nickte Grede zu, welche die Kräuter für den Tee abmaß und in das kochende Wasser gab.

„Ich habe Euch einen Tee mitgebracht, der wird Euch helfen zu schlafen. Bald werdet Ihr Euch besser fühlen." Kattera ließ Grede zwanzig Tropfen des Rosenwurzextraktes in den Tee geben und zusammen flößten sie ihn der Königin ein. Es dauerte nicht lange und Duretta war fest eingeschlafen.

Grede beobachtete sie eine Weile und meinte dann zu Kattera: „So ruhig hat sie schon lange nicht mehr geschlafen. Geht ruhig zu Bett, Schwester. Ihr seid sicher nach der langen Reise erschöpft und müsst Euch auch noch selbst verarzten. Soweit ich weiß, hat der König veranlasst, dass ihr zu den Mahlzeiten in Eurem Zimmer versorgt werdet, sodass ihr nicht in der Gesindeküche essen müsst. Ich werde noch eine Weile bei der Königin wachen und dann selbst ins Bett gehen.

Ich schlafe gleich nebenan und werde hören, wenn sie etwas braucht, und Euch notfalls holen."

Kattera nickte ihr dankbar zu und begab sich in ihr Zimmer. Sie zündete eine der Lampen an und kniete sich vor das Fenster. Sie spürte die Wärme Surijas in sich und betete still für die Königin und für ihr Kloster, in dem Neleke sicherlich auch an sie dachte.

Einladung zur Hochzeit

König Endres Winberger erhob sich erfreut, als sich die Tür zum Speisesaal öffnete und Königin Duretta Winberger den Raum betrat, dicht gefolgt von Kattera. Die Hofdamen und Vertrauten des Königs waren bereits versammelt und hatten mit dem Mahl begonnen. Und wie immer in den vergangenen Wochen hatte der König seine Königin entschuldigt. Umso mehr freute er sich, dass sie so überraschend erschien. Alle erhoben sich, als der König aufstand, um seiner Königin entgegen zu gehen.

Er nahm ihre Hand und küsste sie. „Es freut mich außerordentlich, dass Ihr Euch besser fühlt und uns mit Eurer Gegenwart beehrt, meine Königin", sagte er für alle deutlich vernehmbar.

Königin Duretta quittierte dies mit einem huldvollen Kopfnicken. „Dank der hervorragenden Pflege von Schwester Kattera geht es mir wieder gut."

Der König führte sie zu ihrem Platz, während die Anwesenden sich verbeugten. „Geht es dir wirklich besser, oder fühlst du dich nur verpflichtet, wieder am höfischen Leben teilzunehmen?"

König Winberger sah seine Frau stirnrunzelnd an. Sie sah immer noch müde aus und war dünn geworden in den vergangenen Wochen, auch wenn sie das mit dem prächtigen Kleid zu verbergen versuchte. Immerhin glänzten ihre hellbraunen Haare wieder, die sie sich selbst ständig zerrupft hatte. In kunstvolle Locken gelegt umrahmten sie ihr schmales Gesicht. Die Augenringe um ihre blauen Augen waren nicht mehr ganz so dunkel und ihre glatten Wangen hatten eine gesunde rosa Farbe. Duretta lächelte ihren Mann warm an. „Es geht mir wirklich besser. Ich weiß nicht, wie die kleine Schwester es angestellt hat, aber sie hat es geschafft. Ihre Anwesenheit ist eine Wohltat. Selbst Grede mag sie. Und Grede mag sonst niemanden."

Sie blickte sich zu Kattera um, die gerade von einem Diener zum Ende der Tafel geleitet wurde.

König Winberger winkte ihm zu. „Schwester Kattera wird an der Seite meiner Frau Platz nehmen. Ihr ist es zu verdanken, dass sie heute unter uns weilen kann."

Kattera errötete bei der Aufmerksamkeit, die sich nun auf sie richtete. Doch wie konnte sie dem König widersprechen. Stühle wurden gerückt und Kattera nahm ebenfalls Platz. Sie war sich der Blicke, die auf ihr ruhten, unangenehm bewusst und zum ersten Mal wünschte sie sich, dass Surijas Anwesenheit nicht so auffällig wäre. Der Speisesaal war nicht so hell beleuchtet wie die Gänge und ihr Schein war für alle sichtbar. Nicht viele hatten dies bis jetzt bemerkt, da sie sich die meiste Zeit bei der Königin aufgehalten hatte, die nur von ihrem Mann besucht wurde. Und jetzt steckten die Hofdamen tuschelnd die Köpfe zusammen, während sich die Herren bedeutsame Blicke zuwarfen. Kattera aß mit gesenktem Kopf und achtete nicht auf das Gerede.

König Winberger klopfte an sein Glas und das Gemurmel verstummte. „Ich habe heute eine Einladung von König Stormwacht zu der Hochzeit seines Sohnes Francken Stormwacht mit Lenne Veroberg erhalten." Das Getuschel erhob sich, bis der König erneut mit seinem Löffel an das Glas schlug. „In drei Wochen soll sie stattfinden und ich hoffe, dass Ihr, meine Königin, mich begleiten könnt?" Duretta sah kurz zu Kattera, die aufmunternd nickte und nickte dann dem König ebenfalls zu, der erfreut das Glas erhob. „Nun denn, dann lasst uns auf die Gesundheit von Königin Duretta trinken und dem Sohn von König Stormwacht alles Gute für seine Ehe und seine Zukunft wünschen."

Die Gläser wurden erhoben und der Toast erwidert, doch vielen war anzusehen, dass sie Francken Stormwacht nichts Gutes wünschten.

König Winberger beugte sich zu Kattera hinüber. „Ich gehe davon aus, dass Ihr uns begleitet, Schwester. Auch wenn es Duretta bessergeht, wäre es doch gut, wenn Ihr noch eine Weile bei uns bleibt."

Kattera zögerte mit einer Antwort, obwohl sie ahnte, dass dies nicht in ihrer Macht lag.

„Ich werde bei Eurer Äbtissin Maneth um eine Verlänge-rung Eures Aufenthalts auf Schloss Winberger bitten", fügte der König hinzu.

Kattera neigte den Kopf. „Wie Ihr wünscht, König Winberger. Doch erlaubt mir, Eurer Nachricht einen Brief an meine Mitschwester beizulegen. Zum einen benötige ich noch eine Flasche mit Rosenwurzextrakt und sie wartet auch auf ein Lebenszeichen von mir. Sie ist meine Freundin und möchte wissen, wie es mir geht."

König Winberger nickte. „Selbstverständlich, es steht Euch jederzeit frei, Briefe nach Amee zu schicken. Ihr braucht nicht um meine Erlaubnis zu fragen. Der Bote wird übermorgen früh aufbrechen, gebt Euren Brief bis dahin bei meinem Verwalter ab, er wird alles Weitere in die Wege leiten."

Königin Winberger hatte Katteras Zögern mit einem Stirnrunzeln bemerkt und nahm jetzt ihre Hand. „Es tut mir leid, dass ich Euch abhalte, in Euer Kloster zurückzukehren. Mir ist bis jetzt nicht bewusst gewesen, dass es ja Euer zu Hause ist und die Schwestern Eure Familie."

Kattera legte beruhigend ihre Hand auf die der Königin. „Macht Euch keine Sorgen, meine Königin. Ich bin hier, um Euch zu helfen, und werde so lange bleiben, wie Ihr es braucht."

König Winberger nickte zufrieden. „Siehst du, Duretta, Schwester Kattera kennt ihre Pflichten."

Königin Winberger seufzte, nahm sich dann einen Apfel und wandte sich ihrem Mann zu. „Ich kann es nicht glauben, dass König Veroberg seine Tochter diesem Bastard zur Frau gibt!" Sie erschauderte und biss dann in die Frucht.

„Ich glaube kaum, dass er das entschieden hat", meinte König Winberger trocken. „Er gehört König Stormwacht mehr oder weniger und tut alles, was der von ihm verlangt. Und wenn ich an die schlechte Gesundheit seines Sohnes denke, übergibt er mit seiner Tochter König Stormwacht praktisch sein Königreich."

„Der Bastard auf dem Thron von Veroberg, das darf doch nicht geschehen!" Königin Winberger senkte die Stimme, als sie merkte, dass sie laut wurde. „Kannst du dich noch an das Turnier vor einem Jahr auf Veroberg erinnern? Der Mensch hatte ein derart ungehobeltes Benehmen gezeigt, dass man ihn sofort in den Kerker hätte werfen müssen!", empörte sie sich.

König Winberger tätschelte ihr leise lachend die Hand und als er den besorgten Blick von Kattera bemerkte, sagte er: „Du übertreibst, meine Liebe. Auch Francken Stormwacht wird in der Zwischenzeit erwachsen geworden sein. Du solltest dich beruhigen, sonst schickt dich deine Pflegerin ins Bett."

Er zwinkerte Kattera zu und Duretta entzog ihm mit einem schnippischen Schnauben die Hand. „Einmal ein Tölpel, immer ein Tölpel, wenn du mich fragst. Wer wird noch da sein?"

König Winberger zupfte ein paar Beeren von einer Weintraube auf dem Teller vor ihm. „Stormwacht hat eine Einladung an alle Königsgeschlechter in Vertara gesendet, das hat mir der Bote verraten. Ich gehe davon aus, dass auch alle erscheinen werden. Mit König Stormwacht sollte man es sich nicht verscherzen. Außerdem werden Vertreter aller Klöster kommen. Ich habe gehört, dass Abt Pesolt von Stormflod die Zeremonie abhalten wird. Er wird auch seinen Stellvertreter und Nachfolger Bruder Thomen mitbringen. Er ist ein Verflide und ein Verwandter von Francken Stormwachts Mutter. Geht es Euch nicht gut, Schwester?"

König Winberger hatte bemerkt, wie Kattera bei dem Namen Thomen Verflide zusammengezuckt war und ihr Leuchten sich kurz intensiviert hatte.

Kattera zögerte kurz und schüttelte dann den Kopf. „Alles gut, mein König, ich hatte nur auf einen Kern gebissen."

Der König warf ihr einen fragenden Blick zu, beließ es aber dabei.

Später in ihrem Zimmer kniete sich Kattera wie jeden Abend vor ihr Fenster. Bei dem Namen Thomen Verflide hatte sich Surija geregt. In all den Jahren, die vergangen waren, seit sie gespürt hatte, dass das Böse nach Vertara gekommen war, hatte ihr Surija keinen Hinweis gegeben. Er war einfach nur da gewesen. Aber heute hatte er ihr ein Zeichen gegeben. Der Name Thomen Verflide hatte sie wie ein Blitz durchfahren; sie konnte das Brennen immer noch in ihrem Körper spüren. Doch wie konnte das sein? Er war ein Mann Gottes, er sollte Surija dienen und nicht dem Bösen huldigen. Er musste bei der Einführung in die Mysterien von Adholoka verführt worden sein. Aber wie konnte ein derart willensschwacher Mensch in ein solches Amt berufen werden? War es denn möglich, dass er nie an Surija geglaubt und seine Ergebenheit nur vorgetäuscht hatte? Kattera war verzweifelt. Wer würde ihr glauben, dass Adholoka in der Gestalt eines Priors, eines Mannes Gottes, nach Vertara gekommen war? Niemand würde ihr das glauben. Was sollte sie nur tun? An wen konnte sie sich wenden?

Ein Brief für Neleke

Neleke holte tief Luft und klopfte dann kräftig an die Tür zum Arbeitszimmer der Äbtissin. Sie hatte keinen blassen Schimmer, warum Mutter Maneth sie sehen wollte. Zumindest war sie sich sicher, dass sie nichts angestellt hatte. Weiter kam sie mit ihren trüben Gedanken nicht. Auf das ‚Herein‘, das aus dem Zimmer ertönte, öffnete sie die Tür. Mutter Maneth saß an ihrem Schreibtisch und sah die Post durch. „Ah, Schwester Neleke. Ich habe einen Brief von Schwester Kattera für Euch.“

„Oh wirklich? Wie geht es ihr?“ Neleke errötete vor Freude, als sie den Brief entgegennahm.

„Ich hoffe, dass Ihr mir das berichten werdet. Ich habe ihn nicht geöffnet und vertraue darauf, dass Ihr mich informiert, wie es Schwester Kattera geht.“ Mutter Maneth deutete auf einen geöffneten Brief auf ihrem Schreibtisch. „Der König ist zufrieden mit ihr und bittet darum, dass sie noch einige Wochen auf Schloss Winberger bleibt, da ihre Gegenwart der Königin sehr guttut. Doch das heißt nicht, dass dies auch Schwester Katteras Wunsch ist. Wenn sie unglücklich ist oder sich unwohl fühlt, möchte ich das wissen.“

Die Äbtissin sah Neleke scharf an. Die nickte, den Brief fest an die Brust gedrückt. „Das mache ich, Mutter Maneth. Auch ich möchte, dass es Schwester Kattera gutgeht.“

Mutter Maneth lächelte Neleke knapp an. „Ihr vermisst sie sicher. Ich erinnere mich noch gut, wie ihr zwei zusammen angekommen seid. Wenn Ihr Schwester Kattera ebenfalls einen Brief schreiben möchtet, dann tut es. Es wäre gut, wenn wir erfahren, was außerhalb unseres Klosters vor sich geht.“

Den Brief fest in der Hand, hastete Neleke zurück in das Skriptorium. Sie widerstand dem Versuch, den Brief sofort aufzureißen und noch im Flur zu lesen. An ihrem Tisch angekommen, brach sie das Siegel und holte zwei eng beschriebene Blätter hinaus. Kattera hatte sich tatsächlich Mühe gegeben, ordentlich zu schreiben. Sie rückte näher an die Kerze heran und fing zu lesen an.

„Liebe Neleke.
Du wartest sicher schon auf Nachricht von mir. Es tut mir leid, dass ich mich noch nicht gemeldet habe, denn es hat sich bis jetzt noch nicht die Gelegenheit ergeben. Doch ich habe die Erlaubnis vom König erhalten, Dir jederzeit einen Brief zu schreiben. Das werde ich nutzen.
Doch nun von Anfang an. Ich gebe mir wirklich Mühe, nicht den Annehmlichkeiten des königlichen Reichtums zu verfallen. Ich habe ein eigenes Zimmer, in das ich mich zum Beten und Ausruhen zurückziehen kann, was ich sehr genieße. Genauso wie das weiche Bett, aber erzähl das bloß niemanden, ich schäme mich schon genug dafür.“

Neleke musste ein Kichern unterdrücken. Gerade Kattera, die sich nie über die festen Matratzen und die Einfachheit des Klosterlebens beschwert hatte, fand nun Gefallen am Luxus.

„Ja ja, ich höre Dich schon kichern, meine liebe Neleke. Das Essen, das ich bekomme, ist einfach, so wie im Kloster. Aber seit gestern nimmt die Königin wieder am königlichen Abendmahl teil und will mich dabeihaben. Oh, welche Versuchung, sage ich Dir. Es ist eine harte Probe, nicht der Völlerei zu verfallen. Hör bloß auf zu lachen!“

Neleke stopfte sich die Faust in den Mund, um nicht lauthals loszulachen. Es war einfach zu herrlich. Und nach dem, was sie las, war Kattera alles andere als unglücklich.

„Einen Bericht von dem ganzen anderen Tand und schönen Kleidern spar ich mir jetzt, auch wenn ich mir sicher bin, dass es Dich brennend interessiert. Davon gibt es später mehr. Ich werde noch einige Wochen auf Schloss Winberger bleiben. Auch wenn ich Dich und das Kloster vermisse, fühle ich mich hier wohl. Die Winberger sind sehr freundlich zu mir und Grede, die Amme von Königin Duretta, hat ein herzliches Wesen und ist mir eine gute Freundin. Du würdest sie mögen.

Bald steht ein großes Ereignis bevor. König Stormwacht hat zur Hochzeit seines Sohnes Francken geladen. Ich werde die Winberger begleiten und der Königin zur Seite stehen. Es sind auch Vertreter der Klöster eingeladen, vielleicht werde ich Mutter Maneth dort treffen. Die Stimmung darüber ist eher verhalten. Ich kenne diesen Francken Stormwacht nicht, weiß nur, dass er ein unehelicher Sohn ist. Er scheint generell nicht beliebt zu sein und irgendwie scheinen sie Angst vor König Stormwacht zu haben, der mit dieser Heirat seinen Herrschaftsbereich ausbaut. Wie Du siehst, ist es nicht langweilig."

Neleke merkte, dass sie den Atem angehalten hatte und stieß ihn laut aus, was ihr einen bösen Blick von ihrer Nachbarin einbrachte. Kattera erlebte bald ein richtiges Abenteuer. Neleke war ein wenig neidisch. Sie wäre bei der Hochzeit gern dabei. All die bunten Farben und der Prunk, den es zu bestaunen gäbe. Sie wandte sich dem letzten Absatz zu.

„Nun habe ich aber auch noch etwas Merkwürdiges zu berichten. Du weißt ja, dass Surija immer bei mir ist. Aber er hat mir bis jetzt, außer auf unserer Reise nach Amee, nie ein Zeichen gegeben. Bis gestern Abend. Als König Winberger den Namen des Priors von Stormflod, Thomen Verflide, erwähnte, durchfuhr es mich wie ein Blitz. Ich spüre das Brennen noch immer in mir, wenn ich an den Namen denke. Ich bin mir sicher, dass dies heißt, dass er es ist, der mit Adholoka einen Pakt eingegangen ist. Doch wie kann das sein? Er ist ein Mann Gottes. Er hat sein Leben Surija verschrieben. Wie kann er sich mit unser aller Feind vereinen? Ich habe das noch niemandem erzählt, denn wer würde mir das glauben? Ich weiß nicht was ich tun soll. Soll ich es Mutter Maneth erzählen?
Ich hoffe, Du kannst mir antworten.
Deine Kattera"

Neleke ließ den Brief sinken. Surija hatte sich nach all den Jahren gemeldet. Kein Wunder, dass Kattera dachte, dass ihr das niemand glauben würde. Und dazu noch ein Prior. Sie musste sich täuschen! Vielleicht besagte das Ganze auch etwas ganz anderes, vielleicht, dass der Mann in Gefahr war und nicht die Gefahr darstellte. Neleke beschloss, Mutter Maneth, wie sie es versprochen hatte, davon zu berichten. Sie würde schon wissen, was das zu bedeuten hatte.

Reise nach Stormwacht

Lenne Veroberg trat in den Innenhof von Schloss Veroberg und schaute blinzelnd in die Sonne, die gerade das Dach des Torhauses erreichte. Normalerweise würde sie sich um diese Zeit mit einem Buch in den Garten zurückziehen, der außerhalb des Schlosses hinter der Küche lag, aber nicht heute. Heute würde sie Schloss Veroberg für immer verlassen. Sie fühlte sich wie ein Lamm, das zur Schlachtbank geführt werden sollte. Und wie zur Bekräftigung verschwand die Sonne hinter einer Wolke und ließ sie fröstelnd im Schatten zurück.

„Hoheit?" Ein Mann verbeugte sich vor ihr und Lenne erkannte in ihm den Begleiter von Francken Stormwacht wieder, der den Königssohn auf jenem Turnier dazu gebracht hatte, von ihr abzulassen. Er war gutaussehend, wie auch der Sohn von König Stormwacht. Doch seine blauen Augen blickten freundlich und seinem kantigen Gesicht fehlte der Ausdruck von unterdrückter Wut, der ihr Francken Stormwacht so unsympathisch machte. Dieser Mann war ganz anders, aber er war trotzdem einer von Stormwachts Männern.

„Wie ich sehe, hat seine Hoheit, Francken Stormwacht, dafür gesorgt, dass ich auch wirklich zur Hochzeit erscheine!" Lennes Stimme war schneidend und voller Bitterkeit, trotzdem nahm sie die hilfreich hingestreckte Hand an und ließ sich die Treppen hinunter zu der bereitstehenden Kutsche führen.

„Ihr irrt Euch, Hoheit. Diese Eskorte ist ein Ausdruck der Ehrerbietung von seiner Hoheit. Er möchte, dass Ihr sicher ankommt."

Lenne sah den Mann scharf an. „Ihr wisst, dass dem nicht so ist!"

Er hielt ihre Hand immer noch fest und drückte sie nun sacht. „Menschen ändern sich. Francken Stormwacht ist nicht mehr der hitzköpfige Jüngling von einst. Er ist ein ernsthafter, ehrenwerter Mann geworden."

Lenne entzog ihm ihre Hand. „Wir werden sehen." Ihre verhärteten Gesichtszüge wurden ein wenig weicher. „Nun, immerhin seid Ihr ihm immer noch treu ergeben. Verratet ihr mir Euren Namen? Ich weiß gern, wer mich bewacht."

„Mein Name ist Andres Visobala, stets zu Euren Diensten."

Andres verbeugte sich erneut und öffnete die Tür der Kutsche. Ein letztes Mal drehte Lenne sich um, und schaute zur breiten Treppe, die zum Haupteingang führte, auf der ihr Vater stand und ihr zum Abschied zuwinkte. Schloss Veroberg war das einzige Schloss in Vertara, das nicht von Schlossmauern umgeben war. Es war ein Gebäude mit quadratischem Grundriss, dessen vier Flügel den Innenhof umschlossen. Die linke Ecke neben dem Tor war etwas höher als der Rest des Schlosses und mit einem Strahlenkranz gekrönt. Dort befand sich die Schlosskapelle. Lenne seufzte bedrückt. Als ihr Bruder Hein noch klein und gesund war, hatten sie in dem großen Kasten oft Verstecken gespielt. Lenne straffte entschlossen die Schultern und wandte ihrem Vater den Rücken zu. Diesmal streckte sie Andres die Hand hin. Er nahm sie und half ihr in die Kutsche. Mit einem letzten Lächeln schloss er die Tür und bestieg sein Pferd. Lenne beeindruckte ihn. Sie war eine scharfsinnige, selbstbewusste Frau. Francken würde es nicht leicht mit ihr haben, aber wenn er es richtig anstellte, konnte sie eine wichtige Verbündete sein. Ihm war ihr trauriger, beinahe ängstlicher Blick nicht entgangen. Er konnte sich gut an Franckens Fehlverhalten auf dem Turnier erinnern. Aber das war lange her. Sein Freund war erwachsen geworden. Allerdings war er ihm auch manchmal ein Rätsel. Gerade in letzter Zeit verhielt er sich merkwürdig. Immer wieder war er in Gedanken versunken, als ob er einer Stimme lauschte, die nur er hören konnte. Eine Frau würde ihm guttun und Lenne würde schon sehen, dass er ein ehrenwerter Mann war.

Kattera setzte sich neben ihre Tasche und holte Nelekes Brief hervor. Sie hatte ihn schon viele Male gelesen und kannte ihn fast auswendig. Sie machte sich Sorgen, denn Neleke hatte Mutter Maneth von ihrem Verdacht erzählt. Ihr Finger glitt zu dem Abschnitt und las ihn erneut.

„Ich hatte Mutter Maneth versprochen, ihr zu berichten, wie es dir geht, und habe ihr auch von deinem Verdacht erzählt, dass der Prior von Stormflod ein Bündnis mit Adholoka eingegangen ist. Sie hat es abgetan, so wie du befürchtet hast, mehr noch, sie war richtig aufgebracht, wie du so etwas auch nur denken könntest. Es tut mir leid, ich habe dich damit in Schwierigkeiten gebracht. Sie wird dir auf der Hochzeit eine Standpauke halten. Am besten sprichst du mit niemanden darüber. Ich werde es auch nicht noch mal erzählen.“

Kattera ließ das Blatt Papier sinken, faltete es dann zusammen und steckte es ein. Es klopfte an der Tür.

„Ich komme!“ Sie nahm ihre Tasche und trat auf den Flur.

„Kommt, Kattera, die Kutsche wartet!“ Grede lächelte sie breit an, stutzte dann aber, als sie Katteras besorgtes Gesicht bemerkte. „Was ist los, Schwester? Ihr guckt doch sonst nicht so betrübt aus der Wäsche?!“ Kattera zwang ein Lächeln auf ihr Gesicht und Grede tätschelte ihr zufrieden den Arm. „So ist es besser. Wir fahren bei der Königin in der Kutsche mit, das ist ein Grund zur Freude, glaubt mir!“

Kattera nickte Grede zu und sie beeilten sich, um die Winberger nicht warten zu lassen. Doch Kattera entging der scharfe Blick nicht, den Grede ihr noch einmal zuwarf.

Was sollte sie nur tun? An wen konnte sie sich wenden? Nicht einmal mit Neleke konnte sie jetzt noch offen reden. Mutter Maneth würde nun alle ihre Briefe ebenfalls lesen.

Andres öffnete die Kutschentür und half Lenne die Stufe hinunter. Francken war in den Innenhof gekommen, um seine Braut zu begrüßen. Er kam nun zu ihnen herüber, verbeugte sich knapp vor Lenne und hielt ihr dann seinen Arm hin. „Es freut mich, dass Ihr wohlbehalten angekommen seid, Lenne. Ich führe Euch zu Eurem Gemach, dort könnt ihr Euch frischmachen. Der König erwartet uns im kleinen Saal zum Abendmahl.“

Franckens Stimme war freundlich, doch seine Augen schauten sie kalt an. Lenne wusste sofort, dass er ihre

Weigerung weder vergessen noch verziehen hatte. Ihr wurde trotz der letzten wärmenden Strahlen der untergehenden Sonne kalt. Sie warf einen unsicheren Blick zu Andres, der ihr aufmunternd zunickte, legte dann ihre Hand auf Franckens Arm und ließ sich von ihm in das Schloss geleiten.

Andres schaute ihnen mit einem Stirnrunzeln nach. Ihm war Franckens steife Haltung nicht entgangen. Sie bedeutete immer, dass er verärgert war. Sollte er Lenne immer noch ihre anfängliche Weigerung nachtragen? In den Pausen, die sie heute auf dem Weg nach Stormwacht gemacht hatten, hatte er sich ein wenig mit ihr unterhalten und sein Eindruck war bestärkt worden. Sie war eine intelligente, willensstarke, aber freundliche und offene Frau, die genau wusste, was sie vom Leben wollte. Er hoffte, dass Francken dies schnell erkannte und seinen Groll begrub.

Francken brachte Lenne bis zu ihrem Zimmer. Die Tür stand offen und Lenne konnte sehen, dass ihre Zofe bereits die Sachen auspackte.

„Beeilt Euch bitte, wir wollen den König nicht warten lassen." Francken lächelte sie an, doch sein Lächeln erreichte nicht seine Augen. Er trat einen Schritt zur Seite und Lenne floh beinahe in das Zimmer hinein. Die Zofe schloss die Tür und half Lenne geschickt sich den Staub der Reise abzuwaschen und das Kleid zu wechseln. Lenne ließ es geschehen. Ihr Körper fühlte sich taub an, während ihre Gedanken rasten. Andres hatte auf der Reise sein Bestes gegeben, Francken in gutem Licht dastehen zu lassen. Er war Francken wirklich ein treuer Freund, doch ein Blick auf das Gesicht ihres zukünftigen Gemahls ließ sie wissen, dass er sie ihr Verhalten büßen lassen würde. Sie versuchte, ihre Verzweiflung nicht zu zeigen, während ihre Zofe die Verschnürung festzog. Sie saß in der Falle und doch blieb ihr nichts anderes übrig, als mit Würde ihrem Schicksal entgegenzutreten.

Hochzeit auf Stormwacht

Kattera nahm an der Seite von Königin Winberger im hinteren Teil der Kapelle von Schloss Stormwacht Platz. Die recht große Schlosskapelle, deren Kuppel in der Mitte des Schlosses über dem Haupteingang thronte, war zum Bersten gefüllt. Entgegen der Sitte hatte Duretta Winberger darauf bestanden, dass Kattera sowohl während der Zeremonie als auch beim anschließenden Fest an ihrer Seite blieb und König Stormwacht hatte ihrer Bitte entsprochen. Kattera hatte Mutter Maneth bereits entdeckt und ein Blick von ihr sagte, dass die befürchtete Unterredung nicht ausbleiben würde. Sie verdrängte diesen Gedanken und ließ ihren Blick durch den lichtdurchfluteten, reich geschmückten Raum schweifen. Ob Thomen Verflide heute auch anwesend war? Die Fanfaren verkündeten, dass das Brautpaar die Kapelle betrat. Langsam schritten Braut und Bräutigam, in feinste Gewänder gekleidet, den Gang zum Altar entlang. Kattera entging die ernste Miene des Bräutigams nicht und die Braut sah aus, als ob sie am liebsten überall, doch nur nicht in dieser Kirche wäre. Kattera schickte ein Dankgebet zu Surija, dass ihr eine aufgezwungene Heirat erspart geblieben war. Nach dem Brautpaar und den Brautjungfern, welche die Schleppe der Braut trugen, folgte ein älterer, rundlicher Mann mit den Insignien eines Abtes. Dies musste der Abt des Klosters Stormflod sein. Königin Winberger hatte ihr erzählt, dass er die Zeremonie durchführen würde. Ihm folgte ein hagerer Mönch mit dem Öl, mit dem das Paar gesalbt werden sollte, und den Ringen, mit denen das Eheversprechen besiegelt wurde. Als Katteras Blick auf ihn fiel, durchfuhr es sie wieder wie ein Blitz. Nur mit Mühe schaffte sie es, sich nichts anmerken zu lassen. Auch der Mann schien etwas gespürt zu haben. Er schaute kurz nach links und rechts und als sein Blick den Katteras kreuzte, erkannte sie das rote Leuchten Adholokas in seinen Augen. Rasch richtete er den Blick nach vorn, doch Kattera war sich sicher, dass sie sich nicht geirrt hatte.

„Wer ist der Mönch, der hinter dem Abt geht?", fragte sie leise die Königin.

„Das ist Thomen Verflide, der Prior von Stormflod. Er wird der nächste Abt von Stormflod werden. Wahrscheinlich schon recht bald, denn um die Gesundheit des Abtes ist es nicht zum Besten gestellt. Man sagt, dass er das Vertrauen von Francken Stormwacht genießt und dieser sich auf seinen Rat verlässt."

Königin Winberger richtete ihre Aufmerksamkeit wieder zum Altar, wo das Brautpaar Platz genommen hatte und der Abt die ersten Worte sprach.

Kattera versank in Gedanken. Es war Thomen Verflide. Ein Mönch in einer gefährlich einflussreichen Position hatte sich mit Adholoka verbündet. Sie fühlte noch immer schmerzhaft das Brennen in sich und als sie aufschaute, begegnete sie wieder dem Blick Thomen Verflides. Auch er hatte erkannt, was sie war, in welchem Bund sie stand.

Nach der Hochzeitszeremonie strömten die Gäste in den großen Saal, in dem bereits die erlesensten Speisen aufgetragen wurden. Während die Winberger noch darauf warteten, zu ihren Plätzen geleitet zu werden, kam Mutter Maneth auf sie zu.

König Winberger begrüßte sie erfreut: „Verehrte Äbtissin Maneth. Ich bin sehr erfreut, Euch zu sehen, denn ich wollte Euch bitten, Schwester Kattera noch bis zum Jahresende bei uns zu lassen. Ihre Anwesenheit tut meiner Gattin außerordentlich gut."

Mutter Maneth nickte huldvoll, doch Kattera konnte ihr ansehen, dass es ihr gar nicht passte. „So soll es sein. Auch wenn wir Schwester Kattera und ihre Fähigkeiten in unserem Kloster sehr vermissen, ist doch die Gesundheit der Königin wichtiger. Dennoch möchte ich einige Worte mit Schwester Kattera unter vier Augen wechseln, wenn Ihr erlaubt." Ohne die Erlaubnis des Königs abzuwarten, nahm die Abtissin Kattera am Arm und schob sie in eine Nische in der Wand. „Schwester Kattera! Schwester Neleke hat mir von Eurem Verdacht dem Prior von Stormflod gegenüber berichtet. Was ist in Euch gefahren, so etwas zu behaupten? Ein Mann der Kirche kann nicht im Bund mit Adholoka stehen! Ich verbiete es Euch, dies jemals wieder zu erwähnen! Ich würde Euch sofort zurück ins Kloster holen, wenn nicht der König auf Eurer Anwesenheit bestünde. Und weiß Gott, wir können seine Zuwendung wahrlich gut gebrauchen. Also kümmert Euch nur um die Königin, wie es Eure Aufgabe ist, und steckt die Nase nicht in die Angelegenheit anderer Leute!"

Mutter Maneth sah Kattera streng an und diese nickte. Was gab es zu sagen? Widerspruch würde alles nur noch schlimmer machen. Im Kloster wäre sie von jeglichen Neuigkeiten abgeschirmt. Auf Schloss Winberger würde sie wenigstens mitbekommen, was in Vertara geschah. Die Abtissin sah sie versöhnlich an. „Ihr seid eine gute und gottesfürchtige Nonne, Schwester Kattera. Und ich weiß, dass Ihr glaubt, dass Ihr etwas Besonderes seid, weil Surija Euch gesegnet hat. Aber all die Jahre, die seitdem vergangen sind, hat sich das Böse nicht gezeigt. Es herrscht noch immer Friede in Vertara und so wird es auch bleiben. Was immer Ihr auch glaubt, gespürt zu haben, es ist ein Produkt Eurer Fantasie. Ich weiß, dass die Betreuung von nur einer Person sehr langweilig werden kann, doch Schloss Winberger hat eine umfangreiche Bibliothek. Bildet Euch, lest, wenn Euch langweilig wird, aber erhebt keine Anschuldigungen gegen Menschen, die zweifellos dem Guten dienen."

Kattera nickte, den Tränen nah. Sie fühlte sich so hilflos. Wie sollte sie Surijas Werk vollbringen, wenn man es ihr verbot? Wie konnte sie sich gegen ihre Abtissin auflehnen?

Mutter Maneth legte ihr zum Segen ihre Hand auf den Kopf. „Ihr dürft natürlich weiter mit Schwester Neleke in Verbindung bleiben, aber ich denke, dass Ihr versteht, dass ich nun Eure Briefe prüfen werde. Und nun geht, kümmert Euch um Königin Winberger. Sie hat dem König noch keinen Thronerben geboren und es wird Zeit, dass sie es tut."

Damit war Kattera entlassen. Sie begab sich zurück zu den Winbergern und setzte unterwegs eine fröhliche Miene auf. Ihr war klar geworden, dass sie sich sehr genau überlegen musste, wem sie sich anvertraute. Im Moment stand sie allein da, aber allein konnte sie Adholoka nicht bekämpfen. Es musste doch irgendjemanden geben, der ihr glaubte und ihr helfen konnte. Während des Festessens spürte sie immer wieder das Brennen in sich, aber wenn sie aufschaute, war Prior Thomen Verflide tief im Gespräch. Er wich ihr aus, die Zeit des Kampfes war noch nicht gekommen.

Als die Tafel geräumt wurde und die Musikanten zum Tanz aufspielten, fiel ihr Blick auf einen Mönch mit vertrautem Gesicht. Als dieser sie bemerkte, hellten sich auch seine Züge auf und er winkte sie zu sich.

„Entschuldigt mich, meine Königin, aber ich habe gerade einen alten Freund gesehen." Kattera deutete auf den Mönch. „Bruder Nickell hat mich in meiner Kindheit unterrichtet und ins Kloster begleitet. Ich würde ihn gerne begrüßen."

Die Königin nickte und König Winberger zog sie mit einem Lachen hoch. „Los, meine Liebe. Wir können das Brautpaar doch nicht alleine tanzen lassen. Nehmt Euch so viel Zeit, wie Ihr braucht, Schwester. Ich passe in der Zwischenzeit auf die Königin auf und sorge dafür, dass sie sich ein wenig bewegt."

Kattera lachte. „Aber übertreibt es nicht, mein König. Nicht, dass ich heute Nacht an ihrem Bett wachen muss, weil sie zu erschöpft ist!"

König Winberger drohte ihr mit dem Finger und führte seine Frau dann aufs Parkett.

Kattera sah ihnen einen Moment hinterher und kämpfte sich dann zu Bruder Nickell an den Tisch. Dieser kam ihr auf halbem Weg entgegen und nahm erfreut ihre Hände in die seinen. „Kattera, wie schön dich hier zu treffen."

Kattera drückte seine Hände und lachte. „Ich betreue seit geraumer Zeit Königin Winberger. Sie ist sehr krank gewesen und sie hat darauf bestanden, dass ich sie begleite."

Bruder Nickell nickte. „Ja, davon habe ich gehört. Aber es schein ihr wieder besser zu gehen. Dank deiner Pflege sicherlich. Und wie ich sehe, bist du deinen Weg gegangen."

Es schwang eine ungestellte Frage mit, doch Kattera ging nicht darauf ein. Mutter Maneths Worte dröhnten noch in ihren Ohren. „Ja, ich habe eine Ausbildung zur Krankenpflegerin gemacht und Neleke arbeitet im Skriptorium. Ihr erinnert Euch noch an sie?" Bruder Nickell nickte, doch seine Augen ruhten ernst auf Kattera. Sie schaute auf die Tanzenden im Saal. „Wie kommt es, dass Ihr hier seid? Ich hatte eigentlich erwartet, dass Ihr wieder zurück nach Isdaskib geht." Kattera schaute ihn kurz an, wich dann aber seinem Blick aus. Er schien direkt in ihr Inneres zu blicken und genau zu wissen, was in ihr vorging.

„Das hatte ich auch vor, aber kurz nach meiner Ankunft ist der Bruder Camarius schwer erkrankt und bald darauf gestorben. Ich habe seinem Nachfolger unter die Arme gegriffen. Mittlerweile bin ich zum Prior ernannt und habe den Abt auf dieser Reise begleitet." Kattera nickte, versuchte fröhlich zu lächeln, doch unter Bruder Nickells Blick erstarrte ihr Gesicht. „Was ist los, Kattera? Ich habe gesehen, wie Mutter Maneth vorhin mit dir geredet hat und du hast dabei sehr unglücklich ausgesehen. Ist das Leben als Nonne doch nichts für dich?"

Kattera schüttelte den Kopf und hielt die Tränen zurück, die erneut hervordrängten. „Nein, das ist es nicht. Es ist … Ich darf nicht darüber reden … Ich weiß nicht, was ich tun soll."

Sie sah Bruder Nickell hilfesuchend an. Dieser nahm sie am Arm und führte sie in die Nische, in der sie schon die Schelte von Mutter Maneth erhalten hatte. „Hat es etwas mit deiner Erleuchtung zu tun? Hast du ein neues Zeichen von Surija erhalten?"

Kattera nickte. Bruder Nickell erinnerte sich noch an die Begebenheit auf ihrer Reise nach Amee. Damals war er sehr besorgt gewesen. War es heute auch noch so? Kattera fasste einen Entschluss: „Ja, ich habe ein Zeichen erhalten. Ich weiß jetzt, wer sich mit Adholoka verbündet hat."

Bruder Nickell trat nah an sie heran. „Wer ist es?" Seine Stimme war nur ein Flüstern.

„Der Prior von Stormflod, Thomen Verflide", auch Kattera hatte ihre Stimme gesenkt und warf einen Blick in den Saal, um zu schauen, ob sie beobachtet wurden.

Bruder Nickell sog scharf die Luft zwischen den Zähnen ein. „Bist du sicher?"

Kattera nickte und sah die Zweifel in seinen Augen. Wenn er ihr nicht glauben würde, dann würde es niemand tun. Sie wollte sich schon abwenden, doch er hielt sie zurück. „Kein Wunder, dass Mutter Maneth dir verbietet, es zu erwähnen. Thomen Verflide ist ein mächtiger Mann. Schon jetzt führt er praktisch das Kloster und wird ohne Zweifel der nächste Abt von Stormflod werden."

Kattera wurde langsam zornig. „Das weiß ich auch! Wieso sollte sich Adholoka auch mit jemanden ohne Bedeutung und Einfluss verbinden? Macht verdirbt den Charakter. Das ist nicht nur ein Sprichwort!"

Bruder Nickell musste bei dieser scharfen Antwort lächeln. „Du bist erwachsen geworden, meine Liebe, und sicher hast du Recht. Aber ich habe keine Ahnung, wie wir gegen ihn vorgehen könnten. Er ist ein geachteter, weiser Mann. Mein Abt hält große Stücke auf ihn und steht regelmäßig mit ihm in Verbindung. Er hat auch großen Einfluss auf Francken Stormflod und begrenzt auch auf König Stormflod, welcher der mächtigste König in Vertara ist. Wenn deine Vision wirklich stimmt …" Er legte Kattera beschwichtigend die Hand auf den Arm. „Ich glaube dir, Kattera. Aber Mutter Maneth hat Recht, dass es niemand sonst tun wird."

Kattera ließ hilflos die Schultern nach unten sinken. „Und wenn er sein wahres Gesicht zeigt, wird es zu spät sein. Warum nur hat Surija mich ausgewählt, wenn ich nichts tun kann?"

„Das weiß nur Surija allein."

Eine Weile standen sie schweigend nebeneinander und beobachteten die Tanzenden.

Als das Schweigen zu drückend wurde, meinte Bruder Nickell: „Ich werde mit Bruder Hensin sprechen. Er ist einer der Lehrer und Krankenpfleger hier auf Stormwacht und hat uns freundlich begrüßt. Ich konnte mich eine Weile mit ihm unterhalten und er steht Francken Stormwacht und Thomen Verflide skeptisch gegenüber. Vielleicht könnte er die Augen für uns aufhalten. Ich werde mir etwas überlegen, das ich ihm erzählen kann. Mehr können wir im Moment nicht tun."

Kattera nickte ihm zu, erleichtert, nun wenigstens einen Verbündeten zu haben.

„Kattera, darfst du Briefe schreiben und empfangen?"

Kattera nickte. „Zumindest solange ich noch auf Schloss Winberger bin. Mutter Maneth hat mir angedroht, dass sie meine Briefe an Neleke öffnet. Ich denke, dass sie das auch tun wird."

Bruder Nickell nickte ernst, lächelte dann aber aufmunternd. „Lass den Kopf nicht hängen, vielleicht passiert ja auch nichts und der Friede bleibt bestehen. Nun geh, die Winberger kehren zum Tisch zurück, sie werden sicher bald nach dir suchen."

Mit einem zweifelnden Blick ließ Kattera ihn in der Nische stehen.

Mutter Maneth hatte beobachtet, wie sich Kattera und der Prior von Pravamol unterhielten. Sie erinnerte sich noch, dass er es war, der Kattera zu ihr ins Kloster gebracht und sie auf die Besonderheit von Schwester Kattera aufmerksam gemacht hatte. Sie hatte sich ihm sicher entgegen ihrer Anweisung anvertraut. Sie musste Schwester Kattera sobald wie möglich zurück nach Amee holen, bevor sie mit ihrem Gerede noch das ganze Kloster in Verruf brachte. Es herrschte seit vielen hundert Jahren Friede in Vertara und so würde es auch die nächsten hundert Jahre sein.

Als der volle Mond am höchsten stand, nahm Francken Stormwacht seine Braut und führte sie unter dem Beifall der Gäste aus dem Saal. Sie wurden vom König und seinen Beratern zu Lennes Schlafgemach geleitet. Francken öffnete die Tür und schob Lenne hinein.

„Du kannst gehen, ich helfe meiner Frau selbst aus dem Kleid!"

Die Zofe warf Lenne noch einen fragenden, besorgten Blick zu, verließ aber auf Lennes Nicken den Raum. Draußen war noch Stimmengemurmel zu hören, doch es entfernte sich. Francken legte den Riegel vor, froh darüber, dass der Brauch, das Brautpaar beim ersten Beischlaf zu beobachten, schon lange abgeschafft war. Jegliche Fröhlichkeit wich aus seiner Miene, als er sich zu Lenne umdrehte und sie berechnend anschaute. Sie stand unsicher am Bett und hielt sich haltsuchend am Pfosten fest.

Francken begann sich auszuziehen und als Lenne keine Anstalten machte, es ihm gleichzutun, zog er spöttisch die Augenbrauen hoch. „Brauchst du wirklich Hilfe beim Ausziehen?" In seinen Augen glitzerte es gefährlich und mit tauben Fingern begann Lenne die Verschnürungen zu lösen.

Sie hatte gehofft, dass er nach dem Fest zu müde, zu betrunken sein würde, um zu ihr ins Bett zu kommen. Aber er hatte sich den ganzen Abend zurückgehalten und sie immer wieder mit diesem lauernden Blick bedacht, den er auch jetzt auf sie gerichtet hielt. Francken hatte sich vollständig ausgezogen und half ihr nun doch, aus dem fülligen Kleid zu steigen. Zitternd, nur im dünnen Unterhemd stand sie vor ihm. Er fasste sie fest am Nacken und zog sie dicht zu sich heran. Sie konnte seinen harten Körper spüren und versuchte sich loszumachen, doch er hielt sie nur noch fester. „Ich habe nicht vergessen, dass du mich zum Narren gehalten und mich so zum Gespött der Leute gemacht hast. Doch jetzt gehörst du mir. Du wirst nichts tun, wenn ich es dir nicht erlaube und jeden Fehltritt werde ich hart bestrafen."

Lenne hörte bei diesen Worten auf, sich zu wehren. Ihr Atem ging stoßweise, als ihr bewusst wurde, dass ihre schlimmsten Befürchtungen wahr werden würden. Ein Blick auf Franckens Gesicht sagte ihr, dass es für sie am erträglichsten sein würde, wenn sie tat, was er sagte.

Francken sah, wie sie aufgab, und ließ sie los. „Ich sehe, wir verstehen uns. Stellst du mich noch einmal bloß, bringe ich dich um!"

Lenne nickte.

„Und nun, meine Liebe, gib mir endlich, was du mir auf jenem Turnier verweigert hast!"

Mit zitternden Händen zog sich Lenne das Hemd über den Kopf. Francken riss es ihr aus den Händen und stieß sie auf das Bett.

Der Morgen nach der Hochzeit

Lenne lag im Bett und erwachte, als es an der Tür klopfte. Sie zog die Bettdecke bis zum Kinn. War das etwa Francken, der zurückkam? Es hatte lange gedauert, bis er von ihr abgelassen und in tiefen Schlaf gefallen war. Ihr ganzer Körper fühlte sich steif an und sie ahnte, dass Arme und Beine voller blauer Flecken waren, wo er sie festgehalten hatte. Doch er würde sicher nicht anklopfen.

„Herrin, seid Ihr wach?"

Lenne erkannte die Stimme ihrer Zofe. „Ja, Affra, du kannst reinkommen." Die Tür öffnete sich und Lennes Zofe betrat mit einem Tablett in der Hand das Zimmer. „Euer Gemahl hat mich angewiesen, Euch etwas zu Essen zu bringen und Euch beim Baden zu helfen." Sie rümpfte die Nase und zeigte mehr als deutlich, was sie von Francken hielt. Sie stellte das Tablett ab, schloss die Tür und begann geschäftig die Vorhänge aufzuziehen und die Fenster zu öffnen. Lenne blinzelte, als das Sonnenlicht sie blendete. Dann legte Affra den Morgenmantel zurecht und schlug die Bettdecke zurück. Ein erschrockener Aufschrei entfuhr ihr und bestätigte Lennes Vermutungen. Doch Affra sagte nichts, hielt ihr nur auffordernd den Morgenmantel hin. Mit einem leisen Ächzen setzte sich Lenne auf und warf nun doch einen Blick auf ihre Arme und Beine. Fingerabdrücke zierten ihre Handgelenke und Oberarme und an den Oberschenkeln hatte Francken ihr einige tiefe Kratzer beigebracht. Affra schüttelte missbilligend den Kopf, als sie Lenne den Mantel um die Schultern legte. „Die Kratzer müssen behandelt werden, nicht dass sie sich entzünden. Wer weiß, was er für Schmutz unter seinen Fingernägeln hatte."

Lenne lächelte sie warm an. Sie wusste, dass auf Affra Verlass war.

„Aber erst werden ich Euren geschundenen Körper baden. Ich habe bereits das Feuer geschürt und das Wasser sollte heiß genug sein." Affra öffnete eine schmale Tür, die zu einem kleinen Nebenraum führte. Eine Holzwanne stand bereit und ein Kessel mit dampfendem Wasser hing im Kamin. Affra goss das heiße Wasser in den Zuber, prüfte die Temperatur, nickte zufrieden und bedeutete Lenne hineinzusteigen. Dann verschloss sie die Tür zum Flur, damit sie ungestört waren, und kam mit Schwamm und Seife zu Lenne an die Wanne. Lenne genoss das heiße Bad, das ihre verkrampften Muskeln entspannte. Affra schnalzte ärgerlich mit der Zunge als sie mit dem Schwamm über die Blutergüsse und Kratzer fuhr. „Eine Schande, wie er Euch behandelt."

Lenne schüttelte nur müde den Kopf." „Ich habe es nicht anders erwartet. Und als ich ihm gestern in die Augen gesehen habe, wusste ich, dass ich mit meinen Befürchtungen Recht behalten würde."

„Einmal ein Bauer, immer ein Bauer!" Affra schnaufte abwertend. „Er weiß einfach nicht, wie man sich einer Dame gegenüber benimmt. Aber ich bin mir sicher, dass er sich bald ein neues Opfer sucht und Euch die meiste Zeit in Ruhe lassen wird. Männer wie er sind immer treulos!"

„Ich hoffe, du hast Recht, Affra." Lenne ließ sich tiefer ins Wasser gleiten und schloss die Augen.

Francken hatte sie bei Tagesanbruch geweckt. Sie hatte schon befürchtet, dass er da weitermachen wollte, wo er in der Nacht aufgehört hatte, doch sein Hunger schien fürs Erste gestillt zu sein. Er hatte ihr befohlen, sich für das Abendmahl beim König entsprechend zu kleiden, und ihr erlaubt, sich im Schloss frei zu bewegen. Sie hatte eigentlich gehofft, ausreiten zu können, doch die Frage war ihr im Hals stecken geblieben, als sie seinen lauernden Gesichtsausdruck sah. Er schien Widerspruch zu erwarten, doch Lenne wollte keinen Ärger und hatte nur genickt. Seine Worte vergangene Nacht waren deutlich genug gewesen. Zufrieden mit ihrem Gehorsam hatte er ihr sogar einen Kuss auf die Stirn gedrückt, bevor er das Zimmer verließ. Sie hatte noch eine Weile wachgelegen und nachgedacht, was sie jetzt tun sollte. Bevor sie wieder eingedämmert war, hatte sie beschlossen, fürs erste die gehorsame Gattin zu sein, nach Möglichkeit sein Vertrauen zu gewinnen und dann, nach und nach ihre Freiheiten auszubauen. Sie hoffte inbrünstig, dass es nicht so bleiben würde, wie es jetzt war.

Während sie ihr Frühstück zu sich nahm, holte Affra Bruder Hensin. Lenne biss gerade in einen Apfel, als es an der Tür klopfte und auf ihr ‚Herein' Bruder Hensin das Zimmer betrat. Affra zog sich mit einem Nicken zurück und schloss die Tür hinter sich.

Lenne erhob sich und Bruder Hensin kam auf sie zu. Er war ein mittelgroßer Mann in den Fünfzigern, mit gütigen Augen. In der Hand hielt er einen Salbentiegel und einige Streifen Leinen. „Eure Zofe sagte mir, dass Ihr einige Verletzungen habt, die ich versorgen müsste." Seine Stimme war tief und beruhigend. Das Mitgefühl, das Lenne in seinen Augen sah, sagte ihr, dass Affra ihm sehr deutlich erklärt hatte, was vorgefallen war, und plötzlich schämte sie sich, wollte in ihrem Elend alleine sein. Doch Bruder Hensin war mit ein paar Schritten bei ihr und legte ihr tröstend die Hand auf den Arm. „Er hat seine Macht bewiesen. Diejenigen, die ihm ergeben sind, behandelt er sehr zuvorkommend."

Lenne verstand. Doch sie schüttelte den Kopf. „Ich hoffe Ihr habt Recht, Bruder. Doch ich fürchte, meine Weigerung, ihn zu heiraten, hat ihn sehr verärgert."

Bruder Hensin kratzte sich nachdenklich an seiner großen Nase. „Das mag vielleicht sein. Es wäre sicherlich von Vorteil, wenn Ihr ihm in der Öffentlichkeit zur Seite steht, aber ich denke, der Gedanke ist Euch bereits gekommen." Er lächelte sie an und sie sah den Schalk in seinen Augen aufblitzen. „Francken Stormwacht leidet unter dem Makel seiner unehelichen Geburt und Ihr habt ihm das nur zu deutlich unter die Nase gerieben. Größe war leider noch nie seine Stärke und Eure Weigerung hat ihn umso mehr getroffen, da er ja hofft, diesen Makel durch die Heirat mit Euch zu beheben."

Lenne schaute ihn interessiert an. „Ihr scheint ihn gut zu kennen."

Bruder Hensin schmunzelte geheimnisvoll. „Ich beobachte viel und mir erzählen die Leute so einiges, denn ich behalte für mich, was man mir anvertraut. Außerdem habe ich ihm das

Schreiben und Rechnen beigebracht. Kritik hat er noch nie vertragen." Er nickte Lenne aufmunternd zu. „Lob und Anerkennung bedeutet ihm allerdings sehr viel. Doch seid vorsichtig, Hoheit, denn er ist alles andere als dumm."

Lenne seufzte. „Ich danke Euch, Bruder. Ich werde Eure Worte bedenken."

Der Mönch öffnete daraufhin geschäftig den Tiegel und legte die Leinenstreifen zurecht. „Nun lasst mich Eure Verletzungen sehen. Der König erwartet eine Abschrift von mir und ich habe noch viel zu tun."

Besuch im Pferdestall

„Ruhig, Sarkana, ruhig!" Lenne strich ihrer Stute über die Nase. Diese schnaubte und stupste Lenne auffordernd an. Lenne sah sich um und holte dann einen Apfel aus der Rocktasche. „Du weißt immer ganz genau, dass ich einen Leckerbissen für dich dabeihabe, nicht wahr?" Geräuschvoll fraß die Stute den Apfel aus Lennes Hand. Lenne warf ihre Arme um ihren Hals und flüsterte in ihr braunes, weiches Fell: „Ach Sarkana, was soll ich nur tun? Ich weiß nicht, wie lange ich das durchhalte. Was ist, wenn sich sein Verhalten mir gegenüber nicht ändert? Ich darf ja nicht mal ausreiten." Lenne ließ ihre Stute los und wischte sich rasch die Tränen aus dem Gesicht. „Und du brauchst unbedingt Auslauf, nicht wahr, mein Liebes?" Sarkana nickte und versuchte dann ihre Nase in Lennes Rocktasche zu stecken. „Ist ja gut, ist ja gut!", lachte Lenne und holte den zweiten Apfel heraus.

„Das ist also das Geheimnis." Lenne zuckte zusammen, als sie von hinten angesprochen wurde. Sie drehte sich um und erkannte Andres Visobala, der sich nun zu ihr stellte und Sarkana über die weiche Nase strich. „Sie wollte nicht richtig fressen. Aber so wie es aussieht, braucht sie eine Vorspeise." Er lächelte sie ohne Spott in den Augen an und Lenne entspannte sich.

„Ich fürchte, ich habe sie zu sehr verwöhnt." Sie strich ihrem Pferd den Hals entlang und wandte sich dann an Andres: „Würdet Ihr sie für mich ausreiten? Sie braucht Bewegung. Wir sind jeden Tag ausgeritten, selbst bei Regen und Sturm." Wehmut schlich sich in Lennes Stimme.

„Ich lasse sie für Euch satteln, dann könnt Ihr selbst ausreiten."

Lenne senkte den Kopf. „Mein Gemahl …", ihre Stimme brach beinahe, „wünscht nicht, dass ich das Schloss verlasse." Mit Mühe setzte sie eine würdevolle Miene auf. Zuzugeben, dass sie eine Gefangene war, fiel ihr unendlich schwer. Es war wie das Eingeständnis einer Niederlage.

Andres runzelte die Stirn. „Francken ist bestimmt um Eure Sicherheit besorgt und er hat mit der Verwaltung so viel zu tun, dass er Euch nicht begleiten kann. Ich werde ihn bitten, dass ich Euch begleiten darf, er wird es sicher erlauben." Lenne starrte Andres hin- und hergerissen an. Es wäre schön auszureiten, doch sie hatte Angst, Francken zu verärgern. Es war einfach noch zu früh, um ihn um einen Gefallen zu bitten. „Ich weiß nicht. Ich will Euch nicht zur Last fallen." Andres winkte ab. „Ihr fallt mir nicht zur Last. Seid morgen zur gleichen Stunde hier. Für heute werde ich Eurer Stute die Bewegung geben, die sie braucht. Doch nun muss ich mich verabschieden, es ist Zeit für den Schwertunterricht. Der Garten ist sehr schön und die Blumen duften herrlich."

Andres zögerte einen Moment und Lenne reichte ihm die Hand, die er vorsichtig nahm und sich verbeugte.

„Danke, Andres, für alles." Lenne drückte Andres' Hand, bevor sie losließ. Andres ging zur Tür, doch er verließ den Stall nicht, ohne einen Blick zurückzuwerfen und ihr ein letztes Mal zuzulächeln.

Lenne drehte sich wieder zu Sarkana um, die sich inzwischen dem Heu in ihrer Futterkrippe zugewandt hatte. „Es wäre doch schön, wenn wir jeden Tag ausreiten könnten, oder?"

Sie streichelte ihre Stute ein letztes Mal und verließ dann ebenfalls den Stall. Sie hatte noch keine Gelegenheit gehabt, sich den Garten anzusehen. Es wehte ein leichter, frischer Wind, als sie die Terrassen hinaufstieg. Andres hatte nicht übertrieben. Die Gärtner hatten sich viel Mühe gegeben. Die Blumen verströmten einen süßen Duft und Bienen summten geschäftig umher. Lenne hatte keine Lust, sich auf eine der kunstvoll geschnitzten Bänke zu setzen, und schaute über die Mauern, welche die oberste Terrasse des Gartens begrenzten. Von der obersten Terrasse konnte man einen Blick über die Schlossmauern werfen. Zur anderen Seite hatte man freien Blick in den Innenhof. Lenne hörte Schwertergeklirr und schaute neugierig hinunter. Andres schlug einem Schüler gerade das stumpfe Übungsschwert aus der Hand und dieser ging zu Boden. Andres half ihm hoch und redete auf ihn ein.

Lenne verstand nicht, was er sagte, doch sie bemerkte mit Wohlgefallen das Muskelspiel seiner Arme. Die kurzen, dunklen Haare waren vom Wind zerzaust und verliehen ihm einen frechen Ausdruck. In den Pausen auf ihrer Reise nach Stormwacht hatten sie sich ein wenig unterhalten und Lenne konnte nicht anders, als ihn zu mögen, auch wenn er Francken treu ergeben war. Sie stützte den Arm auf und seufzte. Warum konnte Francken nicht wie Andres sein? Andres bedeutete seinem Schüler, das Schwert wieder in die Hand zu nehmen und schaute dann unvermittelt zu Lenne hoch. Sie zuckte zurück und ging schnell eine Terrasse tiefer. Was sollte Andres nur von ihr denken? Sie legte die Hand an ihr errötendes Gesicht und musste dann lächeln. Vielleicht durfte sie ja tatsächlich mit ihm ausreiten. Das wäre schön.

„Ich habe kaum noch Zeit auszureiten." Francken streichelte die Nase seiner Stute.

Andres war gerade vom Ausritt zurückgekommen und nun vergrub sie ihre Nase im frischen Heu, das Andres ihr in die Krippe geschüttet hatte. „Dann must du dir die Zeit nehmen. Auch den Schwertkampf vernachlässigst du sträflich. Meine Schüler könnten dich ohne Probleme niederstrecken."

Francken warf lachend den Kopf in den Nacken und schlug dann Andres die Hand auf die Schulter. „Das ist leichter gesagt als getan, mein Freund. Doch mein Gehilfe macht sich gut und bald werde ich ihm mehr Verantwortung übertragen können. Dann werde ich auch wieder Zeit zum Ausreiten haben. Aber dass deine Schüler mich im Schwertkampf besiegen können, kann ich nicht auf mir sitzen lassen. Also, wie wäre es mit einer Runde?"

Francken sah Andres auffordern an und der nickte grinsend. Kurz darauf dröhnte erneut Waffengeklirr durch den Hof. Schon bald hielt Francken heftig schnaufend inne und gab Andres das Zeichen, den Kampf zu beenden.

Der nahm ihm grinsend das Schwert ab und schüttelte dann missbilligend den Kopf. „Eine Stunde jeden Tag und ich meine das ernst. Ein Wunder, dass du in deinem Zustand noch die Treppen rauf und runter kommst." Francken warf ihm einen bösen Blick zu und wischte sich dann mit dem Ärmel den Schweiß von der Stirn. „Du übertreibst maßlos. Ich könnte noch locker eine Stunde weitermachen, aber der König erwartet mich beim Abendmahl." Andres nickte verständnisvoll, jedoch nicht ohne ein Zwinkern in den Augen. „Aber selbstverständlich, Eure Hoheit." Francken setzte zu einer heftigen Antwort an, winkte dann aber lachend ab. „Du bist unmöglich. Morgen bin ich zur selben Stunde wieder hier und werde dir zeigen, wer der Herr auf dem Platz ist."

Er wandte sich zum Gehen, als Andres ihn zurückhielt. „Ach Francken, deine Frau war heute im Stall und hat nach ihrem Pferd gesehen. Du kannst ihr ruhig erlauben auszureiten. Ich werde auf sie aufpassen, dass ihr nichts geschieht und wenn du mehr Zeit hast, kannst du ja dann mit ihr ausreiten."

Für einen Moment zog ein dunkler Schatten über Franckens Gesicht, doch dann lächelte er breit. „Ich hatte Sorge, denn sie ist fremd hier. Ich wollte nicht, dass sie sich verläuft. Aber wenn du auf sie Acht gibst, ist das kein Problem. Ich sage es ihr heute Abend." Francken nickte Andres noch einmal zu und wandte sich dann ab.

Andres sah ihm stirnrunzelnd nach. Für einen Moment hatte er gedacht, dass Francken ihm seine Bitte abschlagen würde. Die wilde Wut, die sich für einen Moment auf seinem Gesicht gezeigt hatte, erschreckte ihn. Sie passte nicht zu dem Francken, den er kannte.

Wütend stapfte Francken zu seinem Gemach, wo der Diener schon mit frischen Kleidern auf ihn wartete. Wie konnte Andres es wagen, sich in seine Ehe einzumischen. Im letzten Moment hatte er die harte Antwort heruntergeschluckt, die ihm auf den Lippen lag. Andres war sein Freund, der einzige, den er hatte und dem er vertraute. Es hatte keine Arglist auf seinem Gesicht gelegen. Er schien tatsächlich zu glauben, dass er das Verbot nur aus Sorge um die Sicherheit seiner Frau ausgesprochen hatte. Nun vielleicht war es gar nicht so verkehrt, ihr einige kleine Freiheiten einzuräumen. Er konnte sie als Strafe wieder rückgängig machen und dann würde es sie nur umso mehr schmerzen. Francken lächelte in sich hinein. Sie würde aber teuer dafür bezahlen müssen.

Lenne hatte still gehofft, dass Francken sich nach dem Abendmahl in sein eigenes Schlafgemach zurückziehen würde, doch er folgte ihr und machte unmissverständlich klar, dass er die Nacht in ihrem Bett verbringen wollte. Er trug wieder diesen lauernden Ausdruck im Gesicht, als er Lenne dabei zusah, wie ihre Dienerin die Verschnürungen an ihrem Kleid löste. Sobald Lenne aus dem Kleid gestiegen war, schickte sie ihre Zofe aus dem Raum.

Sie lächelte Francken an. „Soll ich Euch beim Auskleiden behilflich sein, mein Herr?"

Francken sah sehr wohl, dass ihr Lächeln nicht ihre Augen erreichte, doch nahm er ihr Bemühen mit einem wohlwollenden Nicken zur Kenntnis. Er hatte nicht erwartet, dass sie so schnell nachgeben würde, aber es war ihm recht. Er hatte genug Kämpfe auszustehen und vielleicht konnte er sie tatsächlich zu seiner Verbündeten machen, wenn er ihr entgegenkam. Lennes Finger zitterten nicht, als sie sein Wams aufknöpfte und ihm heraushalf. Als sie ihm die Hose aufknöpfte, hielt er ihre Finger fest, hob mit der anderen Hand ihr Kinn und sah ihr in die Augen. „Andres Visobala hat mir heute erzählt, dass du gerne ausreiten würdest." Seine Stimme war ruhig, aber Lenne hörte den gefährlichen Unterton heraus und Angst schlich sich in ihre Augen.

„Ich habe gerade Sarkana besucht und ihr einen Apfel gebracht, als er dazukam. Es war sein Vorschlag, um Eure Erlaubnis zu fragen. Ich habe nicht darum gebeten. Wenn Ihr nicht wollt, dass ich ausreite, dann …" Lenne schluckte hart und kämpfte die Tränen zurück, die ihr in die Augen stiegen. Das Letzte, was sie wollte, war, Francken wütend zu machen.

Der hatte gehört und gesehen, was er erhofft hatte. Hätte Lenne sich hinter seinem Rücken beschwert, hätte er sie bestraft, doch er konnte ihr ansehen, dass sie die Wahrheit sagte. Und der gute Andres hatte einfach ein großes Herz. Er drückte Lenne einen Kuss auf die Lippen. „Andres wird dich auf deinen Ausritten begleiten und für deine Sicherheit sorgen. Ich hoffe, du weißt das zu schätzen." Lenne nickte erleichtert. „Ja, mein Gemahl." Francken ließ sie los und entledigte sich selbst seiner Hose. „Du kannst die förmliche Anrede lassen, wenn wir unter uns sind. Mein Name ist Francken. Und nun komm ins Bett." Lenne nickte, zog sich das Unterhemd über den Kopf und stieg zu Francken unter die Decke.

Später lag sie noch eine Weile wach. Francken war heute bei weitem nicht so brutal wie die Nacht zuvor gewesen. Bruder Hensin hatte Recht gehabt. Hoffnung machte sich in ihr breit. Wenn sie es nur schaffte, freundlich zu bleiben und ihre Abscheu zu verbergen, dann konnte sie mit diesem Mann vielleicht tatsächlich auskommen. Wenn sie loyal blieb, dann behandelte er sie wahrscheinlich gut, wie Bruder Hensin es gesagt hatte. Und sie durfte ausreiten. Ein Lichtblick, der sie schließlich mit einem Lächeln auf den Lippen einschlafen ließ.

Geheime Post

„Lieber Bruder Nickell!"

Kattera hielt inne, als auf dem Gang vor ihrem Zimmer Stimmen laut wurden. Königin Winberger war zu Bett gegangen und Grede hatte sie in ihr Zimmer geschickt. Sie würde wie immer im Nebenraum des Schlafgemachs der Königin ruhen und zur Stelle sein, wenn diese Hilfe brauchte. Doch es war schon vorgekommen, dass sie nach Kattera geschickt hatte. Die Stimmen entfernten sich und Kattera wandte sich wieder dem angefangenen Brief zu.

„Ich weiß nicht, wie lange ich Euch noch schreiben kann. Der Königin geht es zunehmend besser, auch wenn sie noch nicht wieder schwanger ist, was sie sich so sehr wünscht. Der König hat mir gestern beim Abendmahl gesagt, dass Mutter Maneth mich wieder in Amee haben möchte und dass er dieser Bitte nicht mehr lange widersprechen kann. Sobald die Königin wieder schwanger ist, würde er mich zurückholen, aber wer weiß wie lange das dauern wird. Wenn ich erst einmal in Amee bin, werde ich Euch keine Briefe mehr schreiben können, nicht ohne dass Mutter Maneth sie liest. Ich werde aber den König bitten, dass er Eure Antwort für mich aufbewahrt, falls sie erst auf Schloss Winberger eintrifft, wenn ich schon abgereist bin."

Kattera legte die Schreibfeder zur Seite, trat an das Fenster und schaute auf den See hinaus. Der Mond malte unwirkliche Schatten auf das unruhige Wasser und es sah aus, als ob unheimliche Kreaturen ihre Köpfe aus den Fluten reckten. Sie seufzte und setzte sich wieder an den Tisch. Seit der Begegnung mit Thomen Verflide auf der Hochzeit von Francken Stormwacht fühlte sie das Brennen in sich, mal schwach, mal stärker. Adholoka hatte sein dunkles Werk begonnen, doch noch immer hatte sie keine Einsicht in sein Vorhaben. Sie hatte nur in Erfahrung bringen können, dass auf Schloss

129

Stormwacht alles seinen Gang ging. Dies war der Danksagung für das Hochzeitsgeschenk zu entnehmen, die ihr Königin Winberger mit spöttischem Unterton vorgelesen hatte. Auch Bruder Nickell hatte nichts Neues zu berichten, so waren ihre Briefe sehr kurz gewesen.

„Ich habe noch keine weiteren Einsichten erhalten. Ich weiß nur, dass etwas im Gange ist. Es ist zermürbend, nur abwarten zu können, nicht zu wissen, was das Böse im Schilde führt. Bleibt gesund, Bruder und schließt mich in Eure Gebete ein. Kattera"

Mit einem Seufzer legte sie die Feder wieder weg, faltete den Brief zusammen, steckte ihn in einen Umschlag und versiegelte ihn. Er würde morgen mit einem Boten nach Pravamol gehen. Bruder Nickell würde wie immer ein paar aufmunternde Worte finden. Kattera lächelte. Es tat ihr gut, sich mit jemandem austauschen zu können, der nicht unter Beobachtung stand. Allerdings stand auch Bruder Nickell ohne Rückhalt da, denn der Abt von Pravamol schätzte den Prior von Stormflod sehr und auch nur daran zu denken, gegen ihn Anklage zu erheben, würde Bruder Nickell wahrscheinlich eine Enthebung aus seinem Amt und vielleicht sogar einen Verweis vom Kloster einbringen. Er hatte es vorsichtig ausgelotet und entschieden, dass er in seiner Position Kattera besser helfen konnte, als wenn er wieder als Lehrer in irgendeinem kleinen Dorf Kinder unterrichten musste. Er hatte den Kontakt zu Bruder Hensin auf Stormwacht hergestellt und der hatte nur berichten können, dass Francken Stormwacht seine Frau misshandelte und bewachen ließ, aber sonst war nichts Verdächtiges vorgefallen. Sie konnte nur abwarten, so schwer ihr das auch fiel.

Sie legte ihre Tracht ab und schlüpfte ins Bett. Im Schein der Kerze auf dem Nachttisch las sie noch einmal Nelekes letzten Brief. Sie berichtete vom Alltag im Kloster und sprach zwischen den Zeilen Kattera Mut zu, nicht aufzugeben. Ein dunkler Fleck am Seitenrand erzählte deutlich, dass Mutter

Maneth sich nicht einmal Mühe gab zu verbergen, dass sie ihre Post las. Es machte Kattera traurig und wütend zugleich. Wieso hatte Surija ausgerechnet sie ausgewählt, die doch so unwichtig war, dass ihr niemand glaubte, und die nichts ausrichten konnte. Warum hatte er nicht jemanden ausgesucht, der Einfluss hatte wie Mutter Maneth? Würde sie spüren, was sie spürte, würde sie nicht so ungläubig sein und handeln können. Kattera steckte den Brief unter ihr Kopfkissen und blies die Kerze aus. Im Dunkeln faltete sie die Hände und betete zu Surija um Kraft und Geduld.

Verhängnisvoller Jagdausflug

„Ich verbiete es!" Jonata Stormwacht hatte sich wütend vor ihrem Mann und ihrem Sohn aufgebaut. Francken hielt sich im Hintergrund und beobachtete die Szene. „Closlin wird auf gar keinen Fall mit auf die Jagd reiten. Er ist dafür noch zu jung!"

„Aber Mutter! Ich ..."

„Du sprichst nur, wenn du dazu aufgefordert wirst!" Jonatas Augen sprühten Funken. Ihr Sohn wich ein Stück zurück und senkte den Blick.

König Clewin Stormwacht schlug mit der Faust auf die Armlehne seines Stuhls. „Genug, Frau! Ich sage, er ist alt genug, um auf die Jagd zu reiten. Du tust ja gerade so, als ob er in den Krieg reiten soll. Auf der Jagd kann er zeigen, was er im Umgang mit der Armbrust gelernt hat. Ich erwarte frisches Wildbret heute Abend!" Er warf seiner Frau einen zornigen Blick zu, dann wandte er sich an Francken. „Meine Gesundheit lässt es nicht zu, dass ich euch begleite. So lege ich die Verantwortung für ihn in deine Hände."

Francken nickte ernsthaft und verbarg geschickt ein triumphierendes Lächeln.

Jonata lief rot an. „Das kann doch nicht dein Ernst sein! Du kannst doch unmöglich die Sicherheit unseres Sohnes und deines Thronerbens diesem Bastard in die Hände legen. Er ..."

„Schweig, Weib! Dein Ungehorsam geht mir auf die Nerven! Und mit deiner ständigen Aufregerei schadest du noch meinem ungeborenen Sohn. Also beruhige dich wenigstens um seinetwillen. Ich habe entschieden und es bleibt dabei. Und du solltest endlich begreifen, dass ich Francken voll und ganz vertraue. Er hat mir in den vergangenen Jahren treu gedient. Das solltest du endlich anerkennen."

Jonata schnaufte wütend, wagte es jedoch nicht, dem König erneut zu widersprechen. Der flammende Blick, den sie Francken zuwarf, besagte, dass das letzte Wort noch nicht gesprochen war. Francken setzte ein ironisches Lächeln auf und verbeugte sich leicht, als sie hocherhobenen Hauptes an ihm vorbei aus dem Speisesaal rauschte. Er war zufrieden. Der König hatte sich zum ersten Mal offen zu ihm bekannt. Er betrachtete den König, der sich gerade ein paar Weinbeeren in den Mund stopfte. Er war nicht gesund, das konnte man an seiner Gesichtsfarbe deutlich erkennen. In letzter Zeit plagte ihn Kurzatmigkeit und immer wieder tat ihm die Brust weh. Er brauchte bald eine starke Hand, die das Königreich führte, bis Closlin alt genug war. Er, Francken, würde bereit sein.

Francken zog den Sattelgurt von Closlins Pferd fest und half ihm dann hoch. „Denk an das, was ich dir gesagt habe. Ruhig bleiben und nicht voreilig schießen. Dann kannst du deinem Vater heute Abend stolz deine Beute präsentieren."

Closlin nickte eifrig und setzte sich zurecht. Francken schaute sich um und entdeckte Lenne, die wie alle anderen Frauen gekommen war, um die Männer zur Jagd zu verabschieden. Sie schaute zu ihm hinüber und winkte. Er ließ sich dazu herab, ebenfalls die Hand zu heben. Nach der ersten Nacht hatte sie sich in die Ehe gefügt und ihm keine weiteren Peinlichkeiten beschert. Die kleinen Privilegien, die er ihr in den vergangenen Wochen eingeräumt hatte, trugen sicher dazu bei, dass sie sich nicht gegen ihn auflehnte und ihm keine Schwierigkeiten machte. Er war nicht so dumm zu glauben, dass sie ihn nun mochte und ihm treu ergeben war, doch er erkannte ihre Bemühungen an und war für das Erste zufrieden damit. Noch war sie nicht schwanger. Doch er war sich sicher, dass sie ihm bald einen Erben schenken würde, mit dem er dann seine eigene Dynastie begründen konnte. Er kam nach wie vor fast jede Nacht zu ihr und würde es auch weiterhin tun. Er nickte Andres zu, der auf sein Zeichen wartete, und stieg dann ebenfalls auf sein Pferd. Andres gab das Signal zum Aufbruch und die Jagdgesellschaft setzte sich in Bewegung.

Die Treiber waren schon vor einer Stunde aufgebrochen und hatten mit viel Lärm das Wild aufgescheucht. Nun sprangen die Rehe aus der Deckung des eigens für die Jagd angelegten Waldes auf die Wiesen den Jägern direkt vor die Armbrüste.

Francken hielt sich dicht bei Closlin, dessen Wangen vor Aufregung rot gefärbt waren. „So und jetzt mach es so, wie ich es dir gezeigt habe."

Closlin nahm die Armbrust zur Hand, zielte auf ein Reh, das gerade aus dem Wald sprang, kurz innehielt und sich umschaute. In dem Moment als Closlin abdrückte, sprang es weiter und Closlin verfehlte es. Francken klopfte dem enttäuschten Jungen auf die Schulter. „Das war Pech. Du hast es aber nur knapp verfehlt. Wäre es nur einen Wimperschlag länger stehen geblieben, hättest du es getroffen. Das war ein sehr guter Schuss und ich bin mir sicher, dass du heute eine Beute mit nach Hause bringst. Doch nun weiter, damit wir den Anschluss nicht verlieren."

Closlin nickte strahlend bei dem Lob und drückte seinem Pferd die Fersen in die Flanken. Francken schaute ihm einen Moment mit berechnend zusammengekniffenen Augen nach und folgte ihm dann. Immer mehr Tiere brachen aus den Büschen am Rande des Waldes hervor. Francken schoss selbst ein Reh und bemerkte dann, dass auch Closlin wieder anlegte. Er hatte sich einige Meter von ihm entfernt und konzentrierte sich ganz auf das Reh, das er im Visier hatte. Das war die Gelegenheit. Alle waren damit beschäftigt, auf die aufgescheuchten Tiere zu zielen. Niemand achtete auf den anderen. Francken holte eine kleine Steinschleuder aus der Satteltasche, legte einen Stein ein und zielte. Closlins Pferd bäumte sich auf, doch wie durch ein Wunder hielt sich der Junge auf seinem Rücken. Francken fluchte leise und drückte seinem Pferd die Fersen in die Flanken, um Closlin zu erreichen. Auch die anderen Jagdteilnehmer wurden aufmerksam und Francken sah, dass auch Andres auf den Jungen zuritt. Francken verfluchte den Jungen, der wie eine Klette auf dem Pferderücken hing. Eine wunderbare Gelegenheit war vertan. Kurz bevor er Closlin erreichte, brach eine Bache mit ihrer Schar Frischlinge direkt vor Closlins scheuendem Pferd durch das Unterholz. Das war zu viel für Closlins Pferd. Es stieg ein letztes Mal, warf den Jungen ab und ging dann durch. Closlin geriet unter die Hufe und blieb verletzt liegen. Francken hatte

Mühe, sein eigenes Pferd unter Kontrolle zu halten, als die Bache in einem Bogen wieder im Unterholz verschwand.

Andres war zuerst bei dem Jungen und drehte ihn auf den Rücken, als Francken abstieg und sich zu ihm kniete. Closlins Gesicht war blutüberströmt. Einer der Hufe hatte ihn am Kopf getroffen und weißer Knochen schimmerte durch die aufgerissene Haut. Closlin war nicht bei Bewusstsein und erlangte es auch nicht, als schnell eine Trage aus Stämmen und einem Mantel gefertigt wurde, man ihn darauflegte und nach Hause trug. Francken folgte ihm mit versteinertem Gesicht, doch innerlich triumphierte er. Das war noch besser gelaufen als geplant. Jeder hatte gesehen, wie Closlins Pferd ihn abgeworfen hatte, als die Bache aus dem Gebüsch kam. Solche Unfälle waren keine Seltenheit und es verging keine Jagd, bei der nicht zumindest ein Pferd seinen Reiter abwarf und durchging. Seine Schleuder war wieder gut in der Satteltasche verstaut und niemand würde auch nur den Verdacht hegen, dass er etwas damit zu tun haben könnte.

Andres schloss zu ihm auf und legte ihm die Hand auf die Schulter. „Es war ein Unfall, du kannst nichts dafür!"

Francken nickte grimmig und ließ dann die Schultern hängen. „Seine Sicherheit war in meiner Verantwortung. Ich hätte an seiner Seite sein sollen. Vielleicht hätte ich verhindern können, dass sein Pferd scheut. Doch er hat seine Sache so gut gemacht, ich wollte ihm ein wenig Freiraum lassen."

Andres nickte ernst. „So hätte der König es auch gewollt. Niemand lernt, selbstständig zu werden, wenn ihm ständig einer im Nacken sitzt. Du warst nur einen Steinwurf entfernt. Niemand kann dir einen Vorwurf machen, dass du nicht auf ihn Acht gegeben hättest. Er hat sich ja auch erst großartig auf dem Gaul gehalten. Es war einfach Pech. Das werde ich auch vor dem König bezeugen und ich bin mir sicher, die anderen auch."

Francken nickte mit Grabesmiene. Er zeigte so viel Schmerz, wie ihm nur möglich war. Der gute Andres, auf ihn war immer Verlass. Nun musste sein Vater ihn zum Thronerben ernennen. Es ging nicht anders. Jonata war zwar schwanger, aber wer wusste schon, ob es tatsächlich ein Junge werden würde und es waren auch noch mindestens drei Monate bis zur Geburt. Das war noch eine lange Zeit.

Jonata lief ihnen entgegen, als sie den Schlosshof erreichten, dicht gefolgt von Bruder Hensin und dem Leibarzt des Königs. Jammernd nahm die Königin ihr verletztes Kind in den Arm und nur mit Mühe konnte Bruder Hensin sie davon überzeugen, von ihm zu lassen, damit der Arzt und er seine Verletzungen untersuchen konnten.

Wütend ging sie auf Francken los: „Ich habe es gewusst! Du Teufel! Das ist nur dein Werk!" Sie stieß einen Schrei aus und griff sich an den Bauch. Ihre Zofe war sofort an ihrer Seite und stützte sie. „Nun willst du mir auch noch mein ungeborenes Kind nehmen, du …" Ihre hasserfüllte Stimme wurde von einem Stöhnen erstickt.

„Bruder Hensin, sie blutet!" Die Zofe wies auf die Tropfen zwischen den Füßen der Königin. Langsam färbte sich auch ihr Schuh rot.

Bruder Hensin überließ die Versorgung des Jungen dem Arzt und wandte sich der Königin zu, die immer wieder Anschuldigungen gegen Francken hervorstieß. „Nun beruhigt Euch doch, meine Königin." Er wandte sich an die Zofe: „Bringt sie schnell in ihr Bett. Ich werde ein paar Kräuter holen, welche die Blutung stoppen. Hoffentlich gelingt das, sonst verliert sie das Kind."

Jonata kreischte die ganze Zeit weiter. „Du tötest meine Kinder! Du bist der Teufel!" Erst als sich die Tür hinter ihr, der Zofe und Bruder Hensin schloss, verstummte das Geschrei.

Francken stand wie erstarrt da. Jeder hatte ihre Worte deutlich vernommen. Was war, wenn sie ihr glaubten? Denn immerhin war sie die Königin und er nur der Bastard.

Andres stand an seiner Seite und schüttelte den Kopf. „Die arme Frau, das war zu viel für sie. Sie ist völlig verwirrt." Auch diese Worte waren deutlich zu hören und vorsichtig beobachtete Francken die Reaktion der anderen. Vielen stand der

Schrecken wegen des Unfalls noch ins Gesicht geschrieben, doch niemand starrte ihn entsetzt oder empört an. Sie schüttelten wie Andres den Kopf, eher peinlich berührt von Jonatas Auftritt. Der Arzt gab Anweisung, den verletzten Prinzen in sein Gemach zu bringen, und auch Andres gab nun den Befehl zur Versorgung der Pferde. Dann wandte er sich an Francken. „Wir müssen dem König Bericht erstatten. Wirst du es schaffen?"

Er hatte Franckens Erschütterung falsch gedeutet und glaubte, dass sein Freund einem Zusammenbruch nah war. Auch Wemhardt Pravastein griff nach Franckens Arm, um ihn zu stützen. Er war einer der Berater des Königs und betrachtete Francken sonst immer mit einem Naserümpfen. Doch nun stand Anteilnahme und Sorge in seinem Gesicht. „Wir können das übernehmen. Es war ein Unfall und die Anschuldigungen der Königin sind einfach nur empörend."

Francken schüttelte den Kopf und straffte die Schultern. „Nein, ich hatte die Verantwortung für ihn und muss mich nun der Strafe stellen, die mir der König für meine Unachtsamkeit auferlegt. Doch ich danke Euch und würde mich über Euren Beistand freuen."

Wemhardt Pravastein nickte und zusammen machten sie sich auf den Weg zum Gemach des Königs.

König Stormwacht starrte gramgebeugt aus dem Fenster in seinem Gemach. Francken war mit wenigen Schritten bei ihm und ging vor ihm in die Knie. „Verzeiht, Vater, ich habe versagt. Ich …"

Wemhardt Pravastein fiel ihm ins Wort. „Es war ein tragischer Unfall, mein König. Euren Sohn trifft keine Schuld."

Der König sah zuerst auf den noch immer knienden Francken hinab und sah dann Wemhardt Pravastein an. „Was ist passiert? Der Bote hat nur berichtet, dass Closlin vom Pferd gefallen ist und sich verletzt hat."

„Sein Pferd scheute. Vielleicht spürte es schon die herannahenden Wildschweine. Doch Euer Sohn hielt sich meisterlich auf seinem Rücken. Aber als die Wildschweine direkt vor seinem Pferd aus dem Gebüsch brachen, warf es ihn dann trotzdem ab und traf ihn unglücklich mit einem Huf am Kopf. Es hätte jedem von uns passieren können." Wemhardt Pravasteins Stimme war sachlich und König Stormwacht nickte.

Francken ergriff seine Hand und sprach mit tränenerstickter Stimme. „Es tut mir so leid, Vater. Ich hätte an seiner Seite sein sollen. Doch er war so stolz, dass er mitreiten durfte und machte seine Sache sehr gut. Ich wollte ihm nur ein wenig Freiraum geben. Er war gerade dabei, sein erstes Reh zu erlegen. Ich konnte sehen, dass der Schuss gesessen hätte, wenn sein Pferd nicht gescheut hätte. Ich war nur wenige Meter entfernt, doch nicht nah genug. Ich habe Euch enttäuscht."

Francken legte seine Stirn an die Hand des Königs, doch anstatt sie ihm zu entziehen, legte dieser die andere Hand auf seinen Kopf. „Ich mache dir keinen Vorwurf, mein Sohn. Du hast Recht daran getan, ihm Freiraum zu gewähren, damit er eigene Erfahrungen machen kann. Nur so wird ein Junge zum Mann. Wärst du direkt neben ihm gewesen, wärst du auch verletzt worden und ich brauche deine Unterstützung nun mehr denn je."

Francken unterdrückte einige Tränen. Doch es war keine Trauer, die ihn beherrschte, es waren Tränen der Freude. Nun fehlten nur noch die Worte, mit denen er ihn auch als seinen Nachfolger anerkannte. Der König holte Luft und setzte zum Sprechen an. Francken glaubte sich schon am Ziel seiner Bemühungen, als sich die Tür öffnete und der Arzt und Bruder Hensin den Raum betraten. Was auch immer der König hatte sagen wollen, er sprach es nicht aus, sondern nahm die Hand von Franckens Kopf und ging auf die beiden zu. Francken verbarg seine Enttäuschung hinter einer ergriffenen Miene und stand auf.

„Wie geht es meinem Sohn?" Der König ergriff die Hand des Arztes, als ob er so eine gute Nachricht herauspressen konnte, doch der entzog sie ihm und führte den König zum nächsten Stuhl und ließ ihn sich setzten. „Ich fürchte, ich habe schlechte Nachrichten, mein König. Um Euren Sohn steht es schlecht. Der Tritt hat seinen Schädel eingedrückt. Ich denke, er wird die Nacht nicht überstehen. Falls er doch noch aufwachen sollte, wird sein Verstand nur der eines Säuglings sein."

Der König verbarg sein Gesicht in seinen Händen und leises Schluchzen drang zwischen seinen Fingern hervor. Bruder Hensin setzte sich neben ihn. „Eurer Gemahlin geht es aber wieder besser. Ich habe die Blutung gestoppt und die Krämpfe haben nachgelassen. Ich bin mir sicher, dass sie das Kind nicht verlieren wird. Sie schläft jetzt und sollte die nächsten Wochen ruhen und sich nicht anstrengen."

Der König nahm die Hände herunter und sah Hensin aus verquollenen Augen an. „Surija straft mich. Erst nimmt er mir meinen Thronfolger und streckt dann auch noch die Finger nach meinem ungeborenen Sohn aus." Er wandte sich Francken zu und streckte die Hand nach ihm aus. „Nun liegt es an dir, Francken. Ich bin alt und werde meinem Closlin bald folgen. Ich ernenne dich hiermit zum Regenten für meinen ungeborenen Sohn. Wenn ich nicht mehr bin, sollst du für ihn das Königreich führen, bis er alt genug ist, meine Nachfolge anzutreten."

Francken kniete vor ihm nieder und küsste den Ring auf der ihm hingestreckten Hand. Nur mit Mühe verbarg er seine Wut und seine Enttäuschung. Wieder war er zurückgestellt worden, diesmal zugunsten eines Ungeborenen. „Ich danke Euch, Vater, für Euer Vertrauen." Seine Stimme zitterte vor unterdrücktem Hass.

Wemhardt Pravastein missverstand es als Ergriffenheit. „Ihr habt eine gute Wahl getroffen, mein König, und wenn Ihr erlaubt, werde ich Eurem Sohn ein ebenso guter Berater sein, wie ich es Euch bin!"

Der König nickte. „So sei es. Nun lasst mich allein. Ich will für die Seele meines Jungen beten."

Thomen Verflide erhob sich mit einem bösen Lächeln von seiner Gebetbank, auf der er gekniet hatte. Jeden Tag verbrachte er viel Zeit in der Abgeschiedenheit seines kleinen Arbeitszimmers, das ihm im Haus des Abtes zur Verfügung stand, und lauschte Adholokas Stimme. Wenn er sich stark konzentrierte, konnte er auch die Gedanken der Menschen um sich herum hören. Nach und nach war es ihm gelungen, diese Fähigkeit auszubauen und auf einzelne Menschen zu konzentrieren. Wenn er sie vorher berührt und so eine Verbindung aufgebaut hatte, war es einfacher, sie zu finden. So war es ein Leichtes für ihn, Franckens Gedanken zu lauschen und sie zu beeinflussen. Endlich hatte dieser es gewagt, seinen Zielen mit Gewalt näher zu kommen, auch wenn es nicht ganz so gelaufen war, wie er es geplant hatte. Aber dennoch war Francken und damit auch er selbst ein Stück vorangekommen. Der Thronfolger war so gut wie beseitigt und Francken war weiter in der Gunst des Königs gestiegen. Ob Regent oder König spielte keine große Rolle. Sobald König Stormwacht tot war, würde Francken die Macht über Stormwacht in seinen Händen halten. Und dann würde es Zeit für den nächsten Schritt sein. Auch die Berater Stormwachts standen unter seinem Einfluss, er hatte sie auf Franckens Hochzeit für sich eingenommen und würde dafür sorgen, dass sie Francken unterstützten. Der gute Francken, wie leicht zu beeinflussen er doch war. In seinem Hass hatte er nicht gemerkt, dass Thomen ihn vor seinen Karren gespannt hatte, und nun leistete er gute Arbeit. Er glaubte tatsächlich, dass er ausschließlich seine eigenen Ziele verfolgte und dass der Prior von Stormflod ihn dabei half. Dabei war er nur ein Werkzeug Adholokas. Als Thomen aus dem Schatten ins Licht trat, leuchteten seine Augen rot auf. Adholoka war zufrieden, das Warten hatte sich gelohnt.

Andres' Verdacht

Lenne stand bei ihrer Stute im Stall und streichelte sie. Sie wartete auf Andres und fragte sich schon, ob ihr Ausritt heute überhaupt stattfinden würde. Closlin Stormwacht war in den Morgenstunden gestorben, ohne noch einmal das Bewusstsein wiedererlangt zu haben. Der König und die Königin waren untröstlich und für das gesamte Schlosspersonal war Trauer angeordnet. Francken war gestern nicht zu ihr gekommen und sie fragte sich, was das zu bedeuten hatte. Andres trat an ihre Seite und ohne, dass sie es vermeiden konnte, machte sich bei seinem Anblick ein Lächeln auf ihrem Gesicht breit. Auch er lächelte sie kurz an, wurde dann aber wieder ernst.

„Was ist? Reiten wir heute nicht aus, wegen …?"

„Doch, die Pferde brauchen ihre Bewegung. Francken ist beim König und steht ihm bei."

„Aber irgendetwas beschäftigt dich doch." Lenne runzelte die Stirn. In den letzten Wochen hatte sie Andres gut kennengelernt und mochte seine unerschütterliche Zuversicht. Er sah immer das Gute. Ihn jetzt mit Sorgenfalten auf der Stirn zu sehen, machte ihr Angst.

„Ich weiß nicht, wem ich es sagen soll." Andres schüttelte seinen Kopf und Lenne hakte nicht nach, obwohl die Neugier in ihr brannte.

Rasch waren die Pferde gesattelt und schweigend ritten sie los. Als sie eine Rast machten, kam Andres wieder darauf zurück. „Als ich gestern nach Franckens Pferd gesehen habe, ist eine Steinschleuder aus einer der Satteltaschen gefallen. Ich habe sie zurückgesteckt und als ich heute Morgen noch einmal nachgesehen habe, war sie nicht mehr da. Er hat sie also nicht immer darin."

„Was willst du damit sagen?"

„Closlins Pferd scheute schon eine Weile, bevor die Bache aus dem Gebüsch kam. Vielleicht hat das Pferd sie gehört oder es ist ihm ein Kaninchen zwischen die Beine gesprungen. Aber … ich weiß nicht. Francken benimmt sich in letzter Zeit merkwürdig. Immer, wenn er sich nicht beobachtet fühlt, stiehlt sich ein Ausdruck auf sein Gesicht, den ich nicht zuordnen kann. Voller Zorn, aber auch berechnend. Gar nicht so, wie ich ihn kenne. Irgendetwas muss mit ihm geschehen sein. Aber wenn ich ihn frage, ob alles in Ordnung ist, lacht er nur und sagt, dass er einfach nur viel zu tun hat. Aber ich glaube es nicht." Andres sah sie an und Lenne nahm seine Hand. Er drückte sie einen Moment länger, als es sich schickte, errötete und ließ sie los. „Am besten vergisst du, was ich gerade gesagt habe. Francken verlässt sich auf meine Treue und ich rede schlecht hinter seinem Rücken über ihn."

„Nein, das tust du nicht. Wahrscheinlich gibt es für alles eine einfache Erklärung. Es ist eine schwere Zeit und wir stehen alle unter Druck."

Andres nickte dankbar. „Wahrscheinlich hast du Recht. Weißt du, wir sind schon lange Freunde. Er hat nie zu den reichen Hochwohlgeborenen gehört, so wie ich auch nicht. Er hat mich mit Respekt behandelt und immer zu mir gestanden. Aber dennoch erkenne ich ihn in letzter Zeit nicht wieder."

Erneut legten sich Falten über seine Stirn und Lenne hatte das plötzliche Bedürfnis sie wegzuküssen, ihn solange zu küssen, bis er wieder lachte. Ihr stockte der Atem und sie wandte sich ab. Das durfte sie nicht einmal denken. Francken würde sie umbringen, wenn er das erführe. „Wir sollten weiterreiten." Sie stand auf und ging zu ihrer Stute. Andres half ihr wie immer in den Sattel, doch diesmal spürte sie noch lange die Wärme seiner Hand, als er sie schon lange wieder losgelassen hatte.

Als sie das Schloss wieder erreichten, kam Francken ihnen entgegen. „Wo bist du gewesen, ich habe dich gesucht!", herrschte er Lenne an und zerrte sie vom Pferd. „Geh zur Königin und kümmere dich um sie. Leiste ihr Gesellschaft, lenke sie von ihrem Elend ab, irgendwas. Auf den Gedanken hättest du selbst kommen sollen!" Er gab ihr einen Stoß in Richtung Tür, sodass sie beinahe gefallen wäre, wenn Andres sie nicht gehalten hätte.

Am liebsten wäre Lenne geflohen, doch sie zwang sich, Francken in die Augen zu sehen. „Verzeiht meine Unachtsamkeit. Ich werde mich sofort zur Königin begeben, ich dachte nur, dass sie genug Hofdamen hat und ich nur im Weg wäre." Sie schlug die Augen nieder, knickste, warf Andres einen traurigen Blick zu und ging erhobenen Hauptes davon.

„Wenn du wütend bist, dann lass es an mir aus. Ich hätte selbst auf die Idee kommen sollen, dass ein Ausritt heute unpassend ist." Andres sah Francken kopfschüttelnd an. Dieser Ausbruch bestätigte nur, was er in letzter Zeit bemerkt hatte. Nicht zum ersten Mal fragte er sich, ob Francken allen nur etwas vorspielte.

Doch dieser Moment war schnell vorbei, als Francken sich mit der Hand über die Stirn fuhr. „Ich werde mich heute Abend bei ihr entschuldigen. Ich weiß doch, wie sehr sie sich auf das Ausreiten freut. Die Hofdamen werden nur allmählich müde und brauchen eine Ablösung. Es ist gerade alles nur so … durcheinander." Francken lächelte Andres müde an und Andres fiel auf, dass sein Lächeln die Augen nicht erreichte. Irgendetwas stimmte nicht. Sein Gefühl betrog ihn nicht.

Nachdem Lenne stundenlang am Bett der schlafenden Königin Wache gehalten hatte, kam sie müde in ihr Gemach und wurde schon von Francken erwartet. Auf einen neuen Zornesausbruch gefasst, schloss sie die Tür leise hinter sich und blieb abwartend stehen.

Francken kam zu ihr und fasste sie grob am Kinn. „Ich möchte ab sofort immer wissen, wo du bist. Ich hatte deine Hilfe angeboten und dann warst du nicht da." Er stieß sie von sich, sodass sie stürzte. Sie unterdrückte ein Stöhnen und kam langsam wieder auf die Füße. Francken achtete jedoch nicht auf sie und öffnete die Tür. „Solange der König Trauer angeordnet hat, wirst du nicht ausreiten. Ich habe deine Stute auf die Weide bringen lassen, das muss ihr als Bewegung die nächsten Tage genügen. Du wirst der Königin Gesellschaft leisten."

Mit einem Knall schloss er die Tür hinter sich und ließ Lenne allein zurück. Mit einem Aufschluchzen ließ sie sich auf das Bett fallen. Was hatte sie nur getan? Wie konnte sie ahnen, dass Francken ihre Zeit verplant hatte. Nun konnte sie weder ihre Stute sehen, noch Andres. Und letzteres schmerzte sie am meisten.

Schwindende Gesundheit

Besorgt war Francken Stormwacht auf dem Weg zum Schlafgemach des Königs. Der Leibdiener des Königs hatte ihn geweckt. Er hatte sich schnell Hose, Hemd und Wams übergeworfen, um den König nicht warten zu lassen.

Er klopfte an die Tür und betrat dann das Gemach von Clewin Stormwacht, ohne auf eine Antwort zu warten. Er erfasste die Situation sofort mit einem Blick. Der Tod seines Sohnes hatte den König so aus der Bahn geworfen, dass sein Herz nicht mehr mitspielte. Die graue Gesichtsfarbe sprach Bände. Er winkte Francken zu sich, packte ihn am Handgelenk und zog ihn zu sich herunter. „Ich fürchte, du musst die Regierungsgeschäfte schon eher als gedacht übernehmen, mein Sohn."

Er ließ ihn los und lächelte mühsam, mit schmerzverzerrtem Gesicht. Francken verbarg seine erneute Enttäuschung. Regent. Zu mehr wollte ihn sein Vater nicht ernennen, obwohl das Offensichtliche auf der Hand lag. Francken wusste sehr wohl, was über ihn getuschelt wurde. Die Geschichte vom Jagdausflug und wie Closlin Stormwacht ums Leben gekommen war, hatte schnell die Runde gemacht. Francken hatte seine Getreuen an wichtigen Stellen platziert und wusste so immer Bescheid, was in der Gerüchteküche brodelte. Und es missfiel ihm, dass erzählt wurde, dass er den Thronfolger umgebracht hatte und den Tod des Königs plante, um an seinen Thron zu kommen. Trotz der Bestätigung seiner Unschuld durch Wemhardt Pravastein waren diese Gerüchte aufgekommen. Hatte der Berater sie vielleicht selbst gestreut? Allerdings wirkte er ehrlich und Francken hatte ein gutes Gespür dafür, wann jemand log. Er schüttelte unwillkürlich den Kopf.

Der König fasste wieder nach seiner Hand. Und Francken beugte sich zu ihm herunter, um des Königs Flüstern zu verstehen. „Ich weiß, ich mute dir viel zu, aber du musst den Thron für meinen ungeborenen Thronerben sichern. Die Geier sitzen schon in Lauerstellung und warten nur darauf, dass ich sterbe. Du musst sie davon abhalten, Stormwacht zu übernehmen. Du allein bist der Richtige dafür, du kannst sie in Schach halten, bis mein Sohn alt genug ist. Pravastein hat alles schriftlich niedergelegt. Solange ich krank bin, bist du Regent. Hör auf meine Berater. Sie sind mir treu ergeben und werden auch dir eine wertvolle Hilfe sein." Der König ließ sich erschöpft ins Kissen sinken und mit einem Hüsteln machte sich der Arzt bemerkbar.

„Du wirst schnell wieder gesund werden, du wirst sehen, Vater", sagte Francken zu dem bereits schlafenden Mann und wandte sich dann an den Arzt. „Wie schlimm steht es?"

Der Mann zögerte einen Moment, doch Franckens fordernder Blick löste seine Zunge. „Es steht schlecht um ihn, Hoheit. Sein Herz ist schwach und will nicht mehr so recht schlagen. Der Tod seines Sohnes hat ihn tief getroffen und ich befürchte, dass er sich davon nicht mehr erholen wird."

Francken nickte. Auch wenn der Mann ihm nicht traute, so hatte er doch ehrlich geantwortet. Er würde schon bald merken, wer der neue Herr im Hause war. Nun, Regent zu sein, würde für das erste genügen. Diese Stellung würde ausreichen, um aufzuräumen und den Weg für seine spätere Thronbesteigung zu ebnen.

Thomen war in Gedanken ganz in König Stormwacht versunken. Er nahm in letzter Zeit mehr an den Geschehnissen auf Stormwacht teil, als er sich um die Belange seines Klosters kümmerte. Doch es war eine kritische Zeit. Der Arzt vermutete zu Recht, dass es um das Herz des Königs nicht zum Besten bestellt war. Doch niemand ahnte, dass der Prior von Stormflod das Herz des Königs in seinen Händen hielt und immer fester zudrückte. Wenn die Zeit gekommen war, würde er dem Leben des Königs ein Ende setzen.

Francken ging zurück in sein Gemach und starrte aus dem Fenster, ohne jedoch den Anblick des aufgewühlten Meeres zu genießen. In Gedanken ging er die Berater seines Vaters durch. Die meisten waren Speichellecker, redeten seinem

Vater nach dem Mund. Hier würden ein paar versteckt angebrachte Drohungen und die ein oder andere Bestechung seine Wirkung nicht verfehlen. Der Einzige, den er ernst nehmen musste, war Wemhardt Pravastein, Bruder von König Pravastein. Er war nach einer Meinungsverschiedenheit mit seinem Bruder an den Hof von König Stormwacht gekommen. Er war ein schlauer Mann und ihn auf seiner Seite zu haben, wäre von enormem Vorteil. Francken musste unbedingt herausfinden, wie der Mann in der jetzigen Situation zu ihm stand. Er schickte seinen Diener los, um eine Sitzung mit den Beratern anzuberaumen, und ging in den Arbeitsraum seines Vaters. Dies war nun sein Reich und er würde es nicht mehr hergeben.

Wemhardt Pravastein traf zuerst ein und fand Francken am Schreibtisch seines Vaters sitzend. Francken hatte bereits in alle Fächer des Schrankes und Schubladen des Schreibtisches geschaut, jedoch das Schriftstück mit seiner Ernennung zum Regenten nicht gefunden.

„Ich denke, Ihr sucht das, Eure Hoheit." Pravastein reichte Francken ein Schriftstück, dass dieser schnell überflog. „Ich hatte es zur sauberen Abschrift in die Schreibstube gegeben. Wie Ihr seht, haben alle Berater unterschrieben und wir hoffen, dass wir auch Euch mit unseren Ratschlägen zur Seite stehen dürfen."

Francken verstaute das Papier im Schrank und nickte Pravastein zu, sich zu setzen. Die Miene des Beraters verriet nichts und Francken wusste sofort, dass dieser entweder sein wichtigster Verbündeter oder sein größter Feind sein würde.

„Ich danke Euch, Herzog Pravastein." Pravastein nickte Francken zu. Die anderen Berater betraten den Raum. „Ich weiß nicht, wie mein Vater alles gehandhabt hat, doch ich hoffe auf Eure Hilfe, meine Herren. Ich verlasse mich auf Euch."

Die Berater nickten zufrieden und Francken atmete auf. Er hatte den richtigen Ton getroffen.

Später traf er sich mit Andres im Stall. Die Verwaltung hatte er seinen Stellvertretern übergeben. Gut, dass er kurz vor dem Unfall eine zweite Hilfe durchgesetzt hatte. Er streichelte seine Stute und überlegte, ob er sich heute einen Ausritt gestatten konnte, entschied sich aber dagegen. Er musste über sein weiteres Vorgehen nachdenken. Allem Anschein nach würde die Königin das Kind bis zum erwarteten Termin austragen können. Sollte er abwarten und darauf hoffen, dass es ein Mädchen werden würde? Was wäre, wenn nicht? Ein erneuter Unfall so kurz nach Closlins Tod würde sicherlich Fragen aufwerfen. Er musste umsichtig handeln und bis dahin galt es, dem Gesinde zu zeigen, wer jetzt der Herr im Schloss war.

„Ich weiß nicht, ob es angebracht ist, dir in dieser Situation zu gratulieren. Doch der König hat eine gute Wahl getroffen." Andres war leise an ihn herangetreten und Francken zuckte bei den Worten zusammen.

Er setzte ein müdes Lächeln auf und wandte sich Andres zu. „Ich weiß nicht. Ich werde viel Hilfe brauchen. Er hätte besser Herzog Pravastein gewählt." Francken beobachtete Andres, ob der ihm seine Bescheidenheit abnahm, doch der war mit den Gedanken schon weiter.

„Vielleicht heißt deine Wahl auch, dass es um den König wirklich schlecht steht. In der Gesindeküche geht so einiges herum …" Andres sah Francken fragend an.

Francken ließ seine bescheidene Miene fallen. Zornesfalten traten auf seine Stirn und sein Gesicht rötete sich. „Diese Gerüchte! Als ob das Gesinde nichts Besseres zu tun hat, als zu tratschen. Weißt du, was sie über mich erzählen?" Andres wurde rot und nickte. Francken schlug mit der Faust an die Stallwand. „Das muss aufhören. Wenn ich jemals das mir übertragene Amt vernünftig ausüben soll, darf nicht über mich erzählt werden, dass ich ein Mörder und ein Intrigant bin!" Andres nickte zustimmend. Francken kniff die Augen zusammen. „Ich muss wissen, wer die Gerüchte verbreitet, und ein Exempel statuieren. Nur so hört das auf." Francken sah seinen Freund fest an. Andres zögerte, stimmte dann aber zu. Ihm war anzusehen, dass ihm nicht wohl bei dem Gedanken war, andere zu verraten. Aber seine Treue zu Francken war mächtiger als sein Gewissen. Francken überspielte seine Erleichterung mit einem ernsten Gesicht. „Es muss sein, das weißt du selbst, oder? Ich muss das Untergraben meiner Autorität von Anfang an unterbinden. Der Thronfolger soll schließlich ein gestärktes Königreich übernehmen, wenn er alt genug ist."

Andres nickte erneut. „Ich finde es heraus. Ich habe da so einen Verdacht. Und du hast Recht. Diese Gerüchte schaden dem Königreich."

Ein neuer Berater für den König

Die Berater hatten sich im Arbeitszimmer des Königs versammelt. Francken klopfte auf den Tisch und bat um Ruhe. „Meine Herren, ich habe Euch heute nicht nur zusammengerufen, damit wir die Belange des Königreiches besprechen. Ich möchte den Prior und zukünftigen Abt von Stormflod ebenfalls zu meinem Berater machen und hoffe auf Eure Zustimmung. Er müsste bald eintreffen, doch ich will seine Berufung nicht über Eure Köpfe hinweg vornehmen. Also, meine Herren, was sagt Ihr dazu?"

Die Berater sahen sich an und Francken konnte erkennen, dass sie sich fragten, warum er einen weiteren Berater brauchte, ob er mit ihnen unzufrieden sei. Wie in den meisten Fällen erhob Wemhardt Pravastein für alle das Wort. „Eure Hoheit, ich hoffe, Euer Wunsch nach einem weiteren Berater heißt nicht, dass Ihr mit unserer Arbeit unzufrieden seid. Wir haben Euch seit Eurer Ernennung zum Regenten stets nach bestem Wissen und Gewissen zur Seite gestanden."

Francken hob beruhigend die Hand. „Nein, meine Herren, macht Euch deswegen keine Sorgen. Ich schätze Eure Ratschläge sehr. Doch Thomen Verflide ist ein weiser Mann und kennt die Menschen auf eine Weise, die uns weltlichen Herrschern verschlossen bleibt. Ich erhoffe von ihm Rat in spiritueller Hinsicht. Mit dem Tod des Thronfolgers und der Erkrankung des Königs stehen uns schwere Zeiten bevor und wir müssen auch für das Seelenheil unserer Untergebenen und Schutzbefohlenen sorgen, nicht nur für ihre materielle Sicherheit."

Die Berater entspannten sich und Francken konnte ihnen förmlich ansehen, dass er nicht nur ihre Bedenken zerstreut, sondern sie mit seiner umfassenden Sorge um die Bevölkerung von Stormwacht beeindruckt hatte. Nicht, dass das Seelenheil der Menschen ihm irgendetwas bedeutete, er wollte lediglich erreichen, dass er Thomen, ohne Misstrauen zu erregen, an seine Seite holen konnte, wann immer er es brauchte.

„Wir müssen gestehen, Eure Hoheit, dass wir daran nicht gedacht haben, und sind umso froher, dass Ihr diese Umsicht besitzt. Der Prior ist eine hervorragende Wahl." Herzog Pravastein verbeugte sich, während die Berater zustimmend nickten.

Zwei Stunden später saßen Thomen und Francken allein bei einem Glas Wein in des Königs Arbeitszimmer. Thomen hielt das feingeschliffene Glas ins Licht, bewunderte für einen Moment die tiefrote Farbe und nahm dann genüsslich einen Schluck.

„Den habe ich in der hintersten Ecke im Weinkeller entdeckt. Wahrscheinlich wurde er für einen besonderen Anlass aufgehoben." Francken nahm ebenfalls einen Schluck.

Thomen prostete ihm zu. „Nun, immerhin bist du Regent, und nur ein ungeborenes Kind trennt dich noch vom Thron."

Francken setzte sein Glas ab und schlug missmutig mit der flachen Hand auf den Tisch. „Was soll ich nur tun? Was ist, wenn das Kind tatsächlich ein Junge ist und Jonata ihn gesund zur Welt bringt? Ein weiterer Kindstod würde das Misstrauen nur schüren, egal wie ich es anstelle."

Thomen klopfte Francken beruhigend auf die Hand. „Hab Geduld, mein Lieber. Noch ist nicht gewiss, dass es ein gesunder Junge wird. Es kann noch so viel passieren. Ich halte es sogar für wahrscheinlich, dass bei der Geburt etwas schief geht. Darum, so schwer es dir auch fällt, warte ab."

„Aber …!"

Thomen hob die Hand und brachte Francken zum Schweigen. „Ich gebe dir Recht, dass ein weiterer Kindstod auf Stormwacht kein gutes Licht auf dich werfen würde. Aber lass uns darüber nachdenken, wenn es soweit ist!" Thomen trank den letzten Schluck und stellte das Glas auf dem Tisch ab. „Ich werde jetzt der Königin meine Aufwartung machen und dann nach Stormflod zurückkehren. Du, mein Lieber, handle einfach wie bisher. Ich denke, du machst deine Sache sehr gut."

Francken sah Thomen noch einen Moment hinterher, als dieser das Arbeitszimmer verließ und die Tür hinter sich schloss. Es tat gut, ihn auf seiner Seite zu haben. Er war gerissen wie ein Fuchs und ebenso schlau. Er konnte noch viel von ihm lernen.

Zurück auf Stormflod stattete Thomen dem Abt einen Besuch ab.

„Wie steht es um Stormwacht?" Thomen konnte die Stimme des Abtes kaum verstehen. Der Mönch, der ihn pflegte, stand besorgt neben ihm.

„Francken Stormwacht macht seine Sache sehr gut. Stormwacht ist bei ihm in guten Händen, solange der König krank ist. Und ich werde ihm mit meinen Ratschlägen zur Seite stehen. Macht Euch keine Sorgen, ehrwürdiger Vater."

Der Abt seufzte nur und versank wieder in Bewusstlosigkeit. Thomen hatte genug gesehen. Seine Kräuter entfalteten allmählich ihre volle Wirkung. Rasch begab sich Thomen in sein Arbeitszimmer. Bevor die Glocken ihn zur nächsten Messe riefen, musste er einen Augenblick allein sein und nachdenken. Jonata war nicht erfreut über seinen Besuch gewesen und hatte ihn deutlich spüren lassen, dass sie ihn nicht ausstehen konnte. Dennoch hatte sie es zugelassen, dass er ihr die Hand küsste. Nun hatte er eine feste Verbindung zu ihr aufgebaut und festgestellt, dass sie tatsächlich einen gesunden Jungen trug. Der Vorfall nach dem Unfall ihres Sohnes hatte keinen Schaden hinterlassen. Es lag nun an ihm, die Geburt zu verhindern, ohne dass es Francken schadete.

Lenne hat Angst

Mit einem Seufzer streckte Lenne ihr Gesicht der Sonne entgegen. Es waren die ersten wärmenden Sonnenstrahlen des Jahres. Die blauen Flecken im Gesicht und an den Armen verblassten langsam. Sie war müde, hatte sie doch jeden Tag am Bett der Königin gewacht und nur wenige Stunden Schlaf bekommen. Und selbst diese kurze Zeit hatte Francken ihr nicht gegönnt. Vor ein paar Tagen hatte er sie nach den Gerüchten ausgefragt, die über ihn im Umlauf waren. Ihre Zofe hatte ihr davon berichtet, aber nicht, von wem sie kamen. Francken war mit ihrer Antwort unzufrieden gewesen und hatte mit Schlägen versucht, mehr aus ihr herauszubekommen. Erst als sie ihm zum dritten Mal beteuert hatte, dass sie nichts wusste, hatte er von ihr abgelassen.

Lenne war verzweifelt. Sie wusste nicht, wie sie dieses Leben ertragen sollte. Es war egal, wie sie sich verhielt. Es gab immer etwas, das Francken wütend machte, und nichts konnte ihn abhalten, diese Wut an ihr auszulassen. Bruder Hensin war ein großer Trost und seine Salben halfen, dass die Folgen von Franckens Wutausbrüchen schnell heilten, oder verdeckten sie zumindest. Sie schaute zurück zur Königin, die zum ersten Mal nach dem Tod ihres Sohnes das Bett verlassen hatte, doch es schwirrten genug Hofdamen um sie herum, um es ihr so bequem wie möglich zu machen. So stieg sie eine Terrasse tiefer, ging zur Mauer, die den Garten begrenzte, und schaute hinunter. Andres Visobala kam gerade aus dem Stall und ihr Herz machte einen Satz. Als ob er ihren Herzschlag gehört hätte, schaute er auf. Ein breites Lächeln trat in sein Gesicht und er winkte ihr zu. Lenne konnte nicht anders, als zurückzustrahlen und zu winken. Andres änderte seine Richtung und steuerte auf den Garten zu. Eben noch voller Glück, wurde sich Lenne der blauen Flecken bewusst. Er würde sie sicher bemerken. Was sollte sie sagen? Sie schaute sich um, wollte schon flüchten, als er die letzten Treppenstufen hinaufkam. Atemlos blieb er vor ihr stehen und beide sagten für einen Moment kein Wort, schauten sich nur an, und dieser

Blick sagte mehr, als Worte es gekonnt hätten. Das Strahlen wich schnell aus Andres' Blick und seine Stirn legte sich in besorgte Falten. Vorsichtig strich er über die verblassenden Flecken und Lenne wandte beschämt den Blick ab.

„Er hat sich wirklich verändert." Andres' Stimme war kaum zu hören und tiefe Trauer schwang in ihr mit.

Lenne lehnte sich an ihn und für einen Moment legte Andres den Arm um sie. „Er ist voller Wut und Misstrauen. Gegen jeden." Lenne seufzte und trat einen Schritt zurück, da jederzeit ein zufälliger Blick auf sie fallen konnte, und starrte wieder über die Mauer.

Andres stellte sich neben sie und schaute ebenfalls in den Hof. „Ich weiß. Die Bestrafung des Knappen von Ritter Datardo und der Zofe von Komtess Colina war schrecklich. Alle haben nun Angst, etwas Schlechtes über ihn zu sagen. Selbst die Berater reden ihm nun nach dem Mund aus Furcht vor Strafe. Ich erkenne ihn kaum noch wieder. Vielleicht habe ich ihn auch nie gekannt."

Er schaute Lenne an und sie widerstand dem Bedürfnis, ihn in den Arm zu nehmen.

„Wie geht es der Königin?" Andres schaute zur höchstgelegenen Terrasse hinauf, wo sie noch die Schirme sehen konnten, welche die Hofdamen hielten, damit die Sonne die Königin nicht blendete.

„Es geht ihr besser, zumindest körperlich. Sie wird das Kind nicht verlieren. Doch sie ist voller Hass auf Francken. Die Gerüchte, welche die Zofe aufgeschnappt hat, stammen vermutlich von ihr." Lenne schüttelte müde den Kopf. „Sie hat Francken nie gemocht, aber jetzt ... Und genaugenommen möchte sie mich auch nicht in ihrer Nähe haben. Sie nutzt jede Gelegenheit, um mir zu erklären, was für ein schlechter Mensch mein Gatte ist und ich ..." Lenne verstummte bei der Erinnerung an diese demütigenden Situationen. Sie konnte nichts anderes tun, als der Königin zu widersprechen, so sehr sie ihr auch zustimmte. „Wie geht es Sarkana? Vermisst sie mich so sehr, wie ich sie vermisse?", wechselte sie das Thema.

Andres lachte leise und nickte dann. „Ich halte sie mit Äpfeln bei Laune. Sie hat auf der Weide genug Auslauf, aber sicher würde sie sich über einen Ausritt freuen."

Lenne seufzte wehmütig. „Ich würde sie ja gern abends im Stall besuchen, aber ..."Sie sah Andres schulterzuckend an.

„Der Königin geht es besser, es gibt keinen Grund, es dir zu verbieten."

„Ja, vielleicht. Ich gehe jetzt besser zurück, bevor man mich vermisst." Lenne streckte Andres die Hand hin, die dieser kurz an seine Lippen führte. Mit einem letzten Blick in seine Augen wandte sie sich ab und stieg die Stufen zur obersten Terrasse hinauf. Oben angekommen, schaute sie noch einmal zurück. Er stand immer noch da und schaute ihr nach.

Kattera kehrt nach Amee zurück

Verzweifelt kniete sich Kattera nach dem Abendmahl beim König auf die Bank vor dem Fenster in ihrem Zimmer. Der König hatte ihr heute eröffnet, dass sie morgen nach Amee zurückkehren würde. Die Äbtissin hatte ausdrücklich darauf bestanden, jedoch unter dem Eingeständnis, dass sie nach Schloss Winberger zurückkehren dürfe, sobald die Königin schwanger sei. Der König ahnte nicht, warum Mutter Maneth sie zurück nach Amee holen wollte. Sie wollte sie zum Schweigen bringen, aus Angst, sie könne das Kloster in Verruf bringen. Von Bruder Nickell hatte sie noch keine Antwort erhalten und so musste sie darauf vertrauen, dass der König Wort hielt und ihr den Brief nicht ins Kloster nachsandte. Sonst würde Mutter Maneth erfahren, dass sie gegen ihr Verbot verstoßen hatte. Doch größere Sorgen bereitete ihr die Nachricht, welche die Unterhaltung beim Abendmahl bestimmt hatte. Der Abt von Stormflod war gestorben. Am nächsten Tag sollte seine Beerdigung stattfinden und Prior Thomen Verflide würde seine Nachfolge antreten, das stand zweifellos fest. Es wurde auch über Francken Stormwacht getratscht, denn die Umstände, unter denen der Thronfolger ums Leben gekommen war, waren für die meisten sehr verdächtig. Kattera wusste nicht, was das alles zu bedeuten hatte, doch sie ahnte, dass die Ereignisse zusammenhingen. Der Frieden, den alle für selbstverständlich hielten, war in Gefahr. Das Böse warf sein Netz aus und zog es immer weiter zu. Kattera hasste es, dass sie nur ohnmächtig zuschauen konnte, wie die Dinge ihren Lauf nahmen.

Müde von der Reise und schmutzig vom Staub der Straße wurde sie gleich zu Mutter Maneth gebracht. Sie hätte gern etwas gegessen und sich gewaschen, doch das musste noch warten.

„Wie war Eure Reise, Schwester Kattera?" Mutter Maneth zeigte auf einen Stuhl und Kattera setzte sich.

„Die Straßen waren trocken und wir sind gut vorangekommen."

Mutter Maneth nickte zufrieden. „Da die Königin offensichtlich erst mal nicht wieder schwanger zu werden scheint, habe ich Euch zurückgerufen. Gesellschaft kann ihr auch jemand anderes leisten und Eure Fähigkeiten sind hier von größerem Nutzen, wenn auch Schwester Benusch sich sehr gut eingearbeitet hat. Sie hat vor zwei Wochen ihr Gelübde abgelegt. Es kommen jedoch immer häufiger Kranke aus den Dörfern auf der Suche nach Hilfe. Ich überlege, ob wir in Vorihosum eine Krankenstation einrichten sollten. Aber das soll nicht Euer Problem sein, denn der König besteht darauf, dass Ihr nach Schloss Winberger zurückkehrt, sobald seine Frau wieder schwanger ist. Wie dem auch sei: Ich bin froh, dass Ihr Euch gefangen habt und Eure unhaltbaren Vermutungen für Euch behaltet."

Kattera hatte aufmerksam zugehört und war nun froh, dass sie die Warnung, dass ihre Briefe gelesen werden würden, ernst genommen hatte.

Doch Mutter Maneth war noch nicht fertig. „Mir sind einige Gerüchte vom Königshof Stormwacht zu Ohren gekommen. Was ist passiert? Ihr habt sicherlich einiges mitbekommen."

Kattera erzählte Mutter Maneth die nächste Stunde von den Gerüchten um die Ereignisse auf Stormwacht und welche weiteren Themen in den vergangenen Wochen die Gespräche beim Abendmahl bestimmt hatten. Sie wurde nur kurz von Schwester Cecilia unterbrochen, die ihr einen Becher mit Wasser und einen Teller mit Brot und Käse brachte. Mutter Maneth ließ sie noch in Ruhe aufessen, bevor sie Kattera ins Bett schickte.

Mutter Maneth schaute einen Moment auf die Tür, die Kattera hinter sich geschlossen hatte. Zwar hatte die Schwester ihre unerhörten Anschuldigungen nicht mehr erwähnt, doch Mutter Maneth war sich sicher, dass sie diese nicht vergessen hatte und nach wie vor davon überzeugt war, dass sie der Wahrheit entsprachen. Die Ereignisse auf Schloss Stormwacht waren besorgniserregend. Hatte Schwester

Kattera vielleicht doch Recht? Mutter Maneth schüttelte unwillig den Kopf. Wahrscheinlich war alles nur ein unglücklicher Unfall, kein Grund, sich wegen den Sorgen einer jungen Frau den Kopf zu zerbrechen.

Thomen Verflide hält die Macht in der Hand

Stolz saß Thomen Verflide auf dem Stuhl des Abtes, als ihm die Insignien seines Amtes überreicht wurden. Der Abt von Dagatan war angereist, um Thomen zum neuen Abt von Stormflod zu weihen. Die Beratung mit den Ältesten des Klosters war kurz ausgefallen, so wie Thomen es erwartet hatte. Nun hatte er die Macht in der Hand, um Adholokas Ziele durchzusetzen. Er erhob sich und verbeugte sich vor den Mönchen seines Klosters, die alle im Kapitelsaal versammelt waren. Sie würden nun zu einem Gottesdienst in die Kirche ziehen und dann den verschiedenen Abt Pesolt beisetzen.

Würdevoll leitete Thomen die Mönche in die Kirche und hielt eine Predigt über Demut, den Dienst an den Menschen und die Gnade Surijas, die allen zuteilwurde. Die Sonne schien durch die Kirchenfenster und ließ den Schmuck funkeln. Niemand hatte Zweifel daran, dass Thomen Verflide, von Sonnenlicht eingehüllt, Surija ganz ergeben war.

In der Krypta warfen die Fackeln flackernde Schatten an die Wände. Die freudige Zuversicht, die alle im Gottesdienst erfasst hatte, machte einer bedrückten Ängstlichkeit Platz. Die Mönche rückten eng zusammen, als wollten sie sich gegenseitig Halt geben. Der Leichnam wurde in den Sarg gelegt und der Deckel versiegelt. Bruder Wentzel hielt Thomen das Buch, aus dem er die Beerdigungszeremonie zitierte, und leuchtete ihm mit einer Kerze. Im flackernden Schein des Lichtes konnte er immer wieder das Rot in den Augen des frisch geweihten Abtes erkennen. Angst ergriff ihn. Noch hatte er mit niemandem über den Verdacht gesprochen, den er seit Jahren hegte. Doch jetzt spürte er wieder ganz deutlich, dass von Bruder Thomen eine unausgesprochene Bedrohung ausging.

Thomen fühlte, wie Adholokas Macht ihn durchströmte, jetzt wo er ihm so nahe war. Er triumphierte mit ihm. Jetzt würde es keiner mehr wagen, ihm zu widersprechen. Die Zeit des Wartens und der Vorsicht waren vorüber. Er warf hin und wieder einen Blick auf Bruder Wentzel, der ihm das Buch hielt, doch der hielt den Blick gesenkt. Thomen hatte nicht vergessen, dass es Wentzel gewesen war, der ihm die Vereinigung mit Adholoka angesehen hatte. Doch er hatte dies all die Jahre für sich behalten und Thomen konnte seine Angst förmlich riechen. Er war sich sicher, dass er weiterhin schweigen würde. Es war nur eine Frage der Zeit, bis Francken Stormwacht auf dem Thron von Stormwacht saß, und dann konnte er mit Adholokas Hilfe Krieg und Verderben über Vertara bringen. Bei diesen Gedanken wallte Adholokas Macht auf, sodass Thomen innerlich zu brennen schien. Er gehörte dem Bösen und Schmerzen waren ein Teil davon.

Kattera hat Angst

Die Schmerzen kamen aus heiterem Himmel und zwangen Kattera in die Knie. Die Kräuter, die sie gerade für einen Tee abmaß, fielen ihr aus der Hand und verteilten sich über den ganzen Boden. Ein lautes Stöhnen kam über ihre Lippen, als sie sich den schmerzenden Leib hielt, wohl wissend, dass die Schmerzen keine natürliche Ursache hatten. „Schwester Kattera! Was ist mit dir?" Schwester Darathee hatte das Stöhnen gehört, zog sie jetzt auf die Füße und trug sie halb aus der Küche der Krankenstation hinaus und half ihr auf ein Bett. „So sag doch was!"

Sie strich Kattera über die Schulter, versuchte sie zu beruhigen, doch Kattera fühlt nichts als Schmerz, der sie von innen verbrannte. So plötzlich, wie er gekommen war, ließ der Schmerz nach, und Kattera entspannte sich. Sie blickte in das besorgte Gesicht von Schwester Darathee und lächelte sie beruhigend an. „Es ist alles gut, Schwester. Heftige Magenkrämpfe, weiter nichts."

Schwester Darathee seufzte erleichtert. „Ich habe dir gleich gesagt, dass die Äpfel noch nicht reif sind und du hast gleich zwei gegessen. Ich mache dir einen Tee gegen die Krämpfe und du bleibst schön liegen. Schwester Benusch soll den Tee machen und ihn den anderen einflößen."

Kattera widersprach nicht. Alle hatten sich so an ihr Leuchten gewöhnt, dass es niemand mehr beachtete und niemandem auch nur der Gedanke kam, dass ihre Schmerzen eine andere Ursache haben könnten. Diesmal hatte sie nicht nur die Stärke des Bösen gespürt. Es war eine Kampfansage gewesen. Adholoka war nun stark genug, um sein Gesicht zu zeigen. Kattera war sich sicher, dass es nicht mehr lange dauern würde, bis das Verderben über Vertara hereinbrach. Doch was sollte sie tun, wie konnte sie gegen das Böse bestehen? Es war so stark und hatte mächtige Verbündete. Und sie war nur eine bescheidene Nonne, zu unwichtig, als das jemand auf sie hören würde. Ihre wenigen Verbündeten wagten es nicht, ihr öffentlich zuzustimmen und beizustehen.

Das Böse hatte bereits seine Schatten vorausgeworfen. Sie konnte Neleke davon erzählen, doch es würde sie nur beunruhigen. Auch Bruder Nickell konnte nichts ausrichten. Thomen Verflide war einfach zu angesehen und zu mächtig. Niemand wollte es sehen und wenn sie es erkennen würden, dann würde es zu spät sein. Kattera rollte sich wieder zusammen und versuchte nicht, die Tränen zurückzuhalten, die nun rollten. Verzweiflung übermannte sie und ihr Flehen zu Surija, ihr doch zu sagen, was sie tun sollte, blieb ungehört. Surija tat nichts, ließ sie nur spüren, dass er da war.

Am nächsten Tag ging Kattera in ihrer freien Zeit in die Bibliothek. Sie wusste von Neleke, dass im Kloster noch eine Urfassung der Legende vom heiligen Ekarius lagerte. Im flackernden Licht einer Kerze suchte Kattera die Schränke und Regale im ältesten Teil der Bibliothek ab. Der Modergeruch nahm ihr fast den Atem, denn hier wurden die Schriften gelagert, die nicht mehr im Gebrauch waren, denn das Wissen aus ihnen war längst überarbeitet und verbessert worden. Von Zeit zu Zeit wurde durchsortiert und das, was nicht mehr zu entziffern war, entsorgt. Neleke hatte vor zwei Jahren an einer solchen Aufräumaktion teilnehmen müssen und dabei die Urfassung entdeckt. Sie hatte nichts gesagt, weil so viel anderes zu tun war. Später hatte sie Kattera davon erzählt.

Kattera musste lange suchen, bis sie das Schriftstück in der dunkelsten Ecke in einem halb zerfallenen Schrank fand. Der Schrank war einst verschlossen gewesen, doch das Holz war so verrottet, dass die Beschläge abgefallen waren. Sie holte die Blätter mit der nahezu verblichenen Schrift heraus. Ein Geräusch hinter ihr schreckte sie auf, denn genaugenommen durfte man nur unter Aufsicht der Bibliothekarin diesen Bereich betreten. Sie hockte sich hinter einen Schrank und begann zu lesen. Je weiter sie kam, desto schneller schlug ihr Herz, desto aufgeregter ging ihr Atem. Es war kein Wunder, dass die Urfassung hier versteckt war und es war gut, dass Neleke keinen genaueren Blick darauf geworfen hatte. Die Schrift handelte von Ekarius' Wundertaten, die er vollbracht hatte, während er durch Vertara zog. Seine Anhängerschar wurde mit jeder Heilung größer. Auch zu seiner Zeit offenbarte sich das Böse nicht sofort. Doch als es schließlich sein hässliches Antlitz zeigte, stürzte auch Ekarius in tiefe Zweifel. Es schnürte Kattera die Kehle zu, während sie die letzten Seiten las. Sie mussten von Ekarius selbst stammen. „Das Böse wird immer mächtiger. Adholoka greift nach jeder Seele, der er habhaft werden kann. Und ich bin nicht in der Lage, mich ihm entgegenzustellen. Ich habe geglaubt, dass es Surijas Wille ist, dass ich durch Vertara ziehe, Gutes tue und den Menschen sein Heil näherbringe, doch was er von mir verlangt, kann ich ihm nicht geben. Ich will Leben schenken, nicht meines verlieren. Ich soll mich opfern, um die Seelen der Vertarer vor Adholoka zu retten? Was ist, wenn es nicht gelingt, wenn mein Opfer umsonst ist und niemand mehr da ist, der den Menschen Trost spendet? Wie nur soll ich Surijas Willen erfüllen, wenn er mich vernichten will?"

Aus ihrer Sorge, wie sie Surijas Willen bei all den Widrigkeiten erfüllen sollte, wurde nun Gewissheit, dass sie es niemals schaffen würde. Angst vor dem, was Vertara bevorstand, durchflutete sie, denn sie würde Surijas Willen nicht erfüllen. Sie konnte es nicht, er verlangte einfach zu viel. Auch sie wollte nicht sterben, die Menschen brauchten sie doch, ihre Heilkünste, ihren Trost. Ihr Leben lag doch noch vor ihr und es gab so viel zu tun. Wie sollte ihr Tod dem Guten nützen und das Böse vernichten? Sie sah nicht, was dieses Opfer bringen sollte.

Der letzte Absatz stammte von einem seiner Anhänger. Er berichtete, dass Ekarius schließlich doch sein Leben gegeben hatte, um Vertara zu retten, und dass seine Anhänger ihm zu Ehren den Glauben an Surija in Vertara festigen wollten. In späteren Schriften wurde der Tod von Ekarius offenbar verschwiegen und er selbst als Gründer der Religion des Lichtes genannt. So ging er als unbesiegter Heiliger in die Geschichte ein und die Menschen schauten noch heute zu ihm auf. Mit zitternden Händen legte Kattera das vergilbte Papier in den zerfallenden Schrank zurück. Sie sank in sich zusammen und brach in Tränen aus. Warum hatte Surija keinen Stärkeren gewählt? Letztendlich hatte Ekarius seine Angst vor dem Tod besiegen können und war dem Bösen entgegengetreten. Doch wie sollte sie das schaffen? Sie wusste nicht im Geringsten, wie sie Surijas Kräfte nutzen sollte. Wie war Ekarius das gelungen? In den Schriften stand nichts davon und von Surija hatte es bis jetzt keinen Hinweis gegeben. Würden Vertara und all seine Bewohner an das Böse fallen, weil sie zu schwach war?

Bruder Wentzel sucht Rat

Mit einem Seufzer stieg Bruder Wentzel auf die Fähre und ließ Stormflod hinter sich. Ihm war gar nicht bewusst gewesen, wie sehr sich die Stimmung im Kloster in den vergangenen Tagen verändert hatte. Er fühlte sich stetig beobachtet und in ihrer freien Zeit plauderten die Mönche kaum noch miteinander. Sie schritten schweigen durch den Garten und beäugten sich misstrauisch. Doch hier auf dem Schiff konnte er frei atmen. Er war auf dem Weg zum Goldschmied in Verobala, um zwei mit Edelsteinen verzierte Kerzenständer abzuholen. Er gab regelmäßig Arbeiten beim Goldschmied in Auftrag und bei dieser Gelegenheit stattete er Bruder Hensin auf Stormwacht einen Besuch ab, um ihm die Kräuter zu bringen, die er brauchte, und um ihn über das Klosterleben auf dem Laufenden zu halten.

„Ah, Bruder Wentzel! Schön, dass du kommst. Und du hast mir reichlich Kräuter zur Beruhigung der Nerven mitgebracht, das ist gut. Die Königin hat meinen Vorrat beinahe aufgebraucht." Bruder Hensin nahm seinem Freund den Korb ab und wies auf das Bett, auf das sich Bruder Wentzel mit einem Seufzer fallen ließ. Hensin sah ihn scharf an. „Es hat so einige Veränderungen im Kloster gegeben, habe ich gehört?!"

Wentzel nickte. „Thomen Verflide ist unser neuer Abt. Aber das weißt du sicherlich schon. Er hat alle um den Finger gewickelt und nun traut sich niemand mehr Widerworte zu geben. Und wenn doch, dann gibt es Stockhiebe und man wird tagelang in die Büßerzelle gesperrt. Jetzt wagt es niemand mehr, etwas zu sagen. Jeder beobachtet jeden misstrauisch. Es ist schrecklich."

Hensin hatte Wentzel aufmerksam beobachtet. „Aber das ist nicht alles, was dich bedrückt, habe ich Recht, mein Freund?"

Wentzel schwieg. Alles in ihm sehnte sich danach, jemanden sein Geheimnis anzuvertrauen. Doch er hatte Angst, dass Thomen Verflide erfahren würde, was er erzählt hatte. Bruder Hensin schaute ihn immer noch erwartungsvoll an und er fing stockend zu reden an. „Ich habe noch mit niemandem darüber gesprochen, aber als Abt Thomen zum Prior geweiht wurde und aus der Krypta stieg, leuchteten seine Augen in der Dunkelheit rot und er sah aus wie der leibhaftige Tod. Im Licht war es verschwunden, so dass ich glaubte, dass mir meine Augen einen Streich gespielt haben. Aber bei der Beisetzung von Abt Pesolt habe ich es im flackernden Kerzenschein wiedergesehen. Ich habe mich nicht getäuscht. Thomen Verflide ist vom Bösen besessen. Damals bei der Einweihung in die Mysterien ist er mit Adholoka einen Pakt eingegangen."

Erleichterung durchflutete Wentzel, nun wo sein Verdacht ausgesprochen war, und zu seinem Erstaunen starrte ihn Hensin nicht zweifelnd oder entrüstet, sondern sehr ernst an. Schließlich nickte Hensin. „Du bist dir da ganz sicher?"

Wentzel nickte. „Was ist? Du siehst aus, als ob du das nicht zum ersten Mal hörst."

„Es gibt eine Nonne aus dem Kloster Amee, Schwester Kattera. Sie wurde von Surija gesegnet und hat bereits vorausgesagt, dass Adholoka nach Vertara gekommen ist. Sie hat in Thomen Verflide seinen Verbündeten ausgemacht. Deine Beobachtung, mein Freund, ist der Beweis."

Wentzels Mund wurde trocken vor Angst. Dies war das Letzte, das er hören wollte. Der Abt von Stormflod war einer der mächtigsten Männer in ganz Vertara und er diente tatsächlich dem Bösen!

„Du hast gesagt, dass du die Zeichen des Bösen nur in der Dunkelheit gesehen hast?"

Bruder Wentzel schreckte hoch, als Bruder Hensin das Wort wieder an ihn richtete, und nickte. „Ja, es scheint, dass die Dunkelheit sein Wesen offenbart, im Licht hingegen versteckt es sich. Und wenn ich mich recht erinnere, ist Bruder Thomen seit jenem Tag immer darauf bedacht, im Licht zu stehen."

Die beiden Mönche starrten sich an. Jeder sah dem anderen die Furcht an, welche die Erkenntnis auslöste, dass das Böse mitten unter ihnen war und sie keine Macht hatten, sich ihm entgegenzustellen.

Schließlich erhob sich Bruder Hensin und griff nach dem Korb. „Es stehen uns dunkle Zeiten bevor, mein Freund. Möge Surija uns beistehen."

Post von Bruder Nickell

Nachdenklich wendete Endres Winberger den Brief hin und her. Es war jetzt schon der zweite Brief von Bruder Nickell an Schwester Kattera. Der erste war angekommen, kurz nachdem sie Schloss Winberger verlassen hatte. Den zweiten hatte ihm heute Morgen der Bote überreicht. Was schrieb sich Kattera nur mit diesem Mönch, dass es ihre Äbtissin nicht lesen durfte? Er hatte in Erfahrung gebracht, dass Bruder Nickell der Prior von Pravamol war und damit keine unbedeutende Persönlichkeit. Doch was bedeutete diese Heimlichtuerei? Er war sich sicher, dass es etwas mit Katteras Erleuchtung zu tun hatte, und es verletzte ihn, dass sie sich nicht auch ihm oder seiner Frau anvertraut hatte, schließlich hatten sie Kattera freundlich aufgenommen. Sie war für sie beinahe ein Familienmitglied und seine Frau vermisste sie sehr. Entschlossen brach er das Siegel des ersten Briefes und las. Was er erfuhr, ließ ihm den Atem stocken. Das Böse hatte bereits in Vertara sein hässliches Haupt erhoben und Kattera hielt Thomen Verflide für seinen Verbündeten. König Winberger hatte Katteras Erleuchtung bis jetzt keine tiefere Bedeutung beigemessen, denn es herrschte nach wie vor Friede in Vertara, aber wenn sie bereits Zeichen erhielt und das Böse bereits erkannt hatte, wie lange würde der Friede noch währen?

Endres zweifelte keinen Moment daran, das Kattera diese Visionen hatte und dass sie auch der Wahrheit entsprachen. Er war ein gläubiger Mensch und auch ihm war Thomen Verflide nicht geheuer gewesen. So freundlich er sich auf der Hochzeit auch gegeben hatte, Endres hatte seine Nähe als bedrohlich empfunden und er war froh gewesen, als die Aufmerksamkeit des Priors auf jemanden anderes gelenkt wurde. Nun war er Abt von Stormflod und einer der mächtigsten Männer in Vertara. Kein Wunder, dass Kattera es für sich behielt. Einen so mächtigen Mann beschuldigte man nicht so ohne Weiteres, dass er sich vom bösen Gott Adholoka verführen ließ. Und es war auch verständlich, dass Mutter Maneth von dieser Vision nichts wissen wollte. Es würde die ganze Kirche in Verruf bringen. Er wusste von Kattera, dass sie Bruder Nickell aus ihrer Kindheit kannte und sehr mochte. Er schien ihr einziger Vertrauter zu sein. Endres war sich der Bürde bewusst, die ihr aufgeladen worden war, und wünschte sich umso mehr, dass sie zu ihm gekommen wäre. Er öffnete gerade den zweiten Brief, als seine Frau mit einem strahlenden Lächeln im Gesicht ins Zimmer trat. Durettas Lächeln schwand, als sie die Sorgenfalten auf dem Gesicht ihres Mannes sah. Mit einigen Schritten war sie bei ihm. „Was ist los mein Lieber, was macht dir Sorgen?" Endres reichte ihr den Brief von Bruder Nickell an Kattera, den er bereits gelesen hatte. Duretta sah die Anschrift und ließ ihn fallen. „Du kannst doch nicht Schwester Katteras Briefe lesen! Sie hat auf deine Verschwiegenheit vertraut!"

Endres drückte ihn ihr wieder in die Hand. „Lies!", befahl er, und Duretta folgte. Nach den ersten Zeilen wanderte ihre Hand erschrocken zum Mund und sie setzte sich erbleichend auf den nächsten Stuhl. Endres las den zweiten Brief, in dem Bruder Nickell berichtete, was Bruder Wentzel Bruder Hensin erzählt hatte. Endres' Gesicht nahm einen grimmigen Ausdruck an. Das war schlimmer als gedacht. Es stand nicht nur Katteras Vermutung im Raum, ein Zeuge hatte die Bestätigung geliefert.

„Oh mein Gott!" Duretta legte den Brief auf den Tisch. „Und all dies hat sie mit sich herumgetragen, das arme Mädchen. Warum hat sie nicht mit uns gesprochen? Ich weiß zwar nicht, wie wir ihr helfen können, aber sie wäre nicht so allein gewesen."

Endres reichte seiner Frau den zweiten Brief. „Das habe ich mir auch gedacht. Ich vermute Äbtissin Maneth hat ihr verboten, darüber zu sprechen. Allein Bruder Nickell hat sie vertraut. Thomen Verflide ist ein mächtiger Mann und wahrscheinlich hat sie befürchtet, dass wir uns auf seine Seite stellen."

Duretta legte den zweiten Brief zurück auf den Tisch. „Wir müssen sie zurückholen. Wahrscheinlich hat Mutter Maneth sie in das Kloster zurückbeordert, um sie mundtot zu machen.

Aber sie muss doch wissen, was vor sich geht, und wir müssen uns nach Verbündeten umschauen!"

Sie funkelte ihren Mann an, der leise lachte, sie in den Arm nahm und küsste. „Ich liebe dich, mein Schatz!" Dann wurde er wieder ernst. „Wie können wir sie zurück nach Schloss Winberger holen? Ohne triftigen Grund wird Mutter Maneth sie nicht gehen lassen."

Duretta stand auf und zog ihren Mann auf die Füße. „Deswegen bin ich gekommen. Es gibt einen Grund, Kattera wieder zu uns zu holen, Mutter Maneth hat es ja sogar zugesagt!" Sie strahlte ihren Mann an. „Ich bin schwanger, ich bin mir ganz sicher." Endres nahm seine Frau fest in den Arm und für einen Moment war Kattera vergessen.

Die Geburt des Thronfolgers

Hastig riss Bruder Hensin die Tür zur Kräuterkammer auf. Er kannte den Inhalt in- und auswendig und brauchte kein Licht, um die richtigen Kräuter gegen Schmerzen zu finden. Königin Jonata lag in den Wehen und es stand nicht gut um sie. Die eilig herbeigerufene Hebamme hatte die Königin eingehend untersucht. Das Kind lag quer und sie musste es drehen. Eine Tortur für die werdende Mutter und es war fraglich, ob beide die Prozedur überleben würden. Er rannte zurück zum Gemach der Königin, deren Schreie schon aus weiter Ferne zu hören waren. Als er das Zimmer betrat, standen die Hofdamen mit bleichen Gesichtern und weit aufgerissenen Augen in einer Ecke und jammerten fortlaufend. Die Hebamme war bei der Königin und gab ihr Anweisungen, während Lenne ihr zur Hand ging. Ausgerechnet Lenne, die durch die Königin so viel zu erdulden hatte, stand ihr jetzt bei, während ihre Hofdamen wie verängstigte Hasen in einer Ecke hockten. Er schickte die Frauen vor die Tür und rührte die Kräuter in den bereitstehenden Krug mit heißem Wein. Er reichte ihn Lenne, welche die Königin sanft stützte und ihr die Flüssigkeit einflößte.

„Ich habe auch noch etwas zur Blutstillung hineingetan", raunte er der Hebamme zu, die abwesend nickte. Ihre ganze Konzentration war auf die Königin gerichtet. Jonatas Haut war aschfahl und ihre Kräfte schwanden zusehends. Die Hebamme schüttelte den Kopf und murmelte leise vor sich hin. Vorsichtig schob sie ihre Hand in den Körper der Königin und begann das Kind zu drehen. Jonata bäumte sich schreiend auf.

„Haltet sie fest!"

Hensin und Lenne drückten die Königin auf ihr Lager, während die Hebamme ihre Arbeit tat. Jonatas Gegenwehr wurde immer schwächer und schließlich erschlaffte sie. Hensin fasste an ihren Hals und fühlte nach dem Puls und schüttelte dann traurig den Kopf.

Die Hebamme stieß enttäuscht die Luft aus. „Ich hatte es beinahe geschafft. Sie hätte nur noch eine Minute durchhalten müssen! Aber ich glaube, dass das Kind bereits tot ist. Es hat sich nicht bewegt." Nur selten verlor sie den Kampf um das Leben von Mutter und Kind und ausgerechnet bei der Königin hatte ihre Kunst versagt.

„Lasst uns trotzdem sichergehen, werte Frau."

Die Hebamme nickte müde, holte ein Messer, öffnete den Bauch der toten Königin und holte das Kind heraus. Es war ein perfekter kleiner Junge, doch er war genauso tot wie seine Mutter.

Hensin ließ sich schwer auf einen Stuhl fallen. „Ich hatte gehofft, dass die Zwischenblutung keine Auswirkung hat und sie das Kind gesund zur Welt bringt."

Die Hebamme sah ihn stirnrunzelnd an. „Ich erinnere mich. Der Tod ihres Sohnes hatte sie ausgelöst, nicht wahr?"

Bruder Hensin nickte, dann holte er ein paar Münzen aus der Tasche und gab sie der Frau. „Habt trotzdem Dank für Eure Hilfe. Ich werde dem König die schlimme Nachricht überbringen." Er wandte sich an Lenne. „Und Ihr geht ins Bett, meine Liebe, Ihr habt genug getan. Das Herrichten des Leichnams können wir getrost ihren Hofdamen überlassen."

Lenne nickte und verließ zusammen mit der Hebamme das Zimmer. Hensin zog die Decke über die Königin und legte ihr das tote Kind in den Arm. Dann trat er auf den Flur. Die Hofdamen standen immer noch jammernd vor der Tür.

„Wascht die Königin und ihr Kind und richtet sie her. Der König wird sich sicher von seiner Frau verabschieden wollen."

Er ließ sie stehen und verschloss seine Ohren vor dem Wehklagen, als die Hofdamen das Gemach der Königin betraten.

Vor dem Schlafgemach des Königs hielt er inne, legte sich seine Worte zurecht, klopfte an und trat ein. Der König richtete sich erwartungsvoll von seinem Krankenlager auf und schüttelte ungeduldig die Hand des Arztes ab, der ihn zur Ruhe mahnte. „Nun sagt schon, Bruder, hat mir meine Frau einen Thronfolger geboren?"

„So ist es, mein König." Clewin Stormwacht lachte zufrieden und ließ sich auf das Kissen sinken. Hensin überlegte einen Moment, ihn in dem Glauben zu lassen, dass alles in Ordnung sei, doch es half nichts. Der König musste die Wahrheit erfahren. „Aber Euer Sohn war schon tot, als wir ihn aus dem Leib der Königin holten. Und auch Eure Frau hat die Geburt nicht überlebt. Das Kind lag quer, wir konnten es nicht schnell genug herausholen. Es tut mir leid, mein König."

Der König hatte sich wieder aufgerichtet. Sein Gesicht war blass geworden und er schnappte nach Luft. „Das kann nicht sein! Es ging ihr und dem Kind gut, das habt Ihr selbst gesagt. Ich brauche einen Erben! Wer soll sonst meinen Thron übernehmen?"

Der Arzt drückte den König besorgt zurück auf die Kissen, sah sich um und deutete dann auf einen Becher auf dem Tisch. Hensin holte ihn, doch bevor sie ihm den Becher an die Lippen setzen konnten, griff sich der König mit schmerzverzerrtem Blick an die Brust, holte einige Male krampfartig Luft und erschlaffte dann. Der Arzt fühlte seinen Puls und schüttelte dann den Kopf. „Das war zu viel. Ihr wusstet doch, dass sein Herz schwach war!"

„Wie konnte ich ihm die Wahrheit verschweigen? Er ist der König!"

Beide starrten auf den toten König hinab. Mit einem Schlag war die ganze Königsfamilie ausgelöscht. Es blieben nur eine kleine Tochter und ein Bastard, der bereits auf den Thron lauerte und diese Flut an Unglücken vielleicht sogar in Gang gebracht hatte.

Lenne öffnete die Tür zu ihrem Gemach. Sie sehnte sich nach einem Bad, wollte das Blut der Königin von ihren Händen waschen, doch Francken erwartete sie bereits. „Und, was hat die Königin zur Welt gebracht?"

Einen Moment war Lenne versucht, ihm die Stirn zu bieten, zu sagen, dass die Königin einen Thronfolger geboren hatte und er für immer Regent bleiben würde, doch mit einem Blick auf Franckens erregtes Gesicht unterließ sie es. Sie hatte genug Schläge in der letzten Zeit erhalten.

„Die Königin ist bei der Geburt gestorben und das Kind ebenso. Es war ein Junge, aber das spielt jetzt wohl keine Rolle mehr."

Francken riss vor Überraschung den Mund auf und ging aufgeregt im Zimmer auf und ab. Lenne konnte sehen, wie es in seinem Kopf arbeitete. Sie ahnte seine Gedanken. Nun hatte er legitimen Anspruch auf den Thron und er würde ihn nutzen. Sie hatte keine Kraft mehr, die Menschen zu bedauern, die in Zukunft unter diesem Tyrannen leiden mussten.

„Mein Gemahl, ich bin müde und schmutzig. Ich …"

Francken packte sie bei den Schultern und schüttelte sie. „Schlafen kannst du später. Richte dich her. Noch heute Abend werde ich vor dem König und dem Rat meinen Anspruch auf den Thron erheben und ich will dich an meiner Seite haben. Also sorge dafür, dass du wie eine Königin aussiehst." Francken stürmte aus dem Zimmer und ließ Lenne zurück.

„Gott steh uns bei!", flüsterte Lenne und ließ sich erschöpft auf einen Sessel sinken.

Hensin sprach gerade ein Gebet für die Seele des verstorbenen Königs, als es an der Tür klopfte und Francken Stormwacht das Zimmer betrat. Er kam ans Bett und fragte: „Wie geht es ihm? Ich wollte ihm beistehen, denn der Tod der Königin muss ihn schwer getroffen haben. Oder weiß er es noch nicht?"

Hensin sah in die unschuldige Miene, die Francken zur Schau stellte, doch sein lauernder Blick sprach Bände. In dem Moment öffnete sich die Tür nochmals und die Berater des Königs traten ein. Francken sah sie einen Augenblick verwirrt an, dann fühlte er nach dem Puls des Königs.

„Unser König hat den Tod seiner Frau und seines Sohnes nicht verkraftet. Kurz nach der Nachricht ist sein Herz stehengeblieben", bestätigte Hensin ihm.

Einige der Berater hoben erschrocken die Hand zum Mund und sahen den jammernden Hofdamen zum Verwechseln ähnlich. Hensin musste mit aller Macht ein Lächeln unterdrücken, denn die Situation war alles andere als komisch. Wemhardt Pravastein fing sich als Erster und wandte sich an Francken. „Euch hat der König zum Regenten ernannt, Hoheit. Nun ist es an Euch, die Beerdigung in die Wege zu leiten."

Francken sah ihn scharf an. „Das weiß ich, Herzog. Aber ich denke, Euch ist auch bewusst, dass ich der einzige männliche Erbe des Königs bin."

„Eure Hoheit, ich glaube nicht, dass jetzt die richtige Zeit für ...“

„Eine bessere Zeit gibt es nicht, Herzog Pravastein. Seit Gerüchte über den Gesundheitszustand des Königs nach außen gedrungen sind, sammeln sich die Geier, um Stormwacht in Stücke zu reißen. Mir selbst hat der König den Auftrag gegeben, nicht zuzulassen, dass Stormwacht an ein anderes Königsgeschlecht fällt. Ich hätte das Königreich für einen rechtmäßigen Erben verwaltet und stark gemacht, aber nun sind der König und sein Thronfolger tot. Um seinem Wunsch zu entsprechen, muss aber ein König auf dem Thron von Stormwacht sitzen, und da ich der einzige direkte männliche Nachkomme von Clewin Stormwacht bin, ehelich oder nicht ...“, Francken warf den Beratern einen warnenden Blick zu, „erhebe ich Anspruch auf den Thron. Es ist nicht das erste Mal in der Geschichte von Vertara, dass dies geschieht, und es wird nicht das letzte Mal sein." Er sah die Berater einen nach dem anderen an. Niemand freute sich über seine Ankündigung. Aber das hatte er auch nicht erwartet. Sie mussten ihn nicht lieben, sie mussten ihn nur unterstützen. „Kann ich auf eure Unterstützung bauen?"

Die Berater sahen sich unbehaglich an. Wemhardt Pravastein räusperte sich und Francken wandte ihm seine ganze Aufmerksamkeit zu. Wenn der Herzog ihn unterstützte, dann würden es die anderen auch tun. Er hatte in den letzten Wochen sein Bestes gegeben, Pravastein zu schmeicheln, ihm vorzugaukeln, dass er ihm voll und ganz vertraute und auf seine Unterstützung angewiesen war und ihm im Gegenzug einige Ländereien versprochen, auf die der Herzog schon lange ein Auge geworfen hatte. Nun würde es sich zeigen, ob sich die Mühe gelohnt hatte.

„Eure Hoheit, Ihr habt Recht. Ich habe die Gier der anderen Königshäuser ebenfalls mit großer Sorge wahrgenommen. Aber vergesst nicht, dass alle anderen Könige Euch als König bestätigen müssen. Der Likener Bund und das Iluvias-Bündnis möchten gerne unsere Macht über die Küste gebrochen sehen und in ihren Reihen gibt es durchaus einige ernst zu nehmende Anwärter, die ebenfalls Anspruch erheben könnten."

„Ja, ich weiß. Aber mein Anspruch ist der stärkste, denn ich stamme direkt von Clewin Stormwacht ab, und er hat mich bereits zu Regenten ernannt, was meine Position festigen wird." Francken ging nachdenklich auf und ab. „Unsere Bündnispartner werden meiner Bestätigung nicht im Wege stehen. Wie ihr wisst, stammt meine Frau aus Veroberg und ich beabsichtige meine Halbschwester Jutte mit Lutzen Pravastein zu verloben. Hein Veroberg ist letzten Winter an einer Lungenentzündung gestorben und damit ist ihre Hand frei. Pravastein wird erfreut sein, denn er war sehr enttäuscht, als mein Vater Juttes Hand den Verobergs versprach. Und was den Likener Bund und das Iluvias-Bündnis angeht: Sie wollen schon lange ein Handelsabkommen mit uns treffen. Nun, für den Moment können wir darauf eingehen, aber was später ist, werden wir dann sehen. Es gibt sicherlich eine Möglichkeit, wie wir das Problem zu unseren Gunsten regeln können."

Herzog Pravastein lächelte knapp und anerkennend. Er verbeugte sich leicht. „Ihr werdet ein weiser König sein, Eure Hoheit."

Francken atmete auf, hielt sein Gesicht jedoch unbewegt. „Ich danke Euch, Herzog. Dann schlage ich vor, dass Ihr bis heute Abend die Papiere fertig macht, und dann gilt es Einladungen zu einer Beerdigung und zu einer Krönung zu verschicken. Angriff ist die beste Verteidigung. Wir werden sie vor vollendete Tatsachen stellen, mit ein paar Versprechen im Gepäck, denen sie nicht widerstehen können. Ich werde heute

Abend dem Abendmahl vorstehen und möchte, dass alle Edelleute anwesend sind."

Kattera kehrt nach Schloss Winberger zurück

„Hier, das habe ich für dich gezeichnet." Neleke drückte Kattera ein Stück Papier in die Hand.

Sie saßen auf einer der Bänke im Garten. Morgen früh würde Kattera nach Schloss Winberger aufbrechen. Heute war es schon zu spät und so hatte sie noch ein wenig Zeit, sich von Neleke zu verabschieden. Sie faltete das Papier auseinander und brach in schallendes Gelächter aus, das sie jedoch schnell hinter vorgehaltener Hand erstickte, als Neleke ihr den Ellbogen in die Seite rammte, weil sie von allen Seiten böse Blicke trafen.

„Niemals werde ich so viel essen, dass ich so aussehe!" Mit gespielter Entrüstung faltete Kattera das Papier zusammen und steckte es vorsichtig in die Tasche ihrer Tracht. Dann legte sie den Arm um Neleke und drückte sie an sich. „Du wirst mir fehlen!"

Neleke schniefte und wischte sich eine Träne ab. „Du mir auch. Aber es ist wichtig, dass du aus diesen Mauern rauskommst. Du weißt schon wieso."

Kattera nickte. Sie hatte Neleke nichts von ihren Zweifeln erzählt. Sie hatte für sich behalten, welches Opfer Surija von ihr erwartete. Neleke war davon überzeugt, dass sie Vertara vor dem Bösen beschützen würde. Wie konnte sie ihr diese Hoffnung nehmen? Sie hatte in den Nächten, nachdem sie die alte Schrift gelesen hatte, stundenlang wachgelegen und überlegt, ob es nicht einen anderen Weg gab. Genaugenommen wusste sie nicht viel von den Vertarern. Sie kannte nur den Hof ihrer Eltern, das Kloster und Schloss Winberger. Waren sie es überhaupt wert, dass sie ihr Leben für sie opferte? Nur wenige von den Menschen, die sie getroffen hatte, empfand sie als liebenswert. Nur wenige waren aufrichtig, verantwortungsvoll und ehrenhaft. Die meisten waren ihr als oberflächlich und mit sich selbst beschäftigt erschienen. Die größte Sorge der meisten Vertarer war ihr eigenes Ansehen und Vermögen. Da waren sich die Reichen und die Armen gleich. Mitgefühl hatte sie bei den wenigsten gespürt. Wieso also sollte sie ihr Leben für sie hingeben?

Mit einem Lächeln zog Kattera bei ihrer Ankunft auf Schloss Winberger die Kapuze ihres warmen Umhangs vom Kopf. So sehr sie es auch genossen hatte, wieder mit Neleke zusammen zu sein, so sehr hatte sie auch die Abgeschiedenheit gehasst. Sie konnte nur hilflos das Brennen fühlen, ohne zu wissen, was vor sich ging. Es war eine Erleichterung gewesen, als Mutter Maneth sie zu sich rief und sie wieder nach Winberger schickte. Sie freute sich für die Königin und wollte ihr Bestes geben, damit sie diesmal ein gesundes Kind zu Welt brachte, auch wenn schwere Zeiten bevorstanden und Mutter Maneth dies nicht wahrhaben wollte. Sie hatte sie ermahnt, sich nur auf ihre Aufgabe zu konzentrieren und die Politik den anderen zu überlassen. Die Drohung, dass Mutter Maneth mit allen Mitteln das Ansehen des Klosters schützen würde, schwang zwischen den Zeilen mit. Kattera hatte das verstanden. Sie würde vorsichtig sein und war gespannt auf die Nachricht von Bruder Nickell, die hoffentlich auf sie wartete.

Kattera wurde von Grede empfangen, die sie fest umarmte. Doch bevor sie sich frisch machen konnte, wurde sie vom König erwartet. Kattera klopfte sich so gut es ging den Staub von der Tracht und ließ sich dann zum König führen. Auch Duretta war im Arbeitszimmer und begrüßte sie herzlich.

König Endres Winberger empfing sie allerdings mit ernstem Gesicht. Kattera sah zwei geöffnete Briefe auf dem Schreibtisch liegen und erkannte Bruder Nickells Schrift. Sie wurde blass, als sie erkannte, dass der König alles wusste. „Ja, Schwester Kattera, ich habe Eure Briefe gelesen und ich hoffe Ihr verzeiht mir meine Neugier."

Kattera ließ sich auf einen Stuhl sinken, weil ihre Beine plötzlich unter ihr nachzugeben drohten. Was hatte König Winberger mit ihr vor? Wollte er sie verraten? Aber dazu hätte er sie nicht nach Schloss Winberger bestellen müssen. Mutter Maneth würde sie an jeden ausliefern, der es verlangte.

König Winberger kam um den Tisch und gab ihr die Briefe. „Das sind ernste Anschuldigungen und ich wünschte, Ihr wärt damit zu mir gekommen." Kattera, die Hände um die Briefe verkrampft, schaute auf und sah zu ihrem Erstaunen, dass der König lächelte. „Glaubt nicht, dass ich nicht weiß, was Euer Leuchten bedeutet, Schwester. Und es wundert mich, dass Äbtissin Maneth es nicht ernst nimmt, es sogar verleugnet." Kattera traute ihren Ohren nicht. Sie hatte geglaubt, dass Bruder Nickell der einzige Verbündete war, dem sie sich offen anvertrauen konnte. „Es hat so viele Jahre kein Zeichen gegeben. Und es herrscht immer noch Frieden ..." „Aber der ist in Gefahr. Es hat eine Bestätigung für Eure Visionen gegeben und merkwürdige Dinge geschehen auf Schloss Stormwacht. Erst starb der Thronfolger, wie Ihr bereits wisst. Abt Pesolt von Stormflod wurde ebenfalls zu Surija gerufen und Thomen Verflide zum neuen Abt von Stormflod geweiht. Und vor wenigen Tagen starben die Königin mit ihrem ungeborenen Sohn und der König kurz hintereinander. Wir haben gestern die Einladung zur Beerdigung von Clewin Stormwacht und zur Krönung von Francken Stormwacht zum König von Stormwacht erhalten." Kattera starrte ihn einen Moment sprachlos an. Sie war nur drei Monate fort gewesen und in dieser kurzen Zeit hatte das Böse seine Hände nach der Macht ausgestreckt und sie ergriffen. Das konnte alles kein Zufall sein. Mutter Maneth hatte nichts von dem erwähnt, als sie Kattera verabschiedet hatte. Sie sah die grimmige Entschlossenheit im Gesicht des Königs und ihr Herz wurde schwer. Hier waren wieder zwei Menschen, die alle Hoffnung in sie setzten. Sie konnte sie nicht enttäuschen. Sie musste einen Weg finden, um das Böse zu besiegen. Warum nur blieb Surija still? Wieso brauchte er überhaupt ihr Opfer? Duretta ergriff Katteras Hände und zog sie hoch. „Wir werden uns morgen gleich auf den Weg machen, Schwester. Es tut mir leid, ich hätte Euch gern einen Tag Ruhe gegönnt, doch da ich mit der Kutsche reisen muss, müssen wir morgen aufbrechen, um rechtzeitig anzukommen." Sie legte ihre Hand bedeutungsvoll auf ihren Bauch und strahlte Kattera an. „Es freut mich, meine Königin, dass dieser Wunsch für Euch in Erfüllung gegangen ist. Ich werde gut für Euch sorgen, damit es diesmal gut ausgeht." „Das wissen wir, doch nun ruht Euch aus."

In ihrem Zimmer angekommen, setzte sich Kattera auf ihr Bett und las endlich die Briefe, die sie schon ganz zerdrückt hatte. Jemand hatte das rote Leuchten in Thomen Verflides Augen gesehen, ein sicheres Zeichen von seinem Bündnis mit Adholoka. Sie ließ das Papier sinken, streifte ihre Tracht ab und wusch sich das Gesicht mit kaltem Wasser. Das Böse schien übermächtig. Auch die Winberger konnten nichts gegen den Abt von Stormflod und den König von Stormwacht bewirken. Kattera war überzeugt, dass die beiden zusammenarbeiteten. Der mächtigste Abt und der mächtigste König von Vertara hatten sich dem Bösen verschrieben. Was sollte sie da ausrichten können? Tränen der Verzweiflung traten in ihre Augen. Es war so ungerecht! Sie hatte Surija immer wieder gefragt, warum er nicht jemanden gewählt hatte, der ebenso mächtig war. Was hatte er sich nur dabei gedacht, als er sich ausgerechnet mit ihr vereint hatte? Ihm musste doch klar gewesen sein, dass sie nichts gegen diese beiden mächtigen Männer ausrichten konnte, selbst wenn sie freiwillig in den Tod gehen würde. Was sollte das nützen? Trotzig wusch sie sich die Tränen ab. Vielleicht musste sie nur Geduld haben, bis sie Surijas Pläne erkannte und verstand. Auf jeden Fall musste sie stark sein. In ein paar Tagen würde sie dem Bösen in die Augen sehen. Die Zeit des Versteckspiels war zu Ende. Wie konnte sie nur die Könige von Vertara überzeugen, dass ein Krieg bevorstand, bevor es zu spät war? Sie kniete sich auf die Bank vor dem Fenster und betete, doch Surija schwieg.

Ein Ausritt nach langer Zeit

Lenne vergrub ihr Gesicht in Sarkanas Mähne und holte dann einen Apfel heraus. Francken war bester Laune und hatte ihr erlaubt, wieder auszureiten. Er fand, dass sie zu blass war und ein wenig Farbe im Gesicht brauchte.

„Sie hat dich sehr vermisst!" Andres war leise an sie herangetreten und sie zuckte zusammen.

Sie hatten sich seit ihrer Begegnung im Garten nicht mehr gesehen und Andres' Augen sagten ihr sehr deutlich, dass nicht nur Sarkana sie vermisst hatte. Kurz berührte sie seine Hand, mehr wagte sie nicht, doch es war genug, um seine Augen strahlen zu lassen.

Andres sattelte rasch die Pferde und mit einem tiefen Seufzer ließ Lenne die Beengtheit der Burg hinter sich. Sie drückte ihrer Stute die Fersen in die Flanken und trieb sie zu einem Galopp. Es dauerte eine Weile, bis Andres sie einholte, und Lenne zügelte lachend ihr Pferd. „Was ist los? Macht dein Gaul schon schlapp?"

Andres lachte und stieg ab. „Nein, aber wenn du nicht aufpasst, dann macht dein Allerwertester schlapp. Du bist eine ganze Weile nicht ausgeritten und möchtest morgen doch noch sitzen können!"

Lenne schnaubte herablassend und streckte dann die Arme aus, damit er ihr vom Pferd half. Andres ließ sie nicht los, als sie auf dem Boden stand. Lenne wusste, dass sie sich losmachen sollte, dass selbst die Vertrautheit, die sie mit Andres verband, schon zu viel war. Doch sie machte sich nicht los und Andres starrte auf sie herab, die Hände fest um ihre Taille gelegt. Langsam näherten sich ihre Lippen einander. Angst wollte sich in Lenne breitmachen, doch als sich ihre Lippen sanft berührten, siegte ihre Zuneigung zu diesem Mann, der so anders als Francken war. Als Andres sich von ihr löste, legte sie die Arme um seinen Hals und zog ihn wieder zu sich herunter. In ihrem Kuss schwanden für den Moment all das Leid und die Ängste der vergangenen Monate und Lenne war glücklich.

Als sie sich voneinander lösten, streichelte Andres über ihr Haar. „Du hast mir so gefehlt."

Lenne kuschelte sich an ihn, hielt ihn mit den Armen fest umschlungen. „Was können wir nur tun? Wenn er es erfährt, dann bringt er uns um!"

Andres sah ihr ins Gesicht und streichelte sanft ihre Wange. „Ich weiß. Ich wünschte, ich könnte dich aus seinen Händen befreien."

„Er wird mich nie gehen lassen. Durch mich erbt er auch den Thron von Veroberg."

Verzweifelt hielten sie sich fest. Ihre Liebe hatte keine Zukunft, so sehr sie es auch wünschten.

„Wir müssen vorsichtig sein, er darf nichts erfahren. Aber was immer auch geschieht, ich werde für dich da sein!" Andres drückte Lenne einen Kuss auf die Stirn und sie hob ihm lächelnd das Gesicht entgegen.

König Stormwacht findet seine letzte Ruhe

Feierlich führte Thomen Verflide die Prozession an, welche die Särge des Königs und seiner Familie zur Familiengruft im Kellergewölbe des Schlosses geleitete. Die Gruft befand sich in einer Linie mit dem Thron im Thronsaal im ersten Stock des Schlosses und der Kapelle, die als Turm mit Kuppel das Dach überragte. Die Königsfamilie war einige Tage in einer kleinen Totenkapelle auf der untersten Gartenterrasse, die sonst dem Gesinde als stiller Ort für Gebete diente, aufgebahrt gewesen und nun wurde sie einmal durch den Schlosshof getragen, damit auch das Gesinde Abschied nehmen und den Verstorbenen Ehrerbietung zollen konnte. Francken, Lenne und Jutte Stormwacht gingen an der Seite der Särge, jeder hatte seinen eigenen Grund für eine traurige, ernste Miene.

Francken hielt den Blick starr geradeaus gerichtet. Gestern noch hatte es eine erste Unterredung mit den Königen gegeben. Ihr Unmut war ihnen deutlich anzumerken. Doch das Angebot, das Francken ihnen unterbreitet hatte, fand Zustimmung und er hoffte, dass es zum gewünschten Erfolg führte. Er dachte nicht im Traum daran, dem Likener Bund und dem Iluvias-Bündnis dauerhaft freien Zugang zu den Küsten zu gewähren. Die Zölle waren die wichtigste Einnahmequelle der Tregtise-Vereinigung, der Stormwacht, Veroberg und Pravastein angehörten. Doch Wemhardt Pravastein hatte ein geschickt verstecktes Schlupfloch im Vertrag gelassen, das Francken ermöglichte, das Zugeständnis wieder zurückzunehmen, sobald er den Thron bestiegen hatte. König Winberger und König Purostein hatten sich zurückgehalten. Sie misstrauten Francken, das war ihnen anzumerken, doch seinen Argumenten hatten sie nichts entgegenzusetzen. Sie standen allein, ohne ein starkes Bündnis im Rücken, und hatten kein Interesse daran, sich mit Stormwacht zu überwerfen. Francken war zufrieden. Heute würden sie den alten König unter die Erde bringen, morgen ihn, den neuen König, bestätigen und übermorgen sollte die Krönung stattfinden.

Sie hatten die Eingangshalle des Schlosses betreten. Als sie die breiten Stufen zur Gruft hinunterstiegen, warf er Lenne einen Seitenblick zu. Auf sie musste er aufpassen. Der vertraute Umgang mit Andres missfiel ihm. Sie wussten nicht, dass er sie die ganze Zeit im Auge behalten hatte. Ihm war nicht entgangen, wie Lenne in Andres' Gegenwart aufblühte. Von nun an würde er sie selbst auf den Ausritten begleiten. Für Andres musste er endlich eine Frau finden. Er war ein zu guter Kämpfer, als dass er ihn aus dem Schloss verweisen konnte, aber es wurde Zeit, dass seine Frau ihm endlich einen Erben gebar und nicht anderen Männern schöne Augen machte.

Die Krypta war hell erleuchtet. Bruder Hensin hielt Abt Thomen das Gebetbuch, während dieser die Toten segnete. Doch so genau er auch hinschaute, er konnte beim besten Willen nicht die Zeichen erkennen, die Wentzel gesehen hatte. Hatten sie sich alle geirrt, oder täuschte das Böse sie geschickter als erwartet? Als ob Thomen Verflide seine Gedanken gelesen hatte, schaute er in dem Moment auf und lächelte Hensin böse an, sodass ihm ein Schauer den Rücken hinunterlief. Dieser Mann strahlte auf jeden Fall etwas Böses aus, wieso merkte es nur niemand?

Nach der feierlichen Beisetzung versammelten sich alle im großen Saal. Ein festliches Essen wurde aufgetragen. Franckens Blick glitt über die Gäste, die sich über die Speisen hermachten, und sein Blick blieb an der Nonne hängen, die König Winberger begleitete. Er war sich nicht sicher, aber er meinte sie auch schon auf seiner Hochzeit gesehen zu haben. Der Saal war hell erleuchtet und doch schien es, als ob sie heller strahlte als alle anderen Gäste. Er wunderte sich über die Wahl von König Winberger, was seine Begleitung anging, denn die Nonne schien zu jung zu sein, um einen höheren Rang zu bekleiden.

Er lehnte sich zu Thomen, der den Platz an seiner Seite hatte. „Kennst du die Nonne, die bei den Winbergern sitzt?"

Thomens Blick bohrte sich in Katteras Rücken und sie bewegte sich unbehaglich. „Nicht persönlich, aber ich weiß, wer sie ist." Er ging nicht auf Franckens fragenden Blick ein, sondern starrte weiter Kattera an. Sie war wieder da, die kleine Nonne, die glaubte ihm die Stirn bieten zu können. Er fühlte sich nun stark genug, ihr persönlich zu begegnen.

Francken ist am Ziel seiner Träume

Mit demütiger Miene ließ sich Francken Stormwacht von Thomen Verflide die Krone aufs Haupt setzen und sprach ihm den Krönungseid nach. Doch innerlich triumphierte er. Er hatte es geschafft. Der Thron von Stormwacht gehörte ihm. Die Könige von Vertara hatten gestern, nicht ganz unbeeindruckt von dem Zuspruch des Abts von Stormflod, seinem Anspruch zugestimmt. Er warf einen kurzen Blick auf Thomen und schaute dann wieder geradeaus. Er war sich sicher, dass der Abt ihn nicht nur aus Nächstenliebe und verwandtschaftlicher Treue unterstützte, aber er hatte seinen Preis noch nicht genannt. Und Francken fragte sich allmählich, wie hoch dieser wohl ausfallen würde. Lenne saß steif neben ihm und trug ihre Krone mit königlicher Würde. Nun, da ihr Bruder tot war und es unwahrscheinlich war, dass ihr trotteliger Vater noch weitere Nachkommen haben würde, fiel ihm, als ihrem Gemahl, auch die Krone von Veroberg zu. Das Schicksal hatte es wirklich gut mit ihm gemeint.

Nach dem Festbankett ging Kattera auf den Balkon. Sie hatte die ganze Zeit Thomen Verflides Blicke auf sich gespürt und brauchte etwas Abstand. Die Winberger tanzten und Duretta ging es besser als je zuvor. Von Bruder Nickell wurde erwartet, dass er an der Seite seines Abtes blieb, doch sie hatte sich noch kurz mit ihm austauschen können und ihm erzählt, dass nun auch die Winberger ihre Verbündeten waren. Sie hielt das Gesicht in den kalten Wind und das Brennen in ihrem Inneren ließ ein wenig nach. Der Hof war mit Fackeln erleuchtet und die Diener eilten hin und her, um den Fluss an Wein und süßen Köstlichkeiten nicht abreißen zu lassen. Unvermittelt flammte das Brennen in ihr wieder auf. Thomen Verflide trat neben sie und im Halbdunkel des Balkons sah sie sein bleiches, totenkopfgleiches Antlitz und die rotglühenden Augen auf sie hinunterstarren. In ihrem Schein konnte das Böse sich nicht verstecken. Der Abt von Stormflod überragte sie um

Haupteslänge und sie musste den Kopf in den Nacken legen, um ihm in die Augen zu sehen.

„Mir scheint, Ihr weicht mir aus." Seine Stimme war tief und troff vor Selbstbewusstsein. Wärme verdrängte in Kattera das Brennen, das die Nähe von Adholoka verursachte.

„Ich brauche Euch nicht gegenüberzutreten, um zu wissen, dass Ihr Eure Seele Adholoka verkauft habt."

Thomen lachte. „Oh ja, das habe ich. Und meine Belohnung wird alle meine Erwartungen übertreffen." Er beugte sich zu ihr hinab. „Ihr tut gut daran, kleine Nonne, mir aus dem Weg zu gehen. Ihr seht selbst, dass Ihr gegen mich nichts ausrichten könnt. Surija wird mich diesmal nicht aufhalten." Damit ließ er sie stehen.

Kattera verschränkte die Arme, als ein plötzlicher Windstoß sie frösteln ließ. Doch die Kälte kam nicht nur vom Wind, sie kam aus ihr selbst. Sie hatte Angst. Sie hatte die Macht Adholokas in diesem Mann gespürt und auch, dass er sie einsetzte, um seine Ziele zu erreichen. Und sie? Sie hatte nichts. Sie spürte nur Surijas Gegenwart, aber mehr nicht. Seine Kraft war ihr verwehrt, während Thomen Verflide die Macht des Bösen tatkräftig benutzte, um andere zu beeinflussen und Geschehnisse zu seinen Gunsten zu wenden. Thomen Verflide hatte Recht. Niemand würde ihn aufhalten können. Mühsam kämpfte sie die Tränen der Verzweiflung zurück. Das durfte nicht sein. Es musste doch eine Möglichkeit geben. Ekarius' Worte kamen ihr in den Sinn und Surijas Wärme durchströmte sie. „Aber wieso? Was soll mein Tod bezwecken? Wie soll ich damit etwas erreichen?", flüsterte sie in den kalten Wind, doch Surija schwieg.

Francken sah wie Thomen Kattera auf dem Balkon zurückließ, fing ihn ab und schob ihn in eine der Nischen an der Wand. „Also, wer ist sie? Du hast mir diese Frage noch nicht beantwortet." Francken sah Thomen direkt ins Gesicht und schreckte zurück. Die Nischen waren nicht ausgeleuchtet und so zeigte sich Thomens Bündnis mit Adholoka deutlich.

Thomen lachte spöttisch, als er den Schrecken auf Franckens Gesicht sah. „Was ist? Erschreckt dich mein Anblick so sehr? Was hast du denn gedacht, wer dir den Weg zum Thron geebnet hat? Das glückliche Schicksal etwa? Nein, mein lieber Cousin. Auch wenn du es nicht wahrhaben willst, deine Seele gehört Adholoka genauso wie die meine. Das ist der Preis, den du zu zahlen hast!" Thomen sah Francken scharf an. Wenn er sich jetzt abwendete, konnte er seine Pläne, Adholoka die Herrschaft über Vertara zu verschaffen, noch durchkreuzen.

Doch Thomen hatte sich in Francken nicht getäuscht. Seine Gier nach Macht und Rache übertönte jegliches Mitgefühl und jeglichen Skrupel. „So sei es. Wenn das der Preis für den Thron und die damit verbundene Macht ist, dann will ich ihn zahlen. Mir fehlt nur noch ein Thronerbe, um eine Dynastie zu begründen, und für den werde ich schon sorgen."

Thomen lächelte. „Daran habe ich keinen Zweifel, mein Lieber. Und was die kleine Nonne angeht, sie wurde von Surija ausgewählt, um mir entgegenzutreten. Lächerlich, nicht wahr?" Thomen zog spöttisch die Augenbrauen hoch und ließ Francken allein in der Nische zurück.

Francken ließ seine Blicke über die Gäste schweifen und bemerkte mit einem Stirnrunzeln, dass Andres und Lenne miteinander tanzten. Sie wirkten sehr vertraut. Er konnte es nicht zulassen, dass sie ihn vor allen Leuten blamierten. Entschlossen drängte er sich auf die Tanzfläche.

„Danke, dass du meine Königin unterhalten hast, doch von nun an werde ich mich um sie kümmern."

Francken nahm Andres Lennes Hand ab und entließ ihm mit einem Nicken. Francken entging der Blick nicht, den die beiden austauschten.

Die königlichen Gäste zogen sich zurück und Francken eröffnete der Garde das Geschenk, dass er seinen Soldaten anlässlich seiner Krönung machen wollte. Sobald niemand mehr Anstoß nahm, ließ er die Freudenmädchen in den Saal, die seine Soldaten für den heutigen Abend beglücken sollten.

Andres wollte sich verabschieden, doch Francken ließ nicht ab und schob ihm eine vollbusige Braunhaarige in die Arme. „Das er mir bloß nicht die Hosen anbehält, meine Liebe. Er braucht ein kleines Abenteuer, so wie alle anderen auch!"

Die Frau kicherte und warf Andres die Arme um den Hals und versuchte ihn zu küssen.

„Keine Widerrede, mein Freund. Dies ist die einzige Frau, die du heute bekommst, also genieß es!" Nur Andres konnte Franckens leise Worte hören und wurde blass. Er schnappte sich das Freudenmädchen und verschwand in der Menge. Lenne hatte das vom Rand des Saals aus mit angesehen und kämpfte ein paar Tränen zurück.

Francken bemerkte es und lächelte gemein. „Schlag ihn dir aus dem Kopf, meine Liebe. Heute noch macht er dir schöne Augen und morgen liegt er mit einer anderen im Bett. Du denkst, er liebt dich? Glaube mir, niemand liebt dich! Und von nun an bin ich der Einzige, dem du schöne Augen machst. Was sonst passiert, brauche ich dir, denke ich, nicht zu erklären. Und nun wird es allmählich Zeit, dass du mir einen Erben schenkst. Ich habe dich in den vergangenen Wochen viel zu sehr vernachlässigt. Ich bin jetzt der König und werde viel Zeit für dich haben."

Lenne war bei diesen Worten blass geworden und Franckens wölfisches Grinsen ließ keinen Zweifel daran, dass er meinte, was er sagte. Sie waren so vorsichtig gewesen, was hatte sie verraten? Francken packte sie am Handgelenk und zog sie hinter sich her aus dem Saal.

Frühstücksgeflüster

Francken hatte sich gerade in seinem Schlafzimmer ein üppiges Frühstück auftischen lassen, als es klopfte und Thomen in sein Zimmer trat. Er sah sich abschätzend um, setzte sich Francken gegenüber und nahm sich einen Apfel. „Du siehst entspannt aus."

Francken grinste gelassen. „Ich habe meiner aufmüpfigen Frau heute Nacht gezeigt, wer der Herr im Hause ist und wem ihre Loyalität zu gelten hat."

Thomen zog die Augenbrauen hoch, sagte aber nichts. „Was führt dich um diese Zeit zu mir? Die meisten Gäste schlafen noch."

„Gerüchte, Cousin, Gerüchte."

Francken ließ das Stück Kuchen sinken, in das er gerade beißen wollte, und sah Thomen zornig an. „Ich dachte, es wäre geklärt, dass ich keine Schuld an dem Unfall von Closlin trage. Wieso wird das immer wieder ausgegraben?"

Thomen winkte ab. „Das meine ich nicht. Während du gestern mit deiner Frau getanzt und reichlich dem Wein zugesprochen hast, habe ich mich umgehört, hier und da gelauscht und eine verständnisvolle Miene gezeigt. Vor Silvatorn und Colhammer musst du dich in Acht nehmen. Auch wenn sie es nicht offen zeigen, so sind sie doch empört über deine Thronbesteigung. Sie haben nur zugestimmt, um Zeit zu gewinnen und dir dann in den Rücken zu fallen. Sie planen, dich vom Thron zu stürzen und Martin Colhammer auf den Thron von Stormwacht zu setzen. Du weißt, seine Mutter war eine Halbschwester von Clewin Stormwacht. Und wenn sie damit Erfolg hätten, würden sich die anderen Könige mit Sicherheit auf ihre Seite schlagen. Lieber haben sie einen Colhammer auf Stormwachts Thron als dich."

Francken schlug mit der Faust auf den Tisch, dass das Geschirr nur so schepperte. „Dieses elende Natterngezücht! Ich sollte ihnen den Garaus machen."

Thomen beugte sich vor. „Ich habe für heute, wenn alle Gäste abgereist sind, eine Beratung anberaumt. Ich bin mir sicher, dass ich nicht der Einzige bin, der dies gehört hat. Einige deiner Berater werden dir meine Befürchtung bestätigen können."

Francken nickte grimmig. „So sei es! Und nun lass mich allein, ich muss nachdenken."

Thomen verabschiedete sich mit einer Verbeugung. Draußen auf dem Flur gestattete er sich ein breites Lächeln. Das lief hervorragend. Francken hatte genauso reagiert, wie er es erwartet hatte. Er würde ihn in den Krieg treiben und Francken würde glauben, dass er im Recht war. Es war gestern ein Leichtes gewesen, Colhammer und Silvatorn so zu beeinflussen, dass sie ihre Meinung laut in den Saal hinausposaunten. Auch wenn es nur Gerede und nicht ernst gemeint war. Wemhardt Pravastein hatte es mit Sicherheit gehört und einige der anderen Speichellecker ebenfalls. Francken glaubte, dass sie ihm treu ergeben waren, wenn auch nur, weil er sie großzügig für ihre Dienste belohnte. Doch sie standen alle unter Thomens Einfluss. Waren sie erst einmal alle versammelt, konnte er sie leicht davon überzeugen, dass das Iluvias-Bündnis und allen voran Colhammer und Silvatorn eine ernste Bedrohung waren.

Thomen erreichte das Ende des Flures und öffnete die Tür zum Hof, von der aus ihn eine berankte Pergola zum Garten führen würde. Zufrieden betrat er den Garten und streckte sein Gesicht der kräftiger werdenden Sonne entgegen. Der Frühling stand kurz vor der Tür, in wenigen Wochen waren die Felder bestellt. Dann konnte der Kampf beginnen.

192

Thomen entfaltet seine Macht

Verzweifelt vergrub Lenne ihr Gesicht in Sarkanas Mähne. Francken hatte ihr das Ausreiten zwar nicht verboten, doch klar gemacht, dass er sie in Zukunft begleiten würde. Doch noch verzweifelter hatte sie der Anblick von Andres mit einer anderen Frau im Arm zurückgelassen. Wie konnte er ihr das nur antun? Hatte Francken Recht gehabt und es war für ihn nur ein Spiel gewesen? Ein Arm legte sich um sie.

„Es tut mir so leid, aber ich glaubte, dass er dir etwas antut, wenn ich nicht mitspiele."

Lenne machte sich von Andres los und drehte sich um. Die zornigen Worte blieben ihr im Hals stecken, als sie sein verzweifeltes Gesicht sah. Wortlos ließ sie sich von ihm in den Arm nehmen. „Er weiß es, Andres, er weiß es!"

Andres drückte sie nur noch fester. „Ich weiß. Und er wird keine Ruhe geben, bis er uns auseinander hat."

Lenne schluchzte auf. „Was sollen wir nur tun?" Sie sah ihn an und er küsste sie sanft. „Etwas Schlimmes steht bevor, ich spüre es. Im Moment sitzt er mit seinen Beratern und diesem finsteren Abt in seinem Kämmerlein und heckt etwas aus. Was ist, wenn es bald Krieg gibt, was …?"

Andres schnitt ihr die Worte mit einem Kuss ab.

Francken hatte am Morgen nach seiner Krönung einen großen Tisch und einige Stühle in sein geräumiges Arbeitszimmer bringen lassen. Er fand, dass der kleine Speisesaal zu viele Möglichkeiten für ungebetene Zuhörer bot. Nun saß er mit seinen Beratern im Arbeitszimmer. Wemhardt Pravastein räusperte sich. Alle hatten Thomens Bericht und seiner knappen Einschätzung der Situation aufmerksam gelauscht. „Auch ich habe dies gehört." Zustimmendes Gemurmel ertönte von allen Seiten. „Dies ist eine ernst zu nehmende Sache, Majestät. Die Colhammer und die Silvatorn waren schon immer hitzköpfig. Bis jetzt haben sie nur gedroht und große Töne gespuckt. Aber das heißt ja nicht, dass es immer dabei bleiben wird. Es ist nur eine Frage der Zeit, bis aus ihren

Drohungen Ernst wird. Dem gilt es zuvorzukommen. Ich stimme Abt Thomen und seiner Einschätzung der Situation voll und ganz zu. Sie haben Eurer Krönung zugestimmt und müssen sich daran halten. Dieses Gerede davon, Euch zu stürzen, bezeugt nur ihre Falschheit."

„Bedeutet das etwa Krieg?" Die zaghafte Stimme gehörte zu Diether Suchtleben, einem reichen Kaufmann, der auf seinem Gebiet ein guter Berater war, aber ansonsten keine Ahnung hatte.

Francken warf dem korpulenten Mann einen finsteren Blick zu. „Ja, das heißt es. Es wird Zeit, dass das Iluvias-Bündnis in seine Schranken gewiesen wird. Sie wollen direkten Zugang zum Meer? Nur über meine Leiche!"

Diether Suchtleben wurde blass. „Aber Ihr habt es ihnen vertraglich zugesichert, Eure Majestät."

Francken bleckte die Zähne. „Dann schlage ich vor, Ihr lest den Vertrag noch einmal ganz genau und achtet dabei auf Paragraf zwei. Der besagt, dass das Wegerecht zum Meer erst dann erteilt wird, wenn sich die Tregtise eine andere Einnahmequelle erschlossen hat, und das werden wir nicht tun."

„Aber ist das nicht Betrug?"

„Auf wessen Seite steht Ihr eigentlich, Suchtleben?!" Francken schlug auf den Tisch und der kleine, schmallippige Mann zuckte zusammen.

„Beruhigt Euch, meine Herren. Wir wollen uns nicht selbst zerfleischen. Die Forderungen des Iluvias-Bündnisses und des Likener Bundes waren unverschämt und ungerecht und sie haben nur bekommen, was sie verdienen." Thomen warf Suchtleben einen beschwörenden Blick zu und dieser nickte zögerlich. „Und ich gratuliere Herzog Pravastein zu diesem Geniestreich."

Thomen nickte Pravastein zu. Er hatte sie schon beinahe soweit. Die letzten Zögerer knickten ein und beugten sich der Mehrheit. Nun galt es das Bündnis der Tregtise zu bestätigen und Beistand einzufordern. Einige weitere Beweise wären von Vorteil, doch die würde er schon besorgen. Zwei, drei abgefangene Briefe zwischen Silvatorn und Colhammer mit brisantem Inhalt sollten zu beschaffen sein. Und wenn die Kriegsmaschinerie einmal angelaufen war, gab es kein Zurück mehr.

Francken fordert die Bündnistreue ein

Drei Wochen nach der Krönung, von einem reichlichen Abendmahl gesättigt, zogen sich die Könige Pravastein, Veroberg und Stormwacht in Franckens Arbeitszimmer zurück. Thomen Verflide war ebenfalls dabei, doch niemand nahm an seiner Anwesenheit Anstoß, im Gegenteil, ein mächtiger Mann wie er war als Zeuge immer willkommen. Francken hatte angedeutet, dass er das Bündnis bekräftigen wolle und dass es ernsthafte Probleme zu besprechen gebe.

Francken erhob das gefüllte Glas. Er hatte den besten Wein aus dem Keller geholt und beide Könige hatten dem edlen Tropfen reichlich zugesprochen. Francken hoffte, sie so schneller von seinen Plänen überzeugen zu können. „Zum Wohl, meine Herren. Lasst uns unser Bündnis bekräftigen und auf eine lange Partnerschaft anstoßen."

„Hört, hört!"

„König Veroberg, eine Verbindung mit Eurer Familie besteht ja bereits und könnte nicht enger sein. Eure Tochter ist mir eine gute Ehefrau. Dazu werde ich Euch bei dem Bau einer weiteren Brücke über den Vero unterstützen." Francken prostete ihm erneut zu und König Veroberg lachte erfreut.

„König Pravastein, ich werde Eurer Bitte entsprechen, einer Verbindung mit unserem Hause durch Heirat zuzustimmen. Als Zeitpunkt der Verlobung von meiner Schwester Jutte mit Eurem Sohn Lutzen schlage ich das nächste Frühjahr vor."

König Pravasteins Gesicht erhellte sich und er erhob das Glas. „Wunderbar, aber warum nicht schon dieses Jahr?"

„Dieses Jahr haben wir viel zu tun. Es gilt einem feigen Angriff zuvorzukommen. Unser geschätzter Abt Thomen von Stormflod hat ein gemeines Komplott von Colhammer und Silvatorn aufgedeckt, die mir nach dem Leben trachten."

Thomen reichten den beiden Königen die Briefe, die genau berichteten, wie man Francken vom Thron stoßen könnte. Von einem fingierten Unfall bis zu einem offenen Anschlag wurde alles diskutiert.

König Veroberg schlug mit der Faust auf den Tisch. „Das ist Hochverrat! Wie können sie es wagen, an eine so schändliche Tat auch nur zu denken!" Sein Gesicht wurde noch röter und die schlaffe Haut unter seinem Kinn bebte vor Entrüstung.

König Pravastein reagierte zurückhaltender. Seine lange, spitze Nase zuckte vor Unbehagen und die hohe Stirn legte sich in besorgte Falten. Er wendete die Briefe, prüfte Schrift und Siegel und ließ sie schließlich auf den Tisch fallen. „Ich kann es kaum glauben, das ist ungeheuerlich."

„Die ersten Gedanken dazu entstanden bereits auf der Krönungsfeier. Ich habe es selbst mit angehört und nicht nur ich allein kann es Eurer Majestät bestätigen." Thomen sah den König eindringlich an.

„Ich glaube Euch, doch es bedeutet Krieg, und ich ..."

„Ja, es bedeutet Krieg. Entweder beginnen sie ihn oder wir. Was ist Euch lieber?" Francken lehnte sich zurück. Seine unausgesprochene Drohung stand im Raum.

König Pravastein nahm die Briefe und las sie erneut. „Also gut. Auch ich sehe keinen anderen Weg."

Francken erhob sich und nahm einige Papiere aus einem Schrank. „Hier ist die offizielle Erklärung. Ich fordere hiermit Eure Bündnistreue ein, um einem Angriff auf mein Leben zuvorzukommen."

Er setzte mit Schwung seine Unterschrift unter das Dokument, König Veroberg tat es ebenso, ohne zu zögern, und König Pravastein setzte nach einem Moment ebenfalls seine Unterschrift unter die Erklärung. Nun war es besiegelt. In wenigen Wochen würden sie mobil machen und Colhammer und Silvatorn dem Erdboden gleichmachen.

Francken prostete Thomen zu. Thomen lächelte in sich hinein. Das war nicht allzu schwer gewesen. Der Geist von König Veroberg war vom Wein schon so benebelt gewesen, er hätte ihn auch dazu gebracht, seine Abdankung zu unterschreiben. König Pravastein hatte einen Augenblick widerstanden, doch hatte er schon seit langer Zeit ein Auge auf einige Ländereien von Silvatorn geworfen und die

Verlockung, sich diese aneignen zu können, hatte ihn dann doch überzeugt. Silvatorn und Colhammer waren aus dem Königreich Basoflor entstanden, das im ersten Aufeinandertreffen von Surija und Adholoka und Surijas Sieg über Adholoka unterging. Die Pravasteiner hatten schon damals etwas von den Ländereien haben wollen, waren aber leer ausgegangen. Es wurde entschieden, das Reich zu teilen, und die Wahl fiel auf die Familien Silvatorn und Colhammer, die sich im damaligen Krieg durch besondere Tapferkeit ausgezeichnet hatten. Die Vernichtung von Silvatorn und Colhammer würde nur der Anfang sein. Das Iluvias-Bündnis würde nicht tatenlos zusehen und der Likener Bund würde auch nicht unparteiisch bleiben. Mit Hilfe Adholokas würden sie ein Königreich nach dem anderen an sich reißen.

Francken sammelt seine Soldaten

„Die Boten sind ausgeschickt. In drei Tagen sollten alle wehrfähigen Männer vor den Toren versammelt sein."

Francken nickte Andres zu. „Sehr gut. Sieh zu, dass auch unsere Garnison einsatzbereit ist, dass genügend Waffen vorhanden und die Pferde bei bester Gesundheit sind. Lass die Vorratskammer plündern, die Männer wollen gut verpflegt werden."

Andres nickte, wollte schon gehen, zögerte dann aber.

„Was ist noch? Du hast viel zu tun, willst du es nicht angehen?" Franckens Verhalten Andres gegenüber war in den letzten Wochen merklich abgekühlt. Von ihrer früheren Freundschaft war kaum etwas zu merken.

„Wer wird das Schloss verteidigen?"

Ein gemeines Grinsen schlich sich in Franckens Gesicht und er kniff berechnend die Augen zu. „Du meinst die Königin." Andres Gesicht blieb regungslos und Francken trat dicht an ihn heran. „Du glaubst wohl, ich lasse dich mit ihr allein zurück, damit ihr euch hinter meinem Rücken vergnügen könnt?" Andres wurde blass, sagte jedoch kein Wort. „Ich weiß genau, was zwischen euch läuft. Und wenn ich früher alles gern mit dir geteilt habe, so gehört meine Frau sicher nicht dazu, mein Freund." Die letzten Worte hatte Francken vor Verachtung triefend ausgespuckt. „Das Schloss ist nicht in Gefahr, wir brauchen jeden Mann auf dem Schlachtfeld." Er drehte Andres den Rücken zu und der wollte sich schon entfernen, als Francken wieder zu Sprechen anfing, „Wenn du nicht ein so guter Kämpfer wärst, hätte ich dich schon lange wegen Verrates hinrichten lassen." Francken drehte sich zu ihm um. „Doch ich gebe dir eine Chance, meine Gunst und mein Vertrauen erneut zu gewinnen. Kämpfe für mich und siege, dann wirst du von mir eine der eroberten Grafschaften als Belohnung erhalten und kannst dir dort eine Frau nehmen und dein eigenes Geschlecht gründen. Die Königin wirst du niemals wiedersehen. Solltest du dich jedoch gegen mich entscheiden, wirst du dir wünschen, am Galgen zu enden. Was

Lenne dann bevorsteht, kannst du dir sicher ausmalen. Die Entscheidung liegt bei dir."

Francken sah seinen alten Freund lauernd an, sah wie seine Gesichtsmuskeln arbeiteten und seine Schultern schließlich heruntersackten. „Ich danke Euch für Eure Großzügigkeit, Eure Majestät. Alles wird nach Euren Wünschen bereit sein."

Andres verbeugte sich und Francken richtete ihn auf. „Ich wusste, dass ich auf dich zählen kann. Es wäre doch schade, wenn eine Frau zwischen uns steht. Abt Thomen wird in drei Tagen zu den Männern sprechen und dann werden wir aufbrechen und uns reiche Beute holen!" Er lachte und schlug Andres auf die Schulter.

Lenne lag schon im Bett, als Francken in ihr Gemach kam.

„In drei Tagen brechen wir auf, die Zeit können wir nicht ungenutzt verstreichen lassen. Schließlich hast du deine oberste Pflicht, mir einen Erben zu schenken, immer noch nicht erfüllt."

Regungslos sah Lenne zu, wie ihr Gatte sich seiner Kleidung entledigte und zu ihr ins Bett stieg. Sie ließ es zu, dass er sie küsste und sie in die Kissen drückte. Sein Atem roch nach Wein, doch seine Augen waren klar und starrten sie hinterhältig an.

„Du wirst Andres nie wiedersehen. Wenn er erfolgreich kämpft, wird er das Schloss verlassen und eine Familie gründen. Er hat dem freudig zugestimmt, ohne einen Gedanken an dich zu verschwenden. Wie du siehst, hast du auf den Falschen gesetzt. Nun gebe ich dir eine letzte Chance mir eine gute Ehefrau zu sein. Ich bin deinen Ungehorsam allmählich leid!" Lenne hielt mühsam die Tränen zurück, die ihr in die Augen schossen, während Fracken ihr Nachthemd hochschob und sich zwischen ihre Beine drängte.

Lenne lag noch lange wach, nachdem Francken schon gegangen war. Andres war ihr den ganzen Nachmittag aus dem Weg gegangen und Lenne befürchtete, dass Francken mit seinen grausamen Worten sie nicht nur ärgern wollte, sondern

Recht hatte. Sie und Andres würden nie zusammen sein können, nicht solange Francken lebte. Hatte sich Andres wirklich gegen sie gewandt und half dem König nun gegen eine Belohnung bei seinem ungerechtfertigten Krieg? Sie ließ ihrer Verzweiflung freien Lauf und ihre vergossenen Tränen durchtränkten das Kissen. Zumindest war es ihr bis jetzt erspart geblieben, von Francken ein Kind zu empfangen. Wie konnte sie es lieben, wenn sie den Vater so sehr hasste?

Drei Tage später stand Lenne vor dem Eingang zum Schloss und verabschiedete die Soldaten, die nach Veroberg aufbrachen, um sich mit Verobergs Armee zu vereinen. Dann wollten sie weiter nach Silvatorn ziehen. Bei Heuvel sollten sie auf die Armee von Pravastein treffen und sich zum Angriff formieren. Sie hatte in den vergangenen zwei Tagen versucht, mit Andres zu reden, doch er war ihr ausgewichen. Und nun ritt er an ihr vorbei, ohne sie eines Blickes zu würdigen. Francken jedoch blieb vor ihr stehen und beugte sich zu ihr, um sie zu küssen.

„Wünsche mir Glück, meine Königin!", rief er für alle hörbar. Lenne nahm ihr Halstuch ab und band es um seinen Arm, so wie es die edlen Damen bei den Rittern auf den Turnieren taten, wenn sie für ihren Erwählten den Sieg erhofften. Francken hob den Arm, damit jeder das Tuch sehen konnte, und die Soldaten jubelten ihm zu. Francken bedachte Lenne mit einem zufriedenen Lächeln und schloss sich seiner Leibwache an.

Als der letzte schwerbewaffnete Soldat und der letzte Reiter in Kettenhemd und poliertem Harnisch das Tor durchquert hatte, war Bruder Hensin zur Stelle, als die Königin schwankte. Er fasste Lenne am Arm und führte sie in ihr Gemach, wo ihre Zofe bereits Wasser für einen Tee vorbereitet hatte. Bald lag der Geruch von bitteren Kräutern in der Luft. Lenne ließ sich dazu nötigen, einen Schluck davon zu trinken, doch sie stellte bald die Tasse ab. Was sollte sie sich beruhigen? Die Welt barg keine Freude mehr für sie.

Bruder Hensin drückte ihr die Tasse wieder in die Hand. „Trinkt, meine Liebe, dann wird es Euch besser gehen."

„Ihr könnt mir geben, was Ihr wollt, es wird mir nie wieder gut gehen!" Lenne wandte sich ab.

„Vielleicht hebt das Eure Laune." Bruder Hensin reichte ihr mit einem geheimnisvollen Lächeln einen Brief und bedeutete dann der Zofe, dass sie Lenne alleine lassen sollten. Lenne erkannte Andres' Schrift und öffnete mit zitternden Händen den Umschlag.

„Meine Liebste, ich habe Bruder Hensin angewiesen, dir diese Zeilen erst zu geben, wenn wir aufgebrochen sind. Vorher konnte ich es nicht wagen, da es dich sonst in große Gefahr gebracht hätte. Es hat mich sehr geschmerzt, dich so leiden zu sehen, doch ich musste dich abweisen, um unser beider Leben willen. In diesem Krieg werde ich Franckens Vertrauen zurückgewinnen und wenn seine Aufmerksamkeit nachlässt, werde ich dich holen und wir werden in den Süden fliehen, wohin Franckens Arm nicht reichen wird. Bete für mich und sei meiner Liebe versichert.
Andres."

Mit einem Seufzer drückte Lenne den Brief an ihr Herz. Doch gleich darauf drückten erneute Sorgen ihre Schultern nieder. Würde Francken es zulassen, dass Andres diesen Krieg lebend überstand?

Veroberg macht mobil

„Wie konntet Ihr dem nur zustimmen?" Angewidert starrte Jacob Colina auf das Stück Papier und warf es dann auf den Schreibtisch.

König Veroberg stand mit dem Rücken zu ihm und starrte aus dem Fenster. „Wie konnte ich mich weigern?! Er ist der Mann meiner Tochter, der König von Stormwacht, und Veroberg wird einst ihm gehören!" König Veroberg drehte sich zu seinen Beratern um und machte ein klägliches Gesicht. In diesem Moment wirkte er älter, als er war, beinahe greisenhaft. Die Haut an den Wangen hing schlaff und faltig herunter, die Schultern waren nach vorn gebeugt und der Rücken krumm.

Jacob Colina verdrehte genervt die Augen und schaute zu den anderen Beratern, die jedoch nur ratlos mit den Schultern zuckten. „Zum einen könntet Ihr Euch immer noch eine Frau nehmen und einen Erben zeugen. Zum anderen hättet Ihr sehr wohl widersprechen können. Die Anschuldigungen sind so fadenscheinig, dass sie sicher erfunden sind. Dieser Krieg wird sich nicht nur auf Colhammer und Silvatorn beschränken, dies wird nur der Anfang sein. Ihr werdet ganz Vertara in den Krieg stürzen und das wird der Ruin von Veroberg sein!"

König Veroberg ließ sich schwer auf seinen Stuhl fallen und verbarg das Gesicht in den Händen.

Jacob Colina widerstand dem fast übermächtigen Verlangen, den König zu schütteln. Es war zu spät. Die Zusage zum Beistand war unterschrieben und wenn sie der Aufforderung zur Mobilmachung, die heute Morgen eingetroffen war, nicht Folge leisteten, würde König Francken Stormwacht sich nehmen, was sie ihm zugesagt hatten, und leider war das sein gutes Recht. Sie kamen da nicht mehr heraus, weil der König so ein Weichling war. Er wandte sich an seine Kollegen. „Verkündet die Mobilmachung. In drei Tagen hat sich jeder wehrfähige Mann hier vor den Toren von Veroberg einzufinden."

Seine Kollegen nickten und verließen das Zimmer. Jacob wandte sich an den König. „Auch Ihr solltet dann bereit sein, Eure Majestät!"

Der König hob den Kopf. „Was? Wieso?"

„Eure Männer brauchen Führung. Ihr schickt sie in diesen Krieg und darum solltet Ihr voranreiten. Das hebt die Moral!" Jacob versuchte gar nicht erst, seine Verachtung zu verbergen. Wahrscheinlich war der König betrunken gewesen, als er dieses Papier unterzeichnet hatte. So hatte er es König Stormwacht und dem Abt von Stormflod leicht gemacht, ihn zu beeinflussen. Jacob verließ kopfschüttelnd das Zimmer und König Veroberg blieb allein zurück. Er stand auf und trat wieder ans Fenster. Wehmut überkam ihn bei dem Anblick der frisch bestellten Felder, die bald in sattem Grün leuchten würden. Ihm fehlten seine Kinder, ohne sie war das Schloss öde und leer. Er wollte auch keine neue Frau. Im Grunde war es ihm egal, was nach seinem Tod geschah. Jacob Colina hatte Recht. Er sollte vorneweg reiten. Vielleicht war ihm ein ruhmreicher Tod vergönnt.

Bruder Aulber starrte aus dem Fenster seines kleinen Zimmers. Zelte wurden auf den Wiesen zwischen Travador und Schloss Veroberg aufgestellt. Das Schloss lag etwas abseits der Stadt auf einer Anhöhe und so hatte Aulber eine gute Sicht auf das Geschehen. Es fanden sich immer mehr Bewaffnete zu Fuß und zu Pferde ein. Bögen wurden neu gespannt, Schilde poliert und Schwerter geschärft. Was ging da vor sich? Rasch machte er sich auf den Weg in die Kräuterkammer, wo sein Gehilfe getrocknete Kräuter zu Pulver zerrieb, die er später zu Salben verarbeiten wollte, doch der Diener des Königs fing ihn ab und brachte ihn in das Studierzimmer von König Veroberg.

„Ah, Bruder Aulber, bitte setzt Euch. Ich möchte die Beichte ablegen." Der Diener verließ den Raum und der König fuhr fort: „Ich habe schwere Schuld auf mich geladen, Bruder." Der König starrte aus dem Fenster. Aulber fiel auf, dass er nicht seine übliche Kleidung, sondern ein gepolstertes, mehrlagiges Hemd trug, als ob er in Kürze seine Rüstung anlegen wollte.

Die Ritter trugen nur noch zu Turnieren die traditionellen Plattenpanzer, wenn sie versuchten, sich gegenseitig mit Lanzen vom Pferd zu stoßen. Doch diese Rüstung machte sie schwerfällig. Sie war nur auf dem Pferd zu gebrauchen. Sollte der Ritter sein Pferd verlieren, war die schwere Rüstung nur hinderlich. Die Soldaten der Garde waren im Training dazu übergegangen, knielange Kettenhemden über einem mehrschichtigen Hemd aus Leinen und Leder zu tragen. Diese Kombination hielt Schwerthieben und Pfeilen ausreichend stand, bewahrte aber die Beweglichkeit sowohl zu Pferde als auch am Boden. Dazu Helme, die Wangen und Nacken schützten, aber den Blick unbehindert ließen. Offiziere und Adlige trugen zudem einen Harnisch mit beweglichen Lamellen an den Schultern, der entsprechend ihrem Stand mit ihrem Wappen geschmückt war.

König Veroberg holte tief Luft „Ich habe einem Krieg zugestimmt, von dem ich nicht überzeugt bin, dass er rechtens ist. Ich werde meine Männer in die Schlacht gegen Silvatorn und Colhammer führen und viele von ihnen werden den Tod finden. Ich habe mich von König Stormwacht und Abt Thomen Verflide blenden lassen, als ich dem Wein zu sehr zugesprochen hatte, und finde nun keinen anderen Ausweg, als den Vertrag, den ich unterzeichnete, zu erfüllen." Der König wandte sich ihm zu. „Ich bitte nicht um Vergebung, das steht mir nicht zu. Doch ich bitte Euch, Bruder, betet für mich und meine Männer. Vor allem sie mögen unversehrt zu ihren Familien zurückkehren."

Aulber nickte. „Das werde ich, mein König. Doch, verzeiht mir die Frage: Was ist der Grund für den Angriff?"

Der König schnaubte. „Je länger ich darüber nachdenke, umso fadenscheiniger kommen mir die Anschuldigungen vor. Jeder weiß doch, dass Michel Colhammer ein Hitzkopf ist und gern den Mund etwas zu voll nimmt! Und Eberlin Silvatorn ist sein Freund und stimmt ihm immer zu. Ich bezweifle, dass sie ernsthaft König Stormwacht vom Thron stürzen oder ihn gar umbringen wollen. Die Briefe, die das belegen, hat der Abt wahrscheinlich fälschen lassen."

„Silvatorn und Colhammer sind ahnungslos?"

Das Kinn des Königs zitterte verdächtig und er dreht sich wieder zum Fenster. „Nun geht und betet für uns, Bruder. Ich kann von Euch nicht verlangen, dass Ihr uns begleitet, auch wenn das für die Männer eine Ermutigung wäre, doch schon Eure Gebete sind mir willkommen."

Bruder Aulber zog sich zurück und schluckte schwer, als er verdaute, was er eben gehört hatte. Silvatorn und Colhammer sollten angegriffen werden und ahnten wahrscheinlich nichts. Eigentlich verpflichtete ihn ein Schweigegelübde, das, was in einer Beichte gesagt wurde, nicht weiterzutragen, doch er konnte nicht schweigen. Sonst würde er sich noch mehr Schuld auf die Schultern laden, als König Veroberg sich aufgeladen hatte. Entschlossen ging er zur Kräuterkammer. Sein Gehilfe zerrieb immer noch Kräuter im Mörser.

„Lass das liegen, Siman. Du musst dich sofort mit dieser Nachricht für König Silvatorn auf den Weg machen." Bruder Aulber riss ein Stück Papier von dem Kräuterverzeichnis ab, notierte, was er eben gehört hatte, faltete das Stück Papier und gab es seinem Gehilfen. „Du musst dich beeilen. Lass dich nicht aufhalten. Es geht um Leben und Tod, verstehst du?"

Siman nickte, steckte den Brief in sein Hemd und machte sich sofort auf den Weg. Aulber verharrte noch einen Moment in der Kräuterkammer und ging dann zurück in sein Zimmer, von dessen Fenster aus er einen guten Blick auf das Geschehen hatte. Er sah, wie Siman auf seinem Pony im Trab ungehindert das Tor passierte und dann seinem Reittier die Fersen in die Flanken drückte.

„Beeil dich, mein Junge!", murmelte Bruder Aulber.

Siman hatte keinen Augenblick zu früh das Schloss verlassen. Kurz danach kamen Reiter an und einer von ihnen musste der Abt von Stormflod sein. Aulber kannte ihn nur der Beschreibung nach, aber das Wappen, das auf seinem Umhang prangte, wies ihn als diesen aus. Rasch zog er sich vom Fenster zurück, damit niemand sah, dass er das Geschehen beobachtete. Ratlos kniete er sich auf seine Gebetbank und fing an zu beten. Er betete für Simans sichere Reise und dass der Krieg vielleicht doch noch verhindert werden möge. Es klopfte an der Tür und ohne auf seine Antwort zu warten, trat Thomen Verflide in sein Zimmer, gefolgt von zwei bewaffneten Soldaten. Thomen sah sich naserümpfend in dem kargen Zimmer um und hielt Aulber dann seinen Ring zum Kuss hin. Aulber tat dies und richtete sich dann abwartend auf.

„Bruder Aulber, wie ich sehe, betest du bereits für das Seelenheil unserer Armee. Ich erwarte von dir, dass du den König und seine Männer begleitest und ihnen Trost und Zuversicht spendest."

Thomen wandte sich zum Gehen, doch Aulber verschränkte die Arme. „Ich denke nicht daran, mich an Euren Kriegstreibereien zu beteiligen, Abt Thomen. Ihr seid eine Schande für den Glauben!"

Thomen blieb abrupt stehen, wandte sich um und trat dicht an Bruder Aulber heran. Der konnte die Drohung spüren, die von seinem Abt ausging, und sah für einen Moment das rote Glitzern in seinen Augen. Er verstand augenblicklich, mit wem er es zu tun hatte. „Ich werde deine letzten Worte ignorieren. Ich erinnere dich, dass du deinem Abt Gehorsam schuldest!"

„Meinem Abt ja, aber nicht dem Teufel!"

Thomen zog sich einen Schritt zurück und betrachtete Aulber nachdenklich. „Soweit ich weiß, hast du einen Gehilfen. Wo ist er?" Aulber presste die Lippen zusammen. Thomen wurde bleich vor Wut. Er herrschte einen seiner Soldaten an. „Such den Jungen! Er trägt die gleiche Kutte wie der Bruder!" Er wandte sich Bruder Aulber zu. „Und du kannst deine Worte im Kerker überdenken." Er winkte dem anderen Soldaten zu, der Aulber packte und abführte.

Thomen beobachtete ungeduldig, wie sich Verobergs Soldaten versammelten. Er wollte zu ihnen sprechen. Sie mussten davon überzeugt werden, dass dieser Angriff notwendig und gerechtfertigt war.

„Ehrwürdiger Abt?" Thomen wandte sich dem Soldaten zu, der ihn angesprochen hatte. „Der Junge ist weg, wie auch sein Pony. Der Pförtner kann sich erinnern, dass er vor über einer

Stunde das Schloss verlassen hat. Er konnte aber nicht sagen, wohin der Junge geritten ist, nur dass er es eilig hatte."

„Verdammt!" Thomen schob den Mann beiseite und eilte ins Verlies. Aulber lag auf der Liege in seiner Zelle und hatte die Augen geschlossen. „Wohin hast du deinen Gehilfen geschickt?"

„Ich brauchte frisches Kalbsfett. Ich wollte neue Salbe gegen Muskelschmerzen anrühren."

Aulber hatte nicht einmal die Augen geöffnet und drehte Thomen jetzt den Rücken zu. Der schäumte vor Wut. Er spürte, dass Aulber log. Wahrscheinlich war der Junge auf dem Weg nach Silvatorn, um den König vor dem Angriff zu warnen. „Für deinen Verrat wirst du hängen!"

Aulber wandte sich ihm zu. „Zumindest ist mein Gewissen rein und Surija wird mich bei sich aufnehmen. Ihr hingegen, Abt Thomen, werdet auf ewig bei Adholoka in der Hölle schmoren!"

Mit einem Schnauben stürmte Thomen zurück auf seinen Aussichtspunkt. Der Soldat wartete dort und er schickte ihn los, um Aulbers Gehilfen abzufangen. Dann sandte er Boten zu den Königen von Stormwacht und Pravastein, die er zur Eile mahnte und denen er berichtete, dass sie womöglich verraten worden waren. Langsam beruhigte er sich. Selbst wenn der Bote durchkam, würde seine Warnung doch zu spät kommen. Doch er musste sich beeilen. Gleich nach seiner Rede würde er nach Pravastein aufbrechen und dort die Mobilmachung begleiten. Francken hatte Verrat eher von dieser Seite erwartet. Dass er nun aus den Reihen der Kirche kam, war eine Überraschung.

Thomen stand am Fenster des Raumes, der über dem Tor lag, und schaute auf die einfachen Männer unter ihm, die sich vor dem Schlosstor versammelt hatten. Es waren Bauern und ihre Knechte, Handwerker und ihre Gehilfen. Thomen konnte dies an der Kleidung erkennen, die unter den einfachen, gepolsterten Lederwämsen hervorschaute, mit denen sie sich in der Schlacht zu schützen hofften. König Veroberg hatte seine Waffenkammer geleert und nun versuchten sie in der kurzen Zeit, die ihnen blieb, den Umgang mit Schild, Schwert, Speer, Pfeil und Bogen zu erlernen. Er konnte ihre Angst und Sorgen spüren. Sie wollten nicht kämpfen und bei der ersten Möglichkeit würden sie davonlaufen.

„Tapfere Männer von Veroberg!" Seine Stimme hallte weit über die Wiesen und erreichte jeden einzelnen Mann. Sie schauten zu ihm hinauf. „Ich weiß, ihr macht euch Sorgen um eure Familien und eure Felder. Ich weiß, ihr habt Angst vor dem Kampf und davor, euer Leben zu verlieren. Doch nicht euer König und nicht König Stormwacht haben diesen Krieg begonnen. Nein, die Könige von Silvatorn und Colhammer trachten nach dem Leben und dem Land von Stormwacht!" Thomen spürte die Zweifel der Männer, denn was ging sie Stormwacht an. „Doch glaubt nicht, dass sie nach Stormwacht halt machen werden. Sie werden auch Veroberg angreifen, eure Frauen schänden, eure Kinder töten und sich euer Land nehmen!" Angst wallte auf, Thomen konnte sie beinahe greifen. „Wollt ihr das etwa zulassen? Wollt ihr einfach zusehen, wie diese Verbrecher euch alles nehmen?" Angst wandelte sich langsam in Wut. Jetzt hatte er sie. Er griff ihre Wut auf, verstärkte sie und tötete die Angst und den Zweifel. Nun würde er sie lenken können und sie würden sich ohne Zögern in den Kampf stürzen. „Dann folgt eurem König in den Kampf und gebt diesen Verbrechern die Strafe, die sie verdienen!"

Die Männer brachen in lauten Jubel aus und reckten ihre Waffen in die Höhe. Thomen war zufrieden. Das einfache Volk war so leicht aufzustacheln. Auch wenn sie keine guten Kämpfer waren, würden sie doch, unterstützt von der Macht Adholokas, über sich hinauswachsen und den Feind das Fürchten lehren. Thomen schaute noch einen Moment zu, wie die Männer sich wieder daran machten, mit ihren Waffen den Kampf zu üben und ihre Ausrüstung zu pflegen.

„Lass die Pferde satteln. Wir werden sofort nach Pravastein aufbrechen." Der Soldat, der die ganze Zeit neben ihm gestanden hatte, verbeugte sich und ging, um seinen Befehl auszuführen.

Thomen sah wieder auf das Lager hinab und lächelte grimmig. Er konnte Adholokas Vorfreude spüren. Jede Seele, die einen gewaltsamen Tod starb, gehörte ihm. Und bald würde er reichlich Nahrung erhalten.

Neuigkeiten für Silvatorn

„Verzeiht, mein König!"

König Eberlin Silvatorn schaute ärgerlich von dem Ei auf, das er gerade pellte. Er hasste es, beim Frühstück gestört zu werden. Er nahm es immer allein in seinem Gemach ein, um zumindest für kurze Zeit seinen Gedanken ungestört nachhängen zu können. Er trug immer noch seinen bequemen Morgenmantel, der sich über seinem runden Bauch wölbte, und Haare und Bart waren noch nicht frisiert. Er war noch nicht bereit für Besucher. Nun schaute er ungehalten in das panisch gerötete Gesicht seines Bruders und wichtigsten Beraters. „Was ist denn los mit dir? Du bist doch sonst nicht so förmlich. Und was immer es ist, kann es denn nicht noch warten?"

Anstelle einer Antwort drückte ihm Bechtholt Silvatorn ein abgerissenes, zerknittertes Stück Papier in die Hand. Widerwillig fing Eberlin zu lesen an und das halbgepellte Ei fiel ihm aus der Hand. Er stand so rasch auf, dass sein Stuhl umkippte. „Das ist ungeheuerlich. Wie kann dieser Bastard es wagen!" Eberlin schnaufte aufgeregt. „Bist du sicher, dass das kein Scherz ist?"

Bechtholt schüttelte den Kopf und winkte den Jungen heran, der wartend in der Tür stand. „Erzähl alles, was du weißt. Halte nichts zurück."

Der Junge nickte. „Mein Name ist Siman und mein Herr, der Bruder Aulber, schickt mich von Schloss Veroberg hierher. Er sagte, es ginge um Leben und Tod. Vor dem Schloss haben sich schon viele Soldaten aus dem Königreich versammelt und machen sich zum Aufbruch bereit. Aus der Ferne habe ich noch gesehen, dass Männer angekommen sind. Ich konnte das Wappen von Stormwacht und der Abtei Stormflod erkennen. Ich habe gerade noch rechtzeitig das Schloss verlassen und bin die halbe Nacht durchgeritten und habe mich den Rest der Nacht versteckt. Meine Verfolger haben mich nicht gefunden. Es ist ein Glück, dass ich es geschafft habe, Euch diese

Nachricht zu überbringen. Die Soldaten sind wahrscheinlich schon auf dem Weg hierher."

Eberlin musste sich am Tisch festhalten, als seine Beine unter ihm nachzugeben drohten. Schnell stellte Bechtholt den Stuhl wieder auf und Eberlin ließ sich darauf sinken. „Aber es war doch nur Gerede, sonst nichts."

„Michel Colhammer hat zu viel getrunken und jetzt haben wir den Schlamassel. Der Bastard hat wahrscheinlich nur auf eine Gelegenheit gewartet, um uns anzugreifen, und ihr beide habt ihm die geliefert. Und wenn er den Abt von Stormflod auf seiner Seite hat, dann wird es schwer für uns werden, Beistand zu finden!" Bechtholt starrte seinen Bruder finster an.

Eberlin winkte ab. „Der Abt ist ein Vetter des Königs. Schon bei der Beratung vor der Krönung war klar, dass die beiden unter einer Decke stecken. Aber dass sie so etwas aushecken, damit hätte ich nie gerechnet." Der König setzte eine entschlossene Mine auf. „Schicke rasch Boten nach Colhammer, sie müssen sich, genauso wie wir, auf den Angriff vorbereiten. Ruf so viele Männer zusammen, wie du heute auftreiben kannst, und befestige das Schloss für eine Belagerung. Schicke aber auch Boten an unsere Bündnispartner. Sie müssen von diesem feigen Vorhaben erfahren und uns beistehen." Bechtold nickte und wandte sich zum Gehen, als der König ihn zurückhielt. „Wir sollten auch einen Unterhändler nach Stormwacht schicken. Vielleicht können wir das Ganze noch friedlich beilegen."

Bechtholt sah ihn zweifelnd an, nickte dann aber. „Ich werde Karel Herforth schicken. Er hat Erfahrung mit Verhandlungen."

„König Stormwacht, hier ist ein Bote aus Silvatorn. Er will Euch ein Angebot unterbreiten."

Francken sprach gerade mit König Veroberg seine Pläne durch, als ein Mann in sein Zelt gebracht wurde, der die Unterhändlerfahne und das Wappen der Silvatorn trug.

„Danke, dass Ihr mich empfangt, Eure Majestät. Mein Herr möchte …"

„Tue ich nicht", unterbrach Francken den Mann, ging um den Tisch mit den Karten herum und baute sich vor ihm auf. „Ich verhandle nicht mit Verrätern." Er winkte den Soldaten vor dem Zelt zu. „Schlagt ihm den Kopf ab, ich werde ihn König Silvatorn auf dem Tablett präsentieren, wenn wir in Silvatorn einmarschieren." Er wandte sich wieder dem Kartentisch zu.

„Eure Majestät, das könnt Ihr nicht tun! Damit missachtet Ihr das Kriegsrecht." Der Mann wehrte sich heftig, als er von den Soldaten aus dem Zelt gezerrt wurde.

„Er hat Recht. Unterhändlern ist freies Geleit zuzustehen." König Veroberg hatte die Szene stirnrunzelnd beobachtet.

Francken zog die Augenbrauen hoch. „Für mich war er kein Unterhändler. Er steht im Dienst eines Verräters, damit wird er selbst zum Verräter." Für Francken war das Ganze damit geklärt und er wandte sich wieder den Karten zu. „Morgen erreichen wir Heuvel. Pravastein sollte dann ebenfalls, jedoch spätestens einen Tag danach eintreffen. Abt Thomen müsste bereits bei ihm sein und die Männer auf den Kampf einstimmen. Zu dumm, dass Silvatorn gewarnt wurde."

Er warf Veroberg einen scharfen Blick zu, doch der starrte auf die Karten. „Die Mauern von Silvatorn sind nicht sehr hoch. Die Burg wurde in Friedenszeiten errichtet, als an Krieg nicht gedacht wurde. Es sollte kein Problem sein, sie zu überwinden, sobald die Armee den Fluss überquert hat."

Burg Silvatorn war nach dem großen Krieg noch im Stil der alten Burgen erbaut worden. Ein Graben umschloss einst die Burgmauer, doch der wurde zugeschüttet, als die Stadt Korgmagi sich ausbreitete und auch den Burghügel eroberte. Nun schmiegten sich Häuser an die Burgmauer und von der Zugbrücke waren nur noch Reste des Zugmechanismus übriggeblieben. Die Stadt war Stück für Stück gewachsen und von Zeit zu Zeit wurde die Stadtmauer erweitert. Doch sie war eher ein Symbol, mit dem sich die Städter von der Landbevölkerung abgrenzen wollten. Einer Belagerung würde sie nicht standhalten. Da Burg Silvatorn in Eile errichtet worden war, hatte man sich die zweite Mauer ganz gespart und in der vorhandenen Mauer waren keine Türme eingelassen. Der einzige Turm der Burg war der Bergfried und der war eher ein Aussichtsturm als eine letzte Zuflucht.

Sturm auf Burg Silvatorn

„Eure Majestät, König Pravastein ist eingetroffen."

„Endlich!" Francken eilte aus seinem Zelt, um dem letzten Teil seiner Armee entgegenzugehen. König Pravastein und Thomen Verflide ritten an der Spitze des Heeres. Francken war zufrieden. Sie waren in der Überzahl und reichlich mit Leitern ausgestattet. Er bemerkte, dass König Pravastein einen Rammbock mitführte. Der würde ihnen gute Dienste leisten. Sie hatten Heuvel geplündert und nutzten die Hütten als Lager. Die meisten Bewohner waren in die Wälder geflohen und die wenigen, die ihr Hab und Gut nicht kampflos aufgeben wollten, waren tot. König Pravastein zügelte sein Pferd an seiner Seite und stieg ab.

„Eure Majestät, Ihr seid spät dran!"

König Pravastein ließ sich nicht einschüchtern und nahm in Ruhe seinen Helm ab. „Ich hielt es für besser, die Männer nicht zu erschöpfen."

Francken nickte. „Ihr habt gut daran getan. Lasst sie das Lager aufschlagen und sich für den Rest des Tages ausruhen. Noch heute in der Abenddämmerung greifen wir an. Doch kommt, in meinem Zelt erwartet Euch eine Erfrischung und dich ebenfalls, lieber Vetter!"

Francken neigte den Kopf vor Thomen, der mit einem knappen Lächeln ebenfalls abstieg. „Ich sehe, du warst fleißig, mein Lieber", raunte er Francken zu, als sie ihren Weg zu Fuß fortsetzten. „Ziehst du ernsthaft einen Angriff bei Nacht in Betracht?"

Francken sah ihn erstaunt an. „Warum nicht? Damit rechnen sie nicht. Die Flöße zum Übersetzen sind bereit. Wenn die Sonne sich der Erde zuneigt überschreiten wir die Silva. Wenn sich Silvatorn darauf verlässt, dass wir uns an die Regeln halten, ist es sein Pech."

„Aber es gibt Gründe, warum bei Nacht nicht gekämpft wird. Wie sollen die Soldaten genug sehen?" König Pravastein hatte missbilligend die Stirn gerunzelt.

Francken lachte. „Mein lieber Pravastein! Das mag vielleicht auf dem offenen Schlachtfeld gelten. Doch der Mond wird uns den Weg nach Burg Silvatorn leuchten, und bevor wir die Burg stürmen, setzen wir die Stadt in Brand. Es wird hell genug sein." König Pravastein war mitnichten überzeugt und Francken sah es ihm an. Doch nach einem Glas Wein und einem Stück Braten würde der König zugänglicher für seinen Plan sein, davon war er überzeugt.

„König Silvatorn! Sie setzen über den Fluss!" Der Bote strauchelte, als er sich hastig verbeugte. „Was? Jetzt? Was hat der Teufel nur vor? Will er etwa schon heute Nacht angreifen?" Eberlin Silvatorn wandte sich mit fragendem Blick an seine Berater.

Sein Bruder zog ein grimmiges Gesicht. „Das wäre gegen die Regeln, aber es wäre etwas Neues, wenn sich Francken Stormwacht an Regeln halten würde." Er starrte auf den Plan der Stadt vor ihm auf den Tisch. „Wenn er das wagt, dann wird er die Stadt anzünden, bevor er die Burg angreift. Das müssen wir verhindern."

„Aber wie? Wir haben kaum Zeit und zu wenig Männer." König Silvatorn war ratlos.

Bechtholt Silvatorn rieb sich das unrasierte Kinn. „Aus den Brunnen soll pausenlos Wasser geholt werden. Die Häuser sollen nass gemacht werden, dass die Brandpfeile erlöschen, bevor sie die Dächer entzünden können." Bechtholt sah sich um und blickte in das zweifelnde Gesicht seines Bruders. „Haben wir schon etwas von Karel gehört? Er sollte längst zurück sein." Der König sah seinen Bruder hoffnungsvoll an. „Nein Eberlin, ich hätte es dir sofort gesagt." Bechtholt wandte sich wieder der Karte zu. „Wir bemannen die Mauern mit Bogenschützen. Wir sollten heißes Wasser und Steine bereithalten. Wer nicht mit Pfeil und Bogen umgehen kann, kann dies auf die Angreifer herabregnen lassen."

„Wir haben dafür nicht genug Männer, meine Herren. Es kommen zwar immer noch welche, die den Ruf gehört haben, doch wir brauchen mehr Zeit. Mit den Männern, die wir haben, ist unsere Verteidigungslinie dünn. Ich habe alle wehrfähigen Männer aus der Stadt in die Burg gerufen, doch viele wollen ihre Häuser nicht kampflos aufgeben und verbarrikadieren sich." Der Kommandeur der Garde zuckte ratlos mit den Schultern. „Ich fürchte, wir können nicht viel tun." Eberlin wischte sich mit der Hand über das Gesicht und ließ sich auf einen Stuhl sinken. „Das wird ein Massaker! Gibt es denn nichts, was wir machen können?" Der Kommandant der Garde schüttelte den Kopf. „Nein, mein König. Aber wir sollten Euch und Eure Familie in Sicherheit bringen." Eberlin sah zu Bechtholt, der nickte, und schüttelte dann energisch den Kopf.

„Nein, ich werde meine Untertanen nicht im Stich lassen. Aber Ana und die Kinder sollen sich bereit machen und die Burg verlassen."

„Sehr wohl, mein König, ich werde mich darum kümmern." Der Kommandeur schlug die Hacken zusammen und verließ den Raum.

„Alheit, Beth, Fridel! Schnell, wir müssen die Burg verlassen. Barthel, wo ist dein ältester Bruder?" Königin Ana Silvatorn starrte ihren Zweitältesten fragend an, während sich die jüngeren Königskinder ängstlich aneinanderklammerten.

„Eberlin will kämpfen und ist in die Garnison gegangen. Mutter, ich will nicht fliehen, auch ich will Vater beistehen. Sie brauchen jetzt jedes Schwert."

„Kommt nicht in Frage, Barthel!" Königin Ana Silvatorn wandte sich an den Soldaten, der ihr den Befehl des Königs, umgehend zu fliehen, überbracht hatte und sie begleiten sollte. „Wir müssen meinen Ältesten suchen!"

„Verzeiht, meine Königin, aber die Zeit reicht nicht. Der Feind hat die Stadt bald erreicht."

„Ich befehle es dir!"

„Nun sei doch vernünftig, Ana! Eberlin ist ein Dickkopf. Er wird sich nicht davon abhalten lassen, sein Leben wegzuwerfen. Rette dich, Alheit, Beth, Barthel und den kleinen Fridel. Oder willst du, dass sie sterben, weil du deinem Ältesten hinterhergelaufen bist?" Nur selten sprach Alet ein Machtwort. Sie hatte Königin Ana auf die Welt gebracht und ebenso die Königskinder. Sie war die engste Vertraute der Königin und nur sie allein durfte ungestraft so mit ihr reden.

„Aber …"

„Kein Aber!"

Ana sah sich wie ein gehetztes Reh um. Die schmerzliche Entscheidung, die sie treffen musste, raubte ihr beinahe den Verstand.

„Meine Königin! Sie haben fast das Tor zur Stadt erreicht. Wir müssen sofort aufbrechen, wenn wir die Burg und die Stadt noch verlassen wollen!" Die Stimme des Soldaten war eindringlich und wie zur Bestätigung hörten sie das Gegröle der herannahenden Armee. Ana richtete sich auf, wischte sich energisch die Tränen aus dem Gesicht, die ihr bei dem Gedanken, eines ihrer Kinder zurücklassen zu müssen, in die Augen getreten waren. Sie wandte sich an den Diener Georg und ihre Zofe Ell, die sie ebenfalls begleiten sollten: „Also los! Georg, du nimmst die Bündel, Ell, du nimmst Fridel auf den Arm."

Sie selbst nahm Alheit und Beth an die Hand und alle folgten Alet auf Schleichwegen aus der Burg heraus zu einem kleinen, versteckten Nebeneingang. Er war verborgen unter Efeu und das Vorhängeschloss war schon so verrostet, dass sie die Tür ohne weiteres öffnen konnten. Der Wald grenzte direkt an die Mauer und ein schmaler Pfad führte tief in den Wald hinein. Hinter sich hörten sie das Bersten von Holz und das Prasseln von Flammen. Der Himmel färbte sich rot, als die Stadt in Flammen aufging.

„Los Männer! Reißt das Tor ein!"

Der Rammbock wurde nach vorn gebracht. Mit lautem Krachen schlug er auf das mächtige Tor ein, das den Zugang zu Korgmagi verschloss. Francken konnte leicht erhöht in der Stadt die Burg Silvatorn erkennen. Der Palas überragte die

Burgmauern und die goldene Spitze der Burgkapelle funkelte in dem Licht, das aus den Fenstern des Palas auf sie fiel. Nach wenigen Schlägen gab das Mauerwerk um das Stadttor herum nach. Es brach aus den Angeln und fiel als Ganzes auf die dahinterstehenden Stadtbewohner. Die Armee strömte durch die breite Öffnung in die Stadt und tötete jeden, der sich ihnen entgegenstellte. Die Männer plünderten die Häuser und steckten sie anschließend in Brand, sodass die Nacht taghell wurde. Thomen stand neben Francken und beobachtete die Eroberung der Stadt. In Gedanken war er bei den Soldaten, fachte ihre Gier nach Beute an und schürte ihre Mordlust. Mit jedem Hieb, den sie ausführten, ging Adholokas Saat, die er in ihnen gesät hatte, weiter auf. Ihre Seelen würden dem bösen Gott gehören. Ebenso wie die Seelen derjenigen, die sie ermordeten oder die in den Feuern elendig zugrunde gingen. Thomen spürte, wie Adholokas Macht wuchs und damit auch die seine. Noch nie hatte er sich so lebendig gefühlt. Wenn Vertara erobert war, würde er an der Seite Adholokas herrschen und diese Macht bis ins Letzte auskosten.

Rasch drang Franckens Armee zur Burg vor und wurde von einem Pfeilhagel empfangen, doch die gut gerüsteten Soldaten waren vorbereitet. Die hastig erhobenen Schilde fingen die meisten Pfeile ab und nun konnten die Schützen von Stormwacht und Veroberg zurückschlagen und ihrerseits mit ihren Pfeilen die wenigen Verteidiger dezimieren. Sie öffneten mit dem Rammbock das Tor zum Burghof und stürmten hinein. Schnell waren die ersten Soldaten auf dem Wehrgang und verwickelten die Verteidiger in Nahkämpfe, sodass sie keine Möglichkeit mehr hatten, kochendes Wasser und Steine auf die Angreifer herabregnen zu lassen. Francken folgte seinen Soldaten in die Burg, Andres und seine Leibgarde an seiner Seite. Auf allen Gängen des Palas wurde gekämpft, doch die Angreifer waren in der klaren Überzahl. Schließlich drangen sie bis zum Thronsaal vor, in dem sich der König verschanzt hatte. Die Tür war bereits aufgebrochen, der Rest der Leibwache lieferte sich noch heftige Kämpfe mit Franckens Soldaten, doch König Silvatorn lag im Sterben. Ein

Schwerthieb hatte ihm beinahe einen Unterschenkel abgetrennt und eine Speerspitze steckte ihm direkt unterhalb des Harnisches im Unterleib.

Francken fluchte, war mit wenigen Schritten bei ihm und schüttelte ihn. „Wo ist die königliche Familie?"

„Du wirst sie nie bekommen, du dreckiger Bastard!"

Mit einem wütenden Aufschrei zog Francken seinen Dolch und schnitt ihm die Kehle durch. „Durchsucht das Schloss! Ich will seine Familie hängen sehen!"

Andres nickte und sammelte die Männer um sich.

„Und wer noch kämpfen kann, wird in die Armee eingegliedert!", rief Francken ihm hinterher.

Einige der Leibwachen Silvatorns hatten sich nach dem Tod ihres Königs ergeben. Thomen stieg über die Leichen am Eingang zum Thronsaal und gesellte sich zu Francken. Seine Wangen glühten rot vor Erregung und das rote Leuchten in seinen Augen blitzte im Flackern der Fackeln und des Feuers immer wieder auf. Die Soldaten schauten sich unbehaglich an, doch Thomen beachtete sie nicht. Er war berauscht von der ungezügelten Mordlust, in die sich die Soldaten mit seinem Zutun hineingesteigert hatten, und dem Blut, das in großen Lachen auf den Straßen stand.

„König Silvatorn ist also tot." Thomen war zufrieden.

„Aber seine Familie ist verschwunden und er hat nicht mehr verraten, wo sie ist."

„Vergiss die Familie, um sie kannst du dich später kümmern. Brennt alles nieder, dann können wir weiterziehen."

„Ich will sie aber vernichten. Kein Silvatorn soll je wieder einen Thron besteigen." Thomen sah Francken eindringlich an. Unter seinem starren Blick, in dem die ganze Macht Adholokas lag, gab Francken nach. „Aber du hast Recht, erst muss Colhammer bestraft werden."

Thomen nickte und wandte sich zum Gehen.

„Zündet die Möbel an. Ich will die Burg brennen sehen, dann ziehen wir uns nach Heuvel zurück", wies Francken seine Soldaten an.

Auf dem Weg aus der Burg schloss sich ihnen Andres und sein Suchtrupp an. „Die Königsfamilie ist nicht mehr in der Burg. Sie ist in der Stadt gesehen worden, wahrscheinlich hat sie es noch in die Wälder geschafft. Sollen wir dort weitersuchen?"

„Nein. Der Angriff auf Colhammer hat Vorrang. Um die Silvatorns kümmern wir uns später. Der König ist tot und ich habe auch seinen Bruder unter den Toten im Thronsaal gesehen."

Andres warf ihm einen erstaunten Seitenblick wegen seines Sinneswandels zu, doch Francken ignorierte ihn. Er würde seine Rache schon noch bekommen.

Ein schrecklicher Albtraum

Mit einem Schrei erwachte Kattera und krümmte sich sogleich unter Schmerzen zusammen. Ihr ganzer Körper schien in Flammen zu stehen. Der Triumph Adholokas fraß sich bis in ihr Innerstes. Immer wieder wallte das Brennen auf und ließ erst im Morgengrauen nach. Etwas Schreckliches war geschehen und es war Adholokas Werk. Erneut konnte sie nur zusehen, wie seine Macht wuchs. Sie rief Surija um Rat an, doch wieder kam keine Antwort. Die Frage, wie ihr Tod den mächtigen Gott Adholoka davon abhalten sollte, sein dunkles Werk fortzusetzen, war noch immer nicht beantwortet. Sollte sie Thomen Verflide etwa im Zweikampf entgegentreten? Und was dann? Sie wusste doch gar nicht, wie sie Surijas Kräfte entfesseln konnte. Thomen Verflide hingegen wusste die ihm verliehene Kraft, genau zu nutzen. Was sollte sie nur tun? Ihre Angst vor dem Tod war zu groß und die Hoffnung, dass sich die Könige Vertaras dem Abt von Stormflod entgegenstellen und ihn aufhalten könnten, war zu stark. Doch sie musste dem König davon berichten. Entschlossen schob sie die Bettdecke zur Seite und legte ihre Tracht an. Sie fand den König in seinem Arbeitszimmer, die Stirn in tiefe Sorgenfalten gelegt. Er blickte auf, als sie auf sein ‚Herein' den Raum betrat, und ihr blasses Gesicht ließ die Schatten auf seinem Gesicht nur noch tiefer werden. „Was ist geschehen, Schwester?"

Kattera schüttelte den Kopf. „Genau weiß ich es nicht, nur dass es etwas Schreckliches war. Und es war Adholokas Werk. Seine Macht wächst und wenn er nicht bald aufgehalten wird, kann ihn niemand mehr stoppen."

König Winberger reichte ihr wortlos das Schriftstück, das er gerade gelesen hatte.

Kattera wurde noch blasser. Sie musste sich setzen, als sie die Worte las. „Er will Silvatorn und Colhammer angreifen?"

„Der Bericht kommt von meinem Verwalter und er hat diese Information von Händlern, die vom Norden in den Süden ziehen."

Kattera verbarg ihr Gesicht in den Händen. „Oh Surija, hilf uns doch! Der Angriff ist bereits geschehen. Das war es, was ich letzte Nacht gespürt habe. Den qualvollen Tod vieler Seelen, die in Adholokas Fänge gerieten."

König Winberger schlug mit der Faust auf den Tisch. „Verdammt noch mal! Es wird nicht bei Silvatorn und Colhammer bleiben. Das Iluvias-Bündnis wird ihnen beistehen. Es wird nicht lange dauern und der Krieg wird sich über ganz Vertara ausbreiten." Er warf Kattera einen scharfen Blick zu, doch sie wirkte noch hilfloser als zuvor. Wieder fragte er sich, warum Surija seine Kräfte dieser schwachen Frau verliehen hatte, die offensichtlich nicht mit ihnen umzugehen wusste. Oder steckte mehr dahinter und dieses Mal sollte das Böse siegen?

„Vielleicht sind die Verbündeten stark genug, um Francken Stormwacht und seine Armee zurückzuschlagen." Katteras Stimme war dünn, aber voller Hoffnung. Für einen Augenblick spielte König Winberger mit dem Gedanken selbst eine Armee aufzustellen und dem Iluvias-Bündnis beizustehen. Doch das hieße sein Schloss und seine Untertanen schutzlos zurückzulassen. Und wenn er den Kampf verlor, würde Stormwachts Rache maßlos sein. Das konnte er nicht riskieren.

„Was erwartet Surija nur von mir?" Kattera war den Tränen nah. „Ich fühle seine Gegenwart, doch Thomen Verflide nutzt Adholokas Kräfte, als wären sie seine eigenen. Wie soll ich ihm so entgegentreten …?"

„Das dürft Ihr nicht, er würde Euch vernichten!" König Winberger fiel Kattera scharf ins Wort, legte dann aber beschwichtigend die Hand auf ihren Arm. „Ihr seid zu wichtig, als dass Ihr Euch auf diese Weise opfern solltet. Euer Leuchten gibt uns Hoffnung. Auch der heilige Ekarius hat lange gebraucht, bis er dem Bösen entgegentreten und es besiegen konnte. Die Zeit ist noch nicht gekommen. Wir müssen warten."

Kattera sank in sich zusammen und nickte.

„Hoffen wir das Beste, meine Liebe. Ich halte Euch auf dem Laufenden, Schwester."

Kattera verließ den Raum. König Winberger sah ihr nachdenklich nach. Es galt, Kattera zu beschützen. Noch war sie nicht die Waffe, die sie sich im Kampf gegen das Böse erhofften, doch vielleicht würde Surija seine Kräfte doch noch offenbaren, bevor Adholoka Vertara dem Erdboden gleichmachte.

In ihrem Zimmer warf sich Kattera weinend auf das Bett. Sie hatte die Enttäuschung des Königs gespürt, doch er ahnte nicht, was sie wusste, welches Opfer der heilige Ekarius wirklich gebracht hatte und das auch sie es bringen musste. Noch immer ließ Surija sie in Unwissenheit. Sie brauchte Anleitung, was sie tun sollte, wie sie sich verhalten musste, doch er ließ sie mit diesen Fragen allein. Wenn sie ihr Leben schon verlieren musste, dann wollte sie wenigstens Gewissheit haben, dass es nicht umsonst war. Sie spürte die Resignation, dass sie sich allmählich damit abfand, diesen Krieg nicht zu überleben, aber das war für Surija nicht genug.

Der Fall von Colhammer

„Eure Majestät, es ist geschehen. Stormwachts Armee hat Silvatorn in der Nacht angegriffen. Korgmagi brennt und das Schloss steht ebenfalls in Flammen."

Michel Colhammer stand abrupt auf und machte ein paar Schritte auf den Boten zu. Der war verletzt und hielt sich die blutende Seite, in die er einen Hieb bekommen hatte. Mit letzter Kraft hatte er Colhammer erreicht und drohte nun zusammenzubrechen. „Was ist mit dem König und seiner Familie?" Der Bote ging in die Knie und König Colhammer fing ihn auf, ohne auf das Blut zu achten, das ihn besudelte. „So sprich doch! Was ist mit ihnen?"

„Es hieß, dass die Königin mit ihren Kindern in den Wald fliehen konnte, doch ich habe Prinz Eberlin an der Seite der Soldaten Silvatorns kämpfen sehen. Auch der König und sein Bruder haben sich dem Feind gestellt. Wahrscheinlich sind alle tot." Die letzten Worte waren nur noch ein Flüstern und der Mann sank tot in sich zusammen.

König Colhammer ließ ihn zu Boden gleiten und wischte sich geistesabwesend die Hände an seinem Wams ab. Er wandte sich an seine Berater, mit denen er gerade die Lage besprochen hatte, als der Bote eintraf. „Wir müssen erneut um Beistand bitten und wir müssen den Likener Bund, die Winberger und Purosteiner warnen. Sie werden die Nächsten sein, wenn es uns nicht gelingt, diesen Bastard aufzuhalten."

„Warum greift Surija nicht ein? Dieser Francken Stormwacht muss doch von Adholoka besessen sein. Wie sonst käme er auf den Gedanken einen Krieg anzufangen?" Felix Silvaberd war ein gläubiger Mann. Einen Teil seiner Jugend hatte er im Kloster Semola verbracht.

„Wir müssen uns selbst helfen. Auch wenn ich Eure Hoffnung teile, Graf Silvaberd, doch ich befürchte, dass Francken Stormwacht eigene Rachegelüste antreiben. Er hat sogar den Abt von Stormflod auf seine Seite gezogen. Wie kann da der Teufel im Spiel sein?" Der Abt hätte das doch gemerkt und sich dem entgegengestellt, oder nicht?"

Silvaberd war nicht überzeugt. „Gibt es nicht im Kloster Amee eine Nonne, von der es heißt, sie wäre von Surija erleuchtet worden?"

König Colhammer lachte abschätzend. „Mein lieber Graf, ich hoffe doch nicht, dass Ihr von mir erwartet, dass ich das Schicksal von Vertara in die Hände einer einfachen Nonne lege. Ich habe diese Gerüchte auch gehört und wahrscheinlich sind sie völliger Unfug. Nein, mein Lieber, wir sind auf uns gestellt."

Franckens Armee marschierte entlang der Waldausläufer, die bis nach Heuvel und Korgmagi reichten, auf den Collis zu. Bei Damocollis wollten sie später den Fluss überqueren und zuvor das Dorf plündern, um ihre Vorräte aufzustocken und Rast zu machen. Silvacollis und die Burg Colhammer lagen auf einer Anhöhe und waren besser befestigt als Silvatorn es gewesen war. Burg Colhammer war einst die Burg Basoflor und Sitz von König Basoflor gewesen, der vor Jahrhunderten mit Adholoka im Bunde Krieg nach Vertara gebracht hatte. Die Burg war zwar zum Teil zerstört, doch in ihrer alten Stärke wiederaufgebaut worden. Aber Francken hatte vorgesorgt. Noch vor dem Angriff auf Silvatorn hatte er Spione nach Silvacollis und Colhammer geschickt, um sie Schwachstellen in der Verteidigungsanlage ausspionieren zu lassen, und sie waren fündig geworden. Die Mauern zur Stadt waren zwar dick und hoch, doch die Tore vernachlässigt. Sie konnten bis zum Angriff nur notdürftig verstärkt werden und sollten den Rammböcken nichts entgegenzusetzen haben. Francken hatte den Holzüberfluss genutzt, um zwei weitere Rammböcke fertigen zu lassen. Die Stadt sollte schnell einzunehmen sein. Die erste Verteidigungsmauer, die Burg Colhammer einst umgeben hatte, war längst abgetragen und die Steine zum Wiederaufbau der Stadt und der Burg verwendet worden. Niemand hatte damit gerechnet, dass ein solcher Krieg wieder über Vertara hereinbrechen könnte. Die Burgmauern von

Colhammer hatten im Laufe der Zeit einige Risse bekommen, die nicht geflickt worden waren. Einige hatten sich mehrere Handbreit aufgetan und reichten tief ins Mauerwerk. Ein mächtiges Feuer an den richtigen Stellen sollte sie zum Einsturz bringen und so den Weg ins Burginnere frei machen.

„Wie sieht es aus?"
Der Kommandant der Garde trat vom Fernrohr zurück und wandte sich König Colhammer zu. „Im Lager ist alles ruhig. Es scheint nicht, als ob sie bei Nachtanbruch angreifen wollen. Diesmal werden sie bis zum Morgengrauen warten."
König Colhammer trat selbst an das Fernrohr, dass unter dem Dach des Bergfrieds aufgestellt war, von wo man einen weiten Blick auf die Landschaft hatte. Er musste in die Knie gehen, um durchschauen zu können. Er konnte das Treiben im Lager deutlich erkennen, da es gleichmäßig von Feuerstellen erhellt wurde. Die Armee machte keine Anstalten aufzubrechen. Mit einem erleichterten Seufzer trat er zurück. „Dann haben wir noch ein paar Stunden, um uns auszuruhen. Stellt trotzdem Wachen auf. Ich traue dem Bastard nicht. Wer weiß, welche Finte er sich als nächstes ausdenkt."
Am Fuß des Turms wartete sein Bruder Martin auf ihn. „Deine Frau und Kinder sind auf dem Weg zu Schacht Semola."
Der König legte ihm die Hand auf die Schulter und drückte dankbar zu. „Ich wünschte, du wärst mit ihnen gegangen."
Martin lachte. „Und dir den ganzen Spaß überlassen? Kommt nicht in Frage." Er wurde wieder ernst. „Du brauchst jeden Kämpfer. Ich habe ihnen Merten und Kuntz mitgegeben. Sie sind kräftig und werden sie verteidigen können. Michel ist auch schon fast ein Mann und recht gut im Umgang mit dem Schwert. Ihnen wird schon nichts passieren."

„Leise und passt auf, wohin ihr tretet. Die Fackeln werden erst angezündet, wenn wir vor den Toren sind!"
Der Mond schien hell genug, sodass sich Franckens Armee marschfertig machen konnte, ohne dass Feuer entzündet

werden mussten. Er wollte auf diese Weise nah an die Stadtmauern herankommen, bevor man sie bemerkte. Er hatte abgewartet, bis die Lichter in der Stadt und in der Burg verloschen, bevor er den Befehl zum Aufbruch gegeben hatte. Er hatte normales Lagerleben vortäuschen lassen, um Colhammer im Glauben zu lassen, dass der Angriff bei Morgengrauen stattfinden sollte. Sollte dieser ruhig zu Bett gehen.

Im Schutz der Dunkelheit näherte sich Franckens Armee Silvacollis. Nur das Blitzen des Mondlichtes auf den Helmen und Speeren der Soldaten konnte einem aufmerksamen Beobachter verraten, dass auf der Ebene vor Silvacollis etwas in Bewegung war. Doch die Wache auf dem Turm war eingenickt. Das Blöken eines Ochsen schreckte sie auf und mit Entsetzen nahm die Wache das wogende Meer aus Helmen und Speeren wahr, das die Stadt beinahe erreicht hatte. Nun konnte man auch das Stampfen der vielen hundert Füße vernehmen, die sich unerbittlich der Stadtmauer näherten. Die Wache blies in das Signalhorn und weckte die Stadt und die Besatzung der Burg. Doch bis die Verteidiger kampfbereit waren, war Franckens Armee an den Toren und rammte sie ein. Die Spione hatten nicht übertrieben. Nach wenigen Stößen gab das Holz nach und die Flügel wurden aufgestoßen. Die Armee schwärmte in die Stadt aus, mordete und brandschatzte, während die mit Holz und Reisig beladenen Wagen auf die Burg zurollten. Unter einem Hagel aus Pfeilen und Steinen wurden Feuer an den Rissen entfacht und schon bald hörte man das Mauerwerk in der Hitze knacken. Die Verteidiger versuchten verzweifelt die Feuer zu löschen, doch das kalte Wasser verstärkte die verheerende Wirkung nur und nach einer Stunde gab der erste Teil der Mauer nach und ein schmaler Spalt machten den Weg auf den Burghof frei. Die Angreifer kämpften sich über das Geröll in den Burghof. Die ersten fielen sofort, noch bevor sie einen Fuß auf den Boden gesetzt hatten, doch es drängten so viele durch den Mauerdurchbruch, dass die Verteidiger langsam zurückfielen. Dann gab die Mauer an einer zweiten Stelle nach und für die

Angreifer gab es kein Halten mehr. Auf dem Wehrgang entbrannten Zweikämpfe und Franckens Soldaten stürmten in die Burg. Auf Franckens Befehl nahmen sie alle wehrfähigen Männer gefangen, sofern sie sich ergaben. Das Schwertergeklirr war weit in die Nacht zu hören. Der Sturm auf Colhammer hatte seiner Armee bereits einige Verluste beschert und er musste seine Reihen wieder füllen, denn er war davon überzeugt, dass das Iluvias-Bündnis den Fall von Silvatorn und Colhammer nicht hinnehmen würde und ihm Gelegenheit gab auch Breitenfurt, Goldstein und Heiligenfels anzugreifen und einzunehmen. Er würde das Iluvias-Bündnis vernichten.

„Mein König, wir haben Martin Colhammer, den Bruder des Königs."

„Und der König selbst?"

„Ist gefallen, Eure Majestät."

Francken warf dem Soldaten, der die Nachricht überbracht hatte, einen finsteren Blick zu. Er hatte Befehl gegeben, dass die Königsfamilie lebend gefangen werden sollte. Er wollte an den Verrätern ein Exempel statuieren und so ganz Vertara zeigen, was passierte, wenn man sich ihm entgegenstellte.

„Wo ist er?"

„Wir haben ihn auf dem Weg zum Burgfried abgefangen und gestellt."

„Habt ihr auch die Königsfamilie?"

„Nein, mein König. Sie ist nicht mehr auf der Burg."

„Verdammt!"

„Was willst du immer nur mit den Königsfamilien?" Thomen hatte sich zu ihm gesellt und schaute ihn erstaunt und leicht spöttisch an.

„Das weißt du sehr genau!", knurrte Francken und drängte sich an ihm vorbei. „Zeig mir den Weg!", herrschte er den Soldaten an. Er war König und nicht Thomen Verflide. Er bestimmte, was geschah, und diesmal wollte er die Königsfamilie hingerichtet sehen. Er würde sich von Thomen nicht noch einmal reinreden lassen.

Martin Colhammer war nur leicht verwundet. Man hatte ihm Rüstung und Waffen abgenommen und so stand er in Hemd und Hose da. Er spuckte in den Dreck als Francken sich den Helm vom Kopf riss und ihm gegenübertrat.

„Wo sind die Königin und ihre Kinder?"

Martin spuckte erneut und verfehlt Francken nur knapp. Der Soldat, der ihn festhielt, schlug ihn in die Magengrube, sodass er in die Knie ging.

Francken riss seinen Kopf an den Haaren hoch.

„Wo?"

„Du wirst sie nie finden, du stinkender …"

Die restlichen Worte gingen in einem Stöhnen unter, als Francken ihn trat. „Bringt ihm zum Sprechen!"

Die Soldaten packten Martin Colhammer und schleiften ihn zu den Verliesen.

Francken stellte sich auf den Wehrgang und schaute auf die brennende Stadt. Es wurde kaum noch gekämpft und die Armee sammelte sich bereits, um die Wälder nach Flüchtlingen abzusuchen, die in seiner Armee kämpfen konnten.

„Und?" Thomen hatte ihn gefunden und stand nun neben ihm.

„Er wird reden!"

„Ich hoffe du vergisst unser Ziel nicht." Thomen zog die Augenbrauen hoch.

Francken stieß ungeduldig die Luft aus. „Natürlich nicht. Aber was denkst du, wie die anderen Könige reagieren, wenn ich die Colhammer hinrichten lasse, nachdem ich sie öffentlich gefoltert habe?"

„Sie werden alles in die Schlacht werfen, was sie haben!"

Francken lachte spöttisch. „Oder sie ziehen den Schwanz ein und ergeben sich."

Thomen raufte sich nachdenklich den Bart. „Könnte funktionieren. Aber dazu musst du sie erst einmal finden."

Bevor Francken eine heftige Antwort geben konnte, brachte ein Soldat eine Nachricht. Francken las die Zeilen und schickte den Soldaten los, um Andres zu ihm zu bringen.

„Er hat geredet?"

„Jeder redet irgendwann!" Francken grinste wölfisch. „Sie verstecken sich in einer Kohlenmine."

„Was wünscht Ihr, mein König?" Andres nahm Haltung an und wartete auf Franckens Befehl.

Für einen Moment verspürte Francken Bedauern, den Freund verloren zu haben, doch er hatte ihn hintergangen. „Die Königsfamilie versteckt sich in einer Kohlenmine." Er reichte Andres den Zettel mit der Wegbeschreibung. „Bring sie mir."

Andres nickte und entfernte sich.

„Du solltest ihm nicht trauen!" Thomen sah Andres finster hinterher.

„Tue ich auch nicht." Francken hatte ebenfalls seinen Blick auf Andres Rücken gerichtet. „Es wird sich schon bald eine Gelegenheit ergeben, wo er seinen Heldenmut in der Schlacht beweisen und für seinen König sterben kann." Francken sah wieder auf die Stadt hinunter. „Wir ziehen uns zurück, hier gibt es nichts mehr für uns zu holen."

Königin Darethin Colhammer und ihre Kinder Michel und Brida verbargen sich rasch in einem dichten Gebüsch. Sie hatten die Mine beinahe erreicht, als Kuntz Reiter bemerkte, die das Wappen von Stormwacht trugen. Als sie am Vortag aus dem Schloss flohen, waren sie nicht weit gekommen. Brida war müde und sie hatten schwer an ihrem Bündel zu tragen, sodass sie ein Lager für die Nacht aufgeschlagen hatten. Das Horn hatte sie geweckt und sie waren im Dunkeln weitergestolpert und nur langsam vorangekommen, da sie sich nicht durch das Licht einer Fackel verraten wollten. Die Sonne ging bereits auf und die Reiter hatten sie schon fast eingeholt, als Kuntz sie hörte. Er und Merten ließen sich zurückfallen und wollten ihnen Zeit verschaffen, damit sie sich verstecken konnten.

Es raschelte und Darethins Zofe Ännlin kroch zu ihnen. „Sie sind schon ganz nah. Kuntz und Merten haben ein Seil über den Weg gespannt und sich auf die Lauer gelegt. Sie glauben, dass sie die Reiter abwehren können, sie sind nur zu viert."

Kurz darauf hörten sie ein Pferd wiehern, einen Schrei und den Aufprall eines Körpers. Dann hörten sie Kampfgetümmel und ersticktes Stöhnen. Ihre Hoffnung stieg, schon wollten sie das Gebüsch verlassen, als sie Schritte und eine unbekannte Stimme hörten. „Sie müssen hier irgendwo sein. Durchsucht das Gebüsch."

Sie wagten es kaum zu atmen. Büsche rings um sie herum wurden abgeklopft. Die Geräusche kamen immer näher. Als ein gezogenes Schwert auf die Zweige über ihnen traf, entfuhr Brida ein leiser Schrei. Rasch hielt Darethin ihr den Mund zu, in der Hoffnung, dass der Feind es im Rascheln der Zweige nicht gehört hatte. Doch dann bogen sich die Zweige ein Stück auseinander. Blaue Augen starrte sie unter einem Helm hervor an. Nun war alles vorbei. Sekunden vergingen, Darethin starrte wie gebannt auf das Gesicht des Mannes, das ihr bekannt vorkam. Worauf wartete er? Der Mann legte den Zeigefinger an die Lippen, bedeutete ihnen, keinen Mucks zu machen, und lächelte ihnen aufmunternd zu. Er ließ die Zweige los und das Gebüsch schloss sich über ihnen.

„Hier sind sie auch nicht. Die zwei waren wahrscheinlich nur eine Ablenkung. Sie sind bestimmt schon in der Mine. Aufsitzen, Männer, wir reiten weiter und suchen sie dort." Bei diesen Worten entfernten sich die Schritte. Sie hörten Pferde schnauben und schließlich sich entfernendes Hufgetrappel.

Vorsichtig schälte sich Ännlin aus dem Gebüsch. „Wartet hier, ich schaue nach Merten und Kuntz."

Sie fand die beiden Männer. Kuntz war tot und Merten beinahe. Ännlin bettete seinen Kopf auf ihren Schoß. „Du musst sie wegbringen, Ännlin. Die Mine ist nicht sicher. Geh nach Norden, dort gibt es Höhlen, in denen ihr eine Weile Unterschlupf finden könnt."

Das Iluvias-Bündnis stellt sich zum Kampf

Francken schäumte vor Wut. Andres hatte die Königsfamilie nicht gefunden und bei der Suche auch noch einen Mann verloren.

„Die Wegbeschreibung war doch eindeutig, ich begreife das nicht! Es war eine einfache Aufgabe!"

Andres hatte ein starres Gesicht aufgesetzt und Haltung angenommen, so wie er es in letzter Zeit immer tat, wenn er mit Francken sprach. Francken konnte nichts mehr an ihm ablesen und wusste nicht, ob er log oder die Wahrheit sagte.

„Sie hatten zwei Diener dabei. Ein Seil war über den Weg gespannt; einer meiner Männer wurde vom Pferd geholt und hat sich beim Sturz den Hals gebrochen. Es war ein heftiger, wenn auch kurzer Kampf. Er hat so viel Lärm gemacht, dass dies die Familie gewarnt haben muss und sie sich versteckt haben, oder sie haben uns schon eher bemerkt und haben woanders Unterschlupf gesucht. Und die zwei Männer dienten nur zur Ablenkung. Ich weiß es nicht. Wir haben die Büsche abgeklopft und sind weit in die Mine vorgedrungen, ohne sie zu finden." Andres blickte starr geradeaus.

„Ich bin sehr enttäuscht. Du kannst gehen!"

Andres verbeugte sich und verschwand aus Franckens Zelt. Francken starrte ihm noch eine Weile nach, fing sich dann aber. Dann musste er den Rest des Iluvias-Bündnisses eben ohne diese Botschaft besiegen. Seine Soldaten hatten reichlich wehrfähige Männer in den Wäldern aufgespürt und nur wenige hatten sich geweigert, sich seiner Armee anzuschließen. Zweifellos hegten sie die Hoffnung, den Kampf lebend zu überstehen und nach Hause zurückkehren zu können. Dem ein oder anderen gelang das vielleicht. Thomen war im Moment bei ihnen und sprach zu ihnen, so wie er es auch schon mit den Männern von Silvatorn gemacht hatte. Francken wusste nicht, was er ihnen außer reicher Beute sonst noch versprach, doch es wirkte. Silvatorns Männer hatten sich, ohne zu zögern, in den Kampf geworfen und seinen eigenen Männern an Tapferkeit nicht nachgestanden. Er wartete auf

Nachrichten seiner Spione, welche die noch nicht besiegten Königreiche des Iluvias-Bündnisses auskundschaften sollten. Bevor er den nächsten Schritt unternahm, musste er wissen, was sie unternahmen.

Die Zeltplane wurde angehoben und Wemhardt Pravastein betrat das geräumige Zelt, dicht gefolgt von Unterhändlern aus Breitenfurt, Goldstein und Heiligenfels. Francken las ihre Erklärung und musste lächeln. Sie kamen ihm sogar entgegen. Er war nicht gezwungen die Städte und Burgen einzeln zu erobern, was vor allen bei Heiligenfels und Goldstein eine Herausforderung gewesen wäre. Nein, die Könige hatten eine Armee am Lago versammelt. Besiegte er sie, würde er das Bündnis zerschlagen. Nun forderten sie ihn auf, sich zu ergeben und sich einem Gericht zu stellen, das ihn für seine Verbrechen verurteilen würde. Sein Lächeln wurde breiter und schließlich lachte er lauthals, bis ihm die Tränen über die Wangen liefen. Er hatte die Hälfte des Iluvias-Bündnisses bereits dem Erdboden gleichgemacht und der klägliche Rest forderte ihn nun auf, sich zu ergeben. Diese arroganten Weichlinge! Er ließ sich von niemandem Befehle erteilen. Francken nahm ein Blatt Papier, schrieb ein paar Zeilen darauf und gab es dem Unterhändler von Breitenfurt.

Der las die Worte und lief rot an. „Das ist unerhört, König Stormwacht! Ihr habt diesen Krieg angefangen, nicht wir!"

Francken trat dicht an den Mann heran und funkelte ihn zornig an. „Meine Geduld ist am Ende. Bringt die Nachricht Euren Herren. Ich stehe dazu. Ich betrachte ihre Mobilmachung als einen Angriff auf meine Souveränität und werde mich verteidigen. In vier Tagen werde ich am Lago sein. Und nun geht mir aus den Augen, bevor ich es mir anders überlege und Euch hinrichten lasse!"

Der Unterhändler schluckte und machte auf den Hacken kehrt, um eilig das Zelt zu verlassen, dicht gefolgt von den Unterhändlern von Goldstein und Heiligenfels. Im Galopp verließen die Unterhändler das Lager.

Wemhardt Pravastein meinte nachdenklich: „Selbst, wenn wir sofort aufbrechen und zwei Nächte durchmarschieren,

234

werden wir kaum in vier Tagen den Lago erreichen. Und die Armee wird am Ende ihrer Kräfte sein."

Francken winkte ab. „Seid beruhigt, Herzog. Ich habe nicht vor, in vier Tagen am Lago zu sein. Sollen sie ruhig warten und mit den Zähnen knirschen. Füllt heute noch unsere Vorräte auf und morgen marschieren wir los. In sechs Tagen sollten wir am Lago unser Lager aufschlagen."

„Ja, Eure Majestät, ich werde alles in die Wege leiten." Wemhardt Pravastein verbeugte sich und ließ Francken allein im Zelt zurück.

Mit einem entspannten Lächeln im Gesicht goss sich Francken Wein in ein Glas und nahm einen großen Schluck. Das lief besser als erwartet. Er konnte das Iluvias-Bündnis in einer Schlacht besiegen, ohne die Burgen einzeln angreifen zu müssen. Andres würde die Reiterei anführen und hoffentlich sterben. Er war hoch angesehen in der Armee und Francken konnte ihn schlecht einfach hinrichten lassen. Doch er konnte ruhig einen Märtyrertod sterben, solange er nur starb.

„Er bezeichnet uns als Aggressoren, gegen die er sich verteidigen muss? Was erlaubt sich dieser Hurensohn nur?!" König Goldstein zerknüllte das Papier, das die Unterhändler gebracht hatten, und warf es quer durchs Zelt.

„Unsere Armeen sind gleichstark, wir können es schaffen, ihn zu besiegen und ein für alle Mal vom Erdboden zu tilgen." König Breitenfurt starrte auf die Papierbogen in seiner Hand, der mit Notizen bedeckt war. Die Unterhändler hatten die Augen offengehalten und konnten ausführliche Angaben zur Anzahl der Fußtruppen und Reiter sowie zu ihrer Bewaffnung machen. Zahlenmäßig war ihnen das Iluvias-Bündnis überlegen, doch Stormwachts Truppen waren moralisch von den Siegen gestärkt und die Tregtise hatte sich besser auf diesen Krieg vorbereitet, während sie das Nötigste in aller Hast zusammengezogen hatten. Die Armee des Iluvias-Bündnisses lagerte auf den Feldern vor Breitenfeld und wartete ungeduldig. Wenn nicht bald etwas geschah, würden sich die Bauern wieder auf den Heimweg machen. Erste Stimmen wurden bereits laut, dass es nicht zu einem Kampf kommen würde. Die zwei Tage, bis Stormwachts Truppen eintreffen würden, konnten sie ihre Untertanen noch hinhalten. König Breitenfurt stieß unzufrieden die Luft aus. „Ich kann kaum glauben, dass er diesen Weg in vier Tagen bewältigt. Wir sollten davon ausgehen, dass er uns täuschen wollte und später eintreffen wird."

König Heiligenfels sah die anderen Könige besorgt an. „Das wäre schlecht für die Moral unserer Truppen. Sie sind jetzt schon des Wartens leid. Die Felder sind zwar bestellt, doch es gibt trotzdem viel zu tun. Man muss ihnen nur zuhören. Kaum einer glaubt, dass es zum Kampf kommen wird. Die ersten schleichen sich schon davon."

„Das müssen wir unterbinden! Ich habe Befehl gegeben, dass jeder, der beim Desertieren erwischt wird, zehn Stockhiebe erhält. Das wird abschrecken und uns Zeit verschaffen, bis Stormwacht da ist." König Goldstein schlug mit der Faust in die offene Hand. „Wir müssen ihn besiegen, sonst ist das unser aller Ende."

Francken ließ kurz vor dem Lago zwischen zwei Hügeln das Lager aufschlagen. Diesmal würde er mit dem Angriff bis zum Morgengrauen warten. Die Kundschafter hatten berichtet, dass die Truppen des Iluvias-Bündnisses zwar zahlreicher als seine eigenen, aber schlechter ausgerüstet waren. Und sie hatten weniger Reiter. Seine Truppen hingegen waren von den zwei Siegen hochmotiviert und gierten nach weiterer Beute. Er wollte seine Speerträger mit den Bogenschützen dahinter frontal angreifen lassen und die Reiter die Flanken. Andres würde mit seinen Männern die linke Flanke angreifen und König Pravastein mit seinen Reitern die rechte.

„Da kommen sie!"

König Goldstein stand mit den anderen Königen abseits vom Schlachtfeld auf einer Anhöhe. Im Morgengrauen hatten die Späher die Ankunft der feindlichen Armee verkündet und eilig war zum Aufbruch geblasen worden. Sie hatten

Aufstellung genommen, während Franckens Truppen den Lago überquerten. Das Frühjahrshochwasser war bereits durchgerauscht und die vergangenen Wochen waren trocken gewesen, sodass der Fluss weniger Wasser als normal führte und Stormwachts Armee ihn auf breiter Linie überqueren konnte.

„Das sind aber weniger, als uns berichtet wurde. Wo sind die Reiter?" König Heiligenfels beschirmte seine Augen, um besser sehen zu können. Er sah nur Francken, der vor seiner Armee eine Rede hielt und dann sein Pferd zum Feind wendete.

„Will der etwa seine Truppen anführen? Der ist doch verrückt!" König Breitenfurt war fassungslos.

„Vielleicht bekommt er einen Speer zwischen die Rippen. Dann sind wir ihn los!" König Heiligenfels lachte kurz auf.

Francken zog sein Schwert, reckte es dem Feind entgegen und drückte seinem Pferd die Fersen in die Flanken. Seine Armee setzte sich ebenfalls in Bewegung, erst im Schritt, dann fingen die Ersten zu laufen an. Sie schrien aus voller Kehle und bald hatten die Soldaten Francken überholt, der sein Pferd zurückfallen ließ, bis seine Leibgarde aufgeschlossen hatte.

Thomen hielt sich am Rande des Geschehens. In Gedanken war er bei den Soldaten und feuerte sie wie in den vergangenen Schlachten an. Sollte Francken glauben, dass es allein seinem Ansehen zu verdanken war, dass die Männer ihm in die Schlacht folgten.

Hinter den Speerträgern nahmen die Bogenschützen Aufstellung und deckten die gegnerische Armee mit einem Pfeilhagel ein. Die Soldaten des Iluvias-Bündnisses rissen die Schilde über ihre Köpfe, um die Pfeile abzuwehren. Ihre Formation geriet durcheinander, als dennoch viele Pfeile durch die Lücken zwischen den Schilden ihren Weg ins Ziel fanden. Franckens Speerträger waren bei ihnen, bevor sie wieder in Stellung gehen konnten, und durchbrachen die gegnerischen Reihen. Verzweifelt versuchten die Soldaten des Iluvias-Bündnisses ihre Reihen zu schließen, als Franckens

Reiter hinter dem Hügel hervorpreschten, den Lago überquerten und die gegnerische Armee in die Zange nahmen.

„Oh mein Gott." König Goldstein starrte entsetzt auf das Schlachtfeld, auf dem seine Armee systematisch abgeschlachtet wurde. Plötzlich fühlte er kalten Stahl an seinem Hals.

„Mit Gott hat das nichts zu tun!" Francken starrte ihn aus eiskalten Augen an, das Gesicht zu einem höhnischen Grinsen verzogen.

Die Könige Goldstein, Breitenfurt und Heiligenfels wurden gefangengenommen und die wenigen Soldaten, die sie beschützt hatten, entwaffnet.

Schlechte Nachricht aus Colhammer

König Winberger wahrte noch solange die Fassung, bis der Bote sein Arbeitszimmer verlassen hatte, dann sank er auf seinen Stuhl. Er las erneut die Nachricht, die ihm gebracht worden war. Silvatorn lag in Schutt und Asche und Stormwachts Armee stand vor den Toren Colhammers. Kattera hatte ihn bereits von weiterem Sterben unterrichtet, sodass er damit rechnen musste, dass auch Colhammer nicht mehr war. Was kam als nächstes?

„Hier steckst du, mein Lieber! Wir wollten einen Ausflug machen, wenn die Sonne scheint. Erinnerst du dich? Und sie scheint herrlich!" Durettas Lächeln verschwand aus ihrem Gesicht, als sie die ernste Miene ihres Mannes sah. Sie kam zu ihm an den Tisch. „Was hast du denn?"

Er gab ihr das Schreiben und sie wurde blass, als sie es las. „Die Gerüchte sind also wahr. Was denkst du?"

„Ich denke, dass er nach Colhammer nicht halt machen wird. Ich befürchte, dass er ganz Vertara unter seine Herrschaft bringen will." Er nahm ihr den Brief aus der Hand und gab ihr einen Kuss auf die Wange. Ihre Schwangerschaft war allmählich deutlich zu sehen und er wollte sie von allem Bösen fernhalten. „Ich fürchte, du musst deinen Ausflug ohne mich machen, Liebes. Ich werde Vorkehrungen veranlassen, damit uns der Krieg nicht kalt erwischt, wenn er dann zu uns kommt. Schicke bitte Schwester Kattera zu mir, ich muss mich noch kurz mit ihr unterhalten, dann kannst du sie auf deinen Ausflug mitnehmen." Er drückte seiner Frau einen Kuss auf die gerunzelte Stirn. „Mach dir keine Sorgen. Es wird alles gut."

Kattera holte tief Luft und klopfte dann an die Tür des königlichen Arbeitszimmers. Sie war nun schon so oft hier gewesen und dennoch war sie immer nervös, wenn der König sie zu sich bestellte. Duretta hatte ihr von dem Brief erzählt und sie hatte sofort gewusst, dass auch Colhammer nicht mehr war. Auch König Winbergers Befürchtung, dass Francken nicht damit zufrieden war, konnte sie nur bestätigen, wenn auch König Stormwacht nur ein freiwilliges Instrument war und Thomen Verflide die wahre treibende Kraft. Sie betrat nach Aufforderung den Raum und König Winberger kam ihr entgegen.

„Es gibt schlechte Neuigkeiten, Schwester."

Kattera nickte. „Eure Frau hat mir schon davon berichtet und ich teile Eure Befürchtung. Das Böse ist hoch zufrieden. Seine Macht nimmt zu und sein Werk ist noch lange nicht beendet. Damals, als Ekarius ihm Einhalt gebot, war es sein Ziel, Vertara zu unterjochen und einen Ort zu schaffen, in dem Adholoka die Anbetung gilt und der Strom an gequälten Seelen nie abnimmt. Das ist mit Sicherheit auch jetzt sein Vorhaben und er fühlt die Erfüllung schon zum Greifen nah."

Kattera stieß erschöpft ihren Atem aus, ließ sich auf einen Stuhl sinken und bedeckte ihr Gesicht mit den Händen. „Er hat so viel Kraft. Nacht für Nacht quält er mich und ich habe das Gefühl, dass Surija mich verlassen hat, als ob ich ihn enttäuscht habe."

Tränen strömten über ihr Gesicht und König Winberger legte ihr eine Hand auf die bebende Schulter. „Das hat er nicht, seine Gegenwart ist noch deutlich zu sehen. Ich kenne die Geschichte von Ekarius gut. Auch damals war das Böse schon weit vorgedrungen, bis Surija seine Macht offenbart hat. Vielleicht ist die Zeit einfach noch nicht gekommen!"

Kattera blickte auf, sah für einen Moment aus, als ob sie etwas sagen wollte, nickte dann aber nur. „Ich hoffe, Ihr habt Recht, mein König."

König Winberger nickte. „Gut. Bitte achtet auf meine Königin, Schwester. Sie darf sich nicht aufregen. Ich werde Vorkehrungen für unsere Sicherheit und die meiner Untertanen treffen. Und wenn Ihr weitere Visionen habt, berichtet mir davon."

Kattera war entlassen und sie eilte den Gang entlang in ihr Zimmer, wo sie sich eine Handvoll kaltes Wasser ins Gesicht warf. Dann kniete sie auf ihrer Bank am Fenster nieder und flehte zu Surija. „Mein Gott, all das grausame Sterben dieser unschuldigen Menschen. Ihre Seelen werden nie das Licht erblicken. Warum hast du das auf meine schwachen Schultern geladen? Warum sagst du mir nicht, was ich tun soll? Ich begreife nicht, was du von mir erwartest. Ich brauche deinen Rat, deine Anweisung." Es kam keine Antwort. Sie spürte Surijas Gegenwart, doch er wartete. Wartete auf das Opfer, von dem sie nicht verstand, wieso sie es erbringen sollte, und zu dem sie nach wie vor nicht bereit war.

Heldenhafter Kampf

Francken eilte suchend durch das Lazarett, das sie im Schloss Breitenfels aufgeschlagen hatten. Das Schloss, die Stadt Malforid und die umliegenden Dörfer waren bereits geplündert und in die Städte und Dörfer der Königreiche Goldstein und Heiligenfels hatte er Truppen entsandt, um Soldaten für seine Armee zu rekrutieren und Proviant und Waffen zu beschlagnahmen. Er erwartete die ersten Lieferungen in den nächsten Tagen und dann würde er den Likener Bund angreifen. Doch jetzt hielt er Ausschau nach einem bestimmten Verletzten. Ihm war zu Ohren gekommen, dass Andres nach einem tapferen Kampf schwer verwundet worden war und mit dem Tode rang. Francken ging die Betten ab, sprach Lob und Anerkennung aus und fand Andres schließlich. Ein Mönch verband gerade seine Wunden.

„Wie steht es um ihn?"

Der Bruder schaute nur kurz auf und widmete sich dann wieder seiner Arbeit. „Nicht gut. Die Wunde an seinem Bein ist tief und er hat viel Blut verloren. Ich fürchte, das Wundfieber wird über ihn kommen, bevor sie verheilt ist. Bei seinem geschwächten Zustand wird er weder den Wundbrand noch das Abnehmen seines Beines überstehen. Außerdem hat er einige gebrochene Rippen, die ihm große Schmerzen beim Atmen bereiten. Es ist ein Wunder, dass sie ihm nicht die Lunge durchbohrt haben." Er hielt einen Moment inne. „Obwohl das für ihn eine Gnade gewesen wäre!" Der Mönch knotete den frischen Verband am Oberschenkel zu. „Wenn Ihr mich nun entschuldigt, König Stormwacht, es gibt viel zu tun." Er wollte sich an Francken vorbeidrängen, doch der hielt ihn zurück.

„Ist er nicht aufgewacht, seit man ihn hierhergebracht hat?"

„Doch, aber er war nicht bei klarem Verstand. Die Ohnmacht ist gnädiger für ihn."

„Ich will wissen, wenn er aufwacht. Und ich will, dass er mit niemanden sonst redet oder Nachrichten verschickt. Habt Ihr das verstanden?!"

Der Mönch sah ihn finster an, nickte dann aber. Francken ließ ihn los und sah ihm stirnrunzelnd nach. Er hatte das Gefühl, dass der Mönch ihn belogen hatte, allerdings hatte dieser aus seiner Abneigung keinen Hehl gemacht, sodass er sich leicht täuschen konnte. Er warf einen letzten Blick auf den ohnmächtigen Andres und lächelte böse. Er würde seiner Königin einen Brief mit der Nachricht vom Tod ihres Geliebten schreiben. Schade, dass er ihn nicht selbst überbringen konnte. Doch zu wissen, dass sie bei dieser Nachricht verzweifeln würde, reichte ihm schon. Einen Moment überlegte er, ob er nicht einfach ein Kissen nehmen und Andres' Leben ein für alle Mal beenden sollte, doch die Gefahr beobachtet zu werden, war zu groß und Andres würde sowieso sterben. Warum es ihm leicht machen?

„Ich habe traurige Nachricht für dich, meine Königin. Andres Visobala ist im Kampf gefallen. Er hat tapfer an vorderster Front gekämpft und seinem König alle Ehre gemacht."

Lenne sank auf den Sessel, als ihre Beine unter ihr nachgaben. Franckens Brief war zwar ohne offensichtlichen Spott und Hohn geschrieben, doch konnte sie zwischen den Zeilen die Boshaftigkeit erkennen, mit der er ihre Hoffnung, dass sie Andres je wiedersehen würde, endgültig zunichtemachte. Wahrscheinlich hatte Francken sich ausgemalt, wie sie weinend am Fenster sitzen würde, wissend, dass es für sie kein Entkommen gab, dass sie für immer an ihn gebunden war. Für einen Moment zog sie in Erwägung, sich aus dem Fenster zu stürzen und dem Elend ein Ende zu machen, doch sie wagte es nicht. Ihre Seele würde dann nie das Licht erblicken und für immer die Qualen der Hölle erdulden müssen. Da war es besser, für ein Menschenleben die Hölle auf Erden zu erdulden und dann in der Ewigkeit im Licht zu verweilen.

Der Likener Bund trifft eine Entscheidung

„Die Situation ist ernst!" König Mattheys Likenburg schaute grimmig in die Runde. Er hatte die Könige des Likener Bundes und den Abt von Kloster Dagatan zusammengerufen. Sie waren alle erschienen und jeder von ihnen hatte einen Berater mitgebracht. „Stormwachts Armee hat sich nach der Niederlage des Iluvias-Bündnisses nicht aufgelöst. Er sammelt weiter Männer und Proviant. Das kann nur eins bedeuten: Er wird den Likener Bund angreifen!" Aufgebrachtes Gemurmel erhob sich und König Likenburg hob die Hand. Langsam kehrte wieder Stille ein. „Wir müssen jetzt die Entscheidung treffen, ob wir Stormwacht entgegentreten oder ob wir uns ihm anschließen."

„Niemals schließe ich mich diesem teuflischen Bastard an!" König Donkermoor schlug mit der Faust auf den Tisch, um seinem Standpunkt Nachdruck zu verleihen.

„Gibt es denn keine Möglichkeit, wie wir uns ganz aus der Sache heraushalten können? Warum erklären wir nicht unsere Neutralität? Wir haben keinen Streit mit Stormwacht und wenn er weiter Zölle für den Zugang zum Meer haben will, dann soll er sie haben." König Waterfeld sah fragend in die Runde.

Abt Steffan von Dagatan erhob das Wort: „Ich denke nicht, dass es um die Zölle geht. Ich glaube nicht einmal, dass König Stormwacht die treibende Kraft ist. Er ist nur eine willige Marionette."

„Wer hat dann den Krieg angezettelt?" König Waterfeld war nicht überzeugt.

„Adholoka!"

Wieder sprachen alle durcheinander, bis König Likenburg sie zur Ordnung rief. „Mein lieber Abt. Wir alle kennen die Legende von Ekarius. Adholoka wurde in die Hölle verbannt, wo er noch heute schmort. Vertara steht unter dem Schutz von Surija." König Likenburg lächelte nachsichtig.

Der Abt schüttelte mit finsterer Miene den Kopf. „Es gibt Gerüchte, dass Surija schon vor Jahren wieder nach Vertara gekommen ist. Und wenn er hier ist, dann hat auch Adholoka eine verkümmerte Seele gefunden, die sich ihm hingegeben hat."

„Ihr meint also, dass Francken Stormwacht einen Bund mit dem Teufel eingegangen ist?" König Donkermoor machte keinen Hehl daraus, dass er diese Worte nicht glaubte.

„Ich bin mir nicht sicher, dass es Francken Stormwacht ist. Sicher, er ist ein von Rache Getriebener, doch es würde mich nicht wundern, wenn in dem Reich, das er zu errichten hilft, kein Platz für ihn ist." Abt Steffan machte ein finsteres Gesicht.

„Wer?" König Donkermoor zog ungläubig die Augenbrauen hoch.

Der Abt schüttelte nur unsicher den Kopf. „Jemand, der großen Einfluss auf ihn hat."

„Ihr meint doch nicht etwa den Abt von Stormflod?!"

Der Abt spreizte hilflos die Hände. „Es ist nicht unmöglich, dass ein Mönch bei der Einführung in die Mysterien den Versuchungen Adholokas erliegt. Und Thomen Verflide umgibt etwas Unheimliches, das ich nicht in Worte fassen kann."

König Donkermoor senkte den Kopf und Stille legte sich für einen Moment über die Runde. Schließlich unterbrach König Likenburg sie mit einem Räuspern. „Selbst, wenn wir mit einer Mobilmachung rechtzeitig fertig werden würden, sind wir doch in der Unterzahl. Stormwacht im Kampf gegenüberzutreten, bedeutet unseren Untergang." Niemand widersprach. „Ich schlage vor, wir bieten König Stormwacht unsere materielle Unterstützung an und versuchen unsere Neutralität zu waren."

Zustimmendes Gemurmel ertönte.

„Was ist, wenn er die Bedingungen nicht akzeptiert? Wenn er, wie der ehrwürdige Abt befürchtet, ganz Vertara unterwerfen will, wird er sich nicht mit Neutralität zufriedengeben." König Waterfeld sah Likenburg fragend an.

„Ich für meinen Teil bin bereit, ihm den Treueeid zu leisten, wenn dafür mein Königreich vom Krieg verschont wird. So schwer es mir auch fällt und auch wenn es absolut meiner Ehre

widerspricht, diene ich so meinen Untertanen am besten."
König Likenburg sah in die Runde und einer nach dem
anderen nickte. Niemand schaute dem anderen in die Augen.
„So sei es."

„Mein König, hier ist ein Bote vom Likener Bund."
Francken hatte es sich in den Gemächern des Königs
Breitenfurt gemütlich gemacht und gerade sein Frühstück im
Bett eingenommen. Er stand auf und warf sich einen
Morgenmantel über. „Führ ihn herein!"
Der Bote verbeugte sich und überreichte Francken eine
Nachricht. Francken öffnete sie und während er las wurde sein
Lächeln breiter. Es kam Bewegung in die Sache. Die Könige
des Likener Bundes wollten sich an der Grenze mit ihm treffen
und ihre Unterstützung anbieten. Er war gespannt, wie weit
ihr Angebot ging. „Richte deinen Herren aus, dass ich in zwei
Stunden bei ihnen eintreffen werde. Sie sollen bereit sein."
Der Bote entfernte sich und Francken rief seinen Diener.
„Richte Thomen Verflide aus, dass ich ihn sprechen will, und
unterrichte dann den Kommandeur meiner Leibgarde, dass sie
sich zum Abmarsch bereitmachen und mein Pferd und das
Pferd von Abt Thomen satteln sollen. Dann komm zurück
und hilf mir beim Ankleiden!" Zufrieden setzte sich Francken
auf sein Bett und aß weiter. Er hatte damit gerechnet, dass der
Likener Bund klein beigeben würde.

„Du willst mich sprechen?" Thomen Verflide erschien in
Franckens Gemach, als sein Diener ihm das mehrschichtige,
gepolsterte Hemd anlegte, das alle Soldaten immer unter dem
Kettenhemd trugen.
„Der Likener Bund will verhandeln." Francken grinste
wölfisch. „Ich habe dir doch gesagt, Abschreckung verfehlt nie
ihre Wirkung."
„Dennoch scheinst du ihnen nicht zu trauen", meinte
Thomen mit hochgezogenen Augenbrauen und deutete auf
das Kettenhemd, dass Francken gerade über den Kopf zog.

„Natürlich nicht. Meine Leibgarde wird mich begleiten und ich wünsche auch, dass du mich begleitest."

Thomen wollte erst widersprechen, zuckte dann aber mit den Schultern. „Warum nicht, könnte interessant werden." Er setzte sich auf einen Stuhl und nahm sich ein Stück Kuchen. Als er hineinbiss, warf er Francken einen berechnenden Blick zu. „Du hältst doch noch an unserem Plan fest, oder? Selbst wenn der Likener Bund sich uns anschließt, ist das noch nicht das Ende des Feldzugs. Er ist erst vorbei, wenn wir ganz Vertara unterworfen haben."

Francken stieß gereizt die Luft aus, setzte dann aber ein höfliches Lächeln auf. „Aber selbstverständlich denke ich daran, verehrter Vetter."

Thomen gab sich damit zufrieden. Er steckte sich den letzten Bissen in den Mund und stand auf. „Ich treffe dich dann im Stall." Damit verließ er den Raum.

Francken sah ihm nachdenklich nach. Er konnte das Gefühl nicht abschütteln, dass er von Thomen Verflide genauso manipuliert wurde, wie dieser die Soldaten beeinflusste. Er hatte ihn auf seinem Gang durch das Lager begleitet, als sie die zwangsrekrutierten Männer von Silvatorn aufsuchten. Er hatte seine Macht gespürt, auch wenn sie nicht auf ihn gerichtet war. Er vermutete, dass Thomen ihn nur so lange gewähren ließ, wie es ihm nutzte. Er musste vorsichtig sein, solange er Thomen Verflides eigentliche Ziele nicht kannte.

„Da kommen sie." König Likenburg ließ die Klappe des Zeltes fallen, das sie direkt an der Markierung, wo die Handelsstraße die Grenze zum Iluvias-Bündnis überschritt, aufgestellt hatten. „Und er kommt nicht allein. Er hat den Abt von Stormflod und seine Leibgarde dabei."

„Das war nicht anders zu erwarten." Der Abt von Dagatan war die Ruhe selbst.

„Wir hätten ebenfalls ein paar Soldaten mitbringen sollen. Was ist, wenn er die Gelegenheit nun nutzt und uns alle tötet?" König Donkermoor ging unruhig auf und ab.

„Wir waren uns einig, dass wir das Risiko eingehen müssen. Wir kommen schließlich in Frieden. Mit einem Trupp Soldaten hinter dem Zelt wäre das wenig glaubhaft gewesen." König Likenburg warf ihm einen scharfen Blick zu.

Pferde wieherten vor dem Zelt und schwere Schritte näherten sich. Francken öffnete die Zeltklappe und betrat das Zelt, dicht gefolgt von Thomen Verflide.

Einen Moment standen sich die beiden Parteien schweigend gegenüber. Dann ergriff Francken das Wort. „Ihr habt ein Angebot für mich?"

König Likenburg erhob sich und trat ihm entgegen. „Wir bieten Euch Unterstützung bei der Beschaffung von Proviant und Waffen an, wenn Ihr uns im Gegenzug unsere Neutralität garantiert. Wir haben keinen Streit mit Euch."

Francken sah Likenburg lauernd an, bis dieser zu schwitzen begann. Sie ahnten, dass er nicht darauf eingehen würde, und hatten es dennoch versucht. Pech für sie. Hätten sie es ehrlich gemeint, so hätte er sie vielleicht gehen lassen. „Euer Angebot, was den Proviant und die Waffen angeht, nehme ich gerne an. Doch die Zeiten ändern sich. Eine neue Ära bricht an und es wird Zeit, dass Vertara unter einer Herrschaft vereint wird." Er sah in die Runde. Wangenmuskel zuckten, als heftige Antworten heruntergeschluckt wurden. Niemand wagte zu widersprechen. „Darum muss ich wissen: Ist der Likener Bund für mich und wird mir die Treue schwören, oder muss ich mir mit Gewalt holen, was mir zusteht?"

Die Könige sahen sich finster an. „So sei es. Wir werden Euch die Treue schwören." König Likenburg hielt Franckens Blick einen Augenblick stand, wandte sich dann ab und setzte sich.

Francken klatschte mit fröhlicher Miene in die Hände. „Ich wusste, dass ich auf Euch zählen kann. Dann lasst uns dies in einem Vertrag festhalten und dann ein Schreiben für Eure Königreiche aufsetzen. Ich denke, Abt Steffan von Dagatan kann uns dabei zur Hand gehen. Außer dem Proviant und den Waffen erwarte ich, dass Ihr mir fürs erste je zweihundert Reiter, Speerträger und Bogenschützen zur Verfügung stellt.

Mein Werk ist noch nicht vollbracht und die Reihen meiner Armee sind löchrig geworden. Und dann würde ich es begrüßen, wenn Ihr mir auf dem Rest meines Feldzuges Gesellschaft leistet. Seid unbesorgt, es wird Euch an nichts fehlen." Die Könige sahen sich an. Sie hatten nicht nur dem Teufel die Treue geschworen, er hatte sie soeben auch als Geiseln genommen.

Eine Botschaft für Lenne

„Meine Königin, Ihr müsst etwas essen!"
Lenne starrte weiter aus dem Fenster. „Ich habe keinen Hunger." Sie starrte auf das graue, aufgewühlte Meer, doch der Anblick wollte ihr keinen Trost spenden. Sie hatte die Aussicht aus ihrem Zimmer immer genossen, denn die unbändige Stärke des Meeres hatte auch ihr Mut und Kraft gegeben, das zu tun, was sie tun musste, und auszuhalten, was sie nicht ändern konnte. Doch nun fühlte sie sich einfach leer.

„Trinkt wenigstens etwas von dem Tee." Ihre Zofe ließ nicht locker, doch Lenne wandte sich ihr nicht einmal zu. Sie hatte keine Hoffnung mehr, alles war grau und trostlos.

Es klopfte an der Tür und ihre Zofe öffnete diese. Lenne hörte, wie sie sich mit dem Ankömmling leise unterhielt. Es war Bruder Hensin. „Meine Königin, ich habe hier etwas, das Euch aufmuntern wird." Er reichte ihr einen Brief. Sie nahm ihn mit zitternden Händen, denn sie erkannte sofort Andres' Schrift.

„Meine Liebste!
Ich hatte gehofft, dir schon eher eine Nachricht schicken zu können, doch Francken behält mich genau im Auge und ich wagte es nicht. Meine Gedanken sind in jedem Moment bei dir. Die Gräuel des Krieges lasten schwer auf meiner Seele, doch ich fürchtete, sollte ich im Kampf fehlen, würdest du es büßen müssen. Bete für meine Seele, dass sie trotzdem einen Platz an Surijas Seite finden wird und nicht auf ewig in der Hölle schmoren muss. Die Familie Colhammer konnte ich vor dem sicheren Tod bewahren, doch was macht das schon im Vergleich zu den vielen, denen ich auf dem Schlachtfeld das Leben genommen habe. Wenn du diese Zeilen erhältst, bin ich wahrscheinlich schon tot. Im letzten Gefecht wurde ich schwer verwundet und ich glaube nicht, dass ich meine Verletzung überleben werde. Dass ich dein liebes Antlitz niemals wiedersehen, deine süße Umarmung nie mehr spüren

soll, schmerzt mich am meisten. Behalte mich in guter Erinnerung.
Dein dich liebender Andres."

Darunter stand in einer krakeligen Schrift, die nicht von Andres stammte: „Nur Mut, er ist bei uns in guten Händen."
Lenne ließ den Brief auf den Schoß sinken. Der Knoten in ihrer Brust löste sich und ihre Augen füllten sich mit Tränen. Er lebte! Ihr Andres lebte, auch wenn sein Leben auf Messers Schneide stand. Aber er würde nicht mehr in die Schlacht ziehen müssen. Vielleicht würden sie sich doch wiedersehen. Sie drückte den Brief an ihre Brust und wandte sich mit einem Lächeln ihrer Zofe zu.

Thomen Verflide greift zur List

„Purostein thront auf einem Felsen hoch in den Bergen. Mittlerweile haben sie sich auf eine Belagerung eingerichtet. Die Burg wird nicht einzunehmen sein, wenn wir nicht zu einer List greifen!" Thomen wurde allmählich ungeduldig, weil Francken immer noch skeptisch dreinblickte.

„Ich verstehe immer noch nicht, warum du auch Purostein und Winberger einnehmen willst. Sie liegen soweit ab, dass sie schon beinahe nicht mehr zu Vertara gehören. Eine gewaltige Strecke müssen wir überwinden oder über das Iluvias-Gebirge gehen, was viele Männern das Leben kosten könnte. Wir haben Land und die reichhaltigen Minen in unserer Gewalt. Mir reicht das. Also ..."

Thomen packte Francken am Kragen und schüttelte ihn. „Aber es reicht Adholoka nicht. Er will ganz Vertara ins Verderben stürzen. Er will so viele unschuldige Seelen wie möglich verschlingen. Wenn du also König über ganz Vertara sein willst, dann erobere auch ganz Vertara!" Er ließ Francken los und trat einen Schritt zurück.

Francken richtete sein Hemd und schaute Thomen dann misstrauisch an. „Woher weiß ich, dass du nicht dein eigenes Spiel spielst?"

„Habe ich dich je getäuscht?" Thomens Augen glühten rot auf und erinnerten Francken daran, dass er es mit einem Gott zu tun hatte.

„Also schön. Du willst nach Purostein gehen und ihnen deine Hilfe anbieten und sie dazu überreden, einen Anschlag auf mich zu wagen, während ich meinen Truppen beim Plündern zuschaue, und mir dann die Tore zur Burg öffnen?"

Thomen nickte. „Die Purostein sind ein altes, stolzes Geschlecht. Sie werden sich nicht ergeben, ohne zu kämpfen, so wie die Weichlinge vom Likener Bund."

„Das ist nicht sehr ehrenhaft. Mir ist der offene Kampf oder eine Belagerung lieber." Francken behagte der Plan nicht.

„Wir haben keine Zeit, uns den Kopf über ehrenhafte Schlachten und ruhmvolle Siege zu zerbrechen. Es ist die einzige Möglichkeit, unser Ziel zu erreichen, wenn du nicht noch nächstes Jahr hier hocken willst." Thomen ließ nicht locker.

Francken gab nach. „Na schön, versuchen wir es auf deine Weise, du lässt mich ja doch nicht in Ruhe."

Thomen nickte zufrieden und ließ Francken allein in seinem Gemach zurück. Wütend schlug dieser mit der Faust gegen den Türpfosten. Er hatte eigentlich nach Stormwacht zurückkehren wollen, nachdem er das gesamte Gebiet des Iluvias-Bündnisses unter seine Kontrolle gebracht hatte. Mit der Verstärkung des Likener Bundes wäre dies ein Leichtes gewesen. Er war es leid, im Zelt zu schlafen und stundenlang auf dem Pferd zu sitzen. Doch ihm war auch bewusst, dass ohne Thomen dieser Feldzug nicht möglich gewesen wäre. Die Raserei, die seine Soldaten im Kampf überkam und die sie beinahe unbesiegbar machte, war nicht natürlich. Falls Thomen versagte, konnte er Purostein immer noch belagern und aushungern.

Eine folgenschwere Entscheidung

„Was denkt Ihr, Prior Nickell?" König Purostein betrachtete missmutig den schmächtigen Mönch, der anstelle des Abtes von Pravamol gekommen war. Er hatte auf die Weisheit des Abtes gehofft, doch der hatte seinen Prior als Vertretung geschickt, weil es um seine Gesundheit nicht zum Besten stand.

„Die Armee von Stormwacht ist zu stark, als dass Ihr Euch ihm in einer offenen Schlacht entgegenstellen könnt. Ihr solltet die Bevölkerung warnen, dass sie sich in Sicherheit bringt, und Euch auf Purostein verschanzen."

Damit wiederholte er nur das, was ihm auch schon seine Berater geraten hatten. König Purostein verzog ablehnend das Gesicht. Er zog wütend seine buschigen, schwarzen Augenbrauen zusammen und starrte seine Berater finster an. „Und damit unsere Städte und Dörfer dem Feind zur Plünderung preisgeben. Da können wir ihm unseren ganzen Reichtum gleich auf einem Silbertablett servieren!"

„Es gibt keine andere Möglichkeit, außer zu kapitulieren, so wie der Likener Bund es getan hat."

König Purostein schlug auf den Tisch und der Berater, der diesen Vorschlag erneut vorgebracht hatte, zuckte zusammen. „Genug! Ich will das nicht mehr hören! Kapitulieren tun nur Feiglinge, und mein Volk erwartet von mir, dass ich es verteidige. Wenn ihr mir keine passenden Ratschläge geben könnt, dann hole ich sie von wem anders!"

Er gab den Soldaten an der Tür ein Zeichen. Sie öffneten diese und eine hagere Gestalt, in einen schwarzen Umhang gehüllt, die Kapuze tief ins Gesicht gezogen, betrat den kleinen Saal, in dem König Purostein Rat hielt.

Der Mann schlug die Kapuze zurück und die Berater holten tief Luft. „Eure Majestät, das kann nicht Euer Ernst sein. Er ist ein Berater Stormwachts, er ist ein Verbündeter unseres Feindes!" Rudolf Purolod, der oberste Berater des Königs, lief vor Empörung rot an.

Der König gebot ihm zu schweigen. Bruder Nickell hielt die Luft an. Hatte Thomen Verflide ihn mit Kattera sprechen sehen und erkannte in ihm nun einen Verbündeten seines Gegenspielers? Doch Thomen Verflides Blick glitt über ihn ohne ein Anzeichen von Erkennen hinweg und Bruder Nickell atmete auf.

Thomen ging zum Tisch und stellte sich neben den König. „Ich verstehe Eure Empörung, meine Herren. Es würde mir an Eurer Stelle nicht anders gehen. Auch ich habe mich täuschen lassen. Francken Stormwacht ist mit dem Teufel im Bunde und hat mich und seine Soldaten so eingewickelt, dass wir ihm bedingungslos gefolgt sind und an die Rechtmäßigkeit unseres Feldzugs fest geglaubt haben. Doch ich konnte mich aus dieser Illusion befreien und habe die erste Gelegenheit genutzt, um zu fliehen. Ich habe wichtige Informationen, die Euch helfen können, Francken Stormwacht zu besiegen. Denn er muss aufgehalten werden, sonst ist Vertara verloren!"

Bruder Nickell konnte fühlen, wie ihn eine euphorische Ruhe überkam. Natürlich, wie konnten sie dem Abt von Stormflod nur misstrauen und ihm einen Pakt mit dem Bösen vorwerfen? Bruder Nickell sah, dass Thomen Verflides Worte seine Wirkung auch auf die anderen nicht verfehlte. Sie hingen nun an seinen Lippen, bereit die Botschaft zu empfangen, die sie von ihrem Problem befreien sollte.

Thomen Verflide ließ seinen Blick über die hypnotisierten Männer gleiten. Das war noch einfacher gewesen, als er gedacht hatte. Seine Fähigkeit andere zu beeinflussen nahm zu, in dem gleichen Maße, wie Adholokas Stärke wuchs. Selbst der Prior von Pravamol konnte sich ihm nicht widersetzen. Er erkannte ihn nur an dem Siegel, das auf seiner Kutte prangte, und die Farbe seines Gürtels wies ihn als Prior aus. Er musste ihm auf der Hochzeit von Francken begegnet sein, doch er konnte sich an den unscheinbaren Mann nicht erinnern. Dass auch er ihn nun gebannt anstarrte, zeigte nur, dass Surijas Macht in Vertara zusehends schwand.

„Es ist nicht verkehrt, die Bevölkerung zu warnen und die Burg für eine Belagerung zu rüsten. Doch Ihr müsst nicht tatenlos zusehen, wie Stormwacht Eure Städte und Dörfer plündert. Er wird bei der Einnahme von Pravalod ein wenig abseitsstehen und seiner Armee zuschauen. Es wäre ein Leichtes, ihn dort zu überfallen und zu töten. Mit seinem Tod würde seine Armee zerfallen, da sein Zauber über sie brechen wird. Es liegt in Eurer Hand, diesem Morden ein Ende zu setzen. Wenn Ihr eine Karte habt, dann zeige ich Euch, wo er sein wird. Ich konnte seinen Plänen noch lauschen, bevor ich floh."

Wie in Trance wies König Purostein auf den Kartentisch. Er und die Berater erhoben sich, um sich um den Kartentisch zu versammeln. Thomen zeigte ihnen die Stelle, an der Francken seinen Angaben nach zu finden sein würde, nur beschützt von einigen Soldaten.

Als Bruder Nickell wieder in dem Zimmer war, das man ihm zugewiesen hatte, legte er sich auf das Bett in der Gewissheit, dass nun alles gut werden und der Krieg bald vorbei sein würde. Er faltete die Hände über seinem Bauch und seine Finger ertasteten Papier. Verwundert zog er es hervor und begann zu lesen. Je mehr er las, desto mehr fiel die Verblendung Thomen Verflides von ihm ab. Es waren die Briefe von Kattera und mit Schrecken bemerkte Bruder Nickell, wie stark der Einfluss des Abtes von Stormflod auf andere war. Ohne Zweifel war das Ganze eine Falle. Solange der Abt hier war, war es unmöglich König Pravastein von dem Verrat zu überzeugen, doch er konnte die Winberger und Kattera warnen. Er musste Purostein verlassen, bevor die Burgtore geschlossen wurden. Rasch packte er seine Sachen zusammen und verlies in demütiger Haltung sein Zimmer. Auf dem Weg zum Tor traf er auf den Abt von Stormflod und blieb mit geneigtem Kopf stehen. Seine Finger tasteten unter der Kutte nach den Briefen, als der Abt ihn ansprach und sein Zauber erneut zu wirken begann.

„Ihr wollt uns verlassen, Prior Nickell?"

Bruder Nickell setzte das losgelöste Lächeln auf, dass König und Berater in der Besprechung zur Schau getragen hatten.

„Nun, wo Ihr hier seid, braucht der König meinen Rat nicht mehr. Doch ich will meinen Abt von der Wende unterrichten. Er wird erfreut sein, meine Botschaft zu hören!"

Thomen Verflide nickte lächelnd. „Wenn das so ist, dann geht. Übermittelt Eurem Abt meine Grüße. Wenn der Krieg vorbei ist, werde ich allen Klöstern einen Besuch abstatten. Wir hören viel zu wenig voneinander."

Er nickte Bruder Nickell zu und setzte seinen Weg fort. Nickell atmete erleichtert auf, seine Finger schlossen sich um das Papier unter seiner Kutte und er rief sich einige Worte aus den Briefen in Erinnerung. Der Schleier über seinem Verstand, der sich gerade wieder darüber zu legen drohte, lichtete sich, und Bruder Nickell schritt schnell aus. Es galt, keine Zeit zu verlieren.

Er schlüpfte gerade noch durch das Burgtor, bevor es verschlossen wurde. Er eilte die steile, gewundene Straße hinab, die von der Burg nach Pravalod führte. Bruder Nickell schaute mit Bedauern nach links und rechts. Die schmucken, schiefergedeckten Häuser aus Bruchsteinmauerwerk würden ebenso zerstört werden wie die Holzhäuser am Rande der Stadt. Viele Menschen waren auf den Straßen. Die meisten wollten wie er die Stadt verlassen. Einige machten sich zur Verteidigung bereit. Bruder Nickell trat durch das Stadttor und sah der Menschenschlange hinterher, die sich nach Süden, weg von der herannahenden Armee bewegte. Er wollte sich einen Ort suchen, an dem er alles beobachten konnte. Er musste wissen, was geschah, um dann genau Zeugnis ablegen zu können. Er fand einen verfallenen Unterstand etwas abseits von der Straße nach Süden. Von dort aus hatte er einen guten Blick auf die Stadt und die Burg, konnte aber auch den Ort im Auge behalten, an dem sich Francken Stormwacht aufhalten sollte. Er holte sein kleines Fernrohr hervor, das er auf Reisen immer dabeihatte, und schaute die Straße entlang, die nach Norden, nach Pravastein führte. Die Armee hatte Pravalod und Purostein fast erreicht. Laut Thomen wollten sie noch vor dem Abend angreifen. Es blieb also nur noch wenig Zeit. Bruder Nickell zog sich in die verfallene Hütte zurück, sodass er auf den ersten Blick nicht entdeckt werden konnte, und wartete.

Francken nahm seine Position ein. Von seinem Platz aus hatte er einen guten Überblick über das Geschehen. Seine Armee griff die Stadt an. Mit Sturmleitern gelangten die Soldaten auf den Wehrgang, der die Stadtmauer krönte, und bald hatten sie die Stadtbewohner niedergemacht, die sich zur Verteidigung aufgestellt hatten. Die Stadttore öffneten sich und schon züngelten auf den ersten Dächern Flammen. Die Burg, die über der Stadt thronte, würde nicht so leicht zu nehmen sein. Der Bergfried war zum Teil in den Felsen geschlagen und nahezu uneinnehmbar. Auch der Palas glich mit seinen kleinen Fenstern eher einer Festung als einem Wohnhaus. Purostein war gebaut, um Krieg und Belagerung standzuhalten. Francken war angespannt. Er konnte keine Bewegung auf den Wehrgängen der Burg ausmachen. War das ein gutes Zeichen? Würde Thomens Plan aufgehen, oder hatte er ihn doch verraten? Es raschelte im Gebüsch und eine Gruppe Reiter mit dem Wappen der Purosteiner brach auf die Lichtung, angeführt von König Purostein persönlich. Francken frohlockte. Thomen hatte Wort gehalten. Er gab seinen Männern das Zeichen zum Angriff. Sie hatten sich am Rande der Lichtung versteckt gehalten, auf der fünf Soldaten seiner Leibgarde einen ihrer Kameraden, der in seinen Kleidern steckte, bewachten. König Purostein griff die sechs Männer an und war bald selbst von Soldaten umzingelt. Er wurde vom Pferd geholt und mit einem gezielten Schlag in die Kniekehlen zu Boden gezwungen.

„Ihr wagt es, mich auf diese feige Art anzugreifen?" Francken ging vor dem König auf und ab, seine Augen sprühten Funken.

König Purostein war verwirrt. „Aber Abt Thomen hat versprochen, dass wir gewinnen und Euch besiegen!"

Francken sah dem König in die Augen und lächelte. „Ihr hättet Eure Verbündeten weiser auswählen sollen." Dann gab er ihm, ohne zu zögern, den Todesstoß und ließ sich sein

Fernrohr reichen. Die Stadt war eingenommen, doch das Tor der Burg war nach wie vor verschlossen. Worauf wartete Thomen noch? Unentschlossen senkte er das Fernrohr. Sollte er noch abwarten oder sich in die Stadt begeben? „Mein König, seht! Das Burgtor öffnet sich." Francken richtete sein Fernrohr wieder auf die Burg und sah, wie seine Armee durch das weit geöffnete Tor strömte.

„Los Männer, das wollen wir uns nicht entgehen lassen!" Sie saßen auf und ließen die Toten auf der Lichtung zurück.

„Ich muss zugeben, dass ich beeindruckt bin, wie gut dein Plan funktioniert hat."

Francken und Thomen standen auf dem Wehrgang der Burg und schauten auf die brennende Stadt hinab. Jeder hatte ein Glas des besten Weines aus dem Keller von Purostein in der Hand und Francken prostete Thomen zu. Es hatte ein großes Gelage gegeben und seine Soldaten lagen nun satt gegessen und trunken in der Burg und auf den Straßen.

„Es war mir ein Leichtes, sie zu täuschen. Sie hatten so sehr auf gute Nachricht gehofft, dass sie alles geglaubt haben. Es gab einen kleinen Zwischenfall bei der Übergabe der Burg, doch ich konnte das problemlos handhaben."

Der oberste Berater war bei Thomens Befehl, das Tor dem Feind zu öffnen, zur Besinnung gekommen und hatte nicht nur widersprochen, sondern Thomen auch angegriffen. Er war von seinen eigenen Soldaten niedergestreckt worden, die unter Thomens Einfluss standen.

„Ist die Nachricht von den Geschehnissen nach außen gedrungen?" Francken sah nachdenklich in sein Glas, dass beinahe leer war.

Thomen schüttelte den Kopf. „Die Burg hat niemand verlassen. Nur der Prior von Pravamol ist zu seinem Kloster zurückgekehrt, um seinem Abt die Kunde von deiner Vernichtung zu bringen. Um ihn müssen wir uns keine Sorgen machen. Die wenigen Bürger, die das Gemetzel überlebt haben, sahen nur, dass die Burg kampflos übergeben wurde und der König hat unerkannt die Burg verlassen. Niemand weiß, dass er tot ist."

Francken lächelte breit und trank den letzten Schluck. „Dann schlage ich vor, dass wir diese Erfolgsgeschichte wiederholen. Schloss Winberger ist genauso schwer einzunehmen wie Burg Purostein. Es ist auf drei Seiten von Wasser umgeben und kann nur über einen schmalen Zugang erreicht werden. Die meisten Soldaten meiner Armee können nicht schwimmen und Boote sind leicht zu versenken, wenn man ein gutes Schussfeld von oben hat."

Thomen nickte nachdenklich. „Ja, das Schwierigste kommt zuletzt. Und auf Winberger hält sich auch die kleine Nonne auf. Erst wenn sie vernichtet ist, haben wir unser Ziel endgültig erreicht und nichts steht unserer Herrschaft im Wege."

Francken sah ihn für einen Moment mit zusammengekniffenen Augen an. Von einer gemeinsamen Herrschaft war nie die Rede gewesen. Wenn der Feldzug vorbei war, musste er Thomen loswerden.

Bruder Nickells Warnung

„Herein!" König Winberger sah von den Papieren auf, die vor ihm auf dem Tisch lagen, als ein hagerer Mönch sein Arbeitszimmer betrat. Er erkannte in ihm den Mönch, mit dem sich Kattera Briefe schrieb. Er sah erschöpft aus, als ob er eine lange Reise ohne Pause gemacht hatte. König Winberger stand auf und kam ihm entgegen. „Prior Nickell, was führt Euch zu mir?" Er wies Nickell einen Stuhl zu, auf dem sich der Prior dankbar niederließ.

„Ich bin gekommen, um Euch zu warnen. Purostein wurde durch eine List eingenommen und der König getötet."

König Winberger starrte ihn entsetzt an. „Was sagt Ihr da?"

„Thomen Verflide, Abt von Stormflod, hat sich als Ratgeber angeboten und der König hat ihn in seiner Verzweiflung in die Burg gelassen. Dort vernebelte er unseren Verstand und ließ uns glauben, dass Francken Stormwacht der alleinige Aggressor sei. Dass dieser ihn belogen und gefangen gehalten habe und er habe fliehen können. Er gab uns einen Plan vor, wie wir Stormwacht töten und den Krieg beenden könnten. Doch es war nur eine List. Die Briefe von Kattera, die ich immer bei mir trage, haben meinen Verstand wieder klar werden lassen. Die Macht des Abtes ist groß, er kann Menschen nach seinem Willen handeln lassen, ohne dass sie sich wehren können. Ich habe mit eigenen Augen gesehen, wie König Stormwacht König Purostein tötete und sich die Tore zur Burg öffneten, ohne dass die Verteidiger auch nur einen Pfeil abgeschossen haben. Wenn also Thomen Verflide vor Euren Toren auftaucht, dann lasst ihn nicht ein, lasst ihn nicht auch nur ein Wort sprechen, sondern schießt alles auf ihn, was ihr habt, und hofft, ihn damit niederzustrecken." Bruder Nickell erhob sich mit einem Ächzen. „Ich würde gern mit Kattera sprechen. Sie ist doch noch auf Winberger, wie ich hoffe?"

König Winberger nickte. „Danke für euren Rat, Prior. Ich werde ihn beherzigen. Schwester Kattera ist mit meiner Frau im Garten. Bitte versucht, meine Königin nicht zu beunruhigen und so das Kind, das sie in sich trägt, zu gefährden."

„Meine Königin, ein lieber Freund ist zu Besuch gekommen. Darf ich ihn begrüßen?", fragte Kattera.

„Geht nur, Schwester, und lasst Euch Zeit. Ich werde noch weiter die Sonne genießen. Grede kann mir alles bringen, was ich brauche."

Kattera ging Bruder Nickell entgegen und fasste nach seinen Händen. „Was führt Euch nach Winberger, Bruder Nickell?" Ihr Lächeln schwand, als sie seine Erschöpfung und seine ernste Miene sah. Sie setzten sich auf eine Bank.

„Purostein ist gefallen. Nicht durch Waffengewalt, sondern durch den Zauber von Thomen Verflide. Er ist übermächtig, Kattera. Niemand kann ihn jetzt noch aufhalten. Auf was wartet Surija denn nur?"

Kattera war still und blass geworden, selbst das Leuchten, das sie umgab, ließ nach. „Er hat auf die Falsche gesetzt." Katteras Stimme war kaum zu hören. Eine Träne löste sich aus dem Augenwinkel und lief ihre Wange hinunter. „Ich habe in den alten Schriften in Amee die Urfassung über Ekarius' große Taten gefunden und sie gelesen. Er war so viel stärker als ich. Ich bin schwach, nicht mutig genug. Ich kann Surija nicht geben, was er verlangt. Selbst wenn ich Adholoka entgegentrete, können wir nicht siegen. Es tut mir leid." Mit einem Aufschluchzen stand sie auf und lief davon.

Benommen blieb Bruder Nickell einen Moment sitzen, dann stand er entschlossen auf. Er musste diese Schriften lesen, er musste erfahren, was Kattera so beunruhigte und verzweifeln ließ.

Am nächsten Tag näherte sich Bruder Nickell dem hintersten Teil des Archivs von Amee. Der König hatte ihm ein Pferd geliehen und die Bibliothekarin hatte ihm mit der Zustimmung von Äbtissin Maneth den Weg gewiesen. Die Flamme der Kerze warf flackernde Schatten an die Wände, denn das Licht, das durch die großen Fenster fiel, drang nicht bis in diesen Winkel. Er fand den Schrank mit den uralten Dokumenten und während er las, wurden seine Beine schwach. Er verstand nun Katteras Ängste. Das Opfer, dass sie Surija freiwillig darbringen musste, überstieg die Kräfte fast jedes Menschen. Sollte sie Thomen Verflide entgegentreten, ohne diesem Opfer aus ganzem Herzen zuzustimmen, würden sie und Surija unterliegen und das Böse siegen. Er musste unbedingt verhindern, dass Kattera aus Verzweiflung den Kampf mit Adholoka aufnahm.

Surijas Offenbarung

Unerkannt ritt Thomen Verflide durch das Stadttor von Vorihosum. Die Stadt war nahezu menschenleer. Viele Bewohner hatte sie bereits verlassen und die wenigen, die unterwegs waren, beachteten den einsamen Reiter nicht. Er näherte sich der Burg. Das Tor war geöffnet, doch eine Wachsamkeit lag über dem Schloss, die ihn vorsichtig werden ließ. Zwei Soldaten bewachten den Eingang. Er blieb einige Meter vor ihnen stehen und zog die Kapuze vom Kopf. „Ich bin Thomen Verflide, Abt von Stormflod …"

Weiter kam er nicht. Ohne Vorwarnung ging ein Hagel aus Pfeilen auf ihn nieder. Er hob die Hand und die Pfeile fielen vor ihm zu Boden.

Wütend richtete er sich im Sattel auf. „Hört mir zu, Winberger!" Seine Stimme dröhnte über das Schloss und die Stadt hinweg und war in dem hintersten Winkel zu hören. „Ich werde dieses Schloss und eure Stadt dem Erdboden gleichmachen. Eure Seelen werde ich Adholoka zum Fraß vorwerfen. Sie werden nie das Licht erblicken. Euer Tod wird schlimmer sein als alles, was ihr euch vorstellen könnt. Und ihr seid erst der Anfang. Ganz Vertara wird es so ergehen und niemand kann euch retten!" Damit wendete er und galoppierte aus der Stadt. Franckens Armee war bereits auf dem Weg. Er traf auf halber Strecke auf sie und berichtete Francken von seinem Scheitern.

Kattera kniete gerade auf der Bank vor ihrem Fenster, als Thomens Worte sie bis ins Mark erschütterten. Sie hatte keinen Zweifel daran, dass er seine Worte wahr machen würde. „Oh, Surija, so hilf uns doch!" Sie sank weinend in sich zusammen. Wenn Thomen Verflide nach Winberger kam, würde er auch sie töten und ihre Seele würde nie das Licht erblicken. Sie konnte sich verkriechen oder wie alle anderen fliehen, doch das würde ihr Schicksal nur hinauszögern. „Es ist alles zu groß für mich! Wie soll ich all die Menschen retten, wenn ich nicht weiß wie? Ich sterbe sowieso, egal was ich tue, ist das denn nicht genug?" Durettas ungeborenes Kind kam ihr in den Sinn. Würde Adholoka vor dem Kind Halt machen oder würde er seine Seele fressen, bevor es auch nur das Tageslicht erblicken durfte? Sie wischte sich die Tränen ab und stand auf. Das durfte nicht geschehen! Das war nicht richtig. Sie hatte keine Ahnung vom Kämpfen, doch es musste etwas geben, dass sie auch ohne Surijas Hilfe tun konnte, denn er schien ja nicht helfen zu wollen. Sie sah sich in ihrem Zimmer nach etwas um, mit dem sie sich und die Königin verteidigen konnte. Sie griff nach dem Besen und erkannte dann, wie lächerlich dies war. Die Soldaten würden mit Schwertern kommen und wahrscheinlich würde der König seine Königin ohnehin in Sicherheit bringen. Doch wie lange? Grübelnd ging sie auf und ab, auf der Suche nach einem Ausweg. Neleke kam ihr in den Sinn und sie ließ sich mutlos auf ihr Bett sinken. Was würde mit ihr geschehen? Francken Stormwacht hatte bis jetzt die Klöster unangetastet gelassen, aber wenn Adholoka die Herrschaft über ganz Vertara anstrebte, würde er auch die Klöster heimsuchen. Neleke war wie eine Schwester für sie. Sie, Bruder Nickell und die Winberger waren wie eine Familie für sie, wo ihre Verwandten doch so weit weg wohnten. Und was würde mit ihren Eltern und Kirstan und ihren Kindern geschehen? Würde Adholoka nach seinem Sieg noch Rücksicht auf die Untertanen seiner Verbündeten nehmen? Sie alle würden sterben. Niemand, den sie liebte, würde noch da sein.

Ein schmerzliches Schluchzen entrang sich ihrer Brust. Sie stürzte zum Fenster, kniete nieder und rang flehend die Hände. „Oh Surija. Ich gebe dir alles, was du willst, doch verschone ihr Leben. Sie sollen nicht meinetwegen leiden. Sie verdienen es zu leben. Ich kann nicht ohne sie leben." Kattera lauschte auf eine Reaktion, während ihr Tränen über die Wangen strömten. Sie meinte es genauso, wie sie es sagte. Die Menschen von Vertara waren ihr egal. Sie kannte sie nicht. Doch der Gedanke, dass ihren Freunden, den Menschen, die sie liebte, ein Leid geschehen sollte, brach ihr das Herz. Sie würde für sie kämpfen und wenn sie Thomen Verflide mit einem Besen entgegentreten musste.

„Ich wusste, dass ich mich in dir nicht getäuscht habe."

Kattera zuckte zusammen.

„Die ganze Zeit hast du mich um Antwort gebeten und nun erschrickst du, wenn ich antworte?"

Kattera klappte überrascht der Mund auf und die Tränen versiegten. Unfähig ein Wort herauszubringen, verharrte sie regungslos auf ihrer Kniebank.

„Nun?" Surija klang amüsiert.

Kattera machte den Mund zu. „Das ist kein Grund, sich lustig zu machen. Du hast nie geantwortet, wieso sollte ich erwarten, dass du es tust!" Sie konnte es nicht glauben. Nach all der langen Zeit des Wartens machte sich Surija lustig über sie.

„Ich verstehe deinen Zorn, doch du musstest deine Entscheidung ohne meine Hilfe treffen."

Kattera holte tief Luft und mahnte sich zur Ruhe. „Ich verstehe immer noch nicht, was du meinst. Ich sterbe so oder so. Was für eine Entscheidung habe ich getroffen?"

„Um meine Kraft zu entfalten, brauche ich deinen Körper. Deine Seele würde Schaden nehmen, bliebe sie bei dir. Und sie würde mein Werk behindern. Darum musst du sie freiwillig gehen lassen, bevor es zum Kampf kommt."

„Und das hättest du mir nicht gleich sagen können? Dann hätte ich verstanden, wieso ich sterben soll, und den Krieg verhindert!"

„Hättest du nicht im letzten Moment gewankt, ohne in Gedanken bei denen zu sein, für die du das tust?"

Kattera verstand. Es war eine Sache, davon zu reden, aber dann auch wirklich in den Tod zu gehen, war etwas anderes. Sie würde an Neleke, Durettas ungeborenes Kind und Kirstan und ihre Kinder denken und nicht versagen.

„Auch Ekarius hat lange gebraucht, bis er an diesen Punkt gekommen ist." Surijas Stimme klang versöhnlich.

„Wenn mich das trösten soll, dann war es vergebens. Ich brauche Antworten! Wird meine Seele in das Licht gehen und werden wir siegen, wenn ich dir meinen Körper überlasse?"

„Ja, und ich weiß es nicht."

„Was denn nun?"

„Selbstverständlich werde ich deine Seele ins Licht führen. Doch wenn Adholokas Diener seinem Herrn seinen Köper ebenfalls freiwillig überlässt, dann kann ich nicht sagen, wer siegen wird."

Kattera stieß enttäuscht die Luft aus. Und wieder drehte sie sich im Kreis. Wenn sie umsonst starb, mussten ihre Lieben leiden. Ebenso, wenn sie sich Surija verweigerte.

„Das Leben gibt keine Garantien."

„Auch das ist nicht sehr hilfreich!"

„Wirst du dich mir dennoch hingeben?"

„Ja, denn wenn ich es nicht tue, haben wir auf jeden Fall verloren. Also, was muss ich jetzt machen?"

„Tritt Adholoka entgegen."

„Das ist alles?"

„Ja."

Bruder Nickell trieb sein Pferd zur Eile an. Er musste unbedingt mit König Winberger sprechen.

„Prior Nickell, Ihr wolltet mich dringend sprechen? Bitte fasst Euch kurz, Stormwachts Armee hat bald die Stadt erreicht."

„Ich weiß, Eure Majestät, ich habe sie auf meinem Rückweg von Amee gesehen. Es geht um Schwester Kattera. Ich habe in Amee dieselben alten Schriftstücke studiert, die auch sie gelesen hat, und eine unglaubliche Entdeckung gemacht. Der heilige Ekarius hat nicht die Religion gegründet, er starb bei dem Kampf mit Adholoka. Es steht geschrieben, dass er sich für die, die er liebte, geopfert hat. Man hat es verschleiert."

König Winberger starrte Nickell einen Moment an. „Nun wird mir einiges klar. Kattera will nicht sterben, sie liebt das Leben dafür viel zu sehr."

Bruder Nickell nickte betrübt. „Und doch wird ihr Gewissen sie dazu treiben, sich dem Bösen zu stellen. Und wenn sie das tut, ohne bereit zu sein, wird Adholoka siegen und nichts auf der Welt wird Vertara seinen Fängen wieder entreißen können. Sie ist wertvoller, wenn sie lebt. Denn solange sie lebt, hat Adholoka nicht gesiegt."

König Winberger schritt aufgeregt auf und ab. „Wir müssen sie aus dem Schloss fortbringen. Über die Straße ist es zu gefährlich. Wir müssen sie über den See aus dem Schloss schleusen, ohne dass der Feind es bemerkt." Er hielt inne und sah Bruder Nickell an. „Ekarius hatte zu Lebzeiten Menschen um sich versammelt, die ihm folgten, wohin er auch ging."

Bruder Nickell nickte. „Für eben jene Menschen ist er letztendlich auch in den Tod gegangen. Sie haben in seinem Andenken den Glauben an das Licht aufgebaut."

König Winberger sah Bruder Nickell traurig an. „Es gehört viel Mut und Selbstlosigkeit dazu, sich für andere zu opfern. Schwester Kattera ist ein Mensch, dem das möglich ist, doch es braucht Zeit, um zu diesem Entschluss zu kommen. Und sie ist noch so jung, sie hat ihr Leben noch vor sich."

Bruder Nickell nickte und seufzte. „Ekarius war deutlich älter, als Surija ihn erwählte, und auch er hat lange gebraucht, bis er bereit war, das Opfer zu bringen. Ich wünschte, Surija hätte jemand anderes gewählt. Ich …" Bruder Nickell brach die Stimme und er schluckte hart.

König Winberger schüttelte den Kopf. „Warum nur verlangt Surija das von ihr. Sie hat mir und meiner Frau so viel gegeben. Sie verdient es zu leben. Duretta wird untröstlich sein." Er straffte die Schultern. „Also gut Prior Nickell, ich werde alles vorbereiten. Ich würde mich besser fühlen, wenn Ihr Kattera begleitet. Dann weiß ich sie in guten Händen."

„Aber das versteht sich von selbst. Ich kenne sie seit ihrer Kindheit. Ich werde sie begleiten, wohin ihr Weg sie auch führt."

Es klopfte an der Tür und Kattera erhob sich von ihrer Fußbank. Sie öffnete die Tür zu ihrem Zimmer und sah sich König Winberger und Bruder Nickell gegenüber.

„Ich weiß nun, was dich bedrückt, mein Kind. Du darfst auf gar keinen Fall den Kampf mit Adholoka wagen, nicht ehe du wirklich bereit bist." Bruder Nickells Gesicht war ernst und doch voller Verständnis.

„Habt keine Sorge, lieber Bruder Nickell. Ich bin bereit. Ich verstehe jetzt und …"

„Nein, Schwester Kattera, Ihr müsst das nicht tun. Ihr dient Vertara mehr, wenn Ihr lebt und erst den Kampf aufnehmt, wenn Ihr dazu wirklich bereit seid."

„Aber so hört mir doch zu! Ich bin bereit, ich …"

König Winberger hob die Hand. „Ich lasse Vorkehrungen treffen, um Euch aus der Burg zu bringen. Prior Nickell wird Euch begleiten und Euch zur Seite stehen. Ich werde Euch meine besten Soldaten zum Schutz mitgeben. Ihr seid zu wichtig, als dass ich Euer Leben aufs Spiel setze. Macht Euch bereit, es bleibt nicht mehr viel Zeit." Damit dreht er sich um und verließ das Zimmer.

„Aber …"

„Es ist das Beste so. Mach dir keine Sorgen, Kattera. Alles wird gut!"

Damit verschwand auch Bruder Nickell und Kattera hörte, wie vor ihrem Zimmer eine Wache ihren Posten bezog. Sie war wie betäubt und konnte nicht glauben, was gerade geschah. Man hatte sie eingesperrt, um sie von dem abzuhalten, dass sie nun endlich zu tun bereit war. Sie hatte endlich ihren Frieden mit ihrem Schicksal gemacht und nun traute ihr wieder keiner zu, dass sie Vertara retten konnte? Verzweifelt setzte sie sich aufs Bett. Es konnte nicht mehr lange dauern, bis die feindliche Armee vor den Toren der Stadt stand. Sie stand auf, öffnete das Fenster und lauschte. Über das Rauschen des Wassers konnte sie das Stampfen vieler Füße hören. Die feindliche Armee hatte die Stadt fast erreicht. Wenn sie doch nur etwas sehen könnte. So schön der Ausblick auf den See sonst war, jetzt war er einfach nur hinderlich. Das

Rasseln schwerer Ketten und das dumpfe Dröhnen vom Zuschlagen der Torflügel, sagte ihr, dass der Weg aus dem Schloss durch die Stadt versperrt war. Wahrscheinlich sicherten sie auch gerade die Stadttore. Sie schloss das Fenster und sah sich ratlos in ihrem Zimmer um. Sie musste etwas tun und sie wollte nicht erst warten, bis Vorihosum brannte. Ihr Blick fiel auf ihren Nachttopf. Natürlich war er geleert worden, aber bei seiner dunkelbraunen Glasur würde man Wasser kaum von Urin unterscheiden können. Nun, einen Versuch war es wert. Entschlossen leerte sie ihren Wasserkrug in den Topf, nahm ihn in die Hand, riss die Tür von ihrem Zimmer auf und sah sich einem jungen Soldaten gegenüber.

„Verzeiht Schwester, aber Ihr dürft Euer Zimmer nicht verlassen, Anweisung des Königs." Er stand stramm und versuchte Autorität auszustrahlen.

Kattera hielt ihm den vollen Topf kurz unter die Nase. „Der ist fast voll und ich muss mich erleichtern. Er ist heute nicht geleert worden. Was für eine Frechheit! Wird von mir jetzt erwartet, dass ich eine Zimmerecke benutze oder mich gar beschmutze?"

Der Soldat wurde rot und senkte angesichts ihres Zorns den Blick. „Ich werde das für Euch leeren."

„Und dann Ärger bekommen, weil Ihr Euren Posten verlassen habt? Der Abort ist dort gleich um die Ecke, ich bin in einigen Minuten wieder zurück!"

Damit drängte sie sich an ihm vorbei und marschierte entschlossen in Richtung Abort. Sie drehte sich nicht um, lächelte aber zufrieden, als sie hörte, dass der Soldat die Tür schloss und wieder Haltung annahm. Kaum war sie um die Ecke, stellte sie den Topf ab und lief zur Treppe, die sie in den Keller führte. Auf belebten Gängen ging sie mit eiligen Schritten voran, nickte nur grüßend, ließ sich aber nicht aufhalten. Sie gelangte in den Keller und begab sich zu der Anlegestelle der Boote. Das Fallgitter war offen und einige Soldaten beluden bereits zwei Boote.

Die Armee vor Vorihosums Toren

Thomen Verflide stand vor der Armee der Tregtise und Francken Stormwacht an seiner Seite. Ihr Pferde schnaubten leise und warfen unruhig die Köpfe hoch. Mit Verachtung starrte er auf die Mauern von Vorihosum, auf deren Wehrgang Bogenschützen dicht an dicht standen, um einen Pfeilregen auf sie niedergehen zu lassen, sobald sie sich in Reichweite begeben würden. Hinter ihnen gingen die Soldaten in Stellung. Francken betrachtete mit gerunzelter Stirn die Mauern von Vorihosum. „Die Mauern und das Tor sehen stabil aus. Wir werden versuchen, ob wir das Tor mit dem Rammbock durchbrechen können, doch ich befürchte, diesmal werden wir um eine Belagerung nicht herumkommen."

Thomen schnaubte verächtlich und seine Augen leuchteten rot auf. „Du vergisst, wer mit uns kämpft."

„Das habe ich nicht vergessen, doch was willst du tun? Deine List ist fehlgeschlagen. Willst du die Mauern mit bloßen Händen einreißen?"

Francken verstummte unter Thomens zornigem Blick. Das rote Glühen in dessen Augen wurde stärker und füllte die Pupillen ganz aus. Die Bedrohung, die von ihm ausging, war deutlich spürbar. Wind kam auf und die Sonnenstrahlen, die Francken eben noch in seinem schweren Harnisch zum Schwitzen gebracht hatten, verschwanden. Wolken begannen sich über Vorihosum aufzutürmen.

„Es wird keine Belagerung nötig sein und auch deinen Rammbock brauchen wir nicht. Ich werde Vorihosum mit Adholokas Hilfe dem Erdboden gleichmachen. Ganz Vertara wird das eine Warnung sein. Doch vorher muss ich mich Surija stellen."

Francken wich ein Stück vor Thomen zurück. In der zunehmenden Dunkelheit war die Veränderung, welche die Vereinigung mit Adholoka hervorgerufen hatte, deutlich sichtbar. Zum ersten Mal fragte sich Francken, auf was er sich da eingelassen hatte. Doch nun gab es kein Zurück mehr. Adholoka war zu mächtig.

„Wo ist sie hingegangen?"

Die Stimme des Königs war gefährlich leise und der Soldat vor Katteras Zimmertür schrumpfte in sich zusammen.

„Sie wollte sich erleichtern, ihr Nachttopf war voll. Wie konnte ich ihr das verwehren?"

„Dummkopf!" Der König wandte sich ab und Bruder Nickell folgte ihm.

„Glaubt Ihr, dass sie die Burg verlassen hat?"

„Sie wird es zumindest versuchen."

Ein Soldat kam ihnen entgegen. „König Winberger, die feindliche Armee nimmt vor der Stadt Aufstellung!"

König Winberger stieß mit Kraft die angehaltene Luft aus.

„Folgt mir, Prior, wir gehen auf den Wehrgang von Vorihosum. Ich muss sehen, was vor sich geht!"

König Winberger stand neben dem Kommandeur seiner Truppen und starrte finster von der Brüstung auf die Armee herab, die vor den Mauern Vorihosums Aufstellung nahm. Sie war außer Reichweite der Bogenschützen, doch König Winberger hatte einen Trumpf im Ärmel. Hinter ihm, auf dem großen Marktplatz, der direkt hinter dem Tor lag, wurden gerade drei große Katapulte ausgerichtet. Sie wurden mit faust- bis kindskopfgroßen Steinen geladen, welche zumindest auf die vorderen Reihen der feindlichen Armee herabregnen würden. Nachdem er Katteras Briefe gelesen hatte, hatte er seine Ingenieure sofort mit dem Bau beauftragt. Sie hatten die Reichweite der herkömmlichen Katapulte deutlich verbessert. Die Maschinen würden ihnen im Kampf einen Vorteil verschaffen.

Wind kam auf und das Sonnenlicht schwand. „Surija, steh uns bei!" Bruder Nickells Stimme war nur ein Flüstern. Angstvoll starrte er auf die zwei Gestalten, die auf ihren Pferden vor der Armee standen. „Glaubt Ihr wirklich, wir haben eine Chance?" Er sah König Winberger zweifelnd an. Der schluckte und sah sich um. Der Wehrgang war dicht mit Soldaten und Stadtbewohnern in selbstgefertigten Rüstungen besetzt. Alle trugen den gleichen grimmig entschlossenen

Gesichtsausdruck. Sie würden eher sterben als sich ergeben. Die Stadt war gut befestigt und auf einen langen Kampf vorbereitet, doch sie hatten es mit einem Gott zu tun. „Ich weiß es nicht. Kommt, Prior. Ich habe genug gesehen. Wir müssen Kattera finden!" Er nickte dem Kommandeur zu und verließ die Stadtmauer.

Des Königs Befehle

„Schwester Kattera, wir hatten Euch noch nicht erwartet. Wo ist Prior Nickell, er sollte Euch doch begleiten?"

Kattera überlegte fieberhaft. Sie hatte gehofft, allein zu sein und sich einfach mit einem Boot davonmachen zu können. „Prior Nickell wurde aufgehalten. Ich soll schon mal vorausfahren und ihr kommt dann mit ihm hinterher."

Der Soldat schüttelte den Kopf. „Ich lasse Euch auf gar keinen Fall allein losfahren!"

Er winkte einem seiner Kameraden zu, in eines der Boote zu steigen, half dann Kattera hinein und kletterte hinterher. „Wir bringen die Schwester zur verabredeten Stelle und warten dann auf euch!", rief er den restlichen Soldaten zu.

Er und sein Kamerad legten sich in die Riemen und sie verließen die Burg.

„Ihr müsst mich nahe bei Vorihosum an Land bringen."

Der Soldat schüttelte den Kopf. „Meine Befehle lauten, Euch in Sicherheit zu bringen, Schwester. Vorihosum ist nicht sicher."

„Ihr versteht nicht. Ich muss mich Adholoka stellen, das ist die einzige Möglichkeit, nicht nur die Stadt und das Schloss, sondern ganz Vertara zu retten. Liebt ihr denn eure Familien so wenig, dass ihr sie kampflos dem Teufel überlasst? Ich versichere euch, ich bin bereit und ich werde nicht versagen!" Kattera sah die beiden Männer flehend an. „Bitte!"

Sie sah an ihren Gesichtern, wie sie mit sich rangen. Dem einen liefen Tränen über das Gesicht. „Meine Schwester ist erst zehn Jahre alt, sie hat ihr ganzes Leben noch vor sich." Er wischte sie sich ab. „Aber ich kann meinen König nicht verraten."

Kattera stockte das Herz. Sie war so kurz vor dem Ziel. Die beiden mussten doch zu überreden sein. Würden die Soldaten sie auf die andere Seite des Sees bringen, würde sie Tage brauchen, bis sie Vorihosum erreichte. Dann war alles zu spät. Die Stadt und das Schloss wären zerstört und die Königs-familie tot.

„Wenn ihr mich nicht nach Vorihosum bringt, werden der König und seine Königin bald tot sein, denn außer mir kann niemand den Teufel aufhalten. Was nutzt es euch dann noch, wenn ihr euch an einen dummen Befehl gehalten habt?"

Ein langes Schweigen folgte. „Meine Frau erwartet unser erstes Kind. Könnt Ihr mir versprechen, dass Ihr sie rettet?" Der andere Soldat hatte aufgehört zu rudern und starrte sie an. Kattera nickte. „Ja, ich verspreche es."

Die Soldaten sahen sich an und einer schüttelte entschieden den Kopf. „Wir müssen unserem König gehorchen. Wir müssen Euch in Sicherheit bringen, egal was mit der Stadt und dem König geschieht. So lautet der Befehl. Eure Sicherheit ist wichtiger als alles andere. Wir müssen Euch beschützen." Er sah seinen Kameraden auffordernd an und sie ruderten weiter. Langsam entfernten sie sich vom Schloss. Kattera war verzweifelt. Das durfte nicht sein. Was sollte sie nur tun? Sie kniete sich in das Boot und fing an zu beten. Unmerklich wurde ihr Leuchten heller, bis es zu einem hellen Strahlen wurde.

Blitz und Donner

Noch immer warteten Thomen und Francken vor den verschlossenen Toren von Vorihosum. Die dunklen Wolken türmten sich mittlerweile hoch über der Stadt und dem See. Im schwindenden Licht waren die Stadt und die Menschen auf ihren Mauern nur noch schemenhaft zu erkennen. Francken fragte sich, ob dies ein Vorgeschmack auf kommende Zeiten war, als ihm ein Licht auf dem See, nah dem Schloss, auffiel. Es wurde zunehmend heller.

„Was ist das? Macht sich die kleine Nonne etwa heimlich aus dem Staub?" Er zeigte auf das Licht.

Thomen stieß einen wütenden Schrei aus, der die Mauern von Vorihosum erschütterte.

„Was machen wir jetzt?! Sollen wir sie verfolgen, oder erst die Stadt und das Schloss einnehmen?" Francken schaute Thomen berechnend an. Das lief nicht so, wie der Abt es geplant hatte. Die Nonne wusste, dass sie keine Chance gegen Thomen Verflide hatte. Niemand, der bei Verstand war, würde ihm freiwillig entgegentreten.

Thomen reagierte nicht auf seine Frage. Seine Augen sprühten vor Wut und Dunkelheit trat wie Nebel aus seiner Haut aus und umgab ihn wie ein schwarzer Schleier. Franckens Pferd scheute und er lenkte es ein Stück von Thomen weg. Der Abt hatte kaum noch Menschliches an sich und Francken kam der Gedanke, dass er vielleicht Adholoka selbst vor sich sah. Erste Blitze zuckten aus den Wolken nieder und schlugen ohrenbetäubend in der Stadt ein. Der Kommandeur gab den Feuerbefehl und die erste Ladung Steine regnete auf die Armee nieder. Die Soldaten, im Glauben außer Schussweite zu sein, rissen nicht rechtzeitig ihre Schilde hoch und viele gingen getroffen nieder. Ein Stein zerschmetterte Franckens Oberarm, als er im letzten Moment den Schild heben wollte. Er ließ ihn mit einem Schmerzensschrei fallen. In der Pause, in der die Katapulte nachgeladen wurden, sammelte sich seine Leibwache um ihn, um ihn vor dem nächsten Angriff zu schützen. „Wir müssen uns ein Stück zurückziehen!", schrie er Thomen zu, doch der reagierte nicht. Hinter ihnen sammelte sich seine Armee wieder. Doch bevor sie richtig in Stellung gehen konnte, ging der nächste Steinregen nieder. Franckens Pferd wurde an der Hinterhand getroffen und nur sein brutales Reißen am Zügel hielt es davon ab, in die Knie zu gehen und ihn abzuwerfen. Sein Arm hing schlaff an seiner Seite und er glaubte, vor Schmerz ohnmächtig zu werden.

Immer mehr Blitze gingen auf die Stadt und die Mauer nieder. Große Brocken brachen an den Stellen aus der Mauerkrone, an denen sie getroffen wurde. Der erste Katapult ging in Flammen auf, als die Blitze immer dichter auf dem Marktplatz einschlugen.

„Was geht da vor sich?" Die Soldaten hatten aufgehört zu rudern und blickten zurück zur Stadt. Sie sahen die Blitze, die auf die Mauern und die Häuser niederprasselten. Ein Teil der Häuser stand in Flammen. Die Soldaten starrten sich an. „Wir müssen vom Wasser runter. Wenn die Blitze in den See einschlagen, dann …" Hastig wendeten sie das Boot und ruderten aus Leibeskräften auf das Schloss zu. „Schwester, auf dem Wasser ist es bei dem Gewitter zu gefährlich. Wir bringen Euch zum Schloss zurück."

„Bringt mich an Land!", schrie Kattera den beiden zu. Doch sie hielten verbissen auf das Schloss zu. Kattera sah sich verzweifelt um. Es nützte nichts, wenn sie in das Schloss zurückkehrten. Da kam sie nicht heraus, sie musste vor die Stadt.

In dem Moment traf ein Blitz die Zinnen über dem Eingang zum Anlegesteg. Mauerbrocken flogen umher und das Fallgitter rasselte herunter, als die Kette brach. Die Soldaten hielten inne. Panik machte sich in ihren Blicken breit. Wieder fingen sie an zu rudern. Sie hielten auf das Ufer nahe bei der Stadt zu. Dichtes Gebüsch breitete sich dort aus.

„Wir bringen Euch an Land. Die Büsche werden uns Deckung geben. Wir werden die Reise leider zu Fuß fortsetzen müssen, Schwester."

Kattera drehte sich um und starrte auf das Ufer, das langsam näherkam. Hoffnungslosigkeit machte sich in ihr breit. Wie nur sollte sie ihre Aufgabe erfüllen?

„Wir können sie nirgendwo finden, Majestät." Der Soldat nahm vor König Winberger Haltung an. Mit einer kleinen Gruppe Soldaten hatten er und Bruder Nickell das Schloss abgesucht, doch vergebens. Hatte sie das Schloss etwa noch verlassen können?

„Majestät!" Ein Soldat kam angelaufen und machte schnaufend vor König Winberger halt. „Ich komme gerade von der Anlegestelle. Schwester Kattera ist bereits auf dem Weg an das andere Ufer. Sie konnte noch vor dem Angriff entkommen."

König Winberger stieß erleichtert die Luft aus und klopfte Bruder Nickell auf die Schulter. „Sie ist entkommen, sie ist in Sicherheit, Prior."

Bruder Nickell schaute ihn zweifelnd an. „Sie wird versuchen, sich Adholoka zu stellen."

König Winberger schüttelte den Kopf, „Seid unbesorgt, Prior. Meine Soldaten haben die strikte Anweisung, sie in Sicherheit zu bringen, koste es was es wolle. Sie werden Schwester Kattera über den See bringen und wenn sie sie dazu wie ein Päckchen verschnüren müssen. Glaubt mir, Schwester Kattera wird nichts geschehen. Jetzt können wir uns um Francken Stormwacht kümmern!"

Zerstörte Hoffnung

Die Armee hatte sich neu formiert, nachdem der Steinregen aufgehört hatte. Die halbe Stadt stand in Flammen und die Mauern waren nur noch teilweise besetzt. Fracken hatte Befehl gegeben, den Rammbock nach vorn zu bringen, um das Tor aufzubrechen. Jetzt starrte er hasserfüllt Thomen an, der sich seit der Entdeckung des Lichtes auf dem See nicht von der Stelle bewegt hatte. Noch immer trafen Blitze Schloss und Häuser. Francken hatte sich seinen zerschmetterten Arm an die Hüfte binden lassen, um ihn ruhig zu stellen, doch der Schmerz brachte ihn fast um den Verstand. Er hatte diese Stadt gar nicht angreifen wollen und nur wegen Thomens Sturheit würde er seinen Arm verlieren und zum Krüppel werden. Sobald sie das hier hinter sich gebracht hatten, würde er bei der ersten Gelegenheit, die sich ihm bieten würde, dem Abt ein Messer zwischen die Rippen jagen, und wenn es das Letzte war, was er tat. Niemand hinterging Francken Stormwacht ungestraft. Thomen würde für diese Verstümmelung büßen.

Eine Bewegung vor dem Stadttor riss Francken aus seinen düsteren Gedanken. Eine schmale Gestalt in Nonnentracht trat hinter dem Wall hervor, der die Stadtmauer zusätzlich umgab, und stellte sich zwischen die Armee und die Stadt. Trotz der durch die Wolken hervorgerufenen Finsternis strahlte sie hell. Es war Kattera. Mutig blickte sie der Armee entgegen. Kaum hatte das Boot das Ufer berührt, war sie herausgesprungen und in die Büsche gelaufen. Die Soldaten hatten einige Sekunden zu spät reagiert und sie im Dickicht verloren. Nun stand sie hier ohne Schleier, mit zerzausten Haaren, zerkratztem Gesicht und zerrissener Kleidung. Sie hörte das Rufen der Soldaten über den Sturm hinweg. Sie hatten sie fast eingeholt.

„Sie gehört mir! Das ist mein Kampf! Greift die Stadt erst an, wenn ich gesiegt habe!" Thomen Verflide stieg vom Pferd und ging ein paar Schritte auf Kattera zu. Er hob die Arme zum Himmel. Blitze zuckten auf die Erde nieder und schlugen dicht um die Nonne ein.

Kattera faltete die Hände. Sie dachte an Neleke und die schönen Stunden, die sie im Klostergarten verbracht und über das geredet hatten, was sie am Tag erlebt hatten und was man durch den Klosterklatsch so Interessantes erfahren konnte. Sie erinnerte sich an Nelekes witzige Zeichnungen, mit denen sie Kattera immer wieder zum Lachen gebracht hatte. Sie dachte auch an Bruder Nickell, der sie immer unterstützt hatte, und an Königin Duretta und ihr ungeborenes Kind, von dem alle hofften, es würde ein Junge werden. Doch Kattera war sich sicher, dass es ein Mädchen werden würde. Auch an ihre Eltern, Kirstan und ihre Kinderschar dachte sie und an die Zuneigung, die immer aus ihren Briefen gesprochen hatte. „Für sie! Für sie gebe ich mein Leben. Nimm es und schenke ihnen ihr Leben, sie haben es verdient!"

Wärme durchflutete sie, das Leuchten wurde immer stärker, füllte sie ganz aus, und Kattera fühlte, wie sich ihre Seele von ihrem Körper löste. Für einen Moment konnte sie sich selbst zwischen der Stadt und der feindlichen Armee stehen sehen. Thomen Verflide stand mit erhobenen Armen vor ihr, doch sein Körper verschwamm und Adholoka zeigte seine wahre Gestalt. Dann brach mit einem Dröhnen ein Lichtstrahl aus ihr hervor, durchdrang die Wolken, die sich über ihr auftürmten, und führte ihre Seele gen Himmel. Surija war nun ganz auf die Erde gekommen. Er hatte ihr Opfer angenommen.

Thomen sah den Lichtstrahl und wurde unsicher. Bis jetzt hatte die Nonne keine Anzeichen gezeigt, dass sie über Surijas Macht verfügen konnte, doch nun sah es so aus, als ob der Kampf nicht so leicht werden würde, wie er angenommen hatte. Er spürte das vertraute Brennen in sich. Es wurde stärker und stärker. Thomen schlang die Arme um sich und stöhnte. Die Schmerzen nahmen weiter zu.

„Gib mir, was ich verlange!" Adholokas Stimme dröhnte in seinem Kopf.

Thomen ging in die Knie, hielt sich den Kopf, der ihm zu platzen drohte. Er begriff, dass Adholoka niemals mit ihm teilen wollte. „Nein!" Adholoka wollte ihn verdrängen, wollte seine Seele jetzt schon verschlingen und seinen Körper für sich beanspruchen. Thomen begann sich zu wehren, so hatte er sich das nicht gedacht. Adholoka hatte ihm Freiheit und Macht versprochen. Auch seine Phantasien, wie er sich an seinen Eltern rächte, sie in Armut stürzte und ihnen das privilegierte Leben zunichtemachte, das sie ihm verwehrt hatten, waren noch nicht in die Tat umgesetzt. Er hatte sich voll und ganz auf Adholokas Wünsche konzentriert. Und nun wollte ihm dieser seinen Lohn verwehren. Er wollte herrschen! „Du hast mir die Herrschaft über Vertara versprochen, wenn ich dir diene!"

„Gib mir, was ich verlange!"

„Nein!" Thomen wand sich vor Schmerzen. Francken wich vor ihm zurück und mit ihm auch seine Armee. Der dunkle Schleier, der Thomens Körper umgab, verdichtete sich und formte eine neue Gestalt, doch Thomens Seele klammerte sich mit aller Kraft an seinen Körper. Er wollte nicht nachgeben. Niemand hatte das Recht, ihn zu hintergehen, auch ein Gott nicht. Das würde er nicht zulassen.

Surijas Leuchten wurde stärker. Die Blitze fingen an, in Thomens Nähe einzuschlagen. Sie kamen immer näher, doch er machte keine Anstalten, sie abzuwehren. Er kämpfte mit Adholoka um seine Seele und seinen Körper. Dann traf ihn der erste Blitz und wirbelte ihn durch die Luft. Adholoka gewann die Oberhand über Thomens Körper, kam auf die Füße und stellte sich Surija entgegen. Der dunkle Schleier, der Thomen umhüllt hatte, war verschwunden, sein Körper verbrannt, doch seine Seele klammerte sich noch immer an ihn. Adholoka warf seine Macht trotz Thomens Widerstand gegen Surija. Finsternis traf auf Licht. Surija hielt dagegen und eine ohrenbetäubende Druckwelle erschütterte die Mauern der Stadt und der Burg und fegte die feindliche Armee zu Boden. Franckens Pferd wurde von den Füßen gerissen und begrub seinen Reiter unter sich. Doch Adholoka gab nicht auf. Wieder warf er all seine Kraft auf Surija, doch der hielt stand. Die Finsternis prallte von ihm ab und er warf sie auf Adholoka zurück. Wer von Franckens Armee noch stand, ging nun in die Knie.

Adholoka stand immer noch aufrecht, doch der verbrannte Körper von Thomen Verflide bekam Risse. Ein Teil der Armee kam wieder auf die Beine und wich vor ihm zurück. Adholoka begann sich hin und her zu winden und laut zu schreien. Die Soldaten zogen sich immer schneller zurück und liefen davon. Die Risse in Thomens Körper wurden breiter und schließlich zerbarst er in tausend Fetzen. Mit lautem Geheul fuhr Adholoka, erneut besiegt, in die Erde und nahm Thomen Verflides jammernde Seele mit sich.

Ein letztes Mal strahlte Surijas Licht hell auf, dann erlosch es und Katteras Körper sank in sich zusammen und blieb regungslos liegen.

Die Wolken verzogen sich und erste Sonnenstrahlen erreichten die Stadt. Die restlichen Verteidiger von Vorihosum strömten aus dem Stadttor und setzten den Resten von Francken Stormwachts Armee nach.

König Winberger kniete bei Katteras Leichnam nieder und schloss ihr die Augen. Nun sah es aus, als ob sie schliefe. „Verzeiht, dass ich an Euch gezweifelt habe, Schwester. Ihr habt uns gerettet." Seine Stimme war nur ein Flüstern. Sanft hob er sie hoch und brachte sie in die Kapelle.

Die Retterin wird zu Grabe getragen

Alle waren nach Winberger gekommen. Die Überlebenden der angegriffenen Königsfamilien und die Äbte der Klöster hatten sich eingefunden, um Kattera das letzte Geleit zu geben. Auch Katteras Familie hatte den weiten Weg auf sich genommen. Die Angreifer, sofern sie die Schlachten und das Aufeinandertreffen der Götter überlebt hatten, warteten in den Kerkern von Winberger auf das Gericht, das über ihr Schicksal entscheiden würde.

Die Sonne schien und hüllte Katteras Sarg in helles Licht, als er feierlich in die Familiengruft der Winberger getragen wurde. Sie sollte dort ihre Ruhestätte finden. Neleke und Katteras Familie gingen dem Trauerzug voran, der dem Sarg in die Gruft folgte. Es hatte noch Streit gegeben, ob sie in ihrer Heimat oder im Kloster Amee zur Ruhe gebettet werden sollte, doch die Könige hatten bestimmt, dass sie dort begraben werden sollte, wo der Kampf stattgefunden hatte. Vor den Toren Vorihosums sollte ein Mahnmal errichtet werden, das daran erinnern würde, dass Surija Vertara erneut vor der Verdammnis gerettet hatte. Prior Nickell hielt den Gottesdienst ab. Seine Worte trafen die Anwesenden mitten ins Herz.

„Ich kannte Schwester Kattera von klein an. Mit ihrem sanftmütigen Wesen war sie ein Trost für die geknechteten Arbeiter auf ihres Vaters Hof und später half es ihr, Kranken in ihrem Leiden beizustehen. Sie war keine Heldin oder Kriegerin und dennoch hat Surija sie ausgewählt, weil er in ihr eine Stärke gesehen hat, die sie selbst nicht ahnte und die ihr niemand zugetraut hat, selbst ich nicht. Obwohl sie deutlich sichtbar das Zeichen von Surijas Segnung an sich trug, nahmen nur wenige das Zeichen wahr, einige verleugneten es sogar. So musste sie nicht nur gegen das Böse kämpfen, sondern auch gegen das Misstrauen und die Geringschätzung der Menschen, die sie beschützen sollte. Es ist ein Wunder, dass Schwester Kattera daran nicht verzweifelt und zerbrochen ist und trotzdem die Stärke gefunden hat, Vertara aus den Fängen des

Bösen zu befreien. Sie hat uns gezeigt, wie einfach das Böse den Weg in unsere Herzen findet, weil das Gute zu unbequem, die Wahrheit, die es bringt, zu erschreckend ist. Sie hat uns gezeigt, wie schwach und selbstsüchtig wir sind und dass wir lieber die Augen vor dem verschließen, was wir nicht wahrhaben wollen, egal wie offensichtlich es ist. Wir sollten immer daran denken und uns daran erinnern, wenn Surija wieder nach Vertara kommt."

Neleke warf einen Blick auf Mutter Maneth, die bei den anderen Klostervorstehern saß. Sie schien um Jahre gealtert und ihr Blick war starr geradeaus gerichtet. Hätte sie Kattera geglaubt und sie unterstützt, dann hätten der Krieg und der Tod der vielen unschuldigen Menschen vielleicht verhindert werden können und Kattera hätte nicht sterben müssen. Aber wie Prior Nickell treffend gesagt hatte, hatte sie den bequemen Weg des Ignorierens vorgezogen. Nun musste sie mit dieser Schuld leben. Neben ihr schluchzte Kirstan leise auf und Neleke legte den Arm um sie. Sie hatte Katteras Schwester auf Anhieb gemocht und nun weinten sie leise gemeinsam um Kattera.

König Winberger ging nun schon seit geraumer Zeit vor dem Gemach seiner Königin auf und ab, lauschte den Schreien, die aus dem Raum drangen und ihn bis ins Mark trafen. Duretta Winberger hatte an der Beerdigung nicht teilnehmen können, denn sie lag seit Stunden in den Wehen. Doch dann hörte er das Schreien eines Säuglings und öffnete die Tür. Duretta schaute von dem Kind auf, das sie in den Armen hielt, und lächelte erschöpft aber glücklich. Rasch ging König Winberger zu ihr. Sie hielt ihm das Kind hin und vorsichtig nahm er es.

„Sie ist perfekt." Duretta lächelte.

Das kleine Mädchen hörte auf zu zappeln, öffnete seine Augen und sah den König ruhig an. Vorsichtig drückte er ihr einen Kuss auf die Stirn und gab sie seiner Frau zurück. „Wir werden sie Kattera nennen."

Duretta nickte. „Ja, mein Lieber, das waren auch meine Gedanken."

Wiedersehen mit Andres

Lenne überwachte gerade die letzte Hilfslieferung für den heutigen Tag, die nach Silvatorn gehen sollte. Sobald die Nachricht vom Ende des Krieges zu ihr vorgedrungen war, hatte sie die Vorratskammern von Stormwacht leeren lassen und Hilfe nach Colhammer und Silvatorn geschickt. Der Verwalter von Stormwacht stand neben ihr und sie gingen die Liste ein letztes Mal durch, als eine Gruppe Reiter in den Schlosshof ritt. Sie trugen das Wappen der Winberger. Der Hauptmann saß ab, verbeugte sich knapp vor Lenne und überreichte ihr ein Schreiben.

„Ich habe Befehl, Euch nach Schloss Winberger zu bringen. Ihr seid der Kriegstreiberei angeklagt. Ihr habt Euren Gatten dabei unterstützt, ganz Vertara mit Krieg und Tod zu überziehen, und nun müsst Ihr Euch vor Gericht für Eure Taten verantworten. Ihr habt eine Stunde, Euch reisefertig zu machen. Solltet Ihr mir nicht Folge leisten, werde ich Euch in Ketten vor Gericht bringen!"

Lenne schwankte und nur der beherzte Griff des Verwalters bewahrte sie vor einem Sturz. Mit zitternden Händen brach sie das Siegel und las die Anklageschrift. Es schien, als ob Francken aus dem Tod heraus ihr noch das Leben zur Hölle machte. Nun sollte sie für seine Taten büßen. Lenne straffte die Schultern. Sie würde sich nicht vor der Verantwortung drücken. Vielleicht hätte sie etwas tun können, auch wenn sie es jetzt nicht sah. Bruder Hensin hatte das Geschehen bemerkt und eilte zusammen mit ihrer Zofe an ihre Seite.

„Was ist hier los?", verlangte er zu wissen. Lenne reichte ihm das Schreiben.

„Pack ein paar Sachen für mich zusammen und lass mein Pferd satteln. In einer Stunde muss ich abreisen."

Affra knickste. „Ich werde Euch begleiten, Majestät. Alles andere wäre unschicklich!" Sie warf dem Hauptmann einen bösen Blick zu, der nickte nur gleichgültig.

Bruder Hensin gab Lenne den Brief zurück. „Auch ich werde Euch begleiten. Diese Anschuldigungen sind haltlos. Es gab nichts, was Ihr hättet tun können."

Lenne lächelte ihn dankbar an. „Ich danke Euch für Eure Unterstützung, Bruder. Eure Gesellschaft ist mir sehr willkommen, auch wenn ich nicht glaube, dass ich Gnade erwarten kann."

Lenne saß in ihrer kleinen, feuchten Zelle in den Kerkern von Winberger. Gegen den Protest von Affra und Bruder Hensin war sie wie die anderen Angeklagten eingesperrt worden. Affra wurde zu ihr vorgelassen und brachte ihr etwas zu essen und ein feuchtes Tuch, damit sie sich den schlimmsten Schmutz abwischen konnte.

„Majestät, Ihr glaubt nicht, wen ich auf meinem Weg hierher gesehen habe. Ich konnte mit ihm nur ein paar Worte wechseln …"

Lenne griff durch die Gitterstäbe nach Affras Hand. „Wen hast du gesehen, hast du etwa …?"

Affra nickte heftig. „Andres Visobala! Er lebt. Er hat seine Verletzung überstanden. Er ist noch schwach, aber es geht ihm gut. Er ist für das Gerichtsverfahren von Breitenfurt hierhergebracht worden." Affra zog ein trauriges Gesicht. „Auch er wird schwerer Verbrechen angeklagt und …" Affras Stimme brach und Tränen rannen ihr über die Wangen. „Ich kann es nicht mit ansehen, wie Ihr hingerichtet werdet. Das ist nicht gerecht!", schluchzte sie.

Lenne drückte ihre Hand. „Wenn dies mein Schicksal sein soll, dann ist es so. Aber ich werde ihn noch einmal wiedersehen. Nun ist mein Herz froh und ich kann ruhig den Urteilsspruch erwarten."

Am nächsten Morgen wurden alle Angeklagten aus ihren Zellen geholt. Lenne reckte den Hals in der Hoffnung, Andres zu sehen, und entdeckte ihn. Er war stark abgemagert und humpelte, aber seine Augen leuchteten auf, als er sie bemerkte. Bruder Hensin und Affra wollten zu ihrer Verteidigung sprechen und wurden zu Lenne gelassen. Auf dem Weg in den Gerichtssaal schaffte sie es, einen Moment neben Andres zu gehen. Ihre Hände berührten sich, einen Moment schien die Welt still zu stehen, als sie sich tief in die Augen sahen, dann drängten die Wachen sie wieder auseinander.

Mit bangem Gesicht betrat sie den Thronsaal von Schloss Winberger. Hier sollte Gericht über die Kriegsverbrecher gehalten werden. Die Ankläger und Richter saßen an Tischen, die vor dem Thron aufgebaut waren. Die Angeklagten wurden auf Bänke gedrängt, die den Richtern gegenüberstanden. Der Saal war zum Bersten mit Menschen gefüllt. König Winberger hatte die Türen geöffnet und jeden hineingelassen, der einen Platz fand. Jeder wollte zusehen, wie die am Krieg Schuldigen ihre gerechte Strafe erhalten.

Es wird Gericht gehalten

König Winberger hatte den Vorsitz bei der Gerichtsverhandlung, die über die Zukunft Vertaras entscheiden sollte. Zu seiner Seite saßen die Königsfamilien des Iluvias-Bündnisses und die Königsfamilie Purostein. Gemeinsam würden sie die Urteile fällen. Sie alle hatten ihren König und die meisten auch andere Familienmitglieder durch den Krieg verloren. Silvatorn und Colhammer waren zerstört. Vor ihnen auf der Anklagebank saßen die Könige des Likener Bundes, die sich, um ihren Hals zu retten, Stormwacht angeschlossen und sich an seinem ungerechtfertigten Krieg beteiligt hatten. Stormwacht war tot, doch an seiner Stelle sollten seine Witwe Lenne Stormwacht und sein General Andres Visobala, der in der Schlacht am Lago schwer verwundet worden war, aber überlebt hatte, zur Rechenschaft gezogen werden. König Pravastein und König Veroberg erwartete die Todesstrafe, da ohne ihre Zustimmung Stormwacht den Krieg gar nicht erst hätte führen können. Sie hatten Francken Stormwacht ihre Unterstützung nicht verweigert und trugen damit die Hauptschuld.

„Königin Stormwacht hat gewiss keine Schuld am Krieg. Sie ist nur ein weiteres Opfer von Francken Stormwacht. Gegen ihren Willen mit ihm verheiratet, hat er sie jeden Tag gedemütigt und ihr Gewalt angetan. Sie hat ihren Mann zu dem Krieg nicht angestiftet. Es gab nichts, was sie hätte tun können."
Lenne Stormwacht stand aufrecht da, während Bruder Hensin zu ihrer Verteidigung sprach. Ihr Vater saß zusammengesunken auf seinem Platz und wagte es nicht, ihr in die Augen zu blicken. Er hatte sie in diese Ehe gegeben, obwohl sie sich geweigert hatte, und hatte damit Francken eine hoffähige Stellung verschafft.
König Winberger beugte sich ein wenig vor. „Nun, Lenne Stormwacht. Ihr habt einen eifrigen Fürsprecher, auch Eure Zofe hat uns dies bestätigt. Und für Euch spricht außerdem, dass ihr sofort nach der Nachricht vom Tod Eures Gemahls

und der Auflösung der Armee Hilfe nach Silvatorn und Colhammer gesandt habt, ohne dass man Euch dazu aufforderte." Er schaute nach links und rechts und die Familien nickten. „Darum lautet unser Urteil wie folgt: Ihr seid von der Anklage der Kriegstreiberei freigesprochen. Ihr werdet den Namen Stormwacht ablegen und Euch ab sofort wieder Veroberg nennen. Ihr kehrt in Eure Heimat zurück und werdet unter Aufsicht von König Breitenfurt ..."", Er nickte dem halbwüchsigen Sohn des ermordeten Königs Lucas Breitenfurt zu, „Euer Land regieren und in der von uns geforderten Summe Abgaben zum Aufbau von Breitenfurt leisten. Solltet Ihr uns mit Eurem Verhalten davon überzeugen, dass man Euch trauen kann, wird Eure Familie vielleicht eines Tages die Königswürde zurückerhalten. Da Euer Gatte tot ist, steht es Euch frei einen neuen Gemahl zu wählen. Und nun zu Euch, Andres Visobala."

Lenne setzte sich mit bangem Gesicht. Sie konnte sich nicht über das Urteil freuen, sollte Andres mit dem Tod bestraft werden.

„Ihr habt König Stormwacht freiwillig unterstützt und seine Reiter in den Kampf geführt. Damit habt ihr eine große Schuld auf euch geladen, denn ohne einen so fähigen Anführer wie Euch hätte König Stormwacht nicht so leichtes Spiel gehabt. Habt Ihr etwas zu Eurer Verteidigung vorzubringen?"

Andres erhob sich. „Ich tat es nicht freiwillig. Er drohte mir, der Königin ein schlimmes Leid zuzufügen, sollte ich ihm nicht gehorchen. Hätte ich mich geweigert, dann hätte er mich auf der Stelle getötet. So konnte ich die königliche Familie von Colhammer vor dem Tod bewahren."

König Winberger hob die Augenbrauen. „Jetzt wollt Ihr auch noch ein Retter sein? Dass Ihr Königin Darethin und ihre Kinder verschont habt, ist mir wohl bekannt, doch glaubt Ihr tatsächlich, dass eine gute Tat Eure Rolle in diesem Krieg ungeschehen macht? Ihr tragt die Verantwortung für den Tod von vielen braven Männern. Dafür kann es nur eine Strafe geben!""

Andres schluckte hart, doch hielt König Winbergers Blick stand. „Ja, es sind viele Männer durch meine Hand gestorben, das leugne ich nicht." Andres Stimme stockte und er schaute zu Lenne. „Meine Liebe zu Königin Stormwacht hat mich davon abgehalten, mir das Leben zu nehmen, der einzigen Möglichkeit, wie ich mich der Befehlsgewalt von Francken Stormwacht hätte entziehen können. Doch ich konnte nicht, ich konnte sie nicht allein lassen …" Andres Stimme brach. Lenne strömten Tränen über die Wangen. Sie streckte die Hand nach ihm aus, wollte ihn berühren, doch sie erreichte ihn nicht. Andres straffte die Schultern. „Hätte ich mich geweigert, hätte es weder den Krieg verhindert, noch hätte es was am Verlauf geändert. Die Siege wurden nicht durch meine Fähigkeiten errungen, sondern durch die Zauberkräfte von Thomen Verflide und der Macht, die er auf die Soldaten ausgeübt hat."

König Darethin erhob sich. „Er hat Recht. Er war nicht der einzige, fähige Befehlshaber in Stormwachts Armee. Auch ohne ihn wären viel gute Männer gestorben. Es wäre falsch, ihn für den Krieg verantwortlich zu machen. Ich und meine Kinder verdanken ihm unser Leben. Durch ihn kann das Geschlecht Colhammer fortbestehen. Er hätte unser Versteck verraten und uns der Folter Stormwachts ausliefern können, doch er bedeutete uns zu schweigen und führte den Suchtrupp fort. Wer weiß, was Francken Stormwacht uns angetan hätte, hätte er uns in die Finger bekommen. Ich denke, dies sollte seine Strafe mildern. "

König Winberger runzelte unzufrieden die Stirn, hätte er doch gern jemanden an Stormwachts Stelle hingerichtet. Er wandte sich an die anderen. „Was denkt ihr, Hoheiten? Soll ich Königin Darethins Wunsch stattgeben?"

Das Gericht beriet sich murmelnd. Einige schüttelten die Köpfe, andere nickten zustimmend. Schließlich trafen sie eine Entscheidung: „Nun denn", fasste König Winberger zusammen. „Da Königin Darethin es so wünscht und niemand Einspruch erhebt, habt Ihr mit dieser edlen Tat Eure Freiheit gewonnen. Aber Ihr dürft nie wieder eine Waffe tragen und

Euch an einem Kampf beteiligen, und sei es nur ein Turnier. Ihr sollt Euer Leben den Armen und Hilflosen widmen und ihnen mit Eurer Kraft und Eurem Besitz beistehen. Solltet Ihr dem zuwiderhandeln, werdet Ihr mit dem Tode bestraft."

Lenne atmete auf und ihre Wangen röteten sich vor Freude, als sich ihre und Andres' Blicke trafen.

"Auf Euch und eure Berater, König Pravastein und König Veroberg, wartet die Hinrichtung. Es kann kein anderes Urteil für Euch geben. Das Königreich Stormwacht geht an die Familie Silvatorn. Sie soll mit Hilfe dieses Besitzes ihre Heimat wiederaufbauen. Pravastein geht an Colhammer als Wiedergutmachung. Die königliche Familie Pravastein verliert ihren Status. Sie wird auf ein kleines Gut in Sadivor verbannt und ihre Heimat nie wiedersehen. Damit endet dieses Gericht."

Königin Pravastein brach in Tränen aus, doch niemand zeigte Mitleid.

Andres kam zu Lenne, nahm ihre Hand und küsste sie. Freudestrahlend öffnete sie ihre Arme und er schloss sie in die seinen. Sie hatten geglaubt, sich verloren zu haben, doch das Schicksal hatte sie wieder zusammengeführt.

Danksagung

Ich danke Renate Kalkowski und Susanne Küssner für ihre Unterstützung und ehrliche Meinung. Sie waren mir wieder eine große Hilfe. Ich möchte auch meinem Lektor Tobias Weskamp für seine sorgfältige Arbeit danken, ebenso für seine klaren, direkten Worte und Anregungen.